U0449164

知冬

艾鱼
Ai Yu
著

江苏凤凰文艺出版社
JIANGSU PHOENIX LITERATURE AND ART PUBLISHING

图书在版编目（CIP）数据

知冬 / 艾鱼著 . -- 南京 : 江苏凤凰文艺出版社，2023.6

ISBN 978-7-5594-7439-1

Ⅰ . ①知… Ⅱ . ①艾… Ⅲ . ①长篇小说—中国—当代 Ⅳ . ① I247.5

中国国家版本馆 CIP 数据核字（2023）第 000176 号

知冬

艾鱼 著

责任编辑 白 涵
特约编辑 江颜颜 祁 鑫 段 丽
封面设计 殷 舍
责任印制 刘 巍
出版发行 江苏凤凰文艺出版社
南京市中央路 165 号，邮编：210009
网 址 http://www.jswenyi.com
印 刷 北京盛通印刷股份有限公司
开 本 880 毫米 × 1230 毫米 1/32
字 数 370 千字
印 张 10.5
版 次 2023 年 6 月第 1 版
印 次 2023 年 6 月第 1 次印刷
标准书号 ISBN 978-7-5594-7439-1
定 价 45.00 元

江苏凤凰文艺版图书凡印刷、装订错误，可向出版社调换，联系电话 025-83280257

目 录

第一章

他的遗愿清单

“列出你还没有做过的事，我一件一件带你去做。”

国庆节假期结束当晚，洗完澡的程知敷着面膜坐到了电脑前，她打开一款旅游 APP（应用程序），搜索本地周边有哪些好玩的景点。

作为一名编剧，程知基本实现了时间自由，所以她每次旅游都会完美避开法定假期。

明天是节后第一个工作日，程知打算去沈城的周边走走，没准还能找到点新剧本的灵感。

须臾，程知无意间发现了一篇游记，写这篇游记的作者去的是合潭寺。

合潭寺程知倒是知道，就在沈城北边的山上。上学时她就听人说，去合潭寺不管求哪方面都很灵验，求姻缘尤其准，但不能贪心，只求一个方面才会灵。

那会儿正暗恋“竹马”陈周良的她听同学这样说，蠢蠢欲动地要去一趟合潭寺。

她想到寺庙里偷偷地求佛祖，让陈周良也喜欢喜欢她，哪怕只有她喜欢他的千万分之一都行。

可是，当她向陈周良提出假期去合潭寺时，陈周良却笑她，说：“让我猜一猜，你去那里想求什么。你学习拔尖用不着求学业进步，更不可能浪费仅有的机会求平安健康，所以，你喜欢上了谁？”

被他猜中心思想的程知当即绷着脸佯装镇定地否认：“你想太多了，

我就是想去求平安健康！”

陈周良吊儿郎当地“哦”了声，回复她：“没意思，不去。要是你去求姻缘，我或许能勉为其难地陪你跑一趟。”

就这样，去合潭寺的事不了了之，后来谁也没再提及。

十年过去了，她依然暗恋她从记事就认识的“竹马”——陈周良。

程知盯着这篇游记怔了会儿，然后拿起手机，给陈周良发微信，问他：这几天有空吗？要不要去趟合潭寺？

陈周良很快回复：你要爬山去寺庙？有这时间在家躺着休息不好吗？

本来抱有一丝丝期待的程知心情骤然落空，哪怕他回一句他周末才有空跟她一起去也好，可他没有。

她抿抿唇，打字发送：那我找别人吧。

陈周良这才回答她第一个问题：我这几天真没空，排满了手术。

程知回复了个“嗯”，然后说：有时间就好好休息吧，陈大医生，别累坏了。

陈周良这次回复得很快：反正累坏了也没人心疼。

程知盯着他发来的微信消息，轻咬下唇，然后伸出了试探的触角：找个女朋友就有人心疼你了。

陈周良说：你帮我找。

程知撇嘴回复他：我去哪儿帮你找？而且我也不知道你喜欢什么样的。

片刻后，陈周良发了一条语音过来。

程知点开，男人低沉带笑的声音瞬间霸道地钻进她的耳朵：“我不管啊，要是我三十岁都还没有女朋友，咱们俩的约定就得兑现了。你不会是想实现那个约定，故意不帮我找女朋友吧？”

听到这些话，程知沉默了半晌。

陈周良嘴里提到的“约定”，是她大学毕业聚会那晚喝醉酒后跟他定下的，当时她趁自己醉酒，假装开玩笑地对他说：“陈周良，如果到了三十岁，你我都还单身未婚，我就嫁给你吧。”

他当时笑望着她，漆黑的眸子亮堂堂的，像布满了繁星的晴朗夜空，爽快地应道：“好啊。”

程知叹了口气，回复陈周良：醒醒，给你找女朋友不是我的义务，别把罪名安在我头上，仿佛你没女朋友都是我搞得似的。

她这句话发出去，陈周良没再回复。平常他们俩聊天就这样，可能下一秒他就没动静了，程知早就习以为常。

她把面膜揭下来，去卫生间将脸洗干净后抹了晚霜，这才重新坐回电脑前，然后用手机打闺蜜邱橙的微信电话。

邱橙很快就接通："知知？"

程知问她："橙子，明天一起去合潭寺吗？"

邱橙是名模特，工作时间不固定，只要没拍摄任务就是自由的，所以程知才会打电话给她，问问她有没有时间一起去。

"我明天一整天都有拍摄工作，"邱橙很惋惜，"我还蛮想去合潭寺的。"

程知笑着叹气："那没办法了，看来我只能自己去……"话音未落，程知就看到手机界面上方弹出一条短信：

浩常癌症协会：程知女士您好，您申请的帮助癌症病人的志愿者身份审核已通过，协会已经帮您安排了一名胃癌晚期的病人，请于十月十日上午九点钟到淮南东路浩常癌症协会一〇〇八室与您负责的病人见面。如时间上需要协调，请及时提前告知，方便帮您和病人另行安排时间见面。

"咦？通过了。"程知微微讶异。

听筒对面的邱橙疑问："什么通过了？你在玩游戏啊？"

"不是，"程知解释，"我不是要写一个主角是癌症病人的剧本吗？但是我对这方面的了解比较少，有点无从下手，搜索资料的时候意外发现有个癌症协会正在招募志愿者，我就在网上报名试了试，没想到真的通过了。"她一边说话，一边给癌症协会回复了短信，告诉对方自己方便到场。

"癌症协会？"邱橙问，"哪个癌症协会啊？"

程知告诉她："浩常癌症协会，算是林氏集团旗下的慈善机构吧。"

"哎……"邱橙忽然笑起来，说，"那这是林冬序家里的啊。"

"谁？"程知没经大脑思考，很快问出了口，问完又有点疑惑地道，"林冬序？这个名字怎么有点耳熟……"

邱橙语调含笑："你忘啦？去年程哥生日那天，我、你，还有陈周良给程哥庆祝生日，吃饭的时候程哥接了通电话，陈周良当时告诉过你的呀，说给程哥打电话的人是程哥的大学舍友林冬序。"

邱橙嘴里的程哥，是她老公，叫秋程。这两人今年八月份领完证后去英国度了个蜜月，不过还没办婚礼。而邱橙和秋程，都是与程知和陈周良从高中时就在一起玩的多年好友。

程知恍然大悟："啊……我记起来了。"

当时陈周良还说，正在国外念书的林冬序是个富家少爷，估计留学回来就直接继承偌大的家业了。

"小橙子，该睡觉了。"秋程说话的声音从手机里传出来。

程知连忙笑着说："橙子你快去睡吧。"

邱橙语调轻快带笑："那我挂啦，改天有时间一起逛街。"

"好。"程知应下。

挂了电话，程知关掉当前的网页窗口，转而搜索起和胃癌相关的信息来。

约莫半个小时后，困倦的她打着哈欠将电脑关机，也上床去睡了。

第二天一大早，程知被闹钟叫醒。她摸起手机，睡眼惺忪地查看微信，没有陈周良给她发的消息。程知扔下手机，又发懒地躺了会儿，然后才慢吞吞地下床去洗漱。

等程知换好衣服开车出门时，已经八点半了。

她跟着导航一路往北行驶，车厢里播放着她最爱的那首粤语歌《最爱》。当周慧敏唱到"没法隐藏这份爱，是我深情深似海"这句时，程知忍不住跟着轻轻哼唱起来。

时间过了晌午，程知才到合潭寺门口，一身紫色宽松运动服的她踏入寺内，白紫款运动鞋踩在地上，偶尔碾过几片凋零的枯叶。

寺庙很大，程知第一次来，昨晚的游记她也没认真看，相当于攻略白做了，所以一时间根本不知道该往哪边走。

程知四处望了望，看到有个穿着长袍的和尚站在左侧偏殿旁的树下，正微抬着头看树上挂的写满心愿的红丝带。

正午的阳光透过枝叶繁茂的百年大树洒下来，洒在他身上，形成斑驳细碎的光影。尽管剃了光头，但依然挡不住他的英俊。

男人眉眼深邃，脸部线条极为流畅，脖颈修长得连喉结都显得格外性感，长袍更是衬得他身形挺拔颀长如松柏。

程知盯着他看了几秒，她第一次见到这么帅的和尚。

大家都说寸头是检验一个男人帅不帅的标准，程知却突然觉得，光头才是那道检验男人帅不帅的标准线。一个男人，如果剃了光头都让人挪不开眼，那他绝对是一个绝世帅哥。

程知朝他走过去，在距离他半米的地方停下来，语气虔诚地轻声唤：

“大师……”

谁知，她话都没说完，面前这个和尚就很消沉地说道：“我要死了，别理我。”

程知猝不及防地怔在原地，她被他这句话砸得大脑一时宕机，蒙到满脑子只剩一句话来来回回地响：“这个和尚好丧哦！”

过了几秒，程知才反应过来，他刚说……他要死了？怪不得这么丧。既然对方不想被搭理，她就没打算再问他要去哪儿烧香祈福了。

程知正想走开，忽然听到旁边正在挂红丝带的老人感慨：“都步入深秋了，眼看漫长的冬天就要来了。”

程知笑着回应老人：“不管冬天多漫长，总能等到春天的。”

老人笑着点头。

可是还没走开的和尚却突然接了话，他丧里丧气地说：“有的人等不到了。”

程知扭脸看向他，他依然在看挂在树上的红丝带，视线未曾挪动半分。

程知想起他刚才说他要死了，便道：“那就不要等，现在就动身，去有春天的地方，还来得及。”

林冬序沉寂的眸光微动，他慢慢收回目光，转头，将视线落到了这个女人身上。她长得很漂亮，杏眼、鹅蛋脸、樱桃唇，容貌不媚不俗，清雅秀丽，但又不会让人觉得如同清汤寡水般无味。

她的身上穿着宽松的浅紫色运动服，头上还戴了一顶和衣服同色的棒球帽，看起来很随性。

林冬序看过来时，程知也正望着他。两个人四目相对的那一刻，林冬序被她眼睛里清亮的光芒灼了一下。

她的眼神坦然又沉静。

林冬序很轻地眨了一下眼，态度消极地说道：“去不去都没差别。”

他刚说完，一阵秋风起，树叶沙沙作响，几片泛黄的叶子缓缓飘落，不偏不倚的，有一片恰好落在他的肩头。

程知盯着他，也盯着那片落叶，无意识地轻蹙了一下眉心。

枯黄的、残败的落叶和一个快要到尽头的生命。

“有差别。”程知对他扬起浅笑。

她的语气淡然却坚定：“会多拥有一个无尽的春天。”

林冬序突然被她明朗的笑容晃了眼，同时也被她的话搅活了如一潭死水般的心。

程知说完这句话，双手合十对林冬序微微俯首，而后转身走开。

她最终还是靠自己找到了烧香跪拜的大殿。

程知取了三支香点燃，对着佛像跪在蒲团上。在闭上眼许愿的那一刹那，她脑子里闪过刚才遇到的那个很丧的、说自己快要死了的和尚，临时改了要许的愿望。

她没有求佛祖让陈周良喜欢上她，而是无比虔诚地求佛祖保佑她和她在乎的所有亲朋好友平安健康。

兜兜转转，她最终许的愿望，竟然合了她当年掩藏心事时的随口之言。

跪拜完，程知起身，将三支香插入香炉。

从大殿出来，程知望着院子里的银杏树，金黄色的枝叶随风轻轻摇曳，像是在点头肯定她的做法，她嘴角轻扬着舒了口气。

林冬序午饭没吃多少，只勉强喝了一碗汤。他吃过午饭回到在寺院住的屋子里时，手机正在响。

林冬序拿起手机，看到来电显示的是“冯特助”，接通，清朗中带有拘谨的男声在听筒那端响起：“林少，我下午几点过去接您？”

林冬序似乎提不起劲，病恹恹地道：“你看着来，晚上七点左右到家就成。”

“好的。”冯嘉木应下，然后又说，“周娅姐让我提醒您，别忘了后天去协会跟志愿者见面。”

冯嘉木嘴里的周娅就是浩常癌症协会里的工作人员，负责这次癌症小组的活动事宜。

林冬序不想说话，只“嗯”了声。

挂了电话后，林冬序躺到木板床上，精神不济地闭上眸子。

半个多月前，即将回国的他感觉胃不舒服，所以去医院做了检查。

可是等他去拿自己的检查报告时，却被医生告知，他已经是胃癌晚期了，很可能熬不过这个冬天。

胃癌，晚期。

他在回国的飞机上翻来覆去地看着那张判了他死刑的诊断单，一遍遍地确认这到底是不是自己的检查报告。不管是英文名、中文名，抑或年龄，全都对得上，这张纸就是他的检查结果。

他得胃癌了。

林冬序脑子里闪过好些个多年前的画面，画面中的父亲胃癌晚期，手术后不停地吃药、化疗，痛苦得生不如死。

他看着父亲头发掉光，因为治疗的副作用，吃进去的东西基本都呕吐出来，被病魔折磨得哪怕睡着后，身体都在止不住地发抖。可是，父亲遭了那么多的罪，最后还是没熬过那个漫长又寒冷的冬天。

他永远等不到来年春天了。

现在，胃癌再一次袭来，要以同样的方式带走他。

林冬序不想也不敢面对那样痛苦的化疗，他怕疼，也怕死，于是他选择了逃避。

落地后，他做的第一件事就是换联系方式。

林冬序注销掉之前在国外使用的所有社交账号，断了和国外的一切联系，不想再收到来自国外医生的各种消息，只留下了专门和国内亲朋好友联系的那个手机号和这个手机号下的微信。

不过，他倒是没有瞒着家里他得胃癌的事。

林冬序拿出诊断单，告诉家人他现在已经是胃癌晚期，并且直接说明了自己不做任何治疗。

他当时说的是："我不想在最后的日子里，还要受尽手术和化疗的痛苦。"

回国后，林冬序就在家住了那一晚，隔天，一夜没合眼的他就跑到了合潭寺，还让寺里的师父给他剃了光头。

每天跟着这些出家人打坐静心，吃斋念佛，林冬序终于接受了自己快要死亡的事实，但他依然无法坦然面对即将到来的死亡。每每想到自己大概看不到下一个春天的盛景，林冬序心中就郁结无比，只觉得命运不公。

…………

晚上，林宅。

回到家的林冬序在餐桌前落座，一家人像商量好了似的，绝口不提与林冬序病情相关的话题，全都表现得与平常无异。

这顿晚餐，一家人难得聚齐，除了爷爷林震穹、叔叔林瀚胜和婶婶甘澜，正在外地拍戏的堂妹甘琳也赶了回来。

至于林冬序的母亲葛云珊……当年，母亲在父亲去世后饱受相思煎熬，严重抑郁，不久就吞了安眠药，跟随父亲去了另一个世界。

林冬序在同一年连续失去了两位至亲，那年他七岁。

虽然饭菜很丰盛，林冬序却没吃几口。自从知道自己不久于人世后，他吃任何食物都味同嚼蜡，尝不出什么味道，而且也没什么胃口，每次都吃得很少。

晚饭过后，林冬序跟许久没见面的甘琳说了会儿话。

他回国那晚，甘琳正在外地闭关拍摄，没能回家，也没收到母亲给她发的短信，今天是他回国后兄妹俩第一次见面。

就连林冬序得癌症的事，甘琳也是今早拿到手机后才知道的。

林冬序问她："今晚在家住还是一会儿就走？"

甘琳瞅着有点消瘦的林冬序，快速地眨眨眼，将温热的液体憋回去。

她轻轻弯起嘴角，假装若无其事地回应："一会儿就得走了。"

林冬序点点头。"别太拼，"他说，"累了就歇歇。"

"好。"甘琳听得心酸，强忍着情绪轻声应道。"对了，哥，"她突然想起来什么，有点忐忑地道，"我回来的时候在机场遇见遇青哥了，然后我……我不知道他还不知道你回国还有生病的事，就……"

甘琳说的"遇青哥"，全名叫随遇青，是林冬序的发小。

林冬序偏头看了甘琳一眼，甘琳语气歉疚："对不起，我以为遇青哥和秦封哥他们都知道了，就我不知道……"

秦封是林冬序的另一个发小，他跟随遇青和秦封从记事起就认识，在上大学之前，他们三个一直在一起念书，天天形影不离，早已是多年的死党。

"我觉得他们俩可能今晚就会过来……"甘琳话音未落，家里的门铃就响了。

管家陈叔去显示屏那里查看来人是谁，随即点了开锁，让停在门口的宾利驶进了院里。

陈叔转身对林冬序说："林少，是随少和秦少。"

林冬序轻轻点了下头，陈叔刚把门打开，随遇青和秦封就走了进来。

林冬序站起来，正想跟他们俩说去楼上，随遇青就盯着他的光头骂了句。

秦封倒是没爆粗，只抿唇盯着林冬序看。他的目光透过镜片，越发冷淡深邃。

随遇青扬了扬下巴，对林冬序冷冷拽拽地道："给你一分钟解释。"

林冬序语气淡淡，很平静地说道：“去楼上。”

随遇青和秦封跟着他进了电梯上楼。

林宅很大，林冬序独占第四层。这层除了有他的卧室、盥洗室、书房、很宽敞的客厅，还有健身房和会客室等。

从电梯出来，随遇青根本等不到林冬序带他到会客室，一把抓住了他，压低眉眼问：“到底怎么回事？”

林冬序拨开他的手，嘴角轻扯：“琳琳不是告诉你了吗？我，胃癌晚期。”

“别胡说！”随遇青冷着脸低骂，眼睛却登时红了起来。

林冬序缓步走到沙发边，率先坐下。

秦封随后也落座，他这才开口问：“还有多久？”

“医生说，大概等不到来年春。”林冬序懒懒地靠在单人沙发里，双手交叉放在腿上，看上去病恹恹的，没有力气。

刚走过来的随遇青听闻，脚步一顿，而后沉默地坐下来，没再讲话，本就压抑的气氛彻底冷掉，变得很沉重，好像在胸口压了块石头，怎么都挪不开。

秦封又问：“序，你有没有特别想做的事？”其实就是在变相问他——你的遗愿是什么？

这半个月来，林冬序从不敢想这个问题，仿佛只要一提起遗愿，他就看不到明天的太阳了。

这下被问及，林冬序也不知道为什么，脑子里第一个冒出来的念头竟然是：“好想谈场恋爱。”

他说完，自己却先笑了。他林冬序，死到临头却在奢望一场爱情。谁能想到，堂堂林氏大少爷，单身了二十八年，还没来得及交个女朋友，就要跟这个世界说再见了。

随遇青说：“这好办，你喜欢什么类型的，我按照你的要求去……”

“别，”林冬序理智地拒绝，“我就是说说，发发牢骚，没真想谈恋爱。”

一个快要死的人，谈什么恋爱啊。明知自己要死还跟对方谈恋爱，这不是耽误人家姑娘吗？

…………

因为林冬序的病，秦封和随遇青也没多打扰他，他们俩陪他待了会儿，看他乏了，就离开了林宅。

但其实，林冬序躺在床上，到深夜都没睡着。他胡思乱想，想了好多，最后想到自己还没谈恋爱、没结婚，在遗憾的同时，居然有些庆幸。

他庆幸自己到现在都还没遇到与他相爱的那个她，不然，在他死后，她的余生该多么难过。

十月十日，上午八点五十分，程知出现在浩常癌症协会的大楼里。

在说明了身份和来意后，程知被一个穿着打扮很干练的女人领着往一〇〇八室走。

程知细心地注意到了对方胸前挂着的铭牌，上面写着“周娅”。

周娅边走边对程知说：“程小姐，我想你应该知道我们这个一对一癌症小组的主要目的是陪伴病人，了解他们的需求，然后尽可能地满足他们的遗愿，让他们在人生最后的日子里过得舒心。”

程知嘴角盈着浅笑，她耐心听着周娅的话，点头应道：“嗯，我知道的。”

周娅又道：“在这期间，有关病人的任何费用都由协会来承担，你只要陪伴好他，满足他临终的愿望就好。”

程知继续点头：“好。”

“到了。”周娅停在门外，抬手轻轻敲了敲门，然后才推开门，侧身让程知走进去。

周娅站在门外，对站在里面的林冬序说：“林少，协会帮您分配的志愿者到了。”

站在落地窗边的林冬序转过身，望向门口。

刚关好门的程知一抬头，就看到了立在窗边正瞅着她的光头男人。不同于两天前的那袭长袍，今天的他穿着一身得体的西装，衬出流畅性感的肩线和腰线。虽然看起来有些消瘦，但他的身姿依然挺拔。

程知没想到对方居然是前天和她在合潭寺有过一面之缘的那个和尚，蓦地睁大眼：“你……”

林冬序也觉得挺有趣，难得地笑了一下：“是你啊。”

程知有点蒙，不仅仅因为对方和她在寺庙见过，还因为刚才那位负责人唤他……林少？

难不成是林氏的少爷？可林氏的少爷不就是……

她正震惊得几乎要把那三个字喊出来，林冬序就率先做了自我介绍：“你好，我是林冬序。”

程知彻底傻眼了，真的是林冬序！

林冬序见她傻乎乎地怔愣着不说话，只好问：“我该怎么称呼你？”

程知这才堪堪回神，连忙说：“你好……我叫程知，程序的‘程’，知道的‘知’。”

林冬序几不可见地挑了下眉，不知道是不是因为那句“程序的程”，毕竟，他名字里的“序”，是程序的“序”。

“程小姐。”

林冬序刚唤了一声，程知就道：“叫我程知就好。”

“好，程知，”林冬序顺着她改了口，然后问，“你知道你的义务是什么吧？”

程知点头回答：“陪伴你，满足你的愿望，让你舒心快乐。”

“既然你都了解，那我就直说了，”他说，“我的愿望是，不要打扰我。我不需要陪伴，现在你可以走了。”

这愿望过于刁钻，让程知措手不及，导致她在他面前第三次傻眼：“啊？”

林冬序见她一脸茫然，耐着性子问：“没听懂吗？”

程知如实回答：“不是没听懂，是……不太理解。”

林冬序说：“你不需要理解，按照我说的做就成。”

当年，父亲去世后，家里就以父亲的名义成立了癌症协会，主要是给那些没钱抗癌的人提供帮助。

五年前，他出国留学，在国外第一次接触到癌症小组。

于是，林冬序就萌生了也在自家癌症协会成立一个癌症小组的想法，其主要目的就是安抚癌症病人的情绪。

浩常癌症协会的癌症小组成立于五年前，由林冬序亲自提出，并写出可行的方案，审核通过后开始实施。

直到现在，五年过去，癌症小组帮助不少癌症病人安稳地走完最后一段人生旅程。可林冬序没想过，自己有一天会以“癌症病人”的身份“被迫”加入癌症小组。

之所以说“被迫”，是因为这件事是叔叔林瀚胜帮他安排的。消极等死的林冬序本人并不想参与进来，就连前几天开车接他回家的特助冯嘉木也是林瀚胜塞给他的。

本来这位特助是要等林冬序进林氏后才会跟随他工作，但林瀚胜在得知他的病情后直接把人调来给他用了。

林冬序无心耽误青年的大好前途和未来，不止一次对冯嘉木说过不用管他，让冯嘉木回公司专心工作，冯嘉木却死活不肯，非说特助的工作职责之一就是安排好老板的生活起居。

他赶不走冯嘉木，也没心思和兴致跟其掰扯，最终就由着冯嘉木继续当他的特助了。

但是被志愿者照顾并安抚情绪这件事，林冬序是绝对不可能退让半步的。

程知并没有听林冬序的话转身离开，而是换了话题，直接问："你这样……就是你的病，秋程和橙子他们知道吗？"

林冬序轻皱眉心，眼神中闪过一抹意外，语调倒听不出什么情绪："你认识阿程和橙子？"

程知点头，嘴角漾着浅笑回答他："我跟他们是高中同学。"

"所以知道你是秋程的大学舍友。"她说。

林冬序望着她，想到她刚说她叫程知，他忽而捕捉住了一个记忆碎片。

"今年八月份，秋程和橙子他们俩去英国度蜜月的时候，给橙子打电话的那个人是你？"林冬序求证。

那会儿林冬序还在英国，他特意开车去机场接了这对新婚夫妇，送他们去酒店。而当时，邱橙在车里接通电话后，喊的就是"zhi zhi"。

林冬序这么一说，程知也想起来，自己那会儿确实给橙子打了通电话。

她笑着点头承认："对，是我。"

程知说完，又贴心地道："要不要坐下聊？"

林冬序对程知伸手做了个"请"的动作，程知微微点头回礼，然后就坐到了沙发上。

林冬序随后也落座，和程知隔着一个座的距离。

"橙子他们是不是还不知道？"程知偏头看着他问。

林冬序喉结轻滑，溢出一声低沉的"嗯"。

"不太想让大家知道。"他说，"程小姐……程知，你能帮我保密吗？"

程知没有问他为什么不愿意让朋友知晓他的病情，只语气认真地答应他："好，我保证替你保密。"

她的话音落地后，迎来了短暂的沉默。

须臾，林冬序像是有点好奇，问她："我能问一下，你为什么会来当陪伴癌症病人的志愿者吗？"毕竟，不是谁都愿意揽这份活的，哪怕有报酬。

程知冲他笑笑，没有任何隐瞒地如实道："我是个编剧，最近要写一个主角是癌症病人的剧本，但我不太了解，正巧看到协会招募志愿者，所以就……报名了。”她说完，又立刻语气认真地补充，“不过你放心，既然我揽了这份工作，就一定会尽我所能做好。”

林冬序无意识地轻勾了下薄唇：“我喜欢你的坦诚。”

程知莞尔一笑,然后声音轻缓地问他：“那你今天想做什么呀？我陪你。”

林冬序不答反问：“你看过《遗愿清单》这部电影吗？”

“看过。”程知不懂他为什么会无缘无故问这个，“怎么了？”

林冬序说：“电影里提到过，得知身患癌症后有五个阶段——”

程知接话：“否认现实，愤怒，挣扎，抑郁，认命。”她对这句台词印象深刻。

林冬序点头，语气平静地道：“我现在已经在第五个阶段了。

“我认命等死，没有什么想做的事。

“所以你回吧，不用再找我。”

话题又绕了回去。

看出来他很抗拒，程知抿抿嘴巴，没有立刻说话。

林冬序见她不言语，偏头看过来，然后就猝不及防地撞进了她清亮的杏眼中。她的目光总是透着一种淡然的坚定，仿佛糅了天生的乐观和无名的勇敢在里面，温柔却有力量。

林冬序转过脸，伸手将桌上倒扣的水杯放正。

就在他不紧不慢地往两只杯子里倒水时，坐在他旁边的程知忽然扬声提议：“遗愿清单！对啊！你也写个遗愿清单吧，林冬序！”

林冬序的手一晃，不小心在桌面上留下了一摊水。

他放下水壶，用食指和中指从纸抽盒里夹出一张纸巾，把这摊水渍慢慢蘸去，然后将其中一杯水递给程知，这才开口拒绝：“不写。”

程知接过水杯抿了口水，又将水杯放到桌上。她光明正大地威胁他：“不写我就把你生病的事告诉橙子他们。”

林冬序内心有些抓狂，这女孩，怎么还带耍赖的？

他笑道：“你刚刚才答应我替我保密。”

耍赖皮的程知强词夺理：“反正我不是君子，也没发毒誓，你要不写遗愿清单，我就食言给你看。”她说完，就从包包里掏出自己随身携带的小本子和钢笔，直接塞到了林冬序手中。

“写吧，写吧。”她略微拉着尾音地恳求道，语气里竟然掺杂了一点撒娇的意味。

林冬序捏着本和笔，无奈地叹了口气，说："我真的没有什么遗愿。"

程知引导他："那就列出你还没有做过的事，我一件一件带你去做。"

没做过的事……

林冬序思索了片刻，终于旋开笔帽，在本子上写下了第一行：

喝个烂醉。

他的字很好看，跟他给人的感觉一样，有种说不出的帅，特别飘逸大气。

程知看着他落到纸上的四个字，很惊讶地问："你没有喝醉过吗？"

林冬序回她："从来没有。"

随后，他又写了一行：

抽一次烟。

程知没再问什么，只默默地看他写着。

等一个好天气，认真地看一次日出和日落。

…………

骑摩托车。

文身，打耳洞。

做极限运动，比如蹦极等。

…………

逃课。

被停课。

打一次架。

…………

最后两条，他写的是：

谈一场两情相悦的恋爱，跟爱人尽情拥吻。

和喜欢的她去听一场盛大的演唱会。

等林冬序写完，程知把本子拿过来，又从头到尾仔仔细细地看了一遍。他写的每一条都是再平凡不过的小事，可是这些竟然全是他不曾做过的事情。

而最让程知意外的是，他还没有谈过恋爱。条件这么优越的男人，有钱有颜又有资本，在此之前却从没交过女朋友。

实话说，初恋还在就已经在跟死神赛跑了，确实遗憾。

程知盯着他写的这些愿望认真思索筛选，最后决定从文身和打耳洞下手。

“我看了一遍，”程知语气客观地对林冬序分析，“喝酒和抽烟对身体有害，所以这两条舍去。在剩下的这些愿望里……今天就能去做的，是文身和打耳洞。”

谁知林冬序当即抗拒起来：“不行，这俩往后放。”

程知扭过脸看他，不解：“嗯？”

他抿了抿唇，低声坦言：“我怕疼。”

程知咬住下唇，但上扬的嘴角还是出卖了她。

林冬序见她忍笑忍得痛苦，低声叹了下，无所谓地道：“你想笑就笑，不用忍着。”

她瞬间轻笑出声，毫不吝啬地夸他：“我也喜欢你的坦诚。”

“那我们就先把文身和打耳洞往后放。”说着，程知重新筛选起来，想看看哪件事可以在今天就行动。

“那要不……傍晚去看日落？今天天气还蛮好的。”她在征询他的同意。

林冬序左右没什么事，闲着也是闲着，便点点头应了下来：“成。”

“那我们加个微信再留个电话吧，方便联系。”程知掏出手机来，把微信名片的二维码调出来凑到林冬序那边。

林冬序没拒绝，扫码加了她的好友。程知随后就给他发了一条微信，是她的手机号。林冬序轻点这串数字，直接呼叫出去，待她的手机响了来电铃声，他就按了挂断。

定好出行的安排，林冬序没多待。正巧程知也有其他事，两人便一同乘坐电梯下了楼。

他们走出这栋大楼时，一辆黑色的保时捷已经停在路边等候林冬序多时了。

冯嘉木看到林冬序后立刻帮他打开了后座的车门。

程知正打算在手机上叫辆车，身侧的男人就问："你怎么走？"

程知抬头冲他笑了下，回道："我叫辆出租……"

话音未落，她眼角的余光就捕捉到了不远处的陈周良，他正在和一个女人攀谈，两人边走边说笑。

程知嘴角的笑意慢慢收敛变淡，她怔怔地盯着他，不自觉地抿了下唇。

程知有时候真的很讨厌自己总是一下就注意到陈周良，只要他出现在视野范围内，她目光的焦点就会落到他身上，本能地追随他。

林冬序循着她的视线望过去，然后就看到了陈周良。

陈周良大学期间不止一次去"沈大"找过秋程，林冬序当时和秋程是舍友，一来二去也就跟陈周良认识了，虽然不算多熟，但到底一起吃过饭。

哪怕现在距离他们上次见面已经好几年，可他还是记得这个人的。联想到程知也是秋程的高中同学，林冬序并不奇怪她和陈周良认识。

只是……

"你喜欢陈周良？"他一语中的。

程知没想到会被林冬序看穿秘密，她瞬间仓皇地收回目光，没承认也没否认。

林冬序也没继续这个话题，只说："你去哪儿？我让冯特助送你过去。"

程知刚想说"不麻烦你了"，林冬序就道："上车。"

如果她不接受林冬序的好意，肯定要跟陈周良和他身边的女伴正面遇上。

程知没再推辞，她对林冬序说了声"谢谢"，随即弯腰钻进了车里。

在她上车的时候，林冬序默默地用手挡在车门上方。这个不起眼的行为，就像刚才他按开电梯后会先让她进，下电梯时也会让她先出一样，自然又得体，这个男人似乎把绅士和教养刻在了骨子里。

陈周良在程知被林冬序护送上车的那一刻看到了程知，他停在原地，无意识地拧紧眉心。

程知刚对冯嘉木说出她下车的地点，手机的微信提示音就响了起来。

她低头一看，发现是陈周良一秒钟前发来的。

陈周良：你在跟男人约会吗？

陈周良：还是个光头，你口味挺独特啊。

程知无语了一瞬，回复他：要你管。

程知：人家光头也比你帅，直接秒杀你。

陈周良这次没跟她呛声，而是发来一段解释：科里的主任给我找了个相亲对象，非逼着我今天中午利用午休的时间过来跟人家见面吃饭，这就回科室了。

程知：又不关我的事，跟我说这个干什么。

陈周良只问：还去合潭寺吗？我这周六有空。

程知回复：我已经去过了，你找别人吧。

不等陈周良再说什么，程知就说：没空搭理你，退下。

陈周良：你……

程知关掉手机屏幕，一撇头，发现林冬序已经闭眼睡了。他的脸很白，很瘦削，本就流畅的下颌线愈发明显。

车窗还半开着，微凉的秋风正呼啦啦地往车厢里灌。程知怕病重的他被风吹着凉，便默默地关上了车窗，随即又拿起放在他们俩中间的那条毯子，展开后给他盖到腿上。

而就在她关上后车窗低头拿毯子的那一瞬间，车子从陈周良旁边驶过。

陈周良盯着这辆车牌号五个“8”的保时捷，唇线慢慢扯直，眉眼也压得很低。

…………

二十多分钟后，冯嘉木将车停在了程知说的那家4S店（集整车销售、零配件、售后服务、信息反馈四位一体的汽车销售企业）外。

就在程知打开车门要下车的那一刻，林冬序睁开了眼睛，他的嗓音低低的，略带沙哑：“到了？”

程知怕惊扰他似的，轻声应：“嗯，我到了，谢谢你。”她回完，又扭过脸来对他说，“下午见啊林冬序，到时候我们提前联系，你告诉我你在哪里，我开车去接你。”

“然后带你看日落。”她漾开明朗的笑意。

林冬序望着浅笑的她，稍微往上拉了拉有些下滑的毯子。

“好。”他回答道。

第二章

听雨落下的声音

有什么能够赐予你一生的平安啊，
让我能够在离世的时候，不至于放心不下。

程知把车从 4S 店开出来后就去了商场，她在一家粤菜馆吃了顿午饭，然后回家。

换好舒适的家居服，程知抱着笔记本电脑去了中岛台。她把电脑随手放到台子上，不紧不慢地给自己磨了杯咖啡，然后在高脚椅上坐下来，打开电脑，又一次搜索与“胃癌”相关的词条。

她认真地查看搜索出来的各种信息，关掉一条又点开另一条，直到咖啡冷却，都没有喝一口。

良久，长时间保持一个坐姿的程知有些累，她伸了伸懒腰，而后起身，挪步去了落地窗旁的躺椅上休息。

午后的阳光明亮，透过玻璃窗散落下来，包裹住她，晒得她全身都暖暖的。程知被阳光照耀着，懒洋洋地闭上了眼。

须臾，她又睁开眼，起身去卧室拿了图案可爱的眼罩回来，戴好眼罩重新躺到躺椅上，这才肆意地沐浴在阳光下睡午觉。

程知睡着没多久就陷入了梦中，梦里的她亲眼看到陈周良和一个女人共进午餐，然后两人在路上不紧不慢地走着，边说边笑。

明明她邀请他去合潭寺时，他说他很忙没时间，可他却有时间跟别的女人一起吃饭，程知觉得既委屈又难过。

可更让她难过的是，陈周良看见了她，他带女人来到她面前，笑着向她介绍："程知，这是我新交的女朋友。"他很高兴地对她说，"我找到女朋友了，我们那个约定不用兑现了，你肯定跟我一样开心吧。"

程知不说话，只笑，笑得眼泪都出来了。

从梦中惊醒时，被她搁在吧台的手机正巧响起微信提示音。她把眼罩拉到头上，目光茫然地怔着，好像还没从梦中完全抽离。

好一会儿，她才慢吞吞地起身，拿起手机，看到是林冬序给她发的微信，有些意外地挑了下眉。

林冬序：地址定位。

林冬序：你出发的时候知会我一声。

程知想起今天上午他说他认命等死，嘴角轻轻弯了弯。

她看了眼手机屏幕上方的时间，现在是下午两点半。

程知认真计算了下时间，然后给他回复：我一个小时后出发去找你。

林冬序：好。

程知在放下手机去洗澡前又给他发了条消息。

程知：你可以趁现在多休息一下，一会儿我们要去的地方稍微有点远。

林冬序说：嗯。

等程知洗完澡、换好衣服，再化好妆要出门时，时间刚好差不多过去一小时。

她上车之前，再一次给林冬序发微信，告知他：我出发啦。

几分钟后，被她搁在储物格的手机响了一声，程知正在开车，就没理会，直到中途等绿灯时，她才拿起手机看了一眼，是林冬序的回复。

他说：好，不着急，你慢慢来，路上注意安全。

程知笑了笑，回了他一个很可爱的"会的"的表情包。

约莫四十分钟后，程知缓缓驶近林宅，她远远地看到林宅门口站了个人，只凭那颗光秃秃的脑袋，程知就知道是林冬序。

程知把车停在他家门口，立刻打开车门下来，惊讶不解地问他："你怎么在这儿站着啊？"

不等林冬序说话，程知又道："怎么不在家里等？我到了会给你打电话的。"

林冬序看了眼她身上穿的卫衣，很快收回目光，嘴角轻扯着，很淡地笑了笑，回答她："估摸着你快到了，我也是刚出来。"

程知无奈叹气，旋即就诧异地"噫"了声。她看看他身上穿的卫衣和运动裤，又低头瞅了瞅自己穿的卫衣和瑜伽裤，唇角上扬地道："咱们俩穿的是一个牌子呢！"

只不过他的卫衣是黑色连帽款，运动裤是宽松版，而她的卫衣是白色无帽款，瑜伽裤是紧身的。

林冬序也勾了勾唇，"嗯"了下。

"好巧哦。"程知笑着说完就率先转了身，然后又转回来，语气带商量地问，"你坐后座？"

她在后座放了抱枕和毯子，还特意用一只新的保温杯装了热水。

林冬序却说："前面吧。"

本来他还想说，他开车也行，但最终什么都没讲。因为这个病，大家都格外关心他，把他照顾得无微不至，仿佛他生活不能自理了似的，其实他并不喜欢被这么特殊对待。

两个人一前一后上车，待林冬序也把安全带系好，程知发动车子掉头离开。

一直立在窗前默默关注着门外情况的林震穹看着车子渐渐驶离，郁郁地长叹一声。

老人的眼睛泛红，有泪珠在里面打转。当着孙子的面，他不敢外露情绪，但私下只要一想到他唯一的孙子就快要和大儿子一样永远地离开他，他心里就说不出地哀痛。

程知开车很稳。她带他从繁华热闹的市区"逃离"，一路开到人烟稀少的地段，最终停在了半山腰的路边。

程知解开安全带，扭脸看向天边正缓缓西落的夕阳，打开车门下去，又开了后座车门，从座位上拿出她带来的单反相机。

林冬序也已经下车。

程知指了指驾驶座后面的座位，对他说："可以坐在车里，把车窗落下来就行。"

他听了她的话，又上了车，坐在了后座。

程知替他按了按钮，把车窗降下来，然后才给他关好车门。

她没有上车，而是直接坐在了敞开的驾驶座车门边缘。

在程知举着单反相机拍夕阳时，忽而有阵风吹来，秋风本就凉，山上的晚风更甚，程知转头对林冬序说："车里有毯子，冷的话可以披上。"

顿了顿又道，“坐得不舒服可以垫抱枕，那个保温杯里有热水，你口渴了就喝。”

“都是新的。”她最后补充。

林冬序沉了沉气，低叹道：“谢谢。”

她足够体贴细心。

“不用客气，”程知摆摆手回应他，“本来就是我该做的。”

说完，她已经把镜头对准了他。单反相机中的男人正探头目视前方，远望着夕阳。他的手臂随意地搭在车窗下边缘，暴露在相机里的手很好看，骨节分明且修长，就连指甲都贴合着指尖被剪得圆润整齐。

程知的目光最终还是落到了他的脸上。流畅的下颌线，高挺的鼻梁，还有……长长的睫毛。

这个男人不止手好看，下颌线吸引人，就连睫毛都生得这么漂亮。虽然剃了光头，却有另一番帅气突显出来，哪怕他有些消瘦，也抵挡不住与生俱来的英俊。

程知按下快门，将这一瞬间的他定格。

林冬序听到声音，偏头望过来，他的目光没有焦距，像是发呆走神还没将思绪拉回来。

程知对他莞尔笑了下，毫不吝啬地赞美道：“你很帅。”

林冬序被她逗笑，说：“我都这样了，还帅？”

“帅啊，”程知忽然想起他在她本子上写的最后那两条愿望，又感慨道，“你这么帅的男人，居然没谈过恋爱。”

林冬序叹了口气，消沉的语气中带着几分自嘲：“这会儿倒是想谈，但没机会了。”

程知沉吟了几秒，问他：“那你有喜欢的人吗？有的话可以去见她。”

“去见她干吗？告白吗？说我快死了，我其实很喜欢你？”

他笑：“我也没有这么个人可以去见啊，就算有，也不可能让她知道我喜欢她。”

“如果你是我，你会让对方知道吗？”他把问题抛了回来。

程知很认真地回答：“我觉得……得分情况吧。”

“如果我喜欢他，他也喜欢我，那我真的会告白，在最后的日子里让他以我男朋友的身份陪伴我，不管是对他、还是对我来说，都会拥有最美好的、无可替代的一段时光。”

“但是如果他不喜欢我，”说到这里，程知不知道是不是想到了自己的处境，难得沉默了几秒，然后才继续道，“我到死都不会让他知道我喜欢他。”

对方不喜欢自己的话，如果去告白，会让对方很有心理负担，就算答应了，也只能是出于同情。与其那样，不如把这份喜欢带进坟墓。

林冬序听完她的话，突然跳了话题。

“你是不是喜欢陈周良？”他用一种笃定的语气问，还带着几分八卦和好奇。

程知登时哭笑不得：“你不是已经看出来了吗？”

这就是变相承认了。

林冬序望着她，眉眼间染上了零星笑意。

此时是看日落最好的时候，远处的天际晕开一片夹杂着灰蓝的橙红，金色的阳光镀在上面，恍若一幅巨大而精美的油画。

程知欣赏着如此动人心魄的日落，倏而觉得缺点音乐，她问他：“介意我放首歌吗？”

林冬序说：“不介意，你随便放。”

程知立刻回身去点车载音乐，随即，她经常听的那首粤语歌缓缓响起。

甜美的女声唱着：“诗一般的落霞，酒一般的夕阳。”

歌词倒是格外贴现在这番景象。

听着听着，程知跟着哼起来。她不会说粤语，就只哼调子，只有那句“没法隐藏这份爱，是我深情深似海”她可以唱出词。

林冬序勉强听懂了这句歌词，他安安静静地听她哼歌，跟她一起看这场独一无二的日落。

等到这首歌唱完，开始循环第二遍，他才开口，以她刚才询问他的句式和语气问她：“介意给我讲讲你喜欢陈周良这件事吗？”

程知似乎没想到他会这么八卦，扭脸看向他，满脸意外之色。

林冬序淡笑说：“你可以说介意。”

程知却摇摇头：“我不介意。”

“我谁都没告诉过，就连橙子都不知道我喜欢他。”

林冬序挑眉：“暗恋啊。”

程知轻扯嘴角：“整整十年。”

“其实我跟他是青梅竹马，两家就住对门，父母间的交情很深，我们俩卧室的阳台都挨着。”她低下头鼓捣着单反相机，“从小打闹到大，他不把我当女孩子，我也不把他当男的。这么说好像不太对，就是……我们只把对方当哥们儿那种，你懂吧？”

林冬序点头：“嗯，然后呢？”

“然后大一那年，我突然发现我喜欢上了他。”

“怎么发现的？”

“有个女生跟他告白，他答应了，我发现我居然吃醋了，在心里疯狂介意，就不想让他跟那个女生好，当然只是自己闷闷地生气，没有跟任何人讲。”程知说，“不过他们也没在一起多久，后来陈周良又谈、又分，这十年来他谈过五六个女朋友，只是每次谈的时间都不长，没有超过半年的。”

林冬序直白地问：“你喜欢他什么？”

程知蹙眉，随即长长吁了口气，笑着自嘲：“可能……喜欢他总气我、欺负我，有事没事就嘴巴很欠地怼我，动不动就放我鸽子，发微信聊着聊着突然没人影？”

她说完，又闷闷地嘟囔：“其实我也不知道，我不知道我为什么喜欢他，明明我能说出他一大堆缺点。”

“没有理由的喜欢总是热烈持久。”程知有感而发。

林冬序淡然地道：“再热烈的喜欢，得不到回应，时间一长也会渐渐冷却。”

“或许吧。”程知扬起笑，她闭上眼，深深地吸了口气，然后说，“或许等我觉得累了，爱不动了，就慢慢不喜欢他了。”

“你没想过跟他挑明吗？”林冬序问。

“当然想过，可是……”

程知还没往下说，林冬序就替她说了出来：“可是你们两家是邻居，你和他是青梅竹马，你怕万一告白失败，你和他无法维持现在这样的关系，甚至连朋友都做不成，还会让两家父母跟着变得尴尬。”

程知乐了：“你懂我。”

林冬序看着她，没说话。

程知把单反相机放下，拿过手机打开相机。

她伸出左手，对着夕阳在的方向比了个“OK”的手势，将远处的夕阳放在食指和大拇指圈成的圆形中，然后右手单手持手机，拍下一张照片。

一阵晚风吹来，程知的发丝跟着风飘扬飞舞，她抬手拢了拢头发，转头看向林冬序，他还在专注地欣赏着日落。

像是怕他冷，程知伸手帮他戴上了他连帽卫衣上的帽子。

林冬序望过来，程知笑着收回手："山上风大，别着凉。"

他却说："我帮你保守这个秘密。"

程知弯唇道谢："谢啦！"

忽而，林冬序眉峰拢紧，他收回搭在车窗上的手，向后靠住椅背，表情痛苦地抓紧衣服。

程知立刻起身打开后座的车门，语气担忧地喊他："林冬序？林冬序！"

"有药吗？带药了吗？"她强迫自己冷静，就害怕他连药都没带。是自己疏忽，程知在心里自责，她在来之前该提醒他带上药的。

因为忍痛，林冬序呼吸略重，他痛得手指止不住地微抖，勉强从裤兜里掏出一个瓶子。在他打开药瓶往外倒药的时候，程知连忙拿过给他准备的保温杯，帮他拧开瓶盖。

林冬序就着水把药吞下去后，程知才注意到这个药瓶居然是维生素瓶。

她着急地问："你是不是吃错药了？怎么是维生素？"

正在缓解疼痛的林冬序没说话，只摇了摇头。

过了会儿，等他熬过这阵痛，才出声说："不是维生素，是我用维生素的药瓶装的止痛药。"

程知没问为什么。她大概能猜到，他之所以这样做，应该是不愿意被人发现他在吃止痛药。

夕阳已经渐渐隐匿，天色渐晚，黑夜正在慢慢笼罩下来，在程知提出回去的前一刻，林冬序先她一步开口，他说："程知，要不要我帮你追他？"

程知吃惊："你帮我追陈周良？"

"你自己都没谈过恋爱。"她笑起来，调侃道。

林冬序也笑："不影响。"

"就像女人了解女人，男人也更了解男人。"

程知说："我不敢明追……"

"我懂你，"他把她说的那句"你懂我"还给了她，缓慢地道，"不用明追，试探就行，看看他是什么态度。"

"你帮我实现愿望，我帮你追男朋友，怎么样？"

程知犹豫了片刻，终于点头。

“那……好啊。”她笑着答应，“天黑了，我们回去？”

“好。”林冬序应着，从后座下来。

程知说：“其实你可以坐后座的，不用特意陪我坐前面。”

林冬序回答：“其实，我能开车。”

两个人站在车旁，她仰脸，他低头，静默地对视了几秒。

就在林冬序想说他只是随口说说而已时，程知却突然问了一个他没想到的问题：“万一你开着车痛起来呢？”

“暂时不会痛了。”林冬序如实回答。

“那你来开。”她笑着侧身，让他坐驾驶座，随即又嘱咐，“但是我们说好，如果你觉得不舒服，一定要及时停车告诉我。”

林冬序受宠若惊，甚至突然被欢喜盈了满腔。她是知道他病情的这些人中，唯一一个不把他当易碎品供着的人。

“好。”他笑。

坐进驾驶座关好车门后扣上安全带，在发动车子前，林冬序看了下还在播放的车载音乐。

程知单曲循环的这首歌叫《最爱》。还蛮好听的，他想。

回程的路上，坐在副驾的程知捧着她的小本子，低头看林冬序写在上面的遗愿清单。

她正在认真思索，接下来哪一个愿望的可行性最大。

谈恋爱她无法帮忙，但她应该能满足他听演唱会的愿望；打架这条就算了，骑摩托车倒是可以考虑考虑；逃课、停课……这个不是不能实现，不过需要些时间准备；文身、打耳洞他又怕疼，那极限运动他会不会也害怕？

经过各种筛选，也就只有看日出最容易实现。只要天气好，随时可以出发。

程知立即拿出手机查看最近几天的天气状况。

就在这时，屏幕上方跳出一个横幅通知，是她专门用来记各种生日和纪念日的那个软件发的提醒：距离橙子27岁生日还有1周。

程知突然轻“啊”了声。

林冬序问她：“怎么了？”

程知扭脸对他说：“下周三是橙子的生日，我还没给她准备生日礼物。”

林冬序回：“这几天准备也来得及。”

程知的嘴角漾开浅笑："嗯。"

"对了，"程知忽然问，"橙子他们知道你回国吗？"

"应该还不知道，"林冬序坦言，"我没告诉大家我回国了。"

程知了然地点点头，随后点开纪念日软件，专门建了一个和林冬序有关的日子，显示的是：和林冬序认识已经 3 天。

然后她在这个纪念日下方继续添加子纪念日，又加了一条：陪他看日落就是今天。

添加完这个子纪念日，程知想起来还不知道他的生日，便问："你生日是哪天啊？"

林冬序沉默了两秒，然后才回答她："下个月八号。"

程知旋即就要在纪念日软件上添加他的生日，她边编辑边核对："是一九九一年吧？"

林冬序低声应："嗯。"

程知轻笑："那我比你小一个月，十二月七号，我出生的那天是'大雪'。"

林冬序忽而笑了："巧了这不是？我出生的那天是'立冬'。"

程知恍然大悟："哦……所以你才叫'冬序'吗？"

他点头："是我妈给我起的名字，她说我出生在冬季的第一天，像冬日序曲，所以叫冬序。"

程知莫名被戳中，感叹道："你妈妈好浪漫。"

说完这句，程知的指腹点击手机屏幕上的"完成"，属于他的纪念日的界面上又多了一行：距离林冬序 27 岁生日还有 29 天。

而在邱橙生日和林冬序生日中间，还夹着一个父母结婚二十九周年纪念日。

程知无奈地笑叹了声。看来，接下来一个月的时间，有她忙的了。

一个小时后，车子缓缓停在林宅门口。

林冬序推开车门要下车时，程知急忙道："戴上帽子。"

他失笑，但还是听了她的话，抬手将连衣帽扣在了脑袋上。

两个人先后从车里下来，程知绕到驾驶座这侧，来到他面前。

林冬序在提步回家前，语气低缓地对程知道："今天没准备，怕贸然邀请会唐突，就不让你进去了，改天我再请你到家里玩。"

程知很喜欢他进退有度的涵养，笑着说："好啊。"

"拜拜……啊，等等！"她突然拉住要走的他，"差点把正事忘了。"

程知松了口气，松开扯着他袖子的手，同他商量般询问，“我们接下来就去看日出吧？”

林冬序没异议，答应：“好。”

“嗯……”程知仰脸看他，“那你想哪天去？”

他没什么想法，便回答：“哪天都成。”

程知不太确定地问：“那我看着来，决定好了跟你说？”

“成。”林冬序点点头。

她漾起浅笑，跟他说了再见就打开车门坐进去，随后，驾驶座的车窗缓缓降落，程知抬头望向他，他身后的路灯光晕浇下来，落了他满身。

她眉眼弯弯地道：“林冬序，你这样戴着连衣帽，很像那种特别酷的夜行者。”

林冬序被她逗乐，说：“你很会夸人。”

总能感染到他，让他心情愉悦。

程知挑眉，回复他：“我说出来的都是真实想法，有感而发而已。”

她对他挥挥手，然后掉转车头离开。

林冬序站在原地，直到白色轿车消失在拐弯处，离开了他的视野，他才转过身回家。

程知对晚饭要吃什么毫无头绪，所以她决定不费脑子想了，直接回家去，爸妈吃什么她就跟着吃什么。结果回到家里，她发现爸妈正在家里吃烛光晚餐。

程知顿在玄关，讷讷地看着正举杯庆祝的父母，眨巴眨巴眼，说：“我是不是不该这个时候突然出现扫你们的兴？”

程永年放下高脚杯，笑道：“说的什么话，快过来。”

程知立刻换了鞋小跑到餐桌边落座。

施慈去厨房给程知拿了一副碗筷和一只高脚杯过来。

程知看着这一桌子丰盛的菜肴，问他们俩：“爸妈你们在庆祝什么啊？还背着我偷偷庆祝。”

施慈满面春风地给女儿夹了一块排骨放进碗里，笑吟吟地说：“还不是你爸，非要今天搞什么周年纪念。”

帮程知倒好红酒的程永年回应施慈：“你接下来又要闭关搞项目，二十五号就是结婚纪念日了，我只能趁你今晚回家，赶紧提前过我们的二十九周年纪念日。”

程知的母亲施慈是名科研工作者，经常会因为忙科研项目加班加点，甚至闭关，好几个月不回家。这二十多年，倒是在“沈大”当中文系教授的父亲陪伴程知的时间更多些。

程知听完父亲的话，乐不可支地道：“程教授，你的怨念好深。”

程永年坦然承认：“那可不是。”

施慈好笑地给丈夫夹了块肉，直接喂到他嘴边，嗔道：“快吃饭吧你。”

程永年把老婆喂的肉吃进嘴里，然后边吃饭边跟程知聊天：“知知，今晚怎么突然回来了？”

程知很满足地吃着父母做的饭菜，回答他：“不知道晚上吃什么了，就回来碰碰运气。谁知道你们俩竟然背着我做这么多好吃的。”

程永年乐了，赶紧往女儿碗里夹菜。

须臾，他闲谈般说道：“我傍晚去买菜的时候碰上老陈，他说良子今天去相亲了。”

程永年嘴里的“良子”自然是祝她家对门的陈周良。

施慈惊讶：“又去相亲了？”

程永年“嗯”了声。

施慈说：“不过确实也到年纪了，都二十七岁了，马上就要到三十而立的年纪了。”

同是二十七岁的程知出声反驳：“还要再过好几年才三十而立呢！”

施慈道：“这不就是一眨眼的事吗？”

“哎，知知，你要不要也试着相个亲？”她说，“妈妈在的研究所里有不少跟你同龄的小伙子，学历高，长得不错，为人也好。”

程知语气坚决：“我拒绝，家里有一个科研人士就够了，我不想我未来老公也跟我妈一样，为了工作经常不着家。”

程永年也附和：“我也不同意。”

然后他又扭头笑眯眯地对程知说：“爸爸这边也有不错的女婿人选，好几个年轻有为的教授，人长得还帅……”

程知叹了口气：“爸，妈，这么好的日子，咱就不提相亲这种糟心事了吧。”

程永年和施慈对视一眼，默契地不再提半句有关相亲的话题。

反正……急也急不来。

晚饭过后，程知承包了洗碗、刷锅的任务。

等她从厨房出来，再拿起手机，就看到了邱橙发来的微信。

小橙子：知知，下周三我过生日，来家里吃饭呀！

程知嘴角轻勾着打字回复道：一定过去！

然后她又问：还有谁呀？

邱橙说：没叫别人，就你和陈周良。

程知突然想起了林冬序。

邱橙和秋程并不知道林冬序回国。

如果知道的话，肯定也会邀请他的吧。

过了片刻，她才回复邱橙：好，到时候见。

结束了和邱橙的聊天，程知就开始看手机上的天气预报，结果发现明天、后天都有雨，大后天才会转晴。

程知便在微信上找林冬序，跟他说：天气预报说明后天有雨，我们就先暂定大后天黎明去看日出，好吗？

林冬序没有立刻回复。

程知就一直拿着手机，耐心地等。

坐在她旁边看电视的程永年问："知知，你周末还回来吗？"

往常只要程知没事，周五晚上就会回家，周末都在家里住。

这周今天就回了，程永年不确定女儿到时候还在不在家陪他过周末。

程知笑着回答："回啊！不过爸爸，我周六早上可能会起很早，约了朋友看日出。"

程永年眼睛瞬间亮起来，他八卦地问："哪个朋友？良子？"

"不是，是一个才认识不久的朋友。"程知没有多说林冬序的身份。

程永年意味深长地笑："还学会跟爸爸藏着掖着了。"

"那我就不多问了，等你想说的时候再告诉我。"

程知扬唇，点点头道："好。"

又约莫过了二十分钟，程知终于收到了林冬序的回复。

林冬序：好。

林冬序：抱歉，刚刚在洗澡，没看到你的消息。

程知有些意外，回他一个又萌又可爱的"没事的"的表情包。

然后她又问：你有没有特别想去的看日出的地点，比如山上？观景台？或者海边？

刚洗完澡的林冬序坐到床边，打字反问：你觉得呢？哪里最好？

程知随口开玩笑：海上最好。

他却很认真地回复：那就海上。

程知连忙道：我瞎说的！你别当真啊！我可没本事带你去海上看日出。

林冬序回复：没事，我带你去，我有本事。

程知：啊？

这发展有点不太对啊，到底是谁帮谁实现心愿?!

程知倒不怀疑他的本事，毕竟是林氏的大少爷，说夸张点，呼风唤雨也行。

但她还是很不确定地问：你认真的？

林冬序回复道：不然？逗你玩？

林冬序：认真的，到时候我开车去接你。

程知像做梦一般应下：……好。

隔天，午后。

程知在自己住的地方午睡醒来，发现外面天色阴沉，乌云压顶，紧接着狂风大作。

凋零的落叶被风卷起，在空中不断地打着旋挣扎。

她从躺椅上起来，挪步到落地窗前，望着窗外骇人的天气，忍不住拍了几秒视频，然后发了条朋友圈。

她配的文字是：黑云压城城欲摧，山雨欲来风满楼。

陈周良很快评论：这语文水平，帮你手动“艾特”程叔。

程知回复他：你真无趣！

陈周良又回过来：有趣的人要开始上班了，无趣的人还在发朋友圈。

程知隔着手机屏幕默默给了他一个白眼，没再回复他。

过了会儿，林冬序给程知评论：同在一个城市差别这么大的吗？我这边甚至还有点阳光。

程知回复他：已经开始下雨了！大雨点噼里啪啦地在砸窗户！

林冬序看着她回过来的这句话，仿佛听到了雨滴落到玻璃窗上的声音。

突然好想听雨。

林冬序给程知发私聊消息，说：程知，我想听听雨声。

程知很快就给他发了一条语音过来。

他点开，是雨水“啪嗒啪嗒”敲打窗户的声音。只有几秒，他却来来回回听了好几遍。

程知给他发完这条语音，在原地站了片刻，然后拿上手机出了门。既然想听雨，还是亲耳听才过瘾吧。

程知一路开车到林宅外。

他这边果然没有下雨，只是有些阴天。

她拿起手机，给林冬序发消息：出门呀！我带你去听雨！

正躺在床上郁郁寡欢的林冬序看到突然蹦出来的这条消息，瞬间坐了起来。他立刻起身走到窗边，撩开纱帘一看，程知的白色轿车就停在大门外。

她穿着一身柔软舒适的家居服，披头散发，好像是急匆匆从家那边冒雨开车赶来接他的，连衣服都没换，头发也没梳理。

他轻勾起薄唇，低头快速打字：来了。

随即迈着大步离开房间，乘坐电梯下楼去见她。

林冬序来到程知面前时，她正查看朋友圈里的未读消息。

同时拥有他们俩微信的邱橙和秋程这对夫妇在程知的朋友圈发言——

邱橙评论程知：你和林冬序？

秋程回复林冬序给程知留的评论：你回国了？

程知仰起脸来看向林冬序，轻轻眨了一下眼，问他：“怎么办？”

林冬序茫然地问：“嗯？”

程知缓缓举起手机，语气正经地通知他：“你暴露了。”

林冬序见她神情严肃地绷着脸，不由得低笑了声：“暴露了就暴露了，没多大事，快带我去听雨。”

在程知开车带林冬序去听雨时，林冬序不出意外地收到了秋程的电话。

坐在副驾驶的他垂眸看着来电显示，坦然地接起来：“阿程。”

秋程问：“什么时候回来的？”

林冬序答：“就前几天。”

“怎么都没告诉我们，不声不响地想干吗？”

林冬序笑了：“自然是想给你们惊喜。”

秋程低声说道：“别贫嘴。”

他只好正经些，面不改色地撒谎说：“自回来后就一直在忙，我刚接手公司，业务上还有些生疏，本来想忙过这阵就联系你们出来聚聚的。”

秋程大概是信了他的话，直接转了话题：“你和程知？”

林冬序叹了声，半真半假地道："说来也巧，那天我去我们家的癌症协会，刚巧遇到在癌症小组当志愿者的她，就这么认识了。"

程知去林氏旗下的癌症协会做志愿者这事，秋程是知道的。

那晚程知跟邱橙通电话时提到过，而且挂掉电话后，小橙子又跟他说了一遍。

秋程说："橙子还以为你们俩谈恋爱了。"

车厢里很安静，能将林冬序和秋程的通话听得一清二楚。

正默默开车的程知在听到秋程这句话后，不由得惊诧地睁大眼。

林冬序撇头瞅了满脸震惊的她一眼，笑着问秋程："你没以为？"

秋程："我暂时不发表看法。"

林冬序解释："就是朋友，我很喜欢跟她聊天，很自在舒服。"

秋程哼笑了下，没对此说什么，只道："下周三晚上来家里吃饭。"

林冬序应道："成。"

"挂了。"秋程说完就干脆利落地掐了通话。

接完电话的林冬序深深地叹了口气，他靠在座椅中，好像很疲惫，轻皱着眉闭上了眼。

程知没有出声打扰他，只稍微降了点车速。

后来，白色轿车驶入正在下雨的区域。

这会儿倒是没再刮风了，只有雨在不断地冲刷着车窗。

林冬序并没有睡着，他只是不舒服，觉得犯恶心。

过了会儿，他扭脸问程知："车上有水吗？"

"有，"程知关切地问，"你要吃药？"

林冬序摇摇头："有点恶心，喝水压一下。"

"晕车吗？"程知这么问着，直接把车靠边停了下来。

"不是，"他解释说，"是止痛药的不良反应。"

程知从她那侧拿了瓶没喝过的矿泉水递给林冬序："给你。"

林冬序接过来，旋开瓶盖后仰头喝了几口。

程知没有再发动车子。

两个人就这么坐在车里，安静地听着雨打车窗的声音，是他想要听的雨声。

须臾，林冬序语气低缓地道："放点歌？"

程知扭头笑着问："你想听什么？"

他直接说："你上次放的那首歌就很好听。"

车载音乐的蓝牙同手机相连着，她便拿起手机，打开音乐软件，找到歌单里的《最爱》，点了播放。

听这首歌时，程知嘴角噙着浅笑对林冬序说："这首是我的最爱。"

林冬序也笑："嗯，看出来了。"然后毫不掩饰地补充，"也已经成为我的新晋最爱了。"

他说："被你成功'安利'。"

有人跟自己喜欢同一首歌，是非常开心的事情，会觉得他和自己品位相同、志同道合，甚至萌生出欣喜。

程知眉眼弯弯地道："是吧，超好听的！"

"既然你这样说，那我就要继续给你卖'安利'了，"她拿着手机，纤长葱白的手指不断在屏幕上滑动，兴致勃勃，"我还有好多好听的歌想要跟人分享。"

林冬序偏头看她。

程知正姿态随性地靠在座位里，披散的长发柔顺地垂落在肩侧，遮挡了些她光滑白皙的鹅蛋脸。

她的眼睫不断扑闪着，含笑的眸中光华流转。

外面大雨瓢泼，遍地湿淋淋的，车里却好像有个明亮耀眼的小太阳，可以驱散一切阴暗潮湿。

"啊！找到了！"程知忽而绽开灿烂的笑，"我之前收藏了一首特别浪漫的歌，很适合当婚礼歌曲，然后我就发誓等我结婚一定要用它！"

林冬序被她的话逗乐。

男人短促地低笑了声，说："你这么一说，我想起来，我也准备了一首打算在婚礼上用的歌。"

程知讶异："噫？"

"很意外是不是？"他嘴角轻翘着，听不出到底是什么语气，"虽然没谈过女朋友，却很认真地思考过婚礼要怎么举办。其实我就是听到那首歌后，才对婚礼有了幻想。"

"哪首？"程知很好奇。

正巧《最爱》播放完，程知就点了她打算作为婚礼歌曲的那首歌。

在轻柔的前奏旋律响起的同时，林冬序回答了程知："*Beautiful In White*（《白色新娘》）。"

程知既惊喜又错愕，她对林冬序指了指车载音乐，掩饰不住开心，说道：“这首！我放的就是这首！它就是我说的要当婚礼歌曲的那首歌！”

车厢里响着深情的男声，浪漫的旋律中融合了教堂的钟声，让听这首歌的人脑海中忍不住浮现出自己向往的婚礼场面。

程知和林冬序对视了一眼，而后不约而同地笑起来。

“咱们俩听歌的品位果然很相似！”程知愉悦地道。

林冬序说：“意外之喜。”

这句话之后，气氛突然沉寂下来。

他们都没再讲话，只有温暖的声线还在唱着：“And from now till my very last breath，this day I'll cherish，you look so beautiful in white.（从现在到我生命的最后一刻，我会珍视这一天，今晚穿上白色婚纱的你如此美丽动人。）”

程知听着这段歌词，心里忽然有种说不出的感觉，明明很甜蜜动人，她却觉得残忍，因为她身边的这个男人已经选好了婚礼的歌曲，却没机会步入婚姻殿堂，甚至无法看一眼他爱的人为他穿上白色婚纱。

好可惜！

就在气氛被沉默弥漫的时候，一道手机铃声突兀地闯进这首浪漫的婚礼歌曲中，也打破了快要凝滞住的氛围。

程知看了眼来电显示，旋即接通。

“喂，孟导。”

说话间，程知伸出手想将车载音乐暂停，结果林冬序也打算关音乐，两个人的手指猝不及防地轻蹭到，程知本能地飞快蜷缩起食指，像触了电般先缩回了手。

林冬序动作微顿，然后点了暂停，收回手。

程知还在回电话：“嗯，好。”

“那我现在回去弄，然后发你。”

林冬序放在腿上的手无意识地攥住，他偏头望向车窗外，却被落了满窗的雨帘遮住视线，什么都看不清，眼中的景象模糊又朦胧。

唯一清晰的，是敲在车窗上的雨声，与他心跳的节拍一唱一和，完美契合。

啪嗒，扑通，啪嗒，扑通……

不知为何，林冬序莫名其妙地冒出一个念头——

他还活着。

他现在还活着。

心脏鲜活。

程知挂了电话后，扭脸对林冬序说："我得回家处理点工作上的事，你跟我回去？"

林冬序看着她，问了句："方便吗？"

她笑起来："没什么不方便的，家里也没别人，就我自己住。"

"主要是那边等着要。"程知说，"你去我家听雨也是一样的，而且还比坐在车里舒服。"

他这才答应："好。"

就这样，林冬序跟着程知去了她家。开门让他进来后，程知给林冬序拿了双男士拖鞋。

林冬序换上，和她一起进了客厅。

"随便坐，不用拘束。"程知说完就去卧室拿笔记本电脑了。

林冬序站在客厅，四处打量了一番，哪哪都很干净整洁，看得人心里敞亮舒心。

程知抱着电脑走出来时，他还杵在原地。

程知停在他身侧，歪头问："怎么不坐啊？"

"啊……你要想躺着的话，"她指了指落地窗边的躺椅，"去躺椅上躺着也行。那边离窗户近，听雨可能会更方便。"

"知道了，"林冬序失笑，"你不用管我，去忙吧。"

程知往热水壶里接满水，在水壶自动烧水时，她坐在吧台前的高脚椅上，打开了电脑，开始忙工作。

林冬序来到躺椅前，上面放着一本书。他弯腰拿起来，是一本现代诗歌合集，他随意翻看了几页，觉得蛮不错，就躺到躺椅上继续往下看。

窗外的雨噼里啪啦地砸在玻璃上，像在一下下地轻叩心门。

而室内，她专心致志地工作，他安静地看着书。

偌大的客厅里，氛围安静，手指轻敲键盘的声音伴着窗外的雨声，时不时还会有翻书的细微声响融入。

他们俩没有交谈，各自做各自的事。

热水壶里的水渐渐沸腾。倏而，"啪嗒"一下，热水壶自动关掉。

程知起身去拿水杯，给林冬序倒了杯热水，又给自己泡了杯咖啡。

她把热水端过去，放到躺椅旁边的小圆桌上。

“有点烫，等会儿再喝。”程知叮嘱。

正看得入迷的林冬序恍如初醒，睁眼看向她，而后轻牵嘴角，低声回应：“谢谢。你忙你的。”

程知也露出淡笑，“嗯”了声，随即转身回到吧台那边继续去忙了。

林冬序的目光又落到书上，这页夹着一张书签，应该是她上次看到的位置。映入他眼帘的这首诗歌最后几句是这样写的：

有什么能够赐予你一生的平安啊，
让我在离世的时候，不至于放心不下。

林冬序沉沉地叹气，他将这本书放在胸口，偏头望向落地窗外，盯着顺着玻璃往下流淌的雨柱怔怔出神。

后来渐渐觉得乏了，林冬序就这样在躺椅里睡了过去。不知道过了多久，等程知回头看他时，才发现他已经睡着了。她起身，轻手轻脚地走过去，在小心翼翼给林冬序盖毛毯的时候，把这本诗集从他手中慢慢抽出来。

她只是随意看了眼，却看到了书页的那几句话。现在的他，对“离世”这种字眼应该很敏感吧。

程知蹲在躺椅旁，抬眼盯着他看。

睡梦中的他眉头紧皱，不知道是做了不好的梦，心中烦闷，抑或是身体疼痛。

程知将书合上，站起来，然后转身回到了吧台那边。她拿起手机，打开那个记录纪念日的软件，在林冬序的那个纪念日下，又加了一条子纪念日。

2018年10月11日，带林冬序听雨。

随后，程知点击“编辑完成”。

界面上便显示：带林冬序听雨就是今天。

林冬序醒来时，天已经完全黑了。窗外的雨还在下，只不过雨势减小，听起来淅淅沥沥的。

睁开眼的那一刻，他看着周围不熟悉的环境，下意识地坐了起来，然后才想到，他在程知家里。

偌大的客厅很昏暗，只有吧台那边亮着一盏台灯。她的电脑还开着，但是人不在。

林冬序睡眼惺忪地盯着身上搭的毯子，又看了看被她放在桌上的诗集。她给他倒的那杯热水都凉透了。

林冬序登时有点懊恼，自己居然在人家家里睡了过去，而且还睡得十分沉。很奇怪，自从知道自己得了癌症后，他就再也没睡过一个安稳觉，这次却意外地睡得格外酣畅。大概是因为终于好好睡了一觉，林冬序终于感觉自己有了些精气神，浑身不再被乏力不适笼罩，而是变得神清气爽。

他撩开毯子，起身。在从吧台前经过时，林冬序无意间看到程知的电脑屏幕界面停留在一个问答网页上，楼主问的是："一年四季，你最喜欢哪个季节？"

下面有好些个回答，林冬序没细看，他听到厨房有动静，就抬脚循着声响和光源走了过去。

林冬序推开厨房门的时候，程知正在炒菜。

她扭脸看到他，笑问："你醒啦？"

林冬序声音低哑地道："抱歉，不小心睡过去了。"他的嗓音还没褪去刚刚睡醒的慵懒。程知知道他身体状况不好，而且药物也有副作用，他精神不振再正常不过。

听他语气中含有歉意，她嘴角噙着笑回应道："没事啊，这种下雨天最适合睡觉了。"

林冬序刚要对程知说他就不再打扰了，程知就先说道："晚饭快做好了，你出去等会儿？"

他微愣了下，没立刻回话。

程知以为他不好意思在这里吃饭，便莞尔说："我做了两人份，你走了我一个人吃不完。"

"等吃完饭我开车送你回去。"程知补充。

林冬序轻扬起嘴角，听话地应允："好。"

回到客厅的林冬序才意识到自己刚才高兴过头，只答应了她一起吃饭，却忘记告诉她，他不用她特意送回家。外面还在下雨，又是晚上，怎么能让她送他回去。

他给冯嘉木发微信，让对方一个小时后来接他。

等程知往外端菜时，林冬序跟过来帮忙。

"吃完饭会有人过来接我，"他说，"你就别出门了。"

程知笑着回应："好。坐吧，吃饭。"

她之前特意搜过胃癌患者在饮食上有什么该注意的，所以今晚做的菜和汤都是清淡的口味，很适合他。

除了西红柿炒鸡蛋和黄瓜炒鸡蛋，还有一道青菜炒肉、一份鲫鱼汤。

程知盛好一碗鲫鱼汤递给林冬序，笑着说："我只会做点家常菜，味道普通，你将就吃。"

林冬序接过汤碗，用汤匙舀了汤正要喝，程知连忙出声道："哎……烫，你吹吹再喝。"

她记得胃癌病人不可以吃太烫的东西。

他抬眼看她，程知刚给自己盛完鲫鱼汤坐下来。

见他瞅自己，她眉眼轻弯，话语含着笑又一次提醒："吹吹再喝。"

林冬序不知道为什么，就觉得不管是跟她在一起说话聊天，还是做其他任何事，都很开心。

他听话地低头吹了吹汤匙里的鲫鱼汤，然后才慢慢喝进嘴里，味道清淡鲜香。

"好喝的。"他中肯地评价道。

程知的唇边漾开笑意："吃菜。"

林冬序放下汤碗，拿起筷子开始吃她做的菜。虽然都是很简单的家常炒菜，和他以往吃的山珍海味大有不同，却让他很贪恋她嘴里说的这种普通味道。

"很好吃，"林冬序并没有奉承夸赞，只是在如实阐述他的感觉，"我喜欢。"

程知受宠若惊："真的吗？"

林冬序边吃边点头，将食物咽下去后才开口："真的啊。"

"对你自己有点信心。"他笑。

程知轻微地撇嘴，跟他吐槽："陈周良每次都会挑三拣四，说我鸡蛋炒老了，不嫩了，要不就是把肉炒煳了，汤要么没味道要么就太咸。"

"反正总不合他胃口。"她耸了耸肩，像是无奈。

林冬序问："那他吃了吗？"

"吃了啊，一边吃一边指指点点，说我做饭没水平，特讨厌。"

"吃完了？"他继续问。

"啊，"提起这点来程知更生气，"你都不知道他有多过分，一口都不给我剩，美其名曰帮我解决黑暗料理，甚至还想让我感谢他，你说离不离谱。”

林冬序若有所思，而后短促地低笑了一声。

程知茫然地瞅着林冬序，不解地问：“你笑什么啊？”

他清了清嗓子，桃花眼中映着零星笑意，说：“我觉得，他还是挺喜欢你做的菜的。”

林冬序以旁观者清的角度给程知分析：“不然他不会吃完。”

程知怔了怔，有点怀疑地道：“是这样吗？”

“在我看来是。”他夹了块鸡蛋填进嘴里，然后毫不掩饰地夸奖，“真的挺好吃的。”

尽管嘴上说着好吃，但林冬序没吃太多，都没程知吃得多。可对比他这段时间的饭量来说，今晚是他吃得最多的一顿饭了。

程知开玩笑逗他：“你还说好吃，都没吃完。”

林冬序叹气，耐心解释：“我胃口不好，今晚是我吃得最多的一次了。”

“逗你的，”她也学着他叹气，“你还当真了。”

程知当然知道癌症晚期的病人胃口不好，甚至可能会呕吐。

晚饭过后，在等冯嘉木来接自己的时候，林冬序闲来无事，跟着程知挪步到吧台那边。

见她想做现磨咖啡，林冬序自告奋勇：“这我熟，我来弄。”

程知没有拒绝，收了手让他来。

林冬序一边磨咖啡豆一边问：“你好像很喜欢喝咖啡？”

程知绕到吧台的另一边，在电脑前坐了下来。

“嗯……”她好像在寻找合适的措辞，沉吟了片刻，组织好语言后才回答他，“其实起初是陈周良喜欢喝咖啡，有次他随手帮我也买了一杯，在那之前我没沾过咖啡，但从那之后，就经常喝了。”

“与其说喜欢，”程知嘴角轻牵，“习惯更准确点吧。”

林冬序挑挑眉，没否认。

电脑屏幕已经灭了，程知轻敲键盘，解开锁，她浏览的问答页面上的问题重新出现在她眼前。

程知忽然好奇林冬序的答案是什么，便叫他：“哎，林冬序。”

正在给她做现磨咖啡的林冬序低声疑问：“嗯？”

程知轻托起下巴瞅着他：“你最喜欢哪个季节啊？”

林冬序手上的动作没停，他低头熟练地忙活着，同时回答她：“在此之前我很喜欢冬天，尤其喜欢沈城这种干燥寒冷的冬天，但是……或许是因为知道自己很有可能熬不到来年春天，我现在很想看看春天的模样。”

在听到他亲口说他可能熬不到来年春天的时候，程知的眉心无意识地拧紧。

“你呢？”林冬序也很想知道程知最喜欢哪个季节。

程知轻眨眼睛，旋即浅笑道：“我喜欢一年四季，在我看来，每个季节都是独一无二的，我都很喜欢。

“春天褪去寒冷渐渐回暖，是风也开花的季节。漫长炙热的夏季会让我联想到毕业和离别，提起秋天我就会想起‘重逢’这两个字。

“冬季就连风都是烈的，我喜欢听踩在厚重的白雪上时的咯吱声，也喜欢某天清早醒来拉开窗帘时，惊喜地发现昨夜下了一场雪。”

程知脸上漾着明朗的笑容将这番话娓娓道来时，林冬序已经把咖啡做好，放到了她手边。他隔着吧台站在她的对面，认真地听她说她心中的一年四季，仿佛被她拉入了她的世界，同她一起经历了一场四季轮回。而她描述春天时，说的是，风也开花。

好美，是他根本想象不到的美。

程知说完后见他在发呆，便轻唤道：“林冬序？”

林冬序这才堪堪回神，他吃惊于自己的失态，无奈地笑了下，夸赞她：“不愧是编剧，描述四季都这么有意境。”

程知笑起来，问他：“你喜欢哪句？”

问完她就喝了口他给她做的咖啡。

林冬序说：“春天是风也开花的季节。”他坦言，“很吸引我。”

就在这时，林冬序手机的来电铃声响了起来，是冯嘉木打来的。

林冬序接通，冯嘉木在那端说：“林少，我到楼下了。”

程知正表情惊喜又满足地对他竖大拇指，无声地夸赞他做的现磨咖啡好喝。

林冬序看着她眉飞色舞的模样，忍不住轻勾起嘴角，语调难得明朗轻松，回应冯嘉木：“好。”

挂了电话后，他垂眼望向正看着他的程知，低声道：“冯特助到了，我该走了。”

程知点点头：“好，我送你下去。”她说着，从高脚椅上下来。

林冬序说："不用了，我自己下楼就成。"

程知却坚持："我还是送你下去吧。"她始终都谨记着自己作为志愿者的职责——一切以病人为重，一定要照顾好病人。

林冬序没再跟她僵持，两个人一同乘坐电梯下了楼。出了电梯，程知就看到冯嘉木正撑着雨伞等在门口，她跟着林冬序走过去。

"回去吧。"林冬序扭脸对她说完，被冯嘉木撑伞护送到了车边。

在冯嘉木打开后座的车门后，林冬序并没有立刻上车，他回头看了眼还站在楼门口的程知。

程知笑着对他挥挥手，她像对待老朋友那般叮嘱他："到家后在微信上告诉我一声。"

林冬序应道："好。"

"你回吧。"他又说了一遍，然后才上车。

程知亲眼看着这辆黑色的保时捷在淅淅沥沥的秋雨中驶远，这才转身上楼。在回家的路上，林冬序跟冯嘉木交代："冯特助，明天安排好在津海的轮船，我后天黎明……"

话还没说完，他顿了顿，忽然改口继续道："……明晚就用。"

冯嘉木应道："好的林少。"

冯嘉木敏锐地察觉到林冬序不再像开始那般消极，甚至对即将要做的事很期待。不过林冬序自己还没意识到，他只是单纯地觉得跟程知在一起很舒服、很开心。她好像有种神奇的魔力，那种魔力总能成功地让他暂时忘记他快要死去的残酷现实。

程知洗完澡出来，一拿起手机就看到了林冬序给她发的微信。

林冬序：程知，我到家了。

林冬序：哦对了，看日出的事，我们明晚就出发，到时候我去接你。

程知很惊讶：明晚就动身？

林冬序很快回复：不方便吗？

程知：方便方便，我就是有点惊讶。

林冬序：那明晚十点？

程知：好。

程知：不过我明晚会回家吃晚饭，到时候我提前给你发定位？

林冬序：嗯，好。

第三章

看海上光芒正好

万丈光芒染海风，波涛汹涌四时同。

隔天晚上，在陪父亲吃晚饭时，程知把要提前动身看日出这件事告诉了程永年。程永年从不多管女儿的私事，况且程知也不是小孩子了，他没唠叨什么，只让程知到了地方后跟他说一声她在哪里。

程知笑着答应，然后又对程永年说："爸你别担心，他是个很有教养的男人，而且我们只是特别聊得来的朋友，纯革命友谊。"

程永年调侃："就跟你和良子似的？"

程知脸上的笑瞬间凝滞了，她佯装自然地拢了拢头发，含糊道："差不多吧。"

将近十点，已经收拾好坐在沙发上等了半个多小时的程知接到了林冬序的电话。

"我到你家楼下了，"林冬序的声音低沉，透过听筒，多了几分磁性，他说，"你下来吧，不用带伞。"外面还在下蒙蒙雨，但他说她可以不用带伞。

程知话语带笑地应道："好，我这就下去。"

她拎上包起身，在出门前走到书房门口，敲了敲门，然后推开，对在书房里忙的父亲说："爸爸，我出门啦！"

程永年抬眼看向她，笑着点头，温和地道："去吧。"末了又嘱咐，"添件外套，天气凉了。"

"知道啦。"程知对父亲挥挥手，"拜拜，爸你早点睡。"

她穿了件到脚踝的长裙，又在外面套了件针织开衫，然后换上平底小白鞋，挎上包包出了门。

站在车旁撑着雨伞等她的林冬序看到她从楼里出来，抬脚大步流星地朝她走去。开车送林冬序过来的冯嘉木站在车旁等他们，可程知却不等林冬序走近，直接用手遮挡着雨，俏皮地踮脚朝他小跑去，最终钻到他伞下。

林冬序无奈地叹气，笑着道："怎么不等等，又不差这几步。"

程知也笑："我就是觉得好玩。"

做完手术下班回来的陈周良把车停到楼下的停车位，他撑开伞下车，走了没两步，就看到程知笑着小跑到了一个撑伞的男人面前，躲进了他的伞下。他们俩旁边还有另一个男人独自撑伞，站在车边。

陈周良本来觉得疲惫不堪，只想倒头就睡，这下突然精神起来，也不知道哪里来的冲动，他直接喊出声："程知！"

伞下的男女纷纷扭脸看过来，也是这时，陈周良才看清站在程知身旁跟她共撑一把伞的男人是谁。

"林……林冬序？"陈周良一脸震惊，"你怎么剃光头了？"

林冬序面不改色地撒谎，开玩笑的语气让人辨不出真假："跟发小打赌输了。"

"好久不见啊，"陈周良客气地寒暄，"你什么时候回来的？"

"就前段时间，"林冬序笑着说，"也没多久。"

陈周良了然地点点头，视线随后落到程知身上。

他看着她问："你们俩这是要去哪儿？"

林冬序想起自己说要帮程知追陈周良，便如实说："去津海等日出。"

他大方地邀请："你要一起吗？"

陈周良还没说话，程知就替他拒绝："他不去。"

衬衫起了褶皱，头发也微微凌乱，眼睛里的红血丝那么明显，跟着去干吗！陈周良瞪她，她不甘示弱地瞪回去。

随即，程知仰脸对林冬序说："我们走吧。"

林冬序给她使眼色，她皱眉轻微摇头。

陈周良反驳程知："我没说我不去。"

他对林冬序说："我跟你们一起……"

没等他把话讲完，程知就扭脸瞪着他，凶巴巴地警告："你不准去！"

说完，她就打开后座的车门，拿过林冬序手中的雨伞，把林冬序推了进去。程知扭脸对冯嘉木说："冯特助，上车吧。"

冯嘉木应道："好。"

程知随即撑伞绕到另一边，收伞坐进车里。林冬序见程知极其不愿意叫上陈周良，也就没强行拉陈周良一起，毕竟，他和对方也没多熟。

他上车后就落下车窗，礼貌得体地对陈周良道："改天叫上阿程一起聚聚。"

陈周良轻扯嘴角，应允："行。"

而后，车窗缓缓关严，黑色的保时捷驶入雨雾中。

陈周良撑伞站在楼门前，望着越来越模糊的车影，表情变得晦涩不明。

直到车子消失在视野中，陈周良才转过身进了楼里。他收起伞，从兜里掏出手机，给程知发微信。

陈周良：见色忘友！

须臾，程知回他：那是你。

紧接着，程知又给他发了条微信：你跟着来干吗啊？有这时间在家躺着休息不香吗，陈大医生？

陈周良冷笑着咬牙切齿地回复：你以为我真愿意跟你们去？别搭理我，老子困死了。

陈周良不让程知搭理他，程知真就没再给他发任何消息。上次他无缘无故没再回复她的消息，其实她心里很介意，可也只能自己默默烦闷，特意为这种鸡毛蒜皮的小事跟他计较，显得她矫情又做作。而且，她不过是个"青梅"，又不是他的女朋友。这次既然他这样讲了，程知就不再搭理他，哪怕很想再找他聊天，她也强忍着欲望，不准自己找他。

坐在程知旁边的林冬序见她不再发消息，这才开口说话。

他语气无奈地低声问："你干吗不让他一起？这么好的相处机会。"

程知语气正经地道："我们此行是去替你完成心愿，你才是唯一的主角。"

林冬序失笑："我没关系的，多一个人也无妨。"

"我有关系，"程知头脑十分清醒，理智地说，"我做不到，我不想让其他的人和事搅和进属于你的愿望中。"

"而且他该好好睡一觉。"她皱眉道，"反正不用管他，他要真想跟我看日出，再找时间去看就是了。"

林冬序叹了口气，开玩笑说："最后这个理由才是重点吧？"

"林冬序！"程知佯装生气地嗔怪，"我在你眼里就这么见色忘友吗？"

他从喉咙里溢出一声短促的笑意，回答她："逗你呢，别气。"

程知忍着笑轻哼了声。深夜雾重，路上什么也看不见。蒙蒙细雨还未停歇，落在车窗上，密密麻麻地重叠汇合，最后成雨柱缓缓流淌。

冯嘉木开得稳而慢，用了一个小时才把他们送到津海。

下车时，林冬序先解开安全带拿了雨伞，对正要推开车门的程知说："等我过去再下车，别淋雨。"

程知笑道："没关系的，零星小雨而已……"她说着，刚从车内出来，林冬序就已经迈着大步来到了她跟前。

他手撑雨伞，遮挡在她头顶上方。

程知仰头望向他，男人背着光，身姿卓然挺拔。她轻眨眼眸，随手关好车门，跟他一起往前走去。

在上船时，林冬序抬起手臂，让她抓着自己的胳膊，同时不断温声提醒："小心脚下，有点滑。"

程知浅笑说："你也小心，要是你摔了，咱们俩可都得摔。"

林冬序认真地回答道："就算我摔了也不能让你摔。"

到了船上，程知跟着林冬序进了船舱。两个人面对面坐下来，中间隔着一张桌子。船开动，缓缓离开岸边。程知给父亲发完定位又说了晚安，之后就望向岸边的高楼。雨雾弥漫，晕染开的光晕朦胧，整座城市都像笼罩上了一层薄纱。

她忍不住莞尔："太美了！从这里看夜晚的沈城，简直不要太美。"

程知边惊叹边拿起手机，拍了张非常有感觉的城市夜景。

林冬序正在倒水，听闻笑了笑："第一次在海上看沈城？"

程知回过身来，接过他递给她的温水，点点头说："第一次。"

"那我挺荣幸的。"

程知轻声笑道："是我很荣幸吧？"

林冬序不与她争论这个，他指了指桌上放的各种零食和水果："随便吃。"

程知随手拿起一根棒棒糖来，冲他晃了晃："你准备的？"

林冬序嘴角轻勾着摇头："冯特助吧。"

程知拆开包装，把糖含进嘴里，漂亮的眉眼瞬间轻弯起来，然后她才注意到，除了温水、零食、水果，还有一些与桌游相关的东西。

程知伸出手指，随意转动了一下一个游戏转盘："冯特助想得好周到，不仅有吃有喝，就连桌游都备好了，这是生怕咱们俩无聊吧？"

林冬序眉梢轻抬："该给他涨薪。"

程知笑出声。

林冬序问："你要玩吗？"

她沉吟了下，拿过叠叠乐积木，询问林冬序的意见："这个？"

"成。"他欣然同意。

于是，深更半夜，两个等日出的人坐在船里，听着淅淅沥沥的雨声，玩起了叠叠乐游戏。游戏规则很简单，每个人抽走一块积木，不管抽中的积木上写了什么，全都得照做。一旦积木倒塌，输的人就要接受对方转动游戏转盘后最终指向的惩罚。搭好叠叠乐后，林冬序做了个"请"的手势。

"女士优先。"他说。

程知没有跟他客气，毫不犹豫地抽出一块积木，上面写的是："请选择一位在场的异性拍一张合照，并将你们的合照设成屏保壁纸一星期。"

程知看向林冬序，嘴角噙笑道："在场唯一的异性。"

"来吧。"她说着，已经调出相机，然后转身背对林冬序，在手机中找角度。

林冬序调侃："听出了你没得选的无奈。"

"我哪有！"程知无辜地睁大眼，煞有介事地说，"你不要污蔑我。"

"好啦，我要拍了哦！三、二、一！"

一瞬定格。照片中的她微微后仰，眉眼弯弯，浅笑嫣然。身后的他前倾上半身，修长好看的手指握着玻璃杯，勾人的桃花眼轻挑着，眉宇疏朗。拍完后程知就低着头不断点手机屏幕，林冬序注意到她在把照片设置成屏保，出声劝阻："别设屏保了，就咱们俩，不用太较真。"

程知却认真地说道："愿赌服输，我不能坏了游戏规则。"随后，她将屏保设置好，举起手机给他看。

林冬序低叹，没再说什么。接下来轮到林冬序，他抽到的积木上写着："请选一位在场的异性拍照，并把这张照片设置成主屏幕壁纸，一个月内不能更换。"

"这和我的有什么区别？"程知"咯吱咯吱"地咬着糖。

"找不同吗？"林冬序笑着问完，故作正经地道，"有三处——你的是合照，我的是单人照；你的是屏保壁纸，我的是主屏幕壁纸；你一个星期后就可以换掉，而我需要一个月后才能换。"

"听你这么一说，好像你比较惨，要一个月后才能换掉壁纸。"她爽朗开心地笑起来。

林冬序瞅着他，神情颇为无奈。他并没有立刻给她拍照，而是在她小心抽积木时，默默地给她拍了一张照片，然后又默默地把这张照片设置成了手机壁纸。

照片里的她已经把糖咬碎吃完，糖棍儿在嘴里叼着，伸出来快要触碰到积木的手指白皙纤长，骨节分明，格外漂亮。她披散的长发柔顺地垂落着，外搭的针织开衫领口有些许下滑，正好挂在上臂处，整个人看起来知性随和，有种说不出的温柔。等程知把积木抽出来，林冬序举起手机给她看，像在告诉她，他也遵守游戏规则，愿赌服输。

程知却看着这张照片笑起来："你很会拍欸，还蛮好看的！"

林冬序也笑："你到底是在夸我还是在夸你自己？"

她乐了半天才回答他："都有。"

玩到最后，叠叠乐是程知在抽积木时突然坍塌的，她把游戏转盘推给林冬序，让林冬序转转盘，决定她的最终惩罚。

林冬序随手一转，然后两人目不转睛地盯着不断转动的转盘。直到转盘慢慢停下来，指针指的惩罚内容是："指定一人同输家约会。"

没要求这个"一人"必须在场。

林冬序轻托着下巴思索了几秒，然后道："那我指定陈周良。"

"你去跟陈周良约会吧，"他笑着望着她说，"跟他一起去看日出也好，看日落也好，或者看电影，去哪儿、做什么都行，只要跟他。"

程知点点头，答应："我明早回去了就约他。"

林冬序嘴角轻牵，话语诚恳："祝你好运。"

"祝我好运。"她笑着叹气。

"不早了，你不睡觉？"程知问。

林冬序说："睡。"

"你也休息吧。"他已经在足够长的沙发里躺了下来，头枕着抱枕。

"嗯。"程知应着，也躺在了沙发上。

这两个沙发上都有厚毛毯，程知随手拽过毯子盖在身上，闭上眼就开始昏昏欲睡，而林冬序却睁着眼，毫无困意。后来，他听到她均匀的呼吸，扭脸看向她这边。程知正微蜷着身体侧躺在沙发里，她的大半张脸都埋在了毯子下，把自己包裹得严严实实。

林冬序瞅着睡得恬静安然的她，唇边无意识地漾开一抹淡笑，他闭上眼，听着她清浅的气息，渐渐也有了睡意。

不知道过了多久，程知醒来。外面的雨已经停了，船舱内的灯还亮着。侧身而躺的她正对着林冬序那边。程知睡眼惺忪地望着他，突然发现他正在浑身发抖。她惊坐起来，立刻走过去，拿过毯子给他盖到了身上。

程知不知道他为什么会发抖，可能是因为冷，也可能是因为病痛。

她说不清，就蹲在他躺的沙发边守着他，直到他平静下来，才终于松了口气起身。因为双腿早已发麻，她只能扶着桌沿，慢吞吞地挪回另一边。

程知拿起被她放在桌上的手机看了眼时间，还不到四点钟，她便又躺下，盖好毯子继续睡。等程知再醒过来时，对面沙发上已经没有人了。她揉着眼睛望向外面，天还没亮，周围很安静，只有水波荡漾的声音。

程知虚眯着眼，迷迷糊糊地往船舱外走，刚出来就看到一个人站在栏杆旁，是林冬序。他穿着单薄，沉默站在那儿，不声不响，连背影都透着孤独和悲伤。

程知没出声打扰他，只转身回到舱里，她将两个毯子都抱在怀中，这才又走出去。大概是听到了身后的动静，林冬序转身回眸，看了过来。

程知慢吞吞地问他："你怎么醒这么早啊？"

刚刚睡醒的她话语中残留着还没褪去的懒倦，听起来娇娇软软的。

林冬序不自觉地轻蜷手指，语气低缓地道："睡不着了。"

程知把手里的其中一条毯子递给他，嘱咐道："披上吧，别着凉。"

林冬序接过来，听话地加了一层防寒的毯子。

程知也将毛毯披在肩上，用手指抓着两端拢紧。

她趴在栏杆上，望了望远处，天色即将露出鱼肚白。

程知的声音轻软可人，她道："再过会儿就可以看日出了。"

"嗯。"林冬序应了声。

雨后的海上吹着潮湿的海风，程知深深地呼吸了一下，片刻的沉默过后，她偏过头轻声问他："你知道我当时为什么会提来海上看日出吗？"

林冬序垂眼望着程知，而后薄唇轻翘："因为你还没在海上看过日出。"

"你早就猜到了？"她惊讶。

林冬序失笑，反问："不然我为什么要来海上看日出？"对他来说，去哪里看日出都一样。既然她还没有来海上看过日出，那他就来海上看日出，不仅圆了自己的心愿，也满足了她的心愿。

程知登时无比感动，胸腔里满满胀胀的，好像从来没有这样过。

他真的太好了，绅士有礼，进退有度，足够敏锐细心，也足够体贴周到。

她仰脸跟他对视着，眸子里沁满了笑。

“林冬序，”她说，“你真的很有魅力。”

林冬序被她哄笑，本来笼罩着阴霾的心情拨云见日般晴朗起来。

他礼尚往来，当然也是阐述事实：“其实，你也是。”

“欸？”程知疑问。

林冬序却自顾自地接着话茬往下说：“如果陈周良能娶到你，绝对是他修来的福分。不，应该说，他能被你喜欢这么多年，已经是他几辈子修来的福气了。”

程知笑着揶揄：“一年一辈子，也有十辈子了。”

“被我喜欢十年，是他十辈子修来的福。”她调侃，“你好会安慰人。”

林冬序低叹：“没有安慰你，是实话实说。”

过了会儿，天际由海水般的深蓝色渐渐变成橙红色。天空像被人用彩墨肆意挥洒涂抹过，宛若一幅美到惊心动魄的油画。程知和林冬序都没再说话，只安安静静地欣赏着这番日出美景。须臾，程知突然转身跑进了船舱，很快她又转身回来，手里拿着她的手机。

程知举起手机一连拍了好几张照片。

站在她旁边的林冬序开口说：“一会儿发给我几张。”

程知欣然答应：“好啊。”然后就开始一边拍一边给林冬序发照片，同时，船舱内被搁在桌上的手机屏幕不断亮起。

看完日出后，两个人回到船舱。轮船正慢慢驶向岸边。在等轮船靠岸的时候，程知点开了纪念日软件。她在林冬序的专属纪念日下，继续添加子纪念日。

2018 年 10 月 13 日，和林冬序在海上看日出。

等记录好他的已完成遗愿，程知就打开了微信，她想发条日出照的动态，要配的文字她都想好了。

“万丈光芒染海风”这句诗就格外贴切。

然而，程知一打开朋友圈就惊呆了。朋友圈里的最新一条动态是林冬序一分钟前发布的日出照，照片是她发给他的，而他配的文字正是她心里想的那句“万丈光芒染海风”。

程知无法不震撼，她好像和他同频共振了。她抬眼看向坐在对面的男人，语气中藏不住欣喜："林冬序，你简直不要太懂我！

"你发的那条朋友圈也是我想发的，就连文字想的都是同一句诗。"

本来林冬序正强忍身体的不适，听到她的话，他倏而觉得好像也没那么难受了。林冬序望着灿然浅笑的她，深邃的眸子里泛起零星的光。

他被她感染，也不自觉地翘起唇角。

大概是情绪所至，程知忽然对他说："林冬序，我很高兴认识你。"

林冬序低声笑了一下，回应她："我也很高兴认识你，程知。"

林冬序和程知从轮船上下来时，来接他们的冯嘉木正站在车旁，已经在等他们了。

两人上车后，林冬序问她："你今天有什么打算？"

程知想了想，说："先睡个回笼觉，下午去丰汇商场给橙子挑礼物。"

林冬序告诉她："这是个好理由。"

"什么？"他的话来得没头没尾，程知一时没明白。

林冬序解释："约陈周良啊，用这个理由非常合适。"

程知轻笑着感叹："你好上心，居然连约他的理由都帮我找好了。"

林冬序勾起薄唇，语调低而缓："因为你对我尽心尽力，足够真诚。"然后又好奇地问，"接下来要完成哪个心愿？"

程知见他这般，不免想起他开始时的消极和抗拒，与现在简直判若两人。她知道他心底并不甘心就这样离开，他是眷恋这个世界的，不然怎么会对即将要做的事情抱有期待。

程知故意卖关子："很想知道吗？"

林冬序如实答："想。"

她调皮地道："就不告诉你。"

林冬序语气无奈地唤她："程知。"

逗了他一把的程知乐不可支，这才实话实说："等我回去看看清单上的未完成事件，好好地计划一下，决定了后再告诉你。"

"好，"他说，"那我等你消息。"然后又补充，"不着急，今天你好好约会。"

程知脸上漾着明朗的浅笑，俏皮地回应他："谢谢老板！"

林冬序再一次无奈，低叹了声，没说什么，唇边却无意识地浮现出零星笑意。

第四章

“明天见”很珍贵

当你对我说出“明天见”，我才突然后知后觉地意识到，
对我来说，这句话有多珍贵。

陈周良一晚上没睡，他失眠了，脑子里有好多问号。

程知是怎么跟林冬序认识的？他们俩什么时候关系这么好了？看日出为什么要大半夜出去？这都天亮了还没看完日出吗？

他在床上辗转反侧，忍不住拿过手机看一眼有没有消息，然后又强迫自己关掉手机，不知疲倦地重复着这两个动作。忽而，陈周良突然回想起，前几天他看到程知上了一个光头男人的车，原来，那个人就是林冬序。

当时程知上车后林冬序紧接着就坐进了车里，陈周良没来得及看清对方的面容，而且他跟林冬序已经好几年没见了，所以并没认出那个光头男人就是林冬序。

如果不是这次正面遇见，陈周良绝对不会把林冬序和“光头”联系到一起。一整晚，陈周良一会儿起来去趟厕所，一会儿又倒杯水喝，最后都打开电脑查医学文献了，就是不睡觉。只要楼下有车的声音，他就会走到卧室的小阳台上，扒着阳台往下瞅。

直到早上七点钟，不知道第几次听到汽车驶近的声音，陈周良又一次去了阳台上。

他亲眼看到程知从那辆车牌号是五个“8”的保时捷内下来，紧接着，后座的车窗缓缓落下。程知转过身，弯腰对车内的男人挥手，笑得格外甜。

陈周良抿直唇线，脸色冷然。对着他就没好脸色，对林冬序就笑语盈盈，不是见色忘友是什么！

林冬序落下车窗后对程知说："提前祝你约会顺利。"

程知笑道："借你吉言，希望顺利。"

"我上去啦，"她弯腰对他挥手，"拜拜，你回去后好好休息。"

"哦对了，到了家……"

"告诉你。"林冬序笑着说，"我会给你发微信的。"

"好。"她莞尔应了声。

等林冬序开车离开，程知才转身上楼。

陈周良已经从卧室走了出去，正在吃早饭的父母没想到他起这么早。

周映巧以为他是要吃早饭，还挺诧异地问："今天怎么起这么早……"

话音未落，周映巧就见儿子大步流星地往外走去，她急忙道："哎，你干吗去？"

陈周良头也不回地道："去程叔家一趟。"

周映巧对丈夫陈元曜吐槽："你儿子怎么这么喜欢往老程家跑。从小到大，动不动就跑去老程家里，恨不得在人家家里扎根，不知道的还以为他姓程。"

陈元曜挑挑眉，不发表任何看法。

还在玄关没出去的陈周良幽幽地道："我还在这儿呢。"

周映巧说："我又不瞎，我就是说给你听呢！"

陈周良受到了亲妈的吐槽，默默无语。

当他听到电梯的声音，便立刻拉开了门走出去。

"哟，回来啦，"陈周良随手关上家门，装出一副他出门刚巧碰到程知的样子，阴阳怪气地道，"日出好看吗？"

程知眨了眨眼，语气平静地回答他："好看啊，特别壮观。我拍了好多照片呢，你要想看我发给你。"

陈周良一口气堵在胸口，吐不出来又咽下不去，实在憋闷，他冷着脸拒绝："谁稀罕。"

程知"嘁"了声，扭头就要回家。

"哎……"陈周良刚想叫住她。

程知突然又转过身，故作自然地问他："你今天有事吗？"

陈周良警惕地道："干吗？"

“下午我想去丰汇逛逛，给橙子挑件生日礼物，你有空的话，陪我去？”程知佯装镇定地说完，不自觉地抿住了嘴巴，就连胸腔里的心脏都快速跳动起来。

等待回答的每一秒都像在等一场审判，忐忑不安，备受煎熬。

陈周良抬手摸了摸鼻尖，像是在思考。须臾，他煞有介事地嘟囔：“又不是给我买礼物。”

嘟囔完，又说：“突然想起来，我也还没给橙子买礼物呢。”

“那我跟你一起去吧，正好你还能帮我参谋参谋。”

程知不动声色地舒了口气，紧绷的神经也松懈下来。不过她竟没有表现出来，甚至还表情嫌弃地剜了他一眼。

“那就这么说定了，”程知说，“下午去逛商场。”话音未落她就困倦地打了个哈欠。

陈周良登时没好气地道：“赶紧回去睡觉吧你，困成猪了都。”

程知揉了揉眼，又打了个哈欠，反驳他：“你才是猪。”连我喜欢你都看不出来。

陈周良被她气笑，他抬手搭在她肩上，推着她走到她家门口，然后替她输了家门密码，打开门后把她推进去。

他们俩都知道对方家门的密码，各自家里还留了对方家的备用钥匙。

陈周良拍拍她的发顶，语气像在哄小孩：“快去睡。”

程知“嗯”了声。

在要关门时，她又歪头说：“你别忘了啊，吃了午饭我们就去。”

陈周良嘴巴很“毒”地吐槽：“你中午能不能醒还不知道呢。”

“我定个十一点的闹……”

程知的话还没说完，陈周良就打断：“定什么闹钟，我叫你起床。”

“也行，”程知嘱咐他，“那你十一点叫我。”

“知道知道。”陈周良嫌她啰唆。

程知这才放心地关上门，回卧室去补觉，不过她并没有立刻就睡。

在等林冬序消息的时候，程知特意看了看丰汇商场里那家电影院的排片，最后定了一场下午四点多的电影，是陈周良喜欢的类型。到时候看完电影正好可以去吃晚饭。

过了好一会儿，就在程知快要抵挡不住困意时，林冬序终于给她发了消息。

林冬序：我到了。

程知立刻回复他：好，我可以放心睡了。

林冬序看着她发来的微信，心里登时盈满暖意，她一直在等他告诉她他平安到家的消息。

林冬序回复她：安心睡。

程知又回复了个“拜拜”的表情包，然后才撂下手机。

她闭上眼就睡了过去。

再睁开眼，已经是下午一点了。

在看到手机上的时间点时，程知瞬间坐了起来。

怎么就下午一点了？！

陈周良呢？说好会叫她起床的！

程知匆忙下床，拿上睡裙火急火燎地想去洗澡，结果出来后就看到陈周良坐在客厅的沙发里，正戴着耳机打游戏。

程知皱眉问：“你怎么没喊我起床啊！都一点了！”

陈周良头也不抬地回答：“才一点，你着什么急。”

程知气得不想跟他说话，转身去浴室冲澡。等她用最快的速度洗完澡、换好衣服又化好妆，也已经两点了，电影是四点二十的，这样一算，供他们买礼物的时间很短。

不过还好她心里早就有了想法，应该不会耗费太多时间，但是不知道陈周良在挑礼物上有什么打算。

程知从卧室走出来时，陈周良已经没再玩游戏了，他正在把饭菜往外端，同时对程知说：“程叔去学校了，午饭……”是我做的。

“不吃了，”程知说，“出门吧。”说话间，她已经走到了玄关，打开鞋柜挑选要穿的鞋。

程知没看到她说了不吃饭后，陈周良的脸上闪过一丝失落，他不甘心地劝她：“多少吃点吧？你不饿吗？”

程知拿出一双漂亮的银色高跟鞋，跟她今天特意穿的灰色小香风连衣裙很搭。她一边穿鞋子一边回应：“现在不饿，不吃了。”

“我们走吧。”程知催促。

陈周良抿了抿唇，没再说什么，和程知一起出了门。

他开车带她去了丰汇。

程知拉着他直奔香水专柜。

在试味道时，程知把手腕凑近陈周良的鼻子："你闻闻，好闻吗？"

"还行。"他有点心不在焉。

程知又换了个手腕贴近他的鼻子："这个呢？"

"就那样吧。"

她不高兴地撇了撇嘴，说他："敷衍！"

陈周良叹了口气，低声咕哝："我又不懂这些。"

程知也不再问他是这个好闻还是那个更好闻，她一个人试香，自己闻，最后选了一款清新的橙花香水，很适合橙子。随即，她又选了一款男士香水。

买好礼物，两个人从香水专柜出来。

程知问陈周良："你想好给橙子买什么了吗？"

陈周良不答反问："你跟林冬序怎么认识的？"

程知用林冬序回答秋程的那番话回答陈周良："我不是报名加入了癌症协会的志愿者吗？那个协会就是林冬序家成立的，我跟他在协会遇见，就这么认识了。"

陈周良想到他第一次看到程知和林冬序在一起那天，他们俩确实是在浩常癌症协会大楼前上的车。

他对此没怀疑，但……

"你怎么突然去癌症协会做志愿者了？"

程知扭脸瞪着他。

陈周良被她看得莫名其妙，不解地道："怎么了？"

"我跟你说过，我发现一个癌症协会在招志愿者，然后我就报名了。"程知仰脸直视着他，眼睛一眨不眨，只听不出情绪地重复道，"我跟你说过的。"

陈周良完全没印象，他皱眉问："你什么时候跟我说了？"

程知张了张嘴，却什么都没说。在张开嘴要解释的那一刻，她突然很累，累得一个字都不想讲。

陈周良还在问她："你真的跟我说过吗？我完全没印象。"

程知不说话，只低头按手机。

迎面有人走来，没看路的她差点撞到对方，幸好陈周良眼疾手快地把她扯到了旁边。

他拉着她去了手表专柜，很快就选中了一对情侣手表。就在他买完手表拉着她离开手表专柜后，程知终于翻到了他们俩的聊天记录，她把手机举到他眼前，语气淡淡地说：“你自己看。”

聊天记录明晃晃地显示着，程知跟他提过她在癌症协会报名当志愿者的事，反倒是他，没有回复她的消息。

再找她聊天时，已经是一天后，而且没有对她之前的微信消息做出任何回应，也没解释为什么没有回复她微信，而是直接开启了新话题。

“我真没印象……”陈周良心虚又满含歉意地道。

她跟他说这件事的时间是上个月十三号，那天，他第一次经历没有把病人抢救回来的残酷现实，当时他心情很差，从手术台上下来后情绪非常低落。

程知沉了沉气，话语平静：“无所谓了。”他说话间，她的手机屏幕已经灭掉了。

就在她收回手机的那一刻，手机屏幕又突然亮起，也因此，陈周良看到了程知手机上的屏保壁纸，是她和林冬序昨晚在轮船上拍的那张合照。

陈周良蓦地怔了怔，表情凝滞住，下一秒，他忽而笑起来。

“你跟他谈了恋爱怎么都不告诉我啊？我还是不是你发小了？”他问完，又故作大度地送上祝福，“恭喜啊程知，这么多年，你可终于脱单了，林冬序这人还不错，好好把握。”

“看来咱们俩的约定是不用兑现了。”他勾唇道。

陈周良的态度让程知的心霎时凉了半截，他果然一点都不喜欢她，喜欢一个人怎么会这么大度，还祝福她跟别人好。

但程知还是不想让他误会，直接解释：“我和他没在一起，我们就是很聊得来的朋友，照片是昨晚玩叠叠乐积木游戏的惩罚，要等一星期后才能换掉。”

陈周良听她这样说，心中的酸涩沉闷瞬间消解了些，但他的语气听起来有点惋惜：“原来没在一起啊，我还以为我们的约定终于可以作废了。”

程知仰脸望着陈周良，表情沉静淡然，声音也很平和，问他：“你很想作废那个约定？”

陈周良眼神闪烁了下，话语透着一股“巴不得”，反问程知：“难道你不想？”

程知的大脑还没思考，嘴巴就飞快地违心否认：“怎么可能！”

“欸对了，我买了两张电影票，”她飞快地岔开话题，“反正礼物都买好了，也没什么事，就去看场电影吧，看完电影还能在外面吃个晚饭。”

陈周良忽然明白了她为什么那么火急火燎地出门：“你连午饭都不吃就赶来这儿，就是为了买完礼物去看电影？”他理解不了女人的脑回路。

“啊！”程知坦然承认，“对啊。”

“不然电影票浪费了多可惜，花了我近一百块钱呢。”

陈周良：“哎……”

他知道程知喜欢看电影，尤其爱看爱情片和文艺片。

两个人去了商场五层的影院。程知在自助取票机处取电影票时，陈周良去买观影小食，他要了一桶爆米花，一杯冰镇可乐，还有一杯温热的奶茶。奶茶是他特意在旁边的奶茶铺子给程知买的。

程知拿着电影票走过来跟陈周良会合，看到他给她买的热奶茶，随口嘟囔道：“我也想喝冰镇可乐。”

陈周良没好气地回道：“你喝什么，不怕肚子疼？”他没记错的话，再过一两天她的“大姨妈”就该到访了。

程知却抿嘴笑了下。那天林冬序问她为什么喜欢陈周良，程知答不上来，反而说了一堆他的缺点。可是，纵然他有那么多缺点，她依然喜欢他，那他自然有值得她喜欢的地方。

比如此时，就现在，他嘴巴很毒，其实是在关心她。他心里不是没有她，只是她不在“女朋友”那个专属位置。程知心想，他大概一直把她放在了最亲近的亲人位置。既然是亲人，就不是专属的、唯一的，爱人才是独一无二的那个。

想到这里，本来因为他的关心而有些高兴的程知不免又惆怅起来。她的情绪总是很轻易地被他影响，他一句话、一个动作都能让她的内心掀起巨大的波澜。

陈周良把奶茶的吸管给她插好，然后将奶茶递给她，同时问了句：“你买的哪部电影？”

程知低头吸了口热奶茶，回他：“《无双》。”

陈周良挑了下眉，没说什么。

然而，大概是昨晚一夜没睡，今天上午只睡了俩小时，在电影开场后没多久，陈周良就开始打瞌睡。

尽管这部电影很吸引他，可是他还是没抵挡住困倦，很快就靠在座椅里睡了过去。

程知是在某次捏爆米花时意外发现陈周良睡着了的，她扭脸盯着他，眼睛里的光逐渐暗淡，心也跟着沉到了底。

程知特意选的他最爱的动作犯罪类型的影片，可他居然在跟她一起看电影时直接睡着了。

这让程知很失落，也很挫败，她放下捏起来的爆米花，靠进椅子里，盯着屏幕开始发呆。后面这部电影具体讲的什么内容，她都没看进去。电影结束后，陈周良带她在商场里找了家店，解决了晚饭，随即两人回家。

下了电梯要各回各家的那一刻，程知叫住了陈周良，她把今天下午买的装有男士香水的袋子递给他。

“给你的。”程知说。

陈周良受宠若惊：“你还真给我买礼物了啊！”

程知的情绪并不高涨，声音淡淡地道：“不要算了。”

陈周良瞬间拿过去，嘴角噙着笑说：“傻瓜才不要。”

“谢了啊！”他语调扬着，难掩开心，但程知接下来的话让陈周良脸上的笑意霎时凝固。

她说的是：“陈周良，那个约定作废吧。”

陈周良有点措手不及，皱眉疑问：“什么？”

程知的话语极其理智：“既然那个约定是束缚，而且也不想让它兑现，那它就没有存在的必要。”

“况且，”她轻扯嘴角，让唇瓣勾出一抹弧度，一字一句地说，“本来就是我的醉话，也就你配合我。”

“约定的事，就到此为止吧。”她笑。

陈周良张了张嘴，但不知道该说点什么。欲言又止了片刻后，他听到自己喉咙发紧地干巴巴应了声：“行。”

随着他这个字的话音落下，程知心里仿佛有块石头重重地砸下来，让她心口疼，沉闷得快要喘不过气。

“我回家了，”她的语气自然，“拜拜。”

进了家门，程知和已经在家里的父亲随口聊了几句，然后回到卧室。她坐在床边，颓丧地耷拉着脑袋，眼睛低垂，轻抿住嘴巴，看起来无比萎靡。

良久，程知让自己打起精神来，她从床头柜上摸过那个写了林冬序遗愿清单的小本子，打开。上面写的“日落”已经被她划掉，在旁边添加的“听雨”也已经被她划掉。

程知拿起钢笔，旋开笔帽，将“日出”这两个字也划掉。她瞅着剩下的遗愿，最终决定下一个做“逃课和被停课”这条。

到时候带林冬序回归校园，重新体验体验高中生活。程知这么想着，正要打开微信找人帮忙，一条微信突然蹦了出来。她点进去，看到了林冬序一秒前给她发来的消息。

林冬序：怎么样？一切顺利吗？

程知盯着他这句关心的问候，咬住下唇打字回复：不顺利。

随即，林冬序的电话就打了进来。

程知接通，闷闷地“喂”了声，同时向后躺倒在床上。

林冬序嗓音低沉地问：“还好吗？”

程知也不知道为什么，突然有点失控得想哭，泪珠瞬间涌上来，在眼眶里打转，紧接着，鼻头发酸，喉咙泛哽。

在陈周良那里一次又一次地受委屈她都没哭，却因为林冬序问的一句“还好吗”突然破防。

程知飞快地眨了几下眸子，然后声音发紧地轻声如实道：“不太好。”她说完，眼泪就不听话地顺着眼角落了下来。

林冬序嗓音很低地叹了口气，唤她：“程知……”

程知把脸埋进被子里，眼泪瞬间浸湿了被单。不等林冬序说什么，她瓮声瓮气地哽咽着打断：“对不起林冬序，我能先挂掉吗？”

在接这通电话之前，她不知道自己会哭。

林冬序温和地回应：“好。”

掐断通话后，程知用被子蒙住脸，闷头痛痛快快哭了一场。

发泄完，情绪终于好转，她便开始在微信上联系认识的选角导演，让对方帮她介绍二三十个年轻的龙套演员。

将近一个小时后，程知还在为带林冬序重返高中校园的事忙碌着，手机忽而响了声微信提示音。

林冬序给她发了条微信：我到你家楼下了，跟我见面聊聊？

程知盯着林冬序发来的微信，愣了几秒，然后她才从床上爬起来，快步去了卧室自带的小阳台，扒着阳台往下看。楼下果然停着一辆黑色的保时捷，而且林冬序就站在副驾驶座这侧，正面朝楼门口。

程知连忙给他回复：这就下来！

她发完消息就趿拉着拖鞋小跑出卧室。

程永年正在客厅看电视，见女儿着急忙慌地从房间内跑出来，忍不住问：“怎么了知知？怎么这么着急？”

程知没跟父亲说实话：“突然特别想吃小区外面那家蛋糕店的小蛋糕，我去买块蛋糕吃。”

要是如实告知父亲她要去楼下见异性朋友，父亲绝对会八卦地多问她几句，而林冬序情况特殊，并不想被别人知道他是癌症晚期的病人，所以程知目前还是不愿意多跟别人提和他有关的事。

程永年听到程知的话，不免无奈，失笑道：“小馋猫。”

“爸我出去啦！”程知在玄关穿上了小白鞋，语调轻扬道。

程永年说：“去吧去吧，早点回来。”

“知道啦！”

随即，一道关门声将程知还未落地的话音隔绝在门外。

程永年端起茶杯来抿了口热茶，自言自语地嘀咕：“买块蛋糕怎么跟要去见男人似的。”

从电梯里出来后，程知直接小跑到林冬序跟前。她抬手拨了拨发丝，仰脸笑望着林冬序，语气里的惊讶掩藏不住：“你怎么突然过来啊？”

问完才发觉自己问了句废话，她又改口问：“你自己开车来的？”

程知歪了点身体，探头看了看：“怎么冯特助没开车送你过来？”

林冬序的嘴角挂着淡笑，语气像在开玩笑：“他不知道，家里人都不知道，我偷偷开车跑出来的。”

程知再一次诧异，她震惊得睁大眼睛，不可置信地道：“你偷跑出来？”

林冬序点点头：“嗯。”

程知突然满心负罪感。

“你这样会让我压力很大，”她蹙起眉，语气严肃又认真，“万一你出了事，我不是咒你，就是……如果你在路上痛起来，有个好歹，我会很自责……”

“程知，”林冬序打断她，强忍着笑说，“我逗你的。”

程知瞬间鼓起嘴，气呼呼地瞪着他，佯装愠怒地叫他全名：“林冬序！”

“哎。”他应了声，然后举起拎着小盒子的手，嘴角上翘道，“别气，吃块蛋糕开心一下。”

程知瞬间被他手中的小蛋糕吸引了注意力。

“天呐！”程知一边接过小蛋糕一边忍不住感叹，“我发誓，我在跟我爸撒谎说要下楼买蛋糕吃的时候，绝对没想到你给我带了蛋糕过来。”

说完这句话，程知又透过蛋糕盒子的透明薄膜发现里面装的是一块提拉米苏，她登时更惊喜："还是我最喜欢的提拉米苏！"

林冬序也没想到自己误打误撞，刚巧买到了她最喜欢的口味。

他挑了挑眉，话语温和："我听人说，女孩子心情不好可以吃甜品缓解，所以就给你带了块蛋糕。"

程知眉眼弯弯地道："我还没吃呢，心情就已经变好很多了。"

她边拆蛋糕盒子边问林冬序："所以冯特助真的没有来？你自己开车过来的？"

林冬序如实回答："嗯。"

程知叹了口气，不能这样啊，多危险。

她刚想说话，林冬序就先说道："有点冷，进车里吃。别吃一肚子凉气，再生病了。"

深秋时节，入了夜后气温很低，风一吹来，冷气直接透过衣衫侵入皮肤。

程知身上穿的还是白天那条灰色的连衣裙，虽然是长袖也是长裙，但此时此刻依然不抵风寒。

听到林冬序这番话，她点头回应："好。"

于是，两人坐进了车里。

程知很享受地吃起小蛋糕来，林冬序则点开车载音乐，找到程知最喜欢的那首《最爱》开始播放。

然后他才不紧不慢地道："跟我说说，你们俩怎么了？"

程知自哭完后心情就好了很多，那股让她难受的劲也早已随着流出来的眼泪消解掉了。

这会儿又有甜品又有歌，她只觉得情绪舒缓，浑身都很放松，便把今天和陈周良相处时发生的一切都告诉了林冬序。从陈周良晚叫她起床，到她让陈周良帮忙选香水时对方的敷衍和心不在焉，从陈周良不记得她说过的话，甚至误会他们俩的关系还恭喜她，到陈周良在跟她看电影的时候睡了一整场。

所有所有，让程知低落的、失望的甚至受伤的，每一个触碰到她敏感神经的点，她都暴露在了林冬序面前。

程知吃了口蛋糕，继续说："他晚叫我起床是想让我多睡会儿我知道，他不懂香水所以不给我参考意见我也能理解，但是他居然不记得我跟他说过的话，还反问我'你什么时候跟我说了'，这就让我很……"

“失望。”林冬序看她停顿，接了话茬。

程知点点头，承认道：“对。他要是真的在乎我，怎么会不记得我说过的话。一个人如果把另一个人放在心上，那对方说过的每句话、每个字，他肯定都记得清清楚楚。就像我，他只不过随口提了句又不是给他挑礼物，我就认认真真地选了一款男士香水送给他。”

“而且陈周良这人，”程知不知不觉地跟林冬序吐槽起来，“他总是动不动就不回消息，下次再找我直接就是聊新话题，对上次聊到一半的话题只字不提，不解释突然消失的原因，也不说抱歉。”

“我不知道他是对所有人都这样，还是只对我这样。”她撇撇嘴，又吃了一口蛋糕。

林冬序问她：“你是接受不了聊着天时对方突然消失？”

程知说：“是很烦对方没有理由的消失。”

“没有理由”这几个字她特意加重了语气。

“就算真的有急事去处理，没能当即告诉对方自己有事，那解决完事情也该解释一下吧？”她理智地说道。

“嗯，你是对的，”林冬序一语中的，“是他太理所当然了。”

“唉，”程知叹了口气，有点怅然地对林冬序说，“林冬序，他不喜欢我。

“他但凡有一点点喜欢我，就不会在误会我和你在一起的时候恭喜我，还让我好好把握住你，对吧？”

林冬序扭脸看她，还没说话，她就垂下眼轻喃：“我不知道我还能喜欢他多久。”

程知说完那句“我不知道我还能喜欢他多久”后，他们谁也没再出声。

空间有限的车厢里，响着旋律轻柔的华语情歌，极具穿透力的男声缓慢吟唱着，歌词直直戳中程知的心脏。她听到副歌部分唱的那句“他不懂你的心假装冷静”，又郁闷地叹了口气。

林冬序听到她接二连三地叹气，不由得低声笑了一下。

他切掉这首歌，刚要安慰她，程知就先一步开口唤他：“林冬序。”

“嗯？”他低声回应。

程知的语气恢复了明朗和活力，对他说：“下一个要带你实现的心愿我差不多计划好了。”

“是哪个？”他好奇地问。

程知嘴角漾开浅笑：“带你回高中，我们逃课去玩。”

他也弯了眉眼，声音略带愉悦：“好啊。”

程知已经把小蛋糕吃完了，她将盒子盖好，放在腿上，然后从旁边的纸抽盒抽了张纸巾擦擦嘴，这才说：“等我拿到在网上买的两套蓝白色校服，就带你去我的高中学校……”

林冬序有点惊讶：“蓝白色校服？”

程知轻眨眼睛，回答道：“对啊，你不会没穿过蓝白色校服吧？就是特肥、特丑，要多难看有多难看的蓝白色校服啊！”

林冬序唇角轻翘着笑说：“我还真没穿过。我初、高中的校服都是制服套装。”

程知不由自主地问：“你在哪个学校啊？”

林冬序回答她：“沈城中学国际部。”

“啊……你上的是国际高中啊，”程知忽而不解，“可是你不是在国内读的大学吗？”

林冬序“嗯”了声，说：“当时我保留了国内学籍，所以可以考国内的大学。”

程知也不知道为什么，直觉告诉她，他的第一选择并不是在国内读大学：“所以这是一条退路吗？”

“在国内读大学。”她补充。

林冬序笑了下，点头承认：“是。”

“为什么啊？”她有点好奇。

林冬序也没隐瞒，坦言：“因为升入高三那年，我爷爷生了场大病。”

他的目光变得幽远，仿佛回到了过去。

“我从小没了父母，是跟着爷爷长大的，和他的感情也很深。”

程知从来不知道，林冬序早就失去了父母。

林冬序说：“当时那种情况，我没办法心安理得地出国，只想离他近点，可以随时回去看他。”

“于是你就去了沈大？”程知问。

“对，”林冬序嘴角噙笑道，“沈大就在家门口，回家方便。后来老人家身体好转，恢复得很不错，家人就都劝我出国留学。”他轻叹，“他们知道我一直想去英国留学，不愿意让我有遗憾，所以全都特别支持我去那边深造，我也确实很想去，所以大学毕业后就去了英国。”

程知了然，她没有过问他父母的事情，而是说：“那我再重新安排一下，我们去国际高中……”

“不用，”林冬序劝阻道，“我还没体验过普通高中的生活，这样就挺好。”

“我想试试蓝白色校服，也想体验一下普通高中的日常生活。”他笑着说。

程知听她这样说，扬起唇角，话语明快：“好，那我就带你去我的高中体验体验。”

聊完正事，程知看了眼手机上的时间，这才惊觉时间已经不早了，她直接提出来：“很晚了，你给冯特助打个电话让他过来接你回去吧。”

林冬序刚想说他自己能开车回去，程知就说：“你自己开车我不放心，得有人在你身边陪着才行。或者我开车送你回去，然后我再打个车回来。”

她的话音未落，林冬序就无奈地叹了口气，听话地妥协：“我给冯特助发微信让他过来。”

说完，他立刻拿过手机联系了冯嘉木，他怎么可能同意让她大半夜专门开车送他回去。

尽管她现在是他的志愿者，开车送他回家在她的义务范围内，但在他这里，她不仅仅是他的志愿者，更是他的朋友——一个很聊得来、相处起来非常舒服、甚至有点相见恨晚的朋友。

在冯嘉木没到之前，程知依然坐在车里陪林冬序，陪他一起等，同时也和他多聊了会儿。

程知随口问他：“你今天都干吗啦？”

林冬序轻勾唇角回答道：“休息。”

不跟她出门的时候，他大多待在房间里，虽然说是休息，但并不等于睡觉。他一个人时总会胡思乱想，想癌症，想死亡，想自己到底还有多少时间，而且就算是睡觉，他也浅眠易醒，总睡不踏实，每每惊醒，都和即将到来的死亡有关。

林冬序是真的很怕死，他还没活够，还有好多事没做。

尤其是——事业有成，娶妻生子，人生两件大事全都没着落。

当然，也不会再有任何着落，他这辈子都不会成为林氏的接班人，也没机会娶妻生子。

来人间一遭，要离开时才发现，尽是遗憾。

想到这里，林冬序不自觉地叹了口气。

靠在副驾驶座里的程知扭脸看向他，她没问他为什么叹气，而是问："你明天有什么打算吗？"

林冬序还没想好明天要做点什么，但有一个念头已经很确定。

他说："不想一个人待着。"

独自待着总忍不住胡思乱想，然后情绪就会变得很消沉、很颓丧，也总感觉哪都不舒服。但他也不想长时间跟老爷子面对面，林冬序看得出来，爷爷每次面对着他时，都在强颜欢笑，假装若无其事。

为了不让爷爷过于担心，他每次也都故作轻松地配合着、扮演着。这样的伪装太累了，老爷子累，他也累。

作为帮助他的志愿者，程知很负责地提出来："那我陪你吧。"

满足他的需求，就是她该做的，这点她始终牢记在心。

她这样一说，林冬序想起他之前就说改天请她到家里玩。

"要不要去我家？"他很真诚地邀请她，"之前说改天请你过去玩的。"

程知在回答他之前多问了句："你家里有别人吗？我上门会不会太打扰……"

林冬序说："不会，我家大得很，我自己独占一层楼，你不用担心遇到别人觉得尴尬不自在。"

"你自己独占一层楼……"程知忍不住感叹，"听着就气派。"

林冬序短促地低声笑道："气派有什么用，生不带来死不带走的。"

程知乐观地说道："所以啊，要趁现在好好享受。"

他真的很羡慕也很佩服她的乐天。

"去不去？"林冬序问。

"去呀！"程知莞尔道，"让我亲眼看看林大少爷家里有多气派！"

林冬序被她调侃的语气逗乐，回她说："到时候看上什么随便拿，都送你。"

程知很配合地笑着说："那明天去了你家我可得好好瞅瞅，专挑值钱的拿。"

…………

冯嘉木打车赶到后程知就下了车，她走到路旁，顺手将蛋糕和纸巾丢进垃圾桶。林冬序也从车里下来，绕到副驾驶这侧，冯嘉木已经帮他开了后座的车门。

林冬序上车后落下车窗来，程知站在楼前，笑着对他挥手："拜拜，到了家记得在微信上吱一声。”

“嗯，”他应，“知道的。”

等黑色的保时捷驶离，程知转身要回家的那一刻，握在手中的手机突然响了声提示音。

陈周良给她发了条消息：你是不是喜欢林冬序？

站在三楼卧室阳台上的陈周良本来只是想出来透透气，谁知道会碰巧看到程知从林冬序的车里下来。

他无法不多想，刚刚转好的情绪瞬间又闷起来。

程知莫名其妙，直接回复了他一个问号，然后又给他发了一句话：你是不是有病？

她要被他气死了。什么男人，总惹她生气！

陈周良点开键盘，按了几下后又将输入框里的文字删除，继续重新组织语言。

来来回回好几次，他最终发出去的是：咱们俩谁跟谁啊，就不用跟我藏着掖着了吧？

程知气得不想再搭理他，直接把这人关进了“小黑屋”。

陈周良继续给她发信息：哎，有个事……

然后他发现，消息前面出现了红色的感叹号，这么多年，他不知道第几次被程知拉黑了。

陈周良转身出卧室，直接去电梯口堵人。

程知一从电梯里出来，就被陈周良挡住了。

“干吗拉黑我，”他皱眉道，“给我放出来。”

“我不。”程知的脾气上来了，跟他犟着。

“快点，”陈周良说，“有正事要问你。”

程知掀起眼皮瞥了他一眼：“你现在问啊，我人就在你面前。”

不等他张嘴，她就提前说明：“再提刚才那茬，我保证人你都见不到。”

陈周良被她这副凶巴巴的模样逗乐：“你还急上了。”

“不提那茬，”他正了正色，“就是，前几天那个相亲对象约我出去。”

“你说我要不要去？”陈周良笨拙地试探程知。

程知抿了抿嘴巴，不答反问：“她约的是我吗？”

陈周良被她问笑：“想什么呢你，人家约的是我好吧。”

“那你问我干什么。”程知觉得自己已经被冲昏了头脑，都控制不住要开始骂人了。她说完，直接推开陈周良，转身回了家。

因为这个插曲，程知又陷入了烦躁，她无法不在意陈周良可能要跟相亲对象出去玩的事情。

程知在微信上发了条动态，配了个“男人影响我拔刀的速度”的表情包，文字写的是“累了，毁灭吧”。

发完朋友圈，她就把手机扔到床上，拿着睡裙去了浴室。

正坐在车里由冯嘉木送回家的林冬序随手刷朋友圈，就看到了程知刚刚发的这条动态。

他不用猜也知道，让她这么郁闷的，只能是陈周良。

“唉。”林冬序很低地叹了口气。

冯嘉木立刻问：“怎么了林少？不舒服了吗？”

林冬序回他：“没有，没事，开你的车。”

“好。”冯嘉木乖乖回应。

在浴缸里泡澡的时候，程知满脑子都是陈周良大概要跟别的女人去约会了。越这么想，就越难受，心脏好像被拽入了一个无底洞，不断地失重坠落着。

等她泡完澡再拿起手机时，就看到了林冬序五分钟前发来的微信。

林冬序：吱。

本来挺郁闷的程知登时轻笑出声，笼罩在心头的阴霾一瞬间烟消云散。

她回了他一个“收到”的表情包，然后说：好好休息，明天见啦！

林冬序很快发来：明天见。

林冬序是这时才突然后知后觉地意识到，对他来说，“明天见”有多珍贵。

第五章

月半小夜曲

“你要等春天来，看风也开花，知道吗？”

隔天午后，程知开车出了门。

她到林宅门前时，黑色的铁栏雕花大门缓缓地自动打开，本来要停车给林冬序打电话的程知微怔，旋即就接到了林冬序发来的语音通话请求。

她接通后，他的声音就从听筒里传了出来：“直接开进来，程知。”

程知按照他说的做，把车开进了院子里。

“往哪边开啊？”前面是分岔口。

林冬序说：“右转。”随即，他就出现在了右边的屋檐下。

那里有一部电梯，在电梯门打开后，林冬序从电梯里走出来，他站在台阶上，耐心地等程知把车停好。

停好车，程知推开车门下来，挎好包包笑着走到他面前。

“你家好大。”她回头扫视了一眼，院中央有处大花坛喷泉，这会儿正在喷水柱。

除去左右两条车道，四周都是充满了艺术感的绿化带，养眼又舒适。通往四面八方的弯曲小路穿梭在绿化带内，像迷宫。

林冬序笑了笑，还没说话，程知又问：“就你自己在家吗？”

他回答：“不是，我爷爷也在，叔叔婶婶白天有工作，晚上才回来，堂妹经常去外地，不怎么在家。”然后安抚她，“放心，从这边的电梯可以直接去四楼，不会碰到老爷子。”

程知却有点局促忐忑地问："我这样不打招呼是不是不太礼貌？"

林冬序低声笑："不会，没事。"

他说完，又忍不住逗她："你要想见见老爷子，我就带你去正门，那边一楼客厅也有部电梯……"林冬序作势要下台阶，领着程知去正对着雕花大门的正门口那边。

"哎……"程知急忙拉住他的袖子，"还是算了。"

林冬序唇边漾着零星笑意，按开电梯，带程知去了四楼。

程知一踏进属于他的空间，就被惊了下。

客厅里的每一处家具、每一个装饰品，都昂贵到程知无法想象。真皮沙发组合有蓝牙设备，投影仪特意设计在了沙发正中间。岩板电视柜、茶几组合和沙发一样都是进口货，价格极高，就连她脚下踩的地毯，都是上百万元的波斯地毯，更不要说那些精致漂亮的摆件，动辄就几万元甚至几十万元。

在这之前，程知虽然知道林冬序是林氏的大少爷，是个实实在在的富家子弟，但对他到底多有钱并没有很清晰的认知，所以此时，在她亲眼看到他住所里的一切后，还是猝不及防地受到了强烈的冲击。

林冬序回头见她发呆的模样，笑问："怎么了？"

程知将目光落到他身上，毫不掩饰惊讶的情绪，回问他："你没闻到吗？"

林冬序被他问蒙："闻到什么？"

程知深吸了口气："金钱的味道啊！"

林冬序被她逗乐，低声笑。

"随便转随便看，"他说，"我给你磨杯咖啡。"

"你家的咖啡肯定是好东西，我等会儿要品尝品尝。"程知说着，跟他去了吧台那边，大大方方地坐下，然后她就真的双手托着下巴，眼巴巴地等起咖啡来。

林冬序拿出咖啡豆放到她面前，含笑道："看看。"

尽管知道他家的咖啡豆绝对是顶级好货，可在看到牌子的那一刻，程知还是吃惊地睁大了眼。

"天呐，"她感叹，"瑰夏！这可是咖啡中的'拉菲'！"

林冬序又被她的话惹笑。

程知说："你别笑啊，我说的是实话，一杯难求。"

林冬序回应她："你喜欢的话，带点回去自己磨着喝。"

程知摇头："不了，我在这儿尝一杯就行。"

"人不能太贪心。"她笑。

在等他做现磨咖啡的时候，程知注意到吧台上放着一个小音响，她"欸"了声，拿起小音响来，对林冬序说："我家也有这个，一模一样。"

"是吗？"林冬序应了声，然后道，"可以放歌听。"

程知眉眼弯弯地拿过手机："让我来操作一下。"

她打开连接音响的 APP，暂时断开了自己家里的小音响，然后连接上手边这个。随后，她点开名为"我喜欢"的歌单，开始播放。

歌曲前奏一出，林冬序就淡笑道："这首歌我知道。"

"*One and only*（《唯一》），Adele（阿黛尔）的。"他说，"我很喜欢的一首歌。"

"欸……"程知略拉长音，满脸惊喜，她开心地说道，"你也喜欢啊！我超喜欢这首歌的！"

林冬序轻挑眉梢："咱们俩品位相同。"

程知笑着说："我也觉得。"

"没准一会儿你还能从我的歌单里听到你喜欢的歌。"

"不是'没准'，是一定吧，"他说，"你的歌单里绝对有《最爱》和 *Beautiful in White*。"

程知乐不可支："还有昨晚你在车里放的那首《他不懂》。"

林冬序听出她话语间的揶揄，轻叹了声，无奈地解释："当时我不知道会那么不凑巧地刚好放到那首歌。"

"没关系啦，"程知说，"还挺应景的。"

她叹了口气，脸上漾开的笑意变淡了些："他就是不懂我。"

程知这样一说，林冬序忽而想起了昨晚她发的那条朋友圈，他问："昨晚你回去后又怎么了？"

"嗯？"程知不解地问。

"那条朋友圈。"林冬序提醒。

"哦，"她瞬间明白过来，跟他坦言，"陈周良莫名其妙地又问我是不是喜欢你，我被他气得直接把他给拉黑了。"

"结果他跑到我跟前对我说，他那个相亲对象约他出去，问我他要不要去。"

程知说到这里就气不打一处来，一字一顿道："他、居、然、问、我！"

林冬序把磨好的咖啡放到程知手边："那你怎么回的他？"

"我反问他——她约的是我吗？他还得意扬扬地回我说'你想什么呢，人家约的是我'，我就骂了他一句。"

"啊？"林冬序觉得很稀奇，"你还会骂人？"

"瞧不起谁呢，兔子急了还咬人呢。"程知说完就抿了口咖啡。

林冬序说："不是瞧不起，我是觉得你脾气挺好的，一般人不会把你惹急的。"

"这么看来，陈周良还挺有本事啊。"他揶揄。

尝到咖啡味道的程知活像只餍足的小猫，神情瞬间变得无比享受。

"唔，"她感叹，"好好喝，好香啊。"说完就又尝了一口。

林冬序垂眼看着她，嘴角噙着笑。

"带你逛逛？"他温声问。

"好啊！"程知端着咖啡起身，跟着林冬序在房间里转悠起来。

两个人从客厅转到会客室。会客室和客厅完全就是两种风格，摆了一套名贵的大红酸枝沙发组合。沙发和桌凳上都刻着精致又繁复的浮雕，每一处木纹都很饱满，单人沙发的扶手是祥龙图案，触感格外顺滑。

程知抿了口咖啡，问他："这套家具得是收藏级别的了吧？"

林冬序语气含笑回答："差不多。"

随后，两人又去了书房、健身房、影音室，甚至他的收藏间。收藏间里有一个很大的欧式雕花实木玻璃柜，里面放着他从小到大收藏的各种手办和模型，另一边放着一个宫廷风酒柜。

程知不由自主地走到复古奢华的酒柜前，细细地打量起来。

林冬序来到她斜后侧，低声笑着说："这里面有你说的拉菲。"

"喝吗？"他问。

程知连忙摇头："还要开车呢，不能喝。"

她说完，慢吞吞地喝了口温热的咖啡。

从收藏间出来，程知又踏入了简洁明亮的琴房。她看着琴房里那架斯坦威经典款彩色三角钢琴，不知道自己今天第几次被惊到。

上百万元的钢琴啊！而且，还不止有钢琴。

程知的目光落到放在柜子上的小提琴盒上。

"你会钢琴和小提琴？"虽然心里大概猜到了他会，但程知还是问了出来。

林冬序点头："会一些，不算精通。"

程知幽幽地道："我觉得你在谦虚。"

林冬序笑，很客观地说："没有谦虚，是真的不算精通，但也确实都学过。小时候倒是有经常练，长大后反而懈怠了，没能坚持。"

"但基本功应该还在吧？"程知说，"你要不要试试？"

林冬序垂眸看着她，失笑道："是你想听吧？"

程知的计谋被他识破，也并不觉得尴尬，莞尔说："被你看穿了。"

"哪个？"林冬序问她，"钢琴还是小提琴？"

程知瞬间开心地道："这次就小提琴吧，等下次我来，再让你弹钢琴。"

林冬序走到柜子前，打开小提琴盒。他背对着她，一边拿琴一边问："程知小姐，你确定不把握好这次机会吗？很可能没有下次了。"

程知立刻发出"呸呸呸"的声音，然后语气正经地说道："林冬序你不要乱说话，肯定会有下次的。"她说，"你要等春天来，看风也开花，知道吗？"

林冬序失笑低叹，没有回应，只不紧不慢地耐心调音。过了会儿，他调好音，便转过身对程知说："那我就献丑了，先说好，拉得不好不准笑。"

程知已经站到了窗边，正伸出手指拨弄纯白色的轻薄纱帘，听到他的话，她笑道："好，保证不笑你。"

林冬序这才抬起拿琴的左手，将琴放到左侧锁骨位置，而后拿弓的右手把弓落下来，缓缓拉动。

登时，熟悉的旋律在琴房响起，他拉的是《月半小夜曲》。

这首歌的曲调本就透着淡淡的哀伤，这下配着小提琴低回婉转的音色，格外如泣如诉，听得人心颤想哭。

程知站在窗边，望着正在认真专注拉小提琴的林冬序。

他今天穿着米白色的毛衣，裤子是宽松版的休闲黑裤，整个人看起来温文尔雅、风度翩翩，让人挪不开眼。

大概是因为这首曲子的旋律充满了哀愁，程知仿佛感觉林冬序周身也笼罩了一层化不开的忧伤。

她完全被他带进了曲调中，感觉自己置身于一个月色朦胧的夜晚，海水在周围，浪花层层起，而她和他在那条船上。

站在栏杆前的他背对着她，连背影都是悲伤的——她脑子里想到的，是他们等日出的那晚，她睡醒后看到的那个场景。

那时，半夜雨停，乌云散开，日出还没来，月亮也还没落。

他独自站在甲板上，被惨淡的月光笼罩。

她又禁不住想到，他刚才说，很可能没有下一次了。不知何时，程知的眼睛被一层薄薄的水雾遮挡。

眼前的人变得模糊，出现重影。在温热的液体从眼角滑落下来的那一刹那，她才惊觉自己掉了泪。

程知连忙扭脸望向窗外，想要平复心情，可她却意外看到了，倒映在玻璃窗上的、自己那双泛红的眼睛。

程知说不清自己到底为什么会哭，可能是这首曲子真的太哀伤，听得她难过，也或许是想到了林冬序不久于人世，为他难受。

她和他虽然才认识没多久，却像知音、像旧友，她从来没跟人这样投缘过。可是，她却面临着就要永久失去这样好的一个朋友的现实。

抑或，这些原因都有，思绪一时复杂混沌，情之所至，就掉了泪。

林冬序拉完小提琴后，程知立刻把手中的咖啡杯放到阳台上，拍手鼓掌。

“好好听！”她的脸上漾着明朗的笑意，语气轻快，“我就说你是谦虚，明明拉得这么好！”

林冬序失笑，回应她：“节奏快了你没听出来？有点赶。”

程知已经重新端起咖啡杯来，正小口地喝。

听到他的话，她一脸茫然：“有吗？我没听出来啊，我觉得特好听。”

“都把我感动哭了。”她笑道。

林冬序把小提琴放回琴盒，转过身来，他垂眼看着程知，对她说：“我私下练练钢琴，争取下次弹给你听的时候比这次拉的小提琴完美。”

“至少节奏不要这么赶。”他自我调侃。

程知莞尔：“好。”

从琴房出去，程知又进了他的电玩室，她一眼就看到了房间里的双人摩托赛车。

程知走过去，手搭在摩托上，扭脸冲林冬序笑说：“你家这不是有摩托吗！”她逗他，“不然你玩玩这个，咱们就当把骑摩托车那项心愿实现了吧？”

林冬序短促地低哼了声，嘴角轻勾道：“你糊弄谁呢？这能跟在马路上骑摩托车一样？”

程知也就是说着玩，随后，她在他的电玩室四处张望起来。

林冬序问：“找什么？”

“抓娃娃机。”程知脱口而出。

“你在一个男人的电玩室里找娃娃机？”他不可置信。

程知被他的语气逗笑：“万一有呢。”

“有是有，”林冬序说，“不过不在我这儿，在楼下我妹妹住的那层，有一排。”

程知登时羡慕极了：“天呐！”

“你要想抓娃娃？”他嘴角噙笑，“我带你去玩。”

程知连忙摆手又摇头：“不了不了，擅自去你妹妹的房间不好……”

她的话音未落，林冬序就道：“就在三楼客厅，没事。”

“走吧。”他率先往外走去。

程知便跟着林冬序乘坐电梯到了三楼，电梯一打开，她就看到了一整排娃娃机，里面的玩偶各式各样，一个比一个可爱。

“哇……”程知的心都要被娃娃机里的玩偶们萌化了，她小跑过去，不断地感慨，“家里有一排抓娃娃机也太幸福了吧！”

“如果我家里有这样一排抓娃娃机，我可以一个月不出门，天天在家抓娃娃。”

林冬序拿了游戏币给她：“玩吧，喜欢哪个抓哪个。”

程知看上了星黛露：“星黛露！露露！妈妈来了！”她投了两个游戏币后开始操纵摇杆，语气兴奋又开心，“妈妈带你回家！”

林冬序站在旁边瞅着程知，他见她难得显露出小孩子般的幼稚和天真，忍不住翘起嘴角。

不过……程知并没有把她心心念念的宝贝星黛露抓出来，她不服输地继续试，接连好几次都以失败告终。

林冬序实在看不过去，对她温声道：“我试试。”

程知往旁边挪了挪，让他来。

林冬序投了两个游戏币，旋即不紧不慢地晃动摇杆，调整抓钩的位置，然后毫不犹豫地按了按钮。

程知看到抓钩抓到了星黛露，瞬间睁大眼睛，紧张到不由自主地屏住了呼吸。

直到星黛露精准地掉进出口，程知登时跳了起来，她高兴到抓着林冬序的胳膊大叫：“抓到了抓到了！林冬序你居然一次就抓到了！”

程知喊完就急忙蹲下，把抓到的星黛露拿了出来，她爱不释手地抱着这个玩偶，开心得像个孩子。

林冬序从没见过这样的程知，像童心未泯，又好似少女心未尽，单纯又可爱，还特别容易满足。

不过就是抓到一只玩偶而已，她竟然高兴到不能自已。在她那里，快乐好像很简单。

抓到玩偶后，心满意足的程知在跟着林冬序回四楼时，还在止不住地夸他：“你是怎么做到一次就能抓到娃娃的，也太神了！”

林冬序开玩笑：“我运气好。”

程知也笑：“那你今天适合买彩票。”

回到四楼，吧台的小音响还在放着歌，刚好播放到某首歌的最后一句，歌里唱：“而我已经分不清，你是友情还是错过的爱情。”

林冬序走到吧台旁，给自己倒了杯温水，然后吞服了几粒药片。

程知见状，关切地问：“又疼了？”

“嗯。”他低声应。

程知轻蹙眉说：“你要不要回房间休息会儿？”

林冬序摇头：“不用，我还好。”

他不睡觉，两人也没其他活动要做，最后决定去影音室看电影消磨时间。

对林冬序来说，只要不让他自己待着……更准确点说，应该是——只要有程知陪在身边，哪怕两个人什么都不做，他也不觉得难熬，更不会胡思乱想。

在电影开始播放时，程知轻声对林冬序说：“困了你就睡，不用强撑着陪我看。”

林冬序笑着揶揄：“你对我倒是很宽容，还主动让我在看电影时睡觉。”

程知知道他指的是她因为陈周良陪她看电影睡着而生气那件事，回应道：“这没有可比性，你们俩不一样。”

林冬序低叹了声，没说话。

电影是程知选的，叫*One Day*——《一天》。

影片中，女主角暗恋男主角，而男主角却把他们之间的感情定为“朋友”。此后十多年，女主角为生活和工作拼命地奔波忙碌，而男主角除了工作，还在不断谈恋爱换女友，但他们俩每年都会在同一天以朋友的身份见面。

某次，男主角把女主角气得从餐桌离席，男主角追出去，大声喊女主角的名字，在女主角回头朝他走来时，他露出笑，心里笃定女主角离不开他。

但接下来，女主角却哽咽着冷静理智地道：“I love you so much. I just don't like you anymore.”

这句台词有好几个翻译版本，程知最喜欢的一版是：“我无法控制自己对你的难以忘怀，但是关于你的一切已经再也没有了期待。”

可是影片最终，女主角还是跟结了婚又离异的男主角在一起了，因为她发现自己根本没有放下男主角，而男主角也后知后觉他其实一直喜欢女主角。最悲惨的是，在他们俩终于走到一起时，女主角却被一场车祸带走了生命。

看完电影后，两人从影音室出来。

在往客厅走的时候，程知说：“如果我是电影里的女主角，我绝对不会在心灰意冷后又回头跟男主角在一起。”

她扭脸问林冬序：“哎，林冬序，如果你是电影里的男主角，你会这样伤女主角的心吗？”

林冬序说：“我不是他。”

“假设！”程知强调。

林冬序换了个说法：“我不会成为他。

“一个人对谁动了心、产生了喜欢，别人也许看不出来察觉不到，但他自己绝对明确地知道他喜欢谁。”

程知无法不赞同：“你说得太对了！”

就在这时，电梯突然打开，从里面走出来两个男人。

林冬序停下来，他旁边的程知也顿住了脚步。

秦封和随遇青就是过来看看林冬序，谁知会意外发现这人身边多了个女人。

一时间，四个人你看我我看他，陷入了诡异的沉默。

须臾，随遇青似笑非笑地问林冬序：“林大少爷，这位是谁啊？也不介绍介绍。”

程知直觉这两人跟林冬序交情匪浅，连忙开口自我介绍：“你们好，我叫程知，是林冬序的……”

她的话还没说完，林冬序就直接道：“朋友，她是我朋友。”

随遇青更觉得有趣了：“你什么时候多了个异性朋友？”

“就最近，”他回完随遇青，又跟程知介绍，“随遇青，秦封，都是我发小。”

谁？随遇青和秦封？程知心里瞬间万马奔腾，她眼前的都是些什么大人物啊——一位是向来神秘不见真容的随氏太子爷随遇青，另一位是秦家那位新上任的接班人秦封。

她快速眨了眨眼，努力压下心中无法言喻的震惊，让自己的嘴角带着恰到好处的浅笑，然后落落大方地说：“你们好。”

随遇青一挑眉，又露出似笑非笑的表情来：“你好。”

秦封面容冷峻，表情冷淡，他没有说话，只朝程知微一颔首，算作回应。

“别搁这儿杵着当门神，”林冬序对这俩发小说，“过去坐。”

“你们俩怎么突然一起过来了？”他不解地问，“有什么事吗？”

随遇青哼笑：“怕你孤单寂寞，想着过来陪陪你，现在看来……”

他的目光意味深长地在程知身上停留片刻，才继续道：“好像是我们多虑了。”

程知瞬间就看出来，随遇青大概误会她跟林冬序的关系了。

她刚要出声解释，林冬序就先说道：“程知是协会安排给我的志愿者，负责陪着我。”

随遇青一愣：“志愿者？所以她知道你的事？”

林冬序点头：“知道。”

随遇青说：“搞了半天，第一个被你带家里来的女人是志愿者。”

程知抿住嘴巴在旁边偷乐，林冬序回随遇青：“不仅仅是志愿者，更像朋友，是相见恨晚的知音。”

听到他说的这句话，程知的心脏突然失控地坠了一下，像本来平稳的节奏忽地被打乱，心跳莫名漏掉一拍。

随遇青和秦封对程知没有什么不放心，既然她能被安排到林冬序身边，林家肯定做了全面的调查，不然不可能这么放心地让她跟林冬序相处。

随遇青跟林冬序杂七杂八地闲聊了好一会儿，秦封都没怎么插嘴，他只靠在沙发里，时不时地看一眼手机。

须臾，秦封冷淡的表情有一瞬柔和，嘴角甚至似有若无地翘了翘。他按了几下手机，然后就抬头对他们说：“我老婆叫我回家吃饭，走了。”

猝不及防地被糊了一脸“狗粮”的随遇青骂他：“秀什么，就你有老婆是不是！”

秦封眉梢轻抬，不置可否。

林冬序笑出声，提醒随遇青：“阿随，确实就他有老婆啊。”

随遇青也起身，拽得二五八万，理直气壮地道：“走，我今天晚上去你家蹭饭。”

秦封冷漠地拒绝：“不欢迎。”

“我管你欢不欢迎！”随遇青语气欠揍，“你老婆欢迎我去做客就行了。”

秦封：“不叫嫂子还想蹭饭吃？”

随遇青：“谁叫你找的老婆比我年纪小。”

在他们要上电梯前，秦封又回头对林冬序说：“明儿有空的话，去马场玩一圈，我跟阿随都去。”

林冬序没明确答应：“再说吧。”

随遇青也道：“序哥，来啊！骑完马再去打会儿高尔夫。”

林冬序只是笑。

等他的两个发小走了，程知才深深舒了口气。

林冬序问她：“怎么了？”

“嗯？”程知淡笑着回答，“没事。”

“就是觉得……”

她沉吟了几秒，还是实话实说地道：“你这俩发小，心思都很深沉，让人看不透。”

林冬序唇角轻勾道：“正常。”

“但是你就比较好懂。”程知说。

“我好懂？”林冬序忍着笑意问，“你确定？”

“嗯！”她无比肯定地点点头，“至少比他们两个好懂多了。”

林冬序没再继续这个话题，转而问：“想去马场吗？”

程知疑惑：“欸？”

林冬序笑了笑，说：“你想去的话，我就带你去。”

程知认真思考了一瞬，还是觉得她不方便跟他去。

她刚要拒绝，林冬序就像看透了她的心思似的，解释道：“不会带你和他们俩一起玩，知道你跟他们不熟，相处起来肯定会拘谨，我们改天去。”

“是私人马场，只要避开他们俩，就不会有其他人。”他低声补充。

程知咬了下嘴唇，旋即扬起笑来，她没有故作矜持，而是爽快利落地答应：“好啊。”

下一秒，程知手机的来电铃声忽然响了起来，她看了眼来电显示，是陈周良。

程知正犹豫要不要接，林冬序就对她温和地道：“接吧。”

程知听了他的建议，接通。

陈周良的声音瞬间透过听筒钻进了程知的耳朵。

“祖宗，你打算把我关‘小黑屋’多久啊？”他主动放低姿态。

程知抿抿唇，听不出情绪地问：“你打电话过来就是问这个？”

陈周良说：“程叔说你吃过午饭就出门了，你去哪儿了？怎么到现在还没回来？”

“要你管，”她下意识地就对他没好气，有点不耐烦地道，“你到底有什么事啊？”

陈周良又折回最开始的话题：“把我放出来吧。”

他说：“我不就随口问了句你是不是喜欢林冬序吗，你至于发这么大脾气？该不会被我说中了，你恼羞成怒吧？”

程知瞬间不想再跟陈周良聊下去了，就连她旁边不小心听到了通话内容的林冬序都无声地叹了口气。

陈周良这张嘴啊。

程知没说别的，只语气冷淡地道：“挂了。”不等陈周良再说什么，程知就干脆利落地掐断了通话。

林冬序这才开口：“你跟他讲话总是很凶。”

程知烦躁地皱了皱眉：“他太欠了，我控制不住。”

林冬序说：“是伪装吧，故意用凶巴巴的语气掩饰你对他的喜欢。”

程知轻扯嘴角：“林冬序，你要不要这么明白？”

“旁观者清。”他温和地笑。

程知看了眼手机上的时间，对林冬序道：“不早了，我该回家了。”

“嗯。”他点头。

在程知拎起包包后，林冬序主动拿起那只星黛露，递给她：“拿上你的玩偶。”

在乘坐电梯送程知下楼的时候，林冬序忽然出声说："马术服你不用操心，我会托人给你准备好。"

程知眉眼弯弯地道："好，那就谢谢你啦。"

出了电梯，林冬序止步在台阶上，程知走到停车的地方，发动车子。

在拐弯要离开林宅前，程知落下车窗来，对还站在那儿的林冬序挥挥手："拜拜。"

他抬手挥了挥，扬了点声音说："路上慢点，到家发微信。"

程知浅笑点头："知道啦！"

等她离开，林冬序才想起来，他还没跟她约好去马场的时间。

程知把车停到家楼下的停车位后就给林冬序发了微信。

程知：我到家了哦。

林冬序很快回复道：好。

然后又发过去：去马场的时间，就定在逃课那天怎么样？

林冬序：逃课去马场。

程知觉得这个安排非常可以。

程知：不能再棒！就这么定了！

退出和林冬序的聊天界面，程知没在最近列表里看到陈周良的名字和头像，她鼓了鼓嘴巴，然后点开黑名单，把陈周良从"小黑屋"里放了出来。

与此同时，程知突然收到了陈周良发来的消息。

陈周良：我喜欢你。

程知蓦地屏住了呼吸，她怔怔地盯着手机屏幕上的这四个字，突然做不出任何反应，只有胸腔里的心脏在活蹦乱跳，剧烈的心跳声清晰地震着她的耳膜。

程知的手指悬在手机上方，指尖止不住地微微颤抖着，怎么都落不下去，她突然不知道要给陈周良什么回应。

直接坦言她也喜欢他会不会太不矜持了？可是如果她不给他明确的答复，万一他误会她不喜欢他，退缩了怎么办？

程知的脑子变成了一团糨糊，她下意识地就找了林冬序。不是发微信，而是直接打了电话，发微信她怕他回复不及时。

对现在的她来说，每一秒钟都很煎熬，她迫切地想要回复陈周良突如其来的告白，她需要知道自己接下来该怎么做。

林冬序很快就接了电话。

似乎是意外她突然打电话给他，他的语气疑惑："程知？"

"他说喜欢我，"程知一开口才发觉自己的声音在发颤，"林冬序，他说他喜欢我，我该怎么回复啊？"

林冬序听得稀里糊涂："嗯？陈周良吗？"

话说出口，他才恍然觉得自己好像问了句废话，不是陈周良还能是谁。

"嗯！"程知控制不了因为激动而发出来的颤音，"我刚才把他从黑名单放出来，他瞬间就给我发了'我喜欢你'过来。"

林冬序沉吟片刻，说："那应该是他趁你收不到消息在偷偷告白，结果没想到你突然把他放出来了。"

程知何尝不知道这点，她很着急地问："所以我该怎么回他啊！"

"你想答应他吗？"林冬序问。

"当然想，"程知眼眶泛热，快要喜极而泣，"我喜欢了他十年才等到他一句喜欢欸！"

"你心里不是已经有答案了？"林冬序轻叹。

程知咬了咬嘴唇，忽而开心地笑起来，她语调上扬着对林冬序说："林冬序，我知道要怎么回复了，谢谢你！"

程知都来不及挂断电话，就直接点开微信，开始打字：我也……

程知想回复他：我也喜欢你。

可是，她才打出"我也"两个字，陈周良就给她发了一张截图过来。

程知点开截图，上面是陈周良在她把他拉黑时发的一串自言自语。

程知！

程知！

快点把我放出去！

哎我跟你说……

我那个相亲对象跟我告白说……

我喜欢你。

除了最后一条，其他的消息前面都显示着红色感叹号。

程知讷讷地看着这张截图，心里那簇激动的火苗霎时被一盆冷水浇灭，凉透了，心也跟着直接坠入万丈深渊，摔了个七零八碎。

原来，他不是在跟她告白，而是在跟她分享，有人对他表白。

是她误会了。

程知退出大图，把她打入输入框的“我也”这两个字一一删掉。

转而回复了他另外两个字：恭喜。

发完这条消息，程知就蹙紧了眉心，但还是有温热的液体涌上眼眶，将她的视线模糊掉。

随后，一滴泪落到手机屏幕上。

程知刚擦掉屏幕上的泪珠，紧接着，又一滴落下来。她一边哭一边擦手机屏幕，起初只是无声地啪嗒啪嗒掉眼泪，没多久就开始抽噎。

还没挂掉的电话那端，林冬序一直没离开，他听到她的哭泣，嗓音低沉而柔和，唤她：“程知？”

程知这才惊觉，通话还没掐断。她情绪上头，有点无理取闹，抽抽搭搭地问：“你怎么没挂电话啊！”

林冬序歉意地说道：“抱歉，是我不好。”然后又问，“那你现在是要我挂掉，还是需要我陪你会儿？”

程知控制不住哭出声，她没回答他，只哽咽着说：“林冬序，我不要喜欢他了。”就在刚刚，她真的失望透顶，对陈周良彻底死心，没力气再继续喜欢下去了。

林冬序似有若无地低叹了下，顺着她回答：“好，那就不喜欢他了。”

“我以为他在跟我告白，原来是他在跟我说，他的相亲对象说喜欢他，因为我把他从黑名单放出来的时候，他刚好发到那句‘我喜欢你’，”程知抬手抹了抹脸上的眼泪，闷闷地轻喃，“是我自作多情了。”

林冬序没说话，只安静地倾听着。

“幸好我没把‘我也喜欢你’发出去，不然好尴尬。”程知说到这里，深深吐了口气。

她慢慢地平复着心情，终于找回了理智。

程知从副驾驶座捞过可爱的星黛露，抱在怀里，突然“啊”了声，带着点鼻音道：“完了完了，我的糗事被你知道了，我尬死了。”

“啊啊啊……我为什么要告诉你啊！”她自己都不理解她怎么会毫无保留地把所有事情都对林冬序倾吐出来。

林冬序被她强大的自愈能力折服，明明刚才还哭得一塌糊涂，现在却在为被他知道了事情的始末觉得尴尬而苦恼。

他被她逗笑，然后清了清嗓子，一本正经地道：“我可以当作什么都不知道。”

“可是你明明都已经知道了啊！”程知的尾音上扬起来。

林冬序问她：“那怎么办？”

程知很惆怅地叹气：“唉，随便吧，反正你也不是第一次见到我被他惹哭了。”

林冬序说：“那就祝愿你以后不要再被我见到因为他而哭了。”

程知嘴角轻扯：“我也希望。”

“好啦，”她舒了口气说，“我不打扰你了，你好好吃饭好好休息。”

林冬序“嗯”了下：“你也是。”

就在程知要掐断通话之前，林冬序忽然很跳脱地问：“程知，你知道我为什么怕痛却还是在遗愿里写下了要文身、打耳洞和挑战极限运动吗？”

程知一时反应不过来，蒙蒙地说道：“啊？”

“因为在死亡面前，其他所有都是小事，”他理性又温柔地安慰她，“你现在经历的一切，都没什么大不了的，不要太过在意。”

她真的有被他安抚到，浅笑说：“嗯，我知道啦！”

“谢谢你呀林冬序。”

挂了电话后，程知把包包挎到肩上，抱着星黛露玩偶下了车，乘坐电梯回家。一进家门，她就看到陈周良坐在客厅的沙发里，正在跟程教授下棋消遣。

程知还没说话，程永年就笑道：“知知回来啦，就等你了。”

他起身说：“来，咱们吃饭。”

程知瞥了陈周良一眼，问：“你也要在我家吃？”

“什么你家我家的，”程永年温和地道，“都是一家人。”

程知抿了抿唇，没再说什么，打算回卧室。

陈周良看到她怀里抱了个兔子玩偶，嘲笑她：“你都要奔三了，还喜欢这些玩意儿呢。”

程知对他露出一个假笑，回道：“陈周良，你不说话没人把你当哑巴。还有，你也要奔三了，不也天天有事没事就打你那些破游戏？咱们俩彼此彼此。”她说完就径自回了房间。

程知放下包包，将星黛露妥帖地摆在枕边。她站在床边，看着和她浅紫色四件套特别搭的玩偶，忍不住拍了张照片。

陈周良过来敲门，喊她：“屋里的那只猪，出来吃饭了。”

正在给照片选滤镜的程知习惯性地回怼他：“门外的那只狗，给我滚远点！”骂归骂，程知还是拉开门走了出去。

她在餐桌前落座，但并没有立刻拿筷子吃饭，而是捧着手机发了条朋友圈。

陈周良瞥见她更新了动态，不动声色地点开了朋友圈。随后，他就看到她一秒前发的朋友圈，还附了张图片。

程知：露露宝贝！妈妈带你回家！今晚跟妈妈一起睡觉！

陈周良点了赞后评论：幼稚。

程知没立刻回复，她发完朋友圈就把手机搁下了，这会儿正在低头吃饭。陈周良也没在意，他发完评论就返回了微信界面。

然而，这晚夜深，陈周良躺在床上，皱眉盯着程知晚饭时发的那条朋友圈，有些郁闷。

因为她只回了他一个“嗯”字，没有反驳，没有回怼，更没有骂他，让陈周良觉得她的态度变冷了不少，甚至透着说不清的……不在意，可她回复别人的语气明明都很俏皮活泼。

烦！他又哪里惹到她了？女人好难懂。

陈周良点开和程知的聊天界面，上面明晃晃地显示着——

程知你这只猪！

要我怎么做你才会知道！

我喜欢你。

这才是他给她发的真实内容，而那张给她看的截图，不过是他情急之下，把自己的微信小号换成她的头像，备注也改成“程知猪头”，故意撒谎说是相亲对象跟他告白。但，她好像根本不在意，甚至还恭喜他。

这让他更加不敢踏出这一步，他怕他不管不顾地说出来了，最终落得跟她连朋友都做不成的下场。

陈周良左思右想，越深究越烦乱，关键是，他也想不通哪儿惹她了。

他坐起来，烦躁地抓了抓头发，正起身去卧室自带的小阳台，打算抽根烟缓解情绪，谁知会突然听到一声门响，不是他家，是程知家。

他们住的小区一层楼就两户，这层就他们两家住户。

陈周良立刻转身出了卧室，嘴里还叼着没点燃的烟，他快步走到玄关拉开门，然后就看到程知正站在电梯前等电梯上来。

她披头散发，身上穿着一套秋季睡衣，外面只裹了件衣摆到小腿的长款大衣，手一直摁着肚子。

陈周良压低眉骨问她："'亲戚'来了？"

程知轻微地点了下头，其实本该后天到访的，但不知道是不是她最近情绪波动大，影响到了例假，导致提前。

今晚她失眠，躺在床上不断回忆着和陈周良这些年来的点点滴滴，不知不觉已经到了深夜，如果不是肚子忽然痛起来，她还没察觉到异样。

陈周良又低声问："去买什么？卫生棉还是止痛药？"就像他精准地知晓她的例假日期，他也知道她例假第一天痛得厉害，会吃止痛药。

"都要。"程知的声音听起来有些虚。

小区外面就有二十四小时便利店和二十四小时药店。

陈周良已经来到了她面前："回家等着，我去。"

程知还没有所反应，他就扯住她的胳膊拉着她回到了门口。

他输密码开了她家的门，强硬地把她推到屋内。

程知没力气也没兴致跟他争，他要去就让他去了。

陈周良回屋拿上手机就着急忙慌地出了门，都忘记了多穿件大衣。

到了外面，寒意登时侵入骨髓，他禁不住打了个激灵，身上瞬间起了层鸡皮疙瘩，还好他赶时间，是一路跑着去又跑着回的，也没觉得有多冷。

回到程知家里时，陈周良的身上甚至还出了层薄汗。

自被他推进家后，程知就摸黑坐到了客厅沙发上，她恍恍惚惚地发着呆，但也不知道自己到底在想什么，就只觉得脑子很乱，有点转不动。

陈周良一打开门，看到客厅一片漆黑，还以为程知回了房间，他正往她卧室走，却突然注意到沙发上有团人影。

陈周良借助手机屏幕亮起来时的微弱光源看清了程知，坐在沙发里的她弯着腰，在用抱枕压肚子。

陈周良叹了口气，按开了灯，然后说："装神弄鬼啊你，连灯都不开。"

程知懒得搭理他，她从他放在茶几上的袋子里拿了包卫生棉就去了卫生间。等程知再出来，陈周良已经给她倒好了温水，也把止痛药准备好了。

他将胶囊放到她手心，又把水递给她。

"赶紧吃，吃完回去睡觉。"陈周良没好气地道，"就你会折腾人。"

程知没说话，只抬眼看了他一下。

她面前的男人穿着深蓝色的睡衣，额前的发丝被汗珠打得微湿，但手却是冰凉的，他在给她止痛胶囊时不小心触碰到了她的手。

程知默不作声地把止痛胶囊就着水吞服下去。

而后陈周良离开，她也回了房间。

重新躺到床上后，程知在药物作用下昏昏欲睡，但是思绪还在乱飘。

她想到今晚陈周良穿着睡衣跑出去给他买药和卫生棉的场景，又想起大学时她晚上一个人坐出租车，他全程跟她通着电话的事情。

还有高中的时候，她被校外某个男生死缠烂打地骚扰，他直接跟对方打了一架，一战出名，此后大家都知道程知是他陈周良罩着的人。

再之前——初中运动会，她在参加田径项目时不慎崴脚摔倒，伤到筋骨，接下来将近一个月她都拄着拐，是他每天骑车载她上下学，次次背她上下楼，虽然总骂她是猪，说她沉死了，可还是把她照顾得很好，就连课间她要去厕所，他都会很负责任地把她送到女卫生间外面。

小学准备文艺汇演期间，有舞蹈节目在身的她每天都要留校晚走，而他嘴上说不等她，但她总会在出了学校后就看到蹲在地上百无聊赖的他。

他每回都做出一副不耐烦的模样，说一句："烦死了，要不是我妈非让我等你，我才不会在这儿浪费时间。"

甚至更早，在他们才记事的年纪，她有次发高烧，烧得稀里糊涂说胡话。

因为担心她，两家人全都去了医院。

程知不知道自己当时都说了什么，只记得在打针输液时她一直抓着一只手，像抓住了救命稻草。

后来清醒后才发现，她抓的是陈周良的手，不仅抓了，还在打针时因为太疼咬了他的胳膊，她哇哇哭，他也哇哇哭，却没有把手缩回来，就这么让她咬。

…………

几乎陷入睡梦中的程知眼角滑落一滴泪。

客观中肯地讲，陈周良虽然说话不中听，但对她很好，只不过这种好，不是她想要的那种好，所以她才会一次次失落、难过，甚至因为他的所作所为没有达到她的预期和标准而生气。

说到底，是她太贪心了，她妄想自己在他那里的身份，能从亲人变为爱人。唉，单向暗恋好累好苦。

在彻底睡过去的那一刹那，程知迷迷糊糊地想：其实这样也挺好的，就跟他保持现在的关系，当亲人吧。不要再对他抱有任何不切实际的期待，就不会再一次次失望难过了。

因为来例假身体不适，程知根本不想动，也就没回自己的住所那边。

白天她在床上躺了一天，刷剧看综艺，困了就睡。

傍晚时分，在程永年下班回家之前，陈周良先进了她家的门。

程知刚感觉好受一点，这会儿正在厨房做晚饭。她听到动静，以为是父亲回来了，结果拉开厨房门走出来，却看到了陈周良。

他左手拎着奶茶，右手拎着一个购物袋，正要往她的卧室走。

“哟，”陈周良对程知在厨房做饭这事很惊讶，不过对她在家没走并不意外，“我就知道你没走。”

程知没跟他对呛，语气平和地问：“你怎么过来了？”

陈周良理直气壮：“蹭饭，我家没人。”

程知：“你……”

“放心，不白蹭，”他抬起勾着袋子的手指，“奶茶和你喜欢的幼稚玩意儿。”

“什么玩意儿？”程知没明白。

陈周良：“那只兔子。”他说着，从购物袋里掏出一个星黛露款的斜挎包包，然后又拿出一个星黛露的毛绒挂件和一个有星黛露可爱兔子头的发绳。

程知一言难尽地看着他，她太知道陈周良这人什么德性了，总是嘴欠地吐槽，可行动上又会满足她的需求，就像他嫌弃她生理期喜欢喝奶茶，却每次都会给她买来喝。

“谢谢。”她说完，就折回了厨房。

陈周良却愣了一瞬。

谢谢？程知什么时候对他这么有礼貌了？

而且，他都说是“幼稚玩意儿”了，她居然都没反驳，生理期的女人好像更难懂了。

程知坦然地接受了陈周良给她买的奶茶和礼物。

奶茶她喝了，但礼物没从袋子里拿出来。

周三是邱橙生日。

下午程知开车去见了林冬序一面，其实是她网购的校服到了，她给他送过来。

林冬序用遥控钥匙开了大门，直接让她开车进了林宅。

这次程知停好车后，熟门熟路地自己乘坐电梯到了四楼。

林冬序知道她要来，已经提早给她做好了现磨咖啡。

程知把装着衣服的袋子递给他："你先去试试校服合不合身。"

"嗯，"林冬序接过衣袋，在回房间去换衣服之前对她说，"吧台那边有给你磨好的咖啡。"

程知被他的贴心触动，欣喜又开心地道："哇！林冬序你也太好了吧！我每次来你都请我喝咖啡。"

他笑："送你你又不要，那就只能等你过来时给你喝了。"

"哎，"林冬序问，"你真不要吗？这些东西我又不能喝，你不要我也是送给别人。"

"啊……"正在小口品尝咖啡的程知成功被他诱惑，"我……要吗？"

毕竟这款咖啡是真的好喝，口感格外醇香，她非常喜欢。

林冬序替她做了决定："要了吧。"

"都送你。"他嘴角轻扬道。

程知也笑："那就谢啦！"

林冬序失笑道："不用谢，要谢也是我谢你。"他说完就进了卧室换衣服。须臾，穿好蓝白色校服的林冬序一手拿着一顶毛线帽出来。

"程知，"他疑惑道，"你是不是把帽子落在袋子里了？"

正在跟邱橙聊天说晚上见的程知低头看着手机回答他："不是，就是给你买的，往后天儿越来越冷，你戴上毛线帽可以暖和些。"

林冬序看了看左右手不同颜色的帽子，一顶蓝色的，一顶黑色的，他毫不犹豫地把蓝色的那款戴到了脑袋上。

程知放下手机后端起咖啡杯，扭脸就看到正朝他走来的林冬序。

男人头戴和校服颜色相同的毛线帽，一身蓝白色校服装扮，身体有点消瘦的他此时反而更有高中男生那种挺拔却清瘦的感觉。

程知仔细地打量着他，旋即眉眼弯弯地莞尔道："还挺合身的欸！帽子也很搭。"她中肯地评价，"林冬序，你装高中生真的是一点违和感都没有，很青春。"

"哎呀，"程知忍不住站了起来，围绕着林冬序转圈，三百六十度无死角地打量他，连连感叹，"没想到你这么适合扮高中生，那到时候我带你回学校，进组去装校园剧里的龙套同学，绝对没问题啊！"

"嗯？"林冬序问，"什么校园剧？"

程知跟他解释："不是要逃课、停课吗？怎么着也得有在教室的情节，但是又不能真的去高中生的教室干这事。本来吧，我是想雇一些龙套演员来扮演一下同班同学的，不过认识的一个选角导演跟我说，这段时间刚好有个剧组在拍校园剧，正巧这个校园剧的导演和主演我都认识，于是我就找他们商量了下，对方同意了。”

“到时候咱们俩就去拍摄的那间教室，作为剧里面的同班同学体验一回高中生活。”程知笑着说，“他们免费招两个龙套，又刚好能完成你的心愿，一举两得。”

林冬序没想到程知为了他的一个遗愿，默默地做了这么多，心里登时满满胀胀的，有种无法形容的喜悦不断地滋生蔓延。

“程知……”他张了张嘴，最后也只说了句，“谢谢你，费心了。”然后又用打趣的语气认真地道，“我送你的咖啡豆根本比不上你为我做的这些。”

程知唇角轻扬，回应他：“别这么说啊，这些都是我应该做的。”

“哎，时间也差不多了，”程知说，“我得回家拿给橙子的生日礼物，然后就该去她家了。”

“你呢？”她仰脸看着他，话语明朗地问，“你怎么去？要不要我开车带你一道过去啊？”

林冬序也不知道为什么自己会纠结，想麻烦她，又不想麻烦她。最后他还是遵从了内心的想法，点头答应了她提出来的主意。

“好，你等我换身衣服。”他说。

在等林冬序换衣服出门的时候，程知收到了陈周良发来的微信。

陈周良：哪呢？要不要我顺路带你过去？

紧接着又发来一条：就快到你住的地方了，要搭车速度快点啊。

程知直接回复他：不了，我自己开车去吧。

林冬序换了件黑色的衬衫，外搭一款宽松版的针织夹克外套，下装就是一条简约的休闲裤，脑袋上还戴了她送他的那顶黑色的毛线帽，整个人看起来慵懒又随性。他走过来时，手里还拿了瓶他从酒柜里取的名酒。

程知随口问：“你还带酒过去啊？”

“给你们喝。”他笑。

程知打趣：“我喝了就不能开车了。”

林冬序说：“有我呢，我开。”

程知就是顺嘴一说，并没当真，她已经先去电梯口等电梯了。

林冬序拿上要送她的咖啡豆才走过去。

乘坐电梯下楼时，程知忽然想起来，对他说："呀，我这次来没听你弹钢琴。"然后就笑语盈盈地问，"你这几天有没有练习钢琴啊？"

林冬序如实道："还真有练，那天你走后我就试着弹了弹，找到了点感觉。"

"不过，"他偏头垂眼问她，"你要听哪首？"

"我可以有针对性地准备。"林冬序笑说。

程知其实对他弹什么曲子没有要求，她就是想听他弹弹钢琴，更多的也是想给他找点事情做，不然一个人待着，很容易胡思乱想。

"我就不指定了，"她有点俏皮地回答道，"你选曲子就行，这样到时候不管你弹什么，对我来说都是惊喜。"

林冬序轻挑眉梢："成。"

程知和林冬序到秋程夫妇家里时，陈周良已经来了好一会儿了。

邱橙打开门后，看到程知和林冬序一起站在门口，有些惊讶地笑问："你们俩怎么一起到的啊？不会是一块儿来的吧？"

在客厅的陈周良听到邱橙的话，眉心微蹙，旋即，他就看到了走进来的一男一女。

程知把包装好的礼物盒子递给邱橙，脸上漾着明朗的笑，说："生日快乐呀橙子。"

"谢谢知知。"邱橙笑道。

林冬序也把他准备的礼物拿了出来："生日快乐，橙子。"然后又把他带来的那瓶酒递给邱橙。

"好酒欸！"邱橙轻翘起唇角说，"今晚咱们就喝你拿来的这瓶酒。"

"回来都不告诉我们，一会儿你可得先自罚三杯。"邱橙调侃道。

林冬序无奈叹气："那我可能要欠着了。"

"这几天有点感冒，正在吃药，不能沾酒。"他解释。

他们俩说话时，走到客厅的程知身边已经多了个陈周良。

陈周良故意挨程知很近，没话找话地问她："你跟林冬序一起来的？"

程知"嗯"了声："下午刚好在一块儿，就顺路一起过来了。"

他见她没反应，抬手扇了扇风。

程知不解地皱眉道："你干吗呢？热就把外套脱下来。"

陈周良装模作样地在她面前把外套脱了下来，他故意将衣服扔到旁边的沙发上，在程知眼前带起一阵风，衣角甚至还不小心蹭到了程知的鼻尖。

程知闭眼忍下要冒出的火气，转身去了旁边。

结果陈周良又巴巴地跟过来，继续没话找话：“你们俩下午怎么会在一起？”

程知低头按着手机，话语平静地回应：“我去找他了。”

陈周良心里越来越不是滋味，猛烈的醋意几乎要把他淹没。

“真有闲情逸致。”他口不对心地低哼道。

程知没搭理他。

在厨房准备饭菜的秋程走出来，看到林冬序后，说他：“在屋里还戴着帽子，不热吗你？”

林冬序笑笑，没说话，只把黑色的毛线帽摘了下来。

邱橙看到他的光头，直接吃惊地问出口：“林冬序，你怎么剃光头了？”

秋程则不说话，只眸色深沉平静地盯着林冬序看。

程知在秋程说林冬序的那一刻就抬眼看了过去，她的视线始终落在林冬序身上。程知自己没发现这点，但陈周良看得清楚真切，他抿了抿唇，心情一落千丈。他今天特意喷了她送他的香水，他挨她这么近，她不可能闻不到，可她却没有任何反应。

也许她当时只是顺手给他拿了一瓶香水，她根本不知道送他的那瓶香水是什么味道吧，陈周良郁闷地想。

林冬序抬手摸了摸自己的头顶，嘴角噙着笑道：“跟发小打赌输了，这是惩罚。”

“惩罚是剃光头？”邱橙震惊地道，“你们真会玩。”

林冬序笑笑，不经心地随口说：“正常操作。”

秋程已经把端出来的菜放到了餐桌上，在转身回厨房时，他又瞅了林冬序一眼，目光里透着几分探究。

林冬序跟过去，语气温和：“阿程，我来帮你。”

秋程没有抬眼看他，只淡淡地说：“林冬序，你有点反常。”

从他回来不告诉大家，到今晚以光头的模样出现，秋程总隐隐感觉哪儿不对。林冬序刚要佯装若无其事地反问秋程他怎么就反常了，程知的声音突然从厨房门口传来。

“我也来帮忙端菜啦！”她笑语盈盈地道，“秋程你准备了这么多菜啊！辛苦了！”

秋程回应：“不辛苦。”

他和林冬序的话被闯进来的程知打断，三个人各怀心思地端着菜陆陆续续走出去。

长方形的餐桌，五个人落座时，秋程和邱橙坐在了同一侧，另一侧坐了三个人，程知被夹在中间，左边是林冬序，右边是陈周良。

秋程打开林冬序拿来的酒，挨个倒酒，结果——

林冬序说："阿程，我感冒了在吃药，不能喝酒。"

陈周良说："一会儿还要开车，就不喝了。"

唯一一个没有拒绝秋程倒酒的是程知，却被陈周良给阻止了。

他对秋程说："程哥，别给她倒酒。"

林冬序温和地笑着对陈周良道："难得大家聚在一起高兴，让她喝点吧，我坐程知的车来的，走的时候我开车送她回去就成。"

陈周良眉头压得更低："这几天是她的特殊日子，不能沾凉喝酒。"

他们俩你一句我一句，程知根本没插上话。

其实她每次"亲戚"到访，只有第一天疼得有点厉害，之后就完全没感觉了，她从没刻意地忌过辛辣生冷的食物，就跟平常一样，该吃就吃，该喝就喝。

林冬序微愣了下，他垂眼看向程知，而后语气充满歉意地说道："抱歉，我不知道你在特殊时期。陈周良说得对，你不该喝酒。"

还想尝尝这瓶价值十几万的酒是什么滋味的程知："啊……"

坐在他们对面的秋程夫妇完全旁观，两人对视了一眼，端起酒杯轻轻相碰，很享受地喝了口酒。

五个人吃得差不多了，秋程就把他给老婆订的生日蛋糕端上了餐桌。

客厅里的灯关掉，只有蛋糕上的蜡烛摇曳。邱橙满脸笑容地闭上眼，许了她二十七岁的生日愿望。随即便是切蛋糕、吃蛋糕的环节。

三个大男人对生日蛋糕这种东西都不热衷，只有邱橙和程知喜欢吃。

程知一边吃生日蛋糕一边看邱橙拆生日礼物。

"你好奇哪个？"邱橙笑问。

程知说："除了我的，陈周良的我也知道，所以我更好奇林冬序送的是什么。"

邱橙满足了程知，先拆了林冬序的礼物，是一个首饰盒，打开盒子后，里面是一对情侣胸针。女款的是一枚枫叶，叶子上托着一颗光泽饱满的珍珠，男款的是带链条的橙子胸针，绿叶中间的那颗橙子，材质是并不常见的橙色钻石。不管是枫叶还是橙子，都很美。

程知不断赞叹："绝了绝了，不愧是林冬序，挑礼物都这么会挑，也太好看了吧！"

当然，也很贵就是了。

在沙发那边和秋程还有陈周良闲聊的林冬序听闻，扭头看向这边，笑说："程知，我可都听到了。"

程知的唇角轻扬："我在夸你，不怕你听到。"

陈周良看了眼林冬序，又望向程知，她正边吃蛋糕边跟邱橙说话，脸上漾着的浅笑很明朗。

等邱橙把她和陈周良的礼物也拆开，程知忽而叹了口气："哎，我突然发现只有我准备的礼物是单独给你的，考虑不周，是我格局小了。

"我也该准备个情侣的，把你老公那份也捎带上。"

邱橙笑她："没事，他又不会介意。"

"哎，你最近好像跟林冬序走得很近啊？"邱橙很小声地八卦。

程知也配合地压低声音，开始跟邱橙说属于姐妹间的体己话。

"对啊，我跟他可聊得来了，"她眉眼弯弯地承认，然后想到了林冬序的病，又不由自主地叹气道，"有点相见恨晚，要是再早些时候认识就好了。"

"现在也不晚啊，"邱橙显然误会了程知的意思，"男未婚女未嫁的，聊得来就多处处吗，反正都知根知底，林冬序还蛮好的。"

"什么啊……"程知登时哭笑不得，"我跟他就是朋友，你想哪里去了。"

"欸？"邱橙讶异，"你不喜欢他吗？我还以为你们俩都对对方有意思……"

"那你喜欢谁啊？身边的单身男士，你有喜欢的吗？"

程知沉默了片刻，才回答邱橙说："没有欸。"

几天之前，还是有的，但现在没了。

程知也是最近才明白，热情消磨得太久，心死就在一瞬间。

大家都说，喜欢一个人只需要一秒钟，其实不喜欢也是，就那一刹那，彻底死心，就再也没了期待，也不会对对方再抱有任何不切实际的幻想。

从秋程家里离开时，林冬序想要开车，程知就把车钥匙给了他。

陈周良亲眼看到他们俩上了同一辆车，他独自开车回家的时候，有件事怎么也想不通——程知到底是从什么时候开始跟林冬序这么熟的？关系还好到仿佛超越了一般朋友。

程知让林冬序先开车去他家，然后她再自己开车回去。

到了林宅外，林冬序和程知都从车里下来。

他在进家门之前，站在程知面前，垂眼看着她，话语诚恳又歉疚："我今天还让你喝了咖啡，真抱歉。"

程知疑问着"啊"了一声。

林冬序又叮嘱她："给你放在车里的咖啡豆，你拿回家后先别磨了喝，等特殊日子过去再慢慢喝。"

她终于明白他在讲什么，程知很无奈地叹气道："真没事的，我之前也从来没忌过咖啡和酒，只要熬过第一天，后面我都是正常吃喝的。"

"你不用感到抱歉，不关你的事，是我自己喜欢才要喝的。"她安慰他。

林冬序只问她："第一天会疼吗？"

"嗯，"程知点点头，然后笑着调侃，"话题突然就偏了。"

"好啦，你进去吧，"她走近驾驶座，拉开车门，在坐进去前又对他说，"拜拜，等我带你去完成回学校逃课的心愿，估计也就这两天。"

林冬序淡笑道："好，我等你的消息。"

隔天下午，程知给林冬序发了微信。

程知：林冬序！明天去逃课呀！

林冬序回复：好。

程知随后又发来：哦对了，你会不会骑单车？

林冬序疑问：嗯？

然后说：会，怎么了？

程知：那我们骑单车去学校吧！从我家出发。

他有些好奇：你高中经常骑车上下学吗？

程知回复：对啊！

林冬序说：那好，我们骑单车去你的高中。

程知贴心地提醒：记得穿好校服哦！帽子也戴上，保暖！

程知：明天见啦！

他看着她的消息，脸上露出淡笑，打字回复：无比期待。

第六章

那时年少的你

“死亡不是终点，遗忘才是。而我会记得你。”

因为明天要从家这边出发，程知傍晚就驱车回了家。她和程教授一起吃了顿晚饭，在家里住了一夜。

睡前程知特意给林冬序发消息，说明天等她开车去接他过来，他也答应了。可是，等第二天程知醒来，拿起手机就看到林冬序不久前发来的消息。

林冬序：醒了吗？我到你家楼下了。

本来还睡眼惺忪的程知顿时清醒，她立刻下床，就这么光着脚跑到了小阳台上。

程知弯腰探头往下看，一眼就看到了那道穿着蓝白色校服的身影。

程知那双沁满了笑意的眸子亮晶晶的，她喊：“林冬序！”

林冬序听到她的声音，抬眼寻她。

程知对他挥了挥手：“林冬序！这儿！”

他的目光落在三楼某户的阳台上，而后也对她挥挥手，和她对望着笑起来。

就在这时，陈周良推开门来到他卧室的阳台，他似乎刚睡醒，满脸不耐烦地说程知：“大清早的，你吵死了。”

披头散发穿着睡裙的程知扭脸看向陈周良，她没有跟他拌嘴，而是语调平静地说道：“我下次注意。”

陈周良本以为程知会跟他拌嘴，根本没料到她这么平静，一时怔在了原地。而程知说完话就转身回了房间，她拿起手机，给林冬序发消息。

程知：你吃饭了吗？

林冬序说：还没。

程知就回复：那你等我一下！我洗漱完换好衣服就带你去吃早饭！

林冬序很快发来：好，不急，你慢慢收拾。

林冬序低头回程知微信的时候，陈周良就站在阳台上，他盯着林冬序瞅了几秒，不懂林冬序为什么突然穿高中校服来见程知。

这两人在搞什么名堂？

“林冬序，”陈周良垂眼望着楼下的男人，嘴角勾起一抹浅淡的弧度，貌似不经意地随口问，“你怎么穿高中校服过来了啊？你们这是要干吗去？”

林冬序抬起头，话语温和地笑着说：“程知带我去校园剧的剧组当龙套。”

一阵酸涩沉闷的感觉顿时涌上陈周良的心头，她都没带他这样玩过。

程知扔下手机后就跑进了卫生间洗漱。

洗漱完就换上了那身蓝白色校服，然后将长发梳成高马尾，在把要带的东西都装进双肩包后，她就拎着包下了楼。

程知没有化妆，素面朝天地出现在了林冬序的视野里。

林冬序没有见过这样的程知，她穿着一身蓝白色校服，扎着高马尾，柔顺的马尾随着她的脚步轻摆，整个人洋溢着青春的活力，明媚得如同此时正冉冉升起的朝阳。

林冬序见她还特意拎了个双肩包，好笑地问：“这里面都装的什么啊？”

“纸巾、数据线、充电宝、有线耳机和小零食……啊！还有给你拿的保温杯，里面有热水，渴的时候可以喝。”她说着，指了指被她放在双肩包侧袋的保温杯，这个杯子林冬序用过。她带他看日落那次，她也贴心地用这只保温杯给他准备了热水。

“这杯子是我昨晚从我住的地方带过来的，”她带他去旁边的储藏间推自行车，边开锁边说，“专门给你用的杯子。”

林冬序笑而不语。

储藏间有两辆自行车，一辆黑色的，一辆粉色的，而且看起来并不像放置太久没用过。

林冬序疑问：“经常有人骑自行车吗？”

程知回答他："我每个月都会跟我爸骑自行车遛弯锻炼身体。"她先把包放进了粉色自行车的篮筐里，开始往外推自行车，林冬序随后也把黑色的自行车推出来。

程知已经坐在了车座上，她用脚勾了下脚踏板，随时准备出发。

林冬序说："走吧，去哪儿吃饭？"

程知踩着脚踏板往前骑行，扭脸对他笑道："学校附近有一家早餐店。"

林冬序对这片地方不熟悉，始终由程知在前面带路。

他的目光时不时就会落到她纤瘦的背影上，她那天说，他扮高中生一点都不违和，可他觉得，她才更像高中生，浑身充满着蓬勃的朝气。

他总是能在她身上感受到无比旺盛的生命力和源源不断的能量，她总能感染他，让他觉得，接下来的日子不是煎熬，而是珍贵，每一天都无比珍贵。

就在他盯着她背影看的时候，程知突然回了一下头，问他："哎，林冬序，你怎么过来的啊？"

林冬序霎时仓皇地收回目光，也不知道为什么，心里蓦地慌了下。

然后他才理解了她的话，语气镇定地说："陈叔开车送我过来的。"

程知又问："陈叔是谁？"

林冬序笑了笑，回答她："我家的管家。"

"管家？"程知重复了一遍，不由得感叹，"我还是第一次听身边的人说自己家里有管家。"

说完，她忍不住笑起来："结果你这个大少爷现在在陪我骑自行车。"

林冬序被她逗乐。

到了早餐店门口，程知停好车，拿上双肩包，和林冬序一起走了进去。

店里人不少，程知和林冬序点完餐后，在边角处找到两个位置，还是和两个高中生小弟弟拼的桌。

"变了好多啊，"程知一边四处打量早餐店现在的装修风格，一边低声感叹，"完全不是原来的样子了。原来这边有一块心愿墙。"程知伸手对林冬序指了指，"我还写了心愿便利贴。"

现在那块地方是一幅挂画。

林冬序好奇地问她："你写了什么？"

程知很认真地回想了片刻，而后摇摇头，笑答："写的什么心愿已经记不清了，只记得陈周良在我写心愿的那张便利贴上画了个猪头，我气得在他那张便利贴上沿着轮廓写了一圈‘陈周良是狗’。”

程知说着就轻声笑出来，笑完心里又生出一种难以言说的感觉。

她收敛了笑意，有点怅然地叹了口气。

林冬序从她的脸上捕捉到了很明显的情绪转变，他无意识地抿了抿唇，一时之间也找不出话来说。

正巧他们点的早餐被端了上来。程知要的是豆腐脑和油条，给林冬序点的是鸡蛋羹和素馅的小笼包。

程知吃了口豆腐脑，很满足地笑弯了眼：“还是老味道，和我上学时吃的一模一样。”

林冬序再一次惊叹她的情绪自愈能力，明明刚才提到陈周良她还在低落，这会儿吃了口早饭，瞬间又开心起来了。

他被她逗笑，忍不住说：“你也太容易满足了。”

程知回答：“知足常乐呀！人不能太贪心。”

这是她第二次对他提到“不能太贪心”。

林冬序觉得程知活得蛮通透的，她不太会为难自己，唯一一次犯傻，大概是喜欢了陈周良十年，也为难了自己十年。

吃完早饭，程知和林冬序推着自行车，跟在一群上学的高中生中顺利地混进了沈城一中。

把自行车放在车棚锁好，林冬序从程知手里接过双肩包拎在手里，跟着程知进了教学楼。这会儿还没到上课的时间，走廊里全都是身穿蓝白色校服的学生。

程知熟门熟路地找到了拍摄校园剧的那层楼，来到正在拍摄的那间教室门口时正好看到导演孟椿正在跟男、女主角交流探讨一会儿要拍的戏份。

须臾，给男女主角讲完戏的孟椿一回头，就看到了站在门口的程知。

他笑着喊：“程老师，进来啊！”

程知笑了下，回头对林冬序说：“走。”

随后，两人踏进教室。

程知来到孟椿面前，很熟络地半开玩笑说：“孟导辛苦。”

孟椿摆摆手：“别跟我来这套，之前跟你谈的那个有关于癌症患者的剧本怎么样了？开始写了吗？”

程知无奈地低叹：“你怎么一见面就催我工作进度。”

然后她才正经地回答道："还在前期的准备阶段，等我准备好了就开始写。"

旁边男主角的扮演者应彻身穿一身蓝白色校服，乌黑的短发干净清爽，配上他那张清俊的脸，少年感自然而然地散发出来。

性情冷淡的他礼貌地叫人："程老师。"

程知笑语盈盈地道："应彻，好久不见啦。"

应彻嘴角轻翘了一瞬，露出一点笑容，回应道："确实有段时间了。"

孟椿笑说："你们俩上次见面还是拍《潮》的时候吧？"

《潮》是孟椿导的第一部电影，程知是编剧之一，而应彻饰演电影里的男主角。这部电影很成功，红极一时，甚至卖了海外版权。在他们三个人心中，《潮》这部作品意义非凡，可以说，没有这部电影，就没有现在的他们。

"嗯。"程知眉眼弯弯地点头，目光不经意间扫到了校园剧的女主角扮演者，应该是个新人演员，程知不认识对方。

她正要收回视线，女孩就礼貌地主动跟她打招呼："程老师好。"

程知淡笑着回应："你好。"

"啊对了，忘了跟你们介绍，"她这才对孟椿他们介绍林冬序，"这位是我朋友，林冬序。"

"今天就是我和他混进来当你们最后一场教室戏份的龙套，打扰啦，打扰啦。"程知很礼貌地双手合十。

林冬序得体淡然地微微颔首："你们好，麻烦了。"

后来林冬序去了趟卫生间，他回来的时候，远远地就看到程知正在跟孟椿说话，不过具体说的是什么，林冬序不知道。

程知见他回来了，立刻拉着他到教室最后一排的某个座位旁："你坐这儿，我坐你斜前方。"她的手指了指和林冬序相隔一个过道的左前位置。

林冬序眉梢轻抬："不是同桌？"

程知调侃："你想跟我当同桌？"

林冬序没说话，只仰脸望着她。他其实很想问问她，当年她有没有跟陈周良做过同桌，但又怕提到陈周良会影响她的心情，就什么都没讲。

程知见他眼巴巴地瞅着自己，活像只惹人怜爱的大狗狗，莞尔一笑，语气有点调皮地拒绝了他："不可以哦。"

林冬序被她弄得无奈，直叹气，不可以就不可以吧。

她说完就离开了教室。

应彻正在走廊上让化妆师补妆。

程知来到他面前，直截了当地问："应彻，演唱会的时间定下来了吗？"

应彻虽然现在在拍戏，但他最初是以歌手的身份出道的。

"还没。"应彻说，"程老师到时候来捧场吗？我送票请你来看。"

"两张。"程知毫不客气地对应彻比了个剪刀手，然后又很关心地问，"最晚大概什么时候啊？"

"最晚的话……应该要情人节了。"应彻回答。

情人节，二〇一九年的二月十四日，现在距离那天还有三个多月，也不是没可能。

癌症病人能活多久和心态也有很大关系，她要努力让林冬序开心一点，这样他也许就能等春天来，看风也开花，看他想看的演唱会。

"那你一定要给我留两张票啊！"她嘱咐道。

"好。"应彻点头。

不多时，最后一场教室戏正式开拍。教室里架满了摄像机，从各个角度拍男、女主角。

此时，程知从放在课桌上的本子上撕了张纸下来，她拿起桌上的碳素笔，旋开笔帽写了句话，而后将纸条团成小纸团，偷偷摸摸地扔给了坐在她斜后方的林冬序。

程知在开拍前就特意找孟椿打了招呼，说她一会儿要偷偷扔纸团，让孟椿不用理会她，如果拍到了他们俩，后期剪掉就行。

林冬序猝不及防地收到一个纸团，不由得抬眼，想看是谁扔给他的，结果就对上了程知那双清透含笑的眸子。

他被她明朗的笑容晃了眼睛，心脏不知不觉漏跳了半拍。林冬序拆开纸团展平，上面有一行娟秀的字体。

林冬序，我们逃课去玩吧！

他的唇边无意识地漾开一抹弧度，拿起桌上放的那支笔，在皱皱巴巴的纸团上写上给她的回复。

好，听你的。

他这才明白她刚刚为什么拒绝跟他当同桌，如果他们做同桌的话，就没有偷传小纸条这种有趣又刺激的插曲了。

这场戏对男、女主角的情绪要求很高，也因此，导演孟椿喊了好几次“卡”，都是因为主角的情绪没有达到他的标准。

不知不觉拍了将近两个小时，这场戏才终于通过。

接下来要补一点男、女主角的特写镜头，没他们什么事了，程知立刻就起身往外走，在经过林冬序坐的位置时，她用手指叩了叩桌面，叫他：“走啦！”

林冬序听话地站起来，拎起她带来的双肩包，跟她一起出了教室。

下楼的时候，程知询问林冬序：“要逛逛我们学校吗？”

“逛完差不多中午，正好可以在学校餐厅吃个午饭，然后咱们就去马场。”她安排得井井有条。

林冬序欣然应允：“好。”

就在这时，身后不远处突然传来一声呵斥：“哪个班的学生！现在是上课时间，还不快回教室！”

这声音程知可太熟了，哪怕已经过了九年，但她还是一下子就辨别了出来，身后吼他们的人，正是她的高中班主任杨其进。

她刚要回头跟老师打招呼，手腕突然被身侧的人抓住，然后程知就被林冬序拽着手腕，飞快地往前跑去。

耳边的风声呼呼地吹，她的发丝被吹乱，程知整个人茫然了片刻，旋即，她就欢畅地笑起来。

林冬序听到程知在笑，回头看她。头顶的阳光肆意倾泻，穿过梧桐树叶落下来，斑驳的光影随着她的奔跑不断变幻，忽明忽暗，正被他拉着手腕的程知迎风奔跑着，脸上洋溢着热烈张扬的笑容。

这一秒，林冬序忽而有些缺氧，可能是突然剧烈奔跑，引得心脏跳动太快，才导致的呼吸不畅，也可能由于自己身患绝症，体力不济，有点承受不住这样逃命般飞奔。

但又似乎，不全是这样。

在教学楼前拐过弯，又沿着宽阔的马路跑了一段距离，林冬序才慢慢收住脚步，停下来。

他忘记了松开程知的手，就这么握着她纤细骨感的手腕，急促地喘着气，大口大口地呼吸新鲜空气。

程知也没好到哪里去，因为被他拉着在老师眼皮底下逃跑，那种紧张又刺激的感觉疯狂蔓延，她的胸脯剧烈快速地起伏，呼吸有些不畅，心脏也跳得厉害。

她一边努力平复呼吸和心跳，一边止不住地笑。

林冬序被她感染，也跟着笑起来。

两个人正相视而笑时，杨其进的声音再一次传来："手给我松开！像什么样子！这里是学校，不是你们逃课搞对象的地方！"

逃课……搞、对、象，林冬序左胸腔里的心脏倏然下坠了一瞬，呼吸紧跟着蓦地一滞。

但他的手还没松开，像是根本没反应过来。

就在他打算拉着程知继续逃跑时，程知轻晃了一下被他握着的手腕，浅笑道："林冬序，松开啊。"

"那是我高中班主任，"她眉眼弯弯地说，"你等我会儿，我去跟老师说几句话。"

他这才如梦初醒，瞬间松了手指，不再抓着她不放。

程知转身朝着杨其进走去，林冬序杵在原地，扭脸盯着她薄瘦的背影看了几秒，刚刚握着她手腕的那只手此时自然垂落，但手指失控地微微弹动了下，掌心的余温还在。

随即，他无意识地将手握成拳。

"老师。"程知快走到杨其进跟前时，莞尔轻声唤了下。

杨其进愣了下，有点不可置信："程知？"

程知笑得更灿然："您还记得我。"

"怎么会不记得，你们每个人我都记得。"杨其进笑了笑，问她，"你怎么突然回来了？还穿了高中校服。"

说话间，杨其进越过程知看向她身后，林冬序刚好也往这边看，四目相对的那一刻，他礼貌地对杨其进微微颔首示意。

杨其进认出对方不是陈周良，紧接着问："陈周良没跟你一起回来看看？"

程知笑了笑，先回答了后一个问题："他忙，医生嘛。"然后继续说，"我来当剧组的龙套。"

杨其进疑惑："我记得你是编剧吧？怎么开始跑龙套了？"

程知笑起来，解释："就这一次，其实是带朋友来体验高中生活的。"

说到这里，程知心里忽而有了个主意。

“老师，您能不能帮我个忙？”她问。

杨其进说：“什么忙？你说。”

程知便半真半假地对杨其进说：“我这个朋友高中上的国际班，上学期间……勤奋努力、老实本分，从没逃过课，也没被停过课，因为没经历过，所以他对此一直都很好奇，于是想借此机会体验体验。但是剧组这次的拍摄没有他最好奇的被停课环节，所以……”

程知还没说完，杨其进就接了话：“懂了，你是想借我让你的朋友‘被停课’一次，满足他的好奇心。”

“哎，对啦！”程知莞尔。

杨其进很爽快地答应：“可以啊。”

程知便回头喊林冬序：“林冬序！”

林冬序抬眸看向她，她对他招招手，笑语盈盈地道：“过来！”

于是，林冬序就拎着手中的书包大步流星地朝他们走去。

他以为程知是想向她的高中班主任介绍他，可当他一走到他们面前，这位中年老师就冷着脸语气严厉地道：“你们俩，旷课早退，在学校拉拉扯扯，停课一周！”

林冬序猝不及防，直接被劈头盖脸的训斥搞蒙了。他下意识地偏头看程知，程知正抿紧唇强忍着笑，但她上扬的嘴角还是出卖了她的内心。

林冬序迅速反应过来，这是在满足他写在遗愿清单上的“被停课”的愿望。

他瞬间露出笑，对杨其进温声说：“谢谢老师。”

“这要是真的，我得被你气个半死。”杨其进说，“我惩罚你让你停课，你反过来还谢谢我。”

程知彻底破功，直接笑出了声。

林冬序嘴角噙着笑解释：“您误会了，我是谢谢您满足我……”

杨其进摆摆手：“我知道我知道。”

跟杨其进分开后，程知带林冬序在学校里转了转。她跟个导游似的，一路上小嘴叭叭叭地说个不停。

“这是我们学校的学思湖，里面有鱼！我曾经看到校领导在这儿钓鱼。”

“其实西校区也有个湖，那儿的湖还有凉亭，啊……西校区就在旁边，”她伸手给林冬序指了指连接东西校区的那道门，“我初中就是在西校区读的。

“这是荣誉榜，我就在上面，嘿嘿嘿。”

林冬序果然在榜上看到了程知，二〇〇九年高考的前三名分别是秋程、陈周良和程知。

“这里不仅仅有花坛，还有喷泉，有时候晚上会开喷泉，特别美。”

…………

最后说得程知嗓子都要冒烟了，走路走得也很累。

正巧来到石桌石凳旁，程知说：“坐这儿休息会儿。”

她刚要坐下，林冬序就拉住了她的手：“等下。”

他说着，又很快收回手。

林冬序把双肩包放到石桌上，然后开始脱校服外套。他把蓝白色的校服外套折了一下，给她铺在石凳上。

“你现在在特殊时期，不方便直接坐太凉的石凳。”林冬序坦言。

程知轻眨了下眼，旋即笑道：“已经快过去啦，没事的。”

“你快把衣服穿上。”她说话间就要把他的外套拿起来递给他，却被林冬序阻止。

程知十分无奈，也折服于他的绅士和温柔，最终接受了他的好意。

林冬序没有坐在她对面的位置，而是坐到了她的邻位。

程知拉开书包拉链拿耳机的时候，林冬序正在拧保温杯的瓶盖。

须臾，程知把耳机插到手机上，捏着其中一只耳机，正想问他要不要一起听歌，林冬序就把倒了温水的瓶盖递过来。

“喝点水。”他没多说其他的，只让她喝水。

程知确实口渴，刚才说了那么多话，她口干舌燥，但她更累，所以懒得去学校的小卖部买水喝。本来打算休息一会儿再去买水的，没想到他用这样的方式让她喝到了水。

两个人目光交织，不约而同地笑了下。

程知坦然地接了他递给她的水，林冬序也欣然从她手中拿走耳机，塞到耳朵里。

程知戴着另一只耳机，一边小口喝热水一边打开听歌软件，播放了最近常听的歌。他们谁也没有多说话，就一人一只耳机，安安静静地听歌、喝水，坐着休息。

耳机里的歌换了一首又一首，除了他们俩之前一起听过的那几首歌，林冬序这次还跟她一起听了好些其他的歌曲，而播放的每一首歌都让林冬序觉得，程知听这首歌会想起陈周良。

后来临近中午下课，程知在学生们吃午饭之前先带林冬序去了餐厅。

没有校园卡可以用，程知特意提前准备了现金。

每份饭可以选两道菜，程知要了糖醋排骨和地三鲜，林冬序选的是西红柿炒鸡蛋和土豆牛腩。

他选土豆牛腩，是因为程知说土豆牛腩是学校里最受欢迎的菜，另一道很受学生欢迎的是糖醋排骨。她买了排骨，他就要牛腩，这样她就可以都尝尝。

两个人随便选了张餐桌落座。

在正式开吃之前，程知给林冬序夹了几块排骨，林冬序礼尚往来，往她餐盘里放了几块牛腩。

可是，当程知尝了牛腩的味道后，本来的期待逐渐消失，她语气遗憾地道："不是之前的味道了欸。"

然后又吃了口排骨，依然不是记忆中的味道。

程知叹气说："应该是换厨师了吧。"

林冬序很理性、温和地安抚她："毕竟快十年了，有变化再正常不过。"

程知说："我知道，就是……我本来还想让你尝尝我高中时最喜欢的味道的，看来没戏了。"

他笑了下："那我很幸运。"

"欸？"程知茫然。

"我成了唯一一个跟你一起品尝一中现在饭菜味道的人。"他眉宇疏朗，低沉的嗓音里透着几分幼稚的可爱，"从高中就跟你相识相伴的他们都没有这个荣幸。"

程知瞬间被他逗笑，本来的苦闷霎时烟消云散。

她有点惊讶地感叹："林冬序你变了欸，我刚认识你的时候，你好丧哦，但是现在开始乐观了。"

他毫不掩饰地说："是被你感染的。"

"真的吗？"程知更加诧异，"我居然能让你变得乐观？"

林冬序失笑："骗你干吗。"

"那你一定要继续保持现在的好心态，"她神色正经地道，"这样我就能带你去听演唱会了。”

“演唱会？”林冬序问，“什么时候？”

“最晚明年情人节。”程知说，“日子还没确定，也有可能提前。”

“明年情人节，”林冬序叹了叹气，低声地道，“好远。”

“我可能还没等到演唱会，就到终点了。”他又习惯性地开始颓丧消沉。

“不是的，”程知反驳，“有句话说——死亡不是终点，遗忘才是。”

林冬序忽而笑了：“《寻梦环游记》。”

“哎！”程知也扬起唇，“你也知道呀！”

他眉梢轻抬，有感而发地顺口将原版英文台词说了出来：“Death is not the end of life, forgetting is the end of life.”

“我近两年最喜欢的一部电影。”

“我也是！”程知无比惊喜，然后又感叹，“你英语……说得好苏。”

林冬序望着她，蓦然愉悦地笑出声。

程知也笑。

过了片刻，她止住笑，话语无比认真地对他说：“我会记得你，林冬序。”

他也收敛了笑，温声问：“记得我会让你难过吗？”

程知突然有点想要流泪，她眉眼弯弯地摇头：“会让我觉得开心。”

“能跟你相识一场，能成为你最特殊的朋友，能陪你做这些有趣的事，我觉得很开心很开心。”

程知很诚实地告诉他：“其实我在陪你完成一项项遗愿的同时，好像也在治愈我自己。”

“我有点形容不出来，但就是……”她的眸子清透，目光坦然地跟他对视着，轻声说，“感觉蛮奇妙的。”

“那就好，”林冬序嗓音温柔，“如果记得我能让你更开心，那就记住我。”

程知何尝听不出林冬序话里的另一半含义。

——如果记得我会痛苦难过，那就不要记得我。

——请忘记我。

如果他真的被病魔带走了，程知的的确确会很伤心。

但她的难过，不是因为她记得他，而是因为，她永远失去了他。

他之于她，不是普普通通的朋友，而是灵魂契合的、可遇不可求的、唯一特殊的那一个，用一见如故来形容都不足以表达。

很多人一辈子都遇不到这样一位和自己心灵相通的知己，从这点来讲，他和她都是幸运的，因为他们相遇了。哪怕留给他们的时间并不多，但他们至少拥有这样一段陪伴彼此的美好时光。

程知清楚地知道，以后每当自己回想起这段时光时，她一定会笑着跟别人提起他——这个叫林冬序的男人。

他们俩吃完午饭要离开学校餐厅时，刚巧赶上学生下课吃午饭，一时间各个楼梯都是往上涌的学生。

程知和林冬序逆着人流，艰难挪动脚步，慢吞吞地下楼。然而，尽管程知已经很小心，但她依然被硬往上冲的男生给莽撞地挤了下。正抬脚踩下一个台阶的程知霎时失去平衡，直接撞到了在她前面开路的林冬序。

林冬序回头看了她一眼，程知蹙眉揉了下额头，然后不好意思地道：“抱歉抱歉，是不是撞疼你了……”

她的额头可是直接磕到了他的后背上，她疼到都泛泪花了，那他绝对也好不到哪里去。

林冬序没有回答她到底疼还是不疼，只无奈地低叹了声。

随即，程知就瞬间睁圆了眼睛，讷讷地垂下头。

林冬序已经握住了她的手腕，正在带她一步一步慢慢下楼。

她的反应忽然变得迟钝，大脑像宕机了似的，无法转动思考，只本能地跟着他亦步亦趋地下楼。

周围人潮汹涌，令人窒息的室内楼道被黑压压的人占满。

程知有些呼吸不畅，缺氧到心跳都变快了。直到顺利走出餐厅，林冬序适时松开了手，她才如梦初醒，对他抿嘴笑着说了句谢谢。

只是，程知自己都没注意到，被他握过的手腕残留着他掌心的温度。这抹余热，在她骑自行车和他回家时，才渐渐被经过的风一丝一缕地带走，同时也抚平了她微乱的心跳。

两个人到了她家楼下，把两辆自行车放回储藏间，随后就开车驶向马场的方向。

因为程知不认路，而林冬序又自告奋勇，程知就让他开车了。

程知本以为马场会在市区外，但没想到这个私人马场其实就隐藏在市区内。

到了那地方后，林冬序把车停好，带程知来到室内。

冯嘉木已经提早把他们俩要穿的马术服装送了过来。

马场内的负责人对林冬序说：“林少，冯特助已经将您和程小姐的马术服分别放在了更衣室，你们俩直接去换就行。”

“嗯。”林冬序应了声，垂眼看向程知，温声道，“先去换衣服，一会儿在这儿碰面。”

程知笑语盈盈地回应他：“好。”

负责人随后就说：“程小姐，我带您去更衣室。”

程知眉眼弯弯道：“好，谢谢你。”

“程小姐不用客气。”

在去女更衣室的路上，程知问对方怎么称呼，负责人得体地笑着说：“叫我小李就行。”

程知莞尔，有点风趣地说道：“好，李教练。”

李教练瞬间被老板带来的这位女伴给逗笑了。

更衣室放着全套马术服：黑色的安全头盔，白色的长袖马术 T 恤，黑色的硅胶马裤，黑色马靴，黑色护甲，牛皮护膝和硅胶手套。

程知换好衣服走出去后，林冬序已经戴好头盔、护甲以及护膝了，只有手套还没戴。

她刚走到他面前，他就抬手给她正了正头盔，然后一边戴手套一边说：“走，带你去见见我的马。”

程知十分好奇，问：“什么颜色的？”

林冬序没有直接回答，而是笑着问她：“你喜欢什么颜色的？”

程知不假思索地回答：“白色，白马最帅！”

林冬序眉梢轻抬，眼里染上笑意。

须臾，两个人踏进马场，程知一眼就看到李教练牵了一匹白马。

“哇！”她瞬间惊喜得睁大眼睛，“居然真的是白马。”

林冬序低声笑道：“咱们俩喜好相似已经不足为奇了。”

程知乐不可支，她开心地小步跑着来到白马旁边，但又不敢凑太近，就眼巴巴地歪头瞅着这匹骏马，满眼好奇地打量它。

程知最先注意到的就是白马的鬃毛，居然是波浪卷：“天呐，它的鬃毛是大波浪欸，好性感哦。”

程知又仔细瞅了瞅白马，是很贵族的长相，颈部拱起，弧度流畅，浓密的鬃毛柔顺垂落，波浪卷格外吸引人，背部平缓而结实，浑身肌肉丰满，体态健硕，完全就是马中的王子，太优雅了。

程知忽然想起了什么，突然说："啊！我记得哪个国家的马有个特点就是鬃毛和尾毛是波浪式的……"

"西班牙！"她眼睛亮晶晶的，问林冬序，"是不是西班牙马？"

林冬序嘴角噙笑道："你猜对了，是西班牙的安达卢西亚马。"

他正在摸他的马，然后对程知招招手："过来，可以试着摸摸它，跟他交流交流。"

程知慢慢挪到林冬序身旁，到底是第一次接触马，她还是有些紧张。

她缓缓抬手，轻轻摸了摸白马，很温柔地轻声夸赞："你好帅呀，我第一次见到你这么帅的马呢。"

林冬序忍不住笑出声。

程知扭脸问他："他应该有名字的吧？他叫什么啊？"

林冬序告诉她："房星。"

程知瞬间就懂了他的意思，她唇边漾着浅笑，语气认真地问："此马非凡马，房星本是星？"

"哎，"林冬序很舒畅地低叹，"还是你懂。"

他真的很喜欢跟程知交流，因为他说的每句话，她都能理解。

她是最懂他的那个人，没有人会比她更懂他。

"我喜欢，"程知动作轻柔地摸着白马，笑吟吟地说，"这个名字很配它。"

林冬序乐了："就当你夸我会取名了。"

程知也笑，毫不掩饰对他的夸赞："你本来就很会取名啊！'房星'这个名字再好不过。"

她说完，转身把手机递给旁边的李教练，拜托道："李教练，麻烦你帮我拍几张照片。"

"没问题。"李教练欣然答应。

"怎么着，"林冬序打趣，"我不配当摄影师？"

"什么啦！"程知笑着解释，"我是想着这样可以跟你合照。"

林冬序瞬间愉悦地笑开。

他们俩并没有特意看镜头摆姿势，而是照常该说话就说话。

林冬序按部就班地告诉程知注意事项，比如不要站在马屁股后面，然后又教她怎么持缰绳，等等。

不多时，程知在林冬序的鼓励下上了马，她紧张到脊背僵直，每一寸神经都紧绷起来。

林冬序替她牵着白马，不紧不慢地往前走，同时还耐心地安慰她："放松一点，没事的，它很温顺。而且有我在，我给你着牵马呢，没什么好怕的。"

程知带笑的话语染了点颤音，不知道有几分是害怕有几分是激动，她说："林冬序，这是我第一次骑马。"

林冬序扭头笑望着她，回了句："不会是最后一次。"

程知问："那我以后想房星了，你能再带我来吗？"

他说："我还在的话。"然后又补充，"我是指我带你过来这点。"

"至于这里，"林冬序唇角轻勾，"对你终身免费开放，想什么时候来都行。"

程知没立刻回应，她心里有一瞬的苦涩，因为他那句"我还在的话"。

须臾，程知垂眸注视着白马，眼角的余光刚好能把为她牵着马的男人盛进她的眼里。

她微微扬唇轻喃："房星，你好温柔呀，简直就是马中的翩翩公子。"

林冬序牵着马，一边往前走一边无声地笑。

后来程知下了马，换林冬序骑马，程知站到场外看他骑马。

男人熟练地操控着白马，身姿潇洒俊逸，仿佛骑着战马的大将军。

刚从李教练手中拿回手机的程知忍不住给林冬序录了段视频，然后又不断给他拍照，一边拍一边感叹："林冬序骑马好帅！"

李教练笑着说："这才到哪儿，林少骑射更帅，那叫一个绝。"

程知不可置信地道："骑射？骑马射箭？！"

李教练点点头："对啊，骑射是他从小就练习的项目，都练了二十多年了。"

虽然程知没亲眼见过林冬序骑射，但只听着就觉得很厉害，惊为天人的厉害。

他明明是这样好的一个人，优秀到让人不能望其项背，却身患绝症。

程知望着他，心里忽然有些难过。

现在的他，这样的他，让她想到一个词——天妒英才。

如果他没有得癌症就好了，那样，他绝对会有非常精彩的人生。

从马场出来后，林冬序仿佛耗费了全部精力，精神不振地坐在副驾驶，虽然很疲累，但并没有合眼休息。

开车的程知劝他："离你家还有好一段距离呢，你累的话就睡会儿。"

林冬序摇摇头，不但不睡，还抬手掐了掐眉心，让自己提提精神。

自从得知自己是胃癌晚期后，他每晚都睡不好，失眠是常有的事。

昨晚是他不知道第多少次夜不能寐，今天又在外面消遣了一天，他能撑到现在已是不易。

但很奇怪，和她一起玩的时候，他完全感觉不到疲惫，甚至觉得浑身轻松，情绪也难得高涨。

可只要跟她分开，没了她的欢声笑语做伴，他就会不由自主地想癌症和死亡，整个人都颓靡沉郁下去了，好像哪儿都不舒服。

在车子停到林宅门前时，林冬序下车之前问程知："你明天有什么事吗？"

程知如实道："没有啊。"

"你想做什么，我陪你。"她说。

林冬序也没什么特别想做的事。

"就在家待着，你陪我？"他扭脸瞅着她，低声问道。

程知坦荡地点头，欣然应允："可以啊。"

"不然你一个人多无聊，怕不是要胡思乱想吧。"她调侃。

林冬序忽而笑了："嗯，所以我不喜欢一个人待着。"

"那就叫我。"程知始终没忘记她作为一个癌症病人志愿者的责任，而且，她也很喜欢跟他在一起聊天，她笑着说，"你什么时候喊我陪你都行。"

因为是周五，程知直接开车回了家。

她穿着一身高中校服踏进家门，肩上背着装有马术套装的多功能马术背包，手里拎着她早晨出门带的那个双肩包。

程知在玄关换了鞋，一来到客厅，就和从厨房出来的陈周良遇上。

陈周良看着眼前穿着蓝白色校服、扎着高马尾的程知，有一瞬的恍然，仿佛看到了十年前的她。

随后，他漫不经心地问道："去剧组当龙套好玩吗？"

程知说："还挺有意思的。"

"你什么时候带我去玩玩？"陈周良问。

程知挺惊奇地看着他，反问："你什么时候对这个感兴趣了？"

陈周良把菜放下，故作镇定地回答："就是好奇。"

程知客观平静地阐述事实："你整天这么忙，哪有这个时间啊。"随后她就要回房间。

陈周良注意到了她肩上的马术背包，他的目光落在固定在最外侧一层的安全头盔上，出声问道：“这是什么？”

程知回头看了眼，回答他：“马术服。”

“在剧组当完龙套我们就去马场玩了，这是林冬序送我的马术套装。陈周良，我骑马了，”程知提到骑马就开心，笑盈盈地道，“还拍了好多照片，等我把东西放下给你看我在马场的照片。”她说完就进了卧室。

程知把两个背包放下就回了客厅，陈周良又进厨房去端菜了。

程知把手机随手放在餐桌上，也去厨房拿碗筷。在从父亲手里接过盛好的米饭时，程知随口问陈周良：“周姨和陈叔叔又不在家？”

陈周良回了句：“出门旅游了，这几天都不在。”

怪不得又来蹭饭吃，程知心想。

三个人落座后，程知拿起手机要给陈周良看今天下午拍的那些照片。

坐在她旁边的陈周良发现，她的手机屏保还是她和林冬序在船上的那张合照。

她当时跟他解释说是游戏惩罚，要做一周的屏保，但今天已经是周五晚上了，刚好一周。

他有点郁闷，她是不是根本就不想换掉这张屏保？

“吃完饭再看。”他这句话一出口，程知想要跟他分享喜悦的冲动瞬间消退了一大半。

她并没有立刻放下手机，而是找出照片，举着手机给对面的父亲看，笑道：“爸，你看！”

程永年抬眼，而后略微前倾上半身，凑近了点看照片。

“这马真好看。”程永年由衷感叹。

程知笑着嗔怪：“哎呀！爸！”

故意逗了逗女儿的程永年这才笑道：“我女儿最亮眼，真帅。”

“哎这个是……”程永年瞅着照片上露了一半侧脸的林冬序，很认真地打量起来。

程知收回手机，对程永年说：“这就是那次跟我一起去看日出的朋友，马场也是他家的。”

程永年了然。

程知继续跟程永年聊着：“这匹马还有名字呢，叫房星。”

“房星？”程永年问，“‘此马非凡马，房星本是星’的‘房星’？”

“我就知道程教授一听就懂。”程知笑吟吟地道。

陈周良忍不住插嘴：“程叔可是中文系教授，当然懂。”

“给我看看。”他刚要从程知手里拿走手机就被程知躲开了。

她剜了他一眼，回击道：“吃完饭再看呗。”然后把手机放到了另一边。

陈周良抓了个空，悻悻地收回手，继续吃饭。

后来大多都是程永年和陈周良在闲聊，程知只时不时插一嘴。

晚饭过后，程永年回书房忙，程知和陈周良在客厅，他最终还是没忍住看了她手机相册里的照片。

陈周良拿着程知的手机一张一张地划，好多照片里不止有她，还有林冬序。

他们在白马旁边对视、说笑，甚至有林冬序扶她上马的照片。再后面，是好几张她在马上，林冬序为她牵马的照片。

程知坐在陈周良身侧，跟着他一起看这些照片，她不由得感慨：“李教练拍照的技术还挺好。”

陈周良的脸色却越来越沉，他滑到程知给林冬序录的那个视频，以及林冬序骑马的单人照。

程知笑弯眼睛说：“不过还是我拍得更好看。”

“哎林冬……”她话还没说完，陈周良就扭过脸来，眸色晦涩不明地盯着她。

“你叫我什么？”他皱紧眉，语气冷沉地问，丝毫没意识到自己握着手机的力道变大，触碰到了电源键，已经让手机屏幕灭掉了。

程知本能地捂了下嘴巴，笑得更厉害。

她一边笑一边解释：“我是想叫你的，可能是因为我脑子里正在想一会儿要把视频和照片发给林冬序的事情，就顺嘴喊成他的名字了。”

陈周良烦躁到快要失控，他起身要走，在把手机还给程知的那一刻，屏幕骤然亮起，他又一次看到了那张刺眼的屏保照片。

陈周良开始阴阳怪气：“你是有多喜欢他，这么舍不得换掉屏保。”还能把我叫成他。

本来挺开心的程知莫名其妙地被他这样说，抬眼蹙眉道：“陈周良，你没事吧？变脸怎么比变天还快。”

“要不我帮你换？”他说着，又缩回了手。

正抬手要拿手机的程知突然抓了个空。

陈周良被刺激到昏了头脑，有那么一刻，他是真的想给她换掉这张碍眼的屏保，但也仅仅是一瞬。

而程知已经直接站了起来，试图抢回自己的手机。

陈周良条件反射性地举高手臂，程知仰起脸伸手去够手机。

“你把手机还给我！”她有点恼，“陈周良！”

为了躲扒拉他胳膊试图拿回手机的程知，陈周良不断地转身往后退。

两个人正拉扯着，陈周良一不小心撞到了沙发腿，人瞬间失去平衡，连带着拽他胳膊抢手机的程知也没能稳住身体。电光石火间，两个人一起跌进沙发。

“哎……”程知发出一声惊呼。

陈周良仰躺在沙发里，程知结结实实地趴在他的身上。他没想到会变成这样，登时怔愣住，呼吸也滞了滞。

陈周良不眨眼地凝视着趴在他胸口的女人，她的身体很软，真实的触感和萦绕上来的淡淡清香让陈周良控制不住地心猿意马，他甚至生出了要抬手把她紧紧摁在怀里的冲动。

程知根本不知道他脑子里的那些弯弯绕绕，她只在倒下的那一刹那本能地心坠了下，然后就立刻从他手里夺回手机起身。

程知站在沙发边垂眼看陈周良，无比嫌弃地说：“陈周良你幼不幼稚，都多大了还玩这一套。”

陈周良哑口无言，他敛了敛心神，慢慢坐起来。

程知已经坐到了旁边的单人沙发上，她脱了拖鞋，双脚踩在沙发边缘，捧着手机开始给林冬序发视频和照片。

陈周良沉默地盯着她，看她对着手机莞尔笑，心里的闷意几乎要让他透不过气。过了会儿，陈周良起身离开。

正在跟林冬序聊天的程知听到开门声，才发觉陈周良走了。

她本想张嘴说点什么，问他你要回家啊，或者提醒他明早过来吃饭，但最后程知一个字都没说。她也说不清为什么，就感觉好像……没什么必要。

程知捏着手机靠在沙发里，幽幽地叹了口气，然后就起身回了卧室。

林冬序已经回复了她的消息。

林冬序：突然想起来，看日落那次你是不是也给我拍照了？

经他提醒，程知也想起来，她当时确实给他拍了张照片，还是用单反相机拍的，不过相机不在这边。

程知回复他：拍了，但是相机没在手边，过两天我把照片导出来再发给你。

林冬序说：好，不急。

程知拿了睡衣要去洗澡，她跟林冬序说了声就去了浴室。等她洗完澡护好肤再上床，一拿起手机就看到林冬序回复她的消息。

林冬序：明天你过来吧，我在家等你。

程知唇角轻翘着回复他：好，到时候见啦！

林冬序发来：明天见。

这晚，林冬序躺在床上，脑子里不断地闪现白天和程知在一起的一幕一幕。从早上在她家楼下和她对视的第一眼，到晚上他们分开后他们聊的最后一条微信。

哪怕到现在，一想起她在早餐铺子提到陈周良后情绪开始低落，他的心还是会跟着变闷，一回忆起他牵着她的手腕在学校奔跑，他的心脏就不受控制地突突跳，连带着呼吸都急促起来。甚至，他的脑海中总会浮现出她穿着蓝白色校服扎高马尾的模样。

林冬序忍不住假设——如果自己在高中或者更早之前就遇到了她，他们会怎样。会不会，发生点什么？他想着今天和她有关的一切，翻来覆去地回味，随即又不知不觉地回想起他们相处的点点滴滴。

他和她在寺庙初遇，在协会再遇。他被她逼着写了遗愿清单。

她带他看日落，跟他看日出，让他在她家听雨，到他家来陪他。

她把所有的喜怒哀乐都毫无保留地展露给他看，对他说了她不曾告诉其他任何人的秘密。她也会哭、会难过，但更多的时候，她是开心的、快乐的。

他很喜欢这样阳光开朗的她。喜欢。

林冬序猝不及防地被自己惊了下。

他有点混乱地坐起来，呆怔了半晌，最后发现，自己好像真的对程知有想法，尽管他们俩满打满算也才认识不到半个月。

林冬序说不出这种感觉有多奇妙，他对她并不是一见钟情，也不是日久生情，而是介于这两者之间的，一种初相识却仿佛认识已久的契合，方方面面的契合。

可……他怎么能在这个时候有了喜欢的人呢？老天爷真会捉弄人，偏偏在他快要死的时候，让他遇到他想要守护的人。

林冬序颓丧地垂下头，抿紧唇，心里甜苦交织，刚涌出来的喜悦瞬间被绝望包裹。

怎么办？怎么办？

他躺回床上，不断地问自己。

当初他无比肯定地说，他快死了，不谈恋爱，不祸害人家姑娘，然而现在他才发现，真到了这一步，真的喜欢上了一个人，就会被欲望驱使着，变得自私又贪婪。

因为，他居然控制不住地想告诉她，他对她的感觉，他想跟她一场谈恋爱。

但心里有另一个声音一直在阻止他。

“你不能这么自私，林冬序，你有没有想过一旦你袒露了你的感情，她有多为难多尴尬？她根本就不喜欢你，就算最后答应做你的女朋友，也只能是因为同情、怜悯你，单纯地想满足你的遗愿罢了。”

…………

林冬序纠结难受了整整一夜，只要想到程知，心里就无比欢喜，但转念意识到自己就快死掉了，又会突然变得很难受。

如果没有得癌症，他一定会果断追她，让她彻底放下陈周良，让她爱上他。

但，没有如果。

陈周良不是适合她的那个人，他也不是。

到最后，在程知开车出现在他面前的那一刻，林冬序终于做了一个决定。既然不能光明正大地说爱她，那就偷偷喜欢她，偷偷喜欢就足够了。不让她察觉，不让她困扰，也不告诉任何人，然后，把这份喜欢带进坟墓，成为永久的、他一个人的秘密。

林冬序站在电梯前的台阶上，望着下了车正朝他走来的她，唇角露出一抹笑。

他喜欢的她来了。

第七章

骑摩托车追夕阳

“如果我现在死去，明天世界是否会在意……”

“早呀！”程知拎着包包来到林冬序面前，“早饭吃的什么？”

林冬序边按电梯边回答她：“喝了碗粥。”

电梯门缓缓打开，林冬序的手虚挡着感应区，让程知先进电梯。

程知已经习惯了他渗透在各种细节中的绅士风度，她先进了电梯，然后才说：“只喝的粥吗？”

林冬序“嗯”了声。

她语气担忧地道：“吃得有点少啊。”

林冬序都没跟她说，他其实只喝了半碗，因为吃了药后有犯恶心的症状，他根本没什么胃口吃东西。

到了四楼，两个人来到吧台。

林冬序递给程知一杯温热的水，笑着说：“这次没咖啡了。”

程知把手机随手放到吧台上，双手捧过玻璃杯，她也笑，调侃道：“怕是有的话，你今天也不让我喝吧？”

林冬序笑而不语。

因为程知放手机时，手机屏幕亮了起来，林冬序也因此看到了她的手机屏保，不再是他和她在船上的那张合照，而是昨天她给白马拍的一张照片。

她把屏保换成了房星，林冬序心里有一点点的苦涩，但更多的是安心，因为他真切地感受到，她对他的感情不是因为爱情产生的喜欢，而是遇到了不可求的知音的那种珍惜。

“哦对啦，”程知喝了点水后忽然想起来，“我们商量一下接下来去做什么吧？”

她说着，就从包包里掏出她随身携带的小本本，又拿出一支钢笔。在协会再见到她那次，她塞给他的就是这个本子和这支钢笔，非拉着他写遗愿清单。当时的他完全没想到他们后来会这么契合，更没想到，他会喜欢上她。

林冬序垂眼瞅着正认真筛选清单上未完成项目的程知，完全不自知，他已然满目温柔。

而温柔的眸底深处，又隐藏着几分悲伤。

“逃课和被停课已经完成啦，”程知说着就在这几个字上画了一道横线，“打一次架……”

她突然抬脸，弯唇问他：“我一直想问，你为什么会有这个愿望？因为上学的时候没打过架？”

林冬序挑了挑眉，不置可否。

“那你肯定很乖，”程知说，“不逃课，没被停过课，也没干过架。”

林冬序轻叹：“所以现在才觉得青春有遗憾。”

程知笑答：“但也正是因为有遗憾，才是青春啊。”

“每个人或多或少都会觉得青春有遗憾，就像你觉得没逃过课、没被停过课、没有打过架是遗憾，那些逃课、被停课、打过架的人可能会遗憾自己当初没有好好学习，太过叛逆。”

“那你呢？”

林冬序问她：“你青春里最大的遗憾是什么？”

“最大的遗憾啊……”程知很认真地回想了下，若有所思地道，“放弃了自己最感兴趣的文科，选了大多数人都会选的理科。”

“其实我文理科差不多，不偏科，我个人更喜欢文科，但当时我们学校是重理科的，整个年级只有四个文科班，而且身边的朋友也都选理科，”程知叹了口气，“所以我最后也选了理科。”

林冬序打趣：“我还以为你会说因为陈周良。”

这话不过大脑，也是说出来后林冬序才惊觉自己不该在她面前提陈周良，顿时心生后悔。

程知却笑了：“还真有他的因素，因为他也选的理科。

“但最终促使我选择理科是多方面的影响啦，他只是其中之一，是一部分原因而已。”

“但是，我还是觉得，哪怕重来一次，我们依然会做相同的选择吧？”程知望着林冬序，不紧不慢地道，“我还是会选理科，你还是不会叛逆。”

林冬序嘴角噙笑，点头：“嗯。”

“哎，林冬序，”程知看着她的小本本，有些好奇地问，“你不抽烟我理解，但是你居然没喝醉过？是因为你酒量大，所以一般喝不醉吗？”

“不是，”他失笑，“是我比较克制，每次都会控制好量，不喝太多，所以就不会醉。”

程知有点不解：“为什么要这么克制？”

林冬序沉吟了片刻，像在组织词汇，然后才告诉程知：“我父亲就是因患胃癌去世的。”

程知怔愣住：“啊……”

“医生说他得胃癌，有很大原因是他酒喝得太多，抽烟太凶。”林冬序语气无奈地道，“当年我家公司陷入危机，差点破产，是我爸挽救回来的。一个又一个酒局，为了救公司，他只能拼了命地喝酒，抽烟也避免不了，而且我爸因为公司的事焦头烂额，心情烦躁，所以那段时间他抽烟也抽得特别凶，虽然后来公司起死回生，但是他的身体也垮了，发现胃癌的时候已经是晚期了，没法救，只能化疗，尽可能延长寿命，但是，很痛苦。”

林冬序像是被勾起了非常黑暗的回忆，声音都变得很轻：“吃不下东西，吃了就吐，严重脱发，胸闷气短，就连睡觉时都在浑身发抖。”

程知怎么都没料到，林冬序的父亲就是胃癌去世的，而现在，胃癌再一次降临，落到了他身上。怪不得他宁愿安静等死都不去医院治疗，原来是小时候亲眼见过他的父亲是怎样度过人生最后一段日子的。

她很想说，可是你又没有抽烟酗酒，又想到诱发胃癌的因素也不只是抽烟酗酒这一点。

他命太好，又太不好。

程知听完林冬序的一番话，没有立刻出声说什么，只沉默地喝着水。

玻璃杯里的温水已经变冷，凉水顺着喉管流进胃里，刺激着程知回过神。

她很快平复好情绪，煞有介事地道：“打架去掉，你没机会了。”说着，她就在“打一次架”这几个字后面画了个叉。

林冬序哭笑不得："你好霸道，不应该尽量满足我吗？"

程知理直气壮地回答他："万一伤到你怎么办？而且你不是怕疼吗？"

"也是，"林冬序轻易被她说服，"那就把这项舍掉吧。"

除去打架，剩下的几个，文身、打耳洞他怕疼，极限运动既考验胆量也有出意外丧命的风险，演唱会需要再等等，最后也就只有"骑摩托车"这项可实现。

程知抬眸问他："骑摩托车？"

林冬序没有异议，点点头答应："成。"

随即就道："摩托车我有，你定时间就行。"

程知打开日历，本来是想挑一天陪他去骑摩托车的，结果盯着日历突然想起二十五号就是父母二十九周年的纪念日了，而她还没买礼物。

"呀！"程知低声惊呼了下。

林冬序正在用喝水的方式压住往上翻涌的恶心感，听到她的惊叫，便问："怎么了？"

程知轻轻眨了眨眼，如实告知他："再过几天就是我父母的结婚周年纪念日了，我还没给他们买礼物。"

林冬序沉吟片刻，突然提议："或许……我骑摩托车带你去商场？"

"欸？"程知讶异，然后就笑起来，欣然应允，"好啊！"

"我记得有条路特别适合骑摩托车，就是那个……环湖公路！风景很美，到时候可以先去那边骑摩托车兜兜风，然后再去商场。"

"好，"他笑，"听你安排。"

她低着头，认真地用钢笔在本子上勾画，他就着吧台的另一侧略微往前倾身体，用手托着腮，歪头瞅她，俊朗的眉宇间含着淡笑。

她真好看，他心想。

窗外的阳光透过玻璃钻进来，落了一地的明亮温暖。

"明天行吗？"程知边询问边抬头，"这样的话……"

她清透的眸子猝不及防地和他温柔的目光相撞，程知的心脏顿时漏跳了半拍。

下一秒，就在林冬序本能地要躲开她的视线时，程知却忽然笑了，她继续接着刚才的话往下说："这样的话，要是明天没买到合适的礼物，还有时间继续选。"

林冬序佯装镇定地回应她："好。"

定好下一项要完成的遗愿清单，程知在拿起手机要退出日历软件时随口说：“月底就是万圣夜了欸！”她问林冬序，“你在国外会过万圣节吗？比如化装舞会之类的。”

“会啊。”他轻勾起嘴角，“我扮过剪刀手爱德华。”

“天呐！”程知瞬间睁大杏眼，她吃惊又好奇，“还有没有照片？我想看看。”

林冬序去拿了手机，找出他当年在万圣节拍下来的照片给程知看。

“这妆也太逼真了，还有这剪刀手，”程知由衷地夸赞，“简直传神！”

林冬序笑道：“妆不是我自己弄的，是特意找专业化妆师化的，剪刀手是戴的道具。你呢？有没有参加过这种舞会？”

程知说：“就大学的时候玩过一次，扮演贞子，化了化妆，穿了件白裙，把头发弄到前面来。”她有点遗憾，“后来学校就没再举办这种舞会了。”

“要是还有机会参加万圣节舞会，你会扮演谁啊？”程知眨巴着眼问林冬序。

林冬序回答她：“我还没什么想法，你呢？”

“小丑女，”程知不假思索地道，“我可喜欢她的妆了，有机会我一定要扮演一次哈莉·奎茵，绝美！”

林冬序便说：“那我扮演小丑吧。”

程知无缝接话：“那你得戴假发。”

她看着他，他也凝视着她。须臾，两个人不约而同地笑出声。

“没事可做，”程知提议，“不如我们来玩个游戏吧。”

“什么游戏？”林冬序饶有兴趣地问。

“打手游戏，”程知一边说一边拉着他的手做示范，“像这样，我的手托着你的手，我要是打到你了，我就赢了。”

她说着，真的迅速翻转手，在林冬序的手背上打了下。

林冬序还沉浸在她拉了他的手的喜悦中，根本没反应过来，就被她打中了手背。一时间，他的掌心、手背，甚至连指尖都仿佛残留着她手上的温度。

“哎……有没有真心话大冒险那种卡牌，可以当作惩罚。”程知问他。

林冬序蹙眉认真想了下：“楼下有，我去我妹那儿找找。”

林冬序去三楼找卡牌时，程知就找合适的位置摆手机，她想把他们俩玩游戏的欢乐时光记录下来，永久留存。

过了会儿，林冬序拿着一套真心话大冒险的卡牌回来，他看到程知正在摆放手机，不太确定地问："你要录视频？"

"对啊，"她颇为认真地说，"我想让你的一切都有迹可循，不止遗愿清单上的那几项。"

林冬序被她触动，低叹了声，有些无奈地道："家里有相机和支架，我去拿。"

他说着，把卡牌递给她，然后就转身去了书房拿相机和支架。

等林冬序把相机架好，调出摄像功能，点击开始录视频，就走过来坐到了程知对面。

"来来来，"程知跃跃欲试，"是你在上边还是我在上边？"

林冬序唇边漾着笑："看你，我都行。"

程知说："我刚才试的时候在下边了，这次你在下边吧。你打我手背，打不中就要选卡牌接受惩罚哦！"

他眉梢轻抬，伸出双手，摊平左右掌心。

程知把手放到他的手上，两个人手掌轻贴，不同的温度交织蔓延，逐渐相融成同一种温热。

程知全神贯注地等着林冬序出击，警惕到浑身每一寸神经都高度紧绷。

林冬序却一派从容，他嘴角噙着笑意，擦着她的掌心来来回回地试探，但都没真的翻转手掌打她的手背。

倏而，林冬序出其不意地出击，程知躲避不及，被他轻拍到了手背。

她惋惜地"啊"了声，愿赌服输："那我选……大冒险吧！"

程知摸了一张大冒险的卡牌，直接举起来给林冬序看："就这张了。"

林冬序看着卡牌上的任务，忽然低声笑出来。

程知见他都笑出声了，觉得这个惩罚会有点过分。

她立刻翻转过卡片，上面明晃晃地写着——和在场的一位异性交换上衣。

她登时松了一口气，嗔怪他："你笑成这样，我还以为是什么过分的惩罚。"

林冬序继续乐，他说："还好咱们俩都穿了外套，不然确实挺难办。"

程知向来玩得起也输得起，她将身上卡其色的英伦风大衣脱下来递给林冬序，林冬序也配合地把他身上穿的针织开衫脱下来给她。

程知大大方方地穿上他的米白色柔软针织开衫，上面还残留着他的体温和他身上那种很淡的男士香水味。

但林冬序是穿不上程知的外套的，尽管他比之前消瘦不少。

林冬序就把双手伸进了她的衣袖，让衣身搭在他的腿上，也算努力穿过了。

第二轮打手游戏开始之前，林冬序给了程知选择的机会。

他问她："这次你在上还是在下？"

"在哪里跌倒就在哪里爬起来，"程知不服气地说，"我还要在上！"

"我就不信我在你手上还跑不了了。"她说着，已经先伸出手。

林冬序随后也伸出手，轻托住她朝下的掌心。他抬眼看她，发现她不自觉地咬住了下唇，表情很是严肃。

林冬序强忍要上翘的嘴角，但眼底的零星笑意掩饰不住。他和上次一样，先试探了几番，然后出其不意地突然翻转手掌，拍到了她的手背。

程知忍不住道："林冬序，你的速度也太快了吧！我都没反应过来！"

林冬序愉悦地轻笑，他问："这次是真心话还是大冒险？"

"大冒险！"程知走了老路。

林冬序把卡牌摊在她面前，做了个"请"的手势。

程知伸出手指在一堆卡牌上流连了片刻，最后凭感觉选了一张。

她举起卡牌给他看："这个。"

林冬序轻轻挑眉："还不错，算是容易的。"

程知随后才翻过卡牌看了眼——原地快速转十圈不准倒。

"嗐，这简单，"程知胸有成竹地笑道，"我小时候经常玩。"

她说着就站起来，走到岩板茶几的另一侧，刚巧正对着相机的镜头。

"那我开始转了啊。"她笑着望着坐在沙发里的林冬序。

林冬序弯唇回应："嗯，慢一点也没关系。"

因为林冬序的外套对程知来说太大，袖子也长不少，程知轻蜷手指，握住袖口，才能勉强露出手来。

她两只手分别抓着袖口，胳膊轻抬，做好要转圈的准备姿势，对他说："那不行，我不要赖。"她说完就转了起来。

程知里面穿的是一条黑色的连衣长裙，外面搭着他的米白色针织开衫，居然很合适，虽然针织衫略大，但并不影响美观，反而会让人误以为她穿的就是这种风格。

程知飞快地闭着眼转圈，一边转一边数数："一、二、三……"

林冬序凝望着程知，眼前正脚步轻盈转圈圈的她恍若一只要翩翩起舞的蝴蝶，裙摆轻然扬起，连带着针织开衫的衣摆也跟着荡来荡去。

好美，只是……到后面，林冬序明显发现，程知已经在打晃了。

他不放心地站起来，走到沙发旁边，随时准备扶她一把——因为怕她会摔倒。

“……九、十。”程知数完，便不再继续转圈，但是人晕头转向的。

她感觉天旋地转，眼前的一切都在动。

程知晃晃悠悠地稳住身体，她笑出声来：“我不行了……好晕！”

林冬序伸出双手，左右手分别在她身前和身后，虚虚地悬空，防止她跌倒。

眼看程知就要撞到茶几，林冬序果断把人捞回来。电光石火间，程知落入林冬序的怀抱。

她结结实实地撞进了他的胸膛，头还在晕。在这一刻，林冬序呼吸微滞，心跳蓦然加速。

扑通、扑通、扑通……一声一声，无比清晰地震着她的耳膜。

怀里的她柔若无骨，会让人心生妄念，比如，再抱紧一点，甚至，不要再松开她。

程知仰脸看正低头注视着她的男人，她笑得厉害：“林冬序，你也在转。”

“救命啊，”她试图抓着他的胳膊让自己站直，“怎么比喝了酒还晕！”

林冬序低声笑，语气无奈地嗔怪：“让你转慢点。”

程知逐渐缓过来，不再觉得世界都在旋转扭曲，她松开抓着他胳膊的手，又抬手拢了拢发丝。

程知觉得自己的脸有点热，心跳有点快，可能是转圈圈转的。

重新坐到沙发上后，她双手捧住脸，用掌心轻轻贴了贴发烫的脸颊，稍微降了降温。

林冬序又给了她选择的机会。

“这次要在上边还是在下边？”他笑。

程知跟自己较劲：“我还是要在上边！”

他低叹了声：“你啊。”

他说着，就伸出双手，掌心朝上摊平，轻轻勾了勾手指：“来。”

程知把手递给他。

第三局开始。

林冬序这次放了水，让程知成功逃脱了。

她开心又激动地拍掌，把掌心都拍得泛了红。

林冬序见她这样高兴，也跟着满心愉悦。

“终于到你了！”程知迫不及待地问，“林少是选真心话呢，还是大冒险呢？”

林冬序说：“大冒险吧。”

程知便让他选卡牌，林冬序随便抽了一张，和她一样，先举起卡牌给她看。

程知有点惊讶地睁圆杏眼，林冬序看她这副反应，翻过卡牌看了看。

上面写的是：“选一位异性对她说你最爱的经典情话。”

这里没有其他异性，所以林冬序选择说情话的对象，只能是程知。

林冬序抬眼瞅着程知，温声道：“程知，我对你说。”

程知的心脏瞬间莫名下坠，然后笑着说：“你也只能对我说啊。”

不是这个意思，我的本意是，就算有其他异性在场，我也会选择你，坚定地选你。

林冬序手里捏着卡牌，望向她的目光深邃温柔。

他开口，说的是一句英文：“I hope before long to press you in my arms and shall shower on you a million burning kisses as under the Equator.”

程知稍愣，呼吸不由得滞了滞，而后，她就扬起了明朗的浅笑。

林冬序从她的表情中读懂了一切，温声笑说：“你知道。”

“嗯，我知道。”她说，“希望不久我将把你紧紧地搂在怀中，吻你亿万次，像在赤道下面那样炽烈的吻。”

“是拿破仑一七九六年给他妻子约瑟芬的信里的情话。”程知坦言，“不瞒你说，这句也是我最爱的一句情话，总让我感觉，有一种用语言描述不出来的狂热和暧昧。”

下一局，程知终于选了在下边——打林冬序的手背，但是没打到。

林冬序反应很快，她连他的指尖都没碰到一丁点。

程知不禁感叹：“你这反应速度，练过吧？”

林冬序乐道：“本能。”

“哦……我知道了，”程知调侃，“你是不是就想看我受惩罚？”

林冬序失笑，没承认也没否认。

程知说：“那我这次不选大冒险了，我选真心话。”

林冬序让她抽真心话的卡牌，程知依旧凭感觉抽了一张。

上面的问题是——到现在为止，你一共被几个人喜欢过？

“这个……我想想，”程知认真地回忆着，片刻后回答，“十多个吧。”

她掰着手指头对林冬序说：“初中有三四个，高中两三个，大学五六个。”

林冬序有点不解地问：“为什么高中最少？我还以为初中会最少。”

程知蹙眉思索了下，不太确定地道：“大概……高中时有一次陈周良为了我跟人打架太凶了，导致男生们都放弃追我了？”

她说着说着，自己先笑了：“我也不清楚，随便乱猜的，反正自从他跟人打完架后确实再没有人说过喜欢我了。”

“打架？”林冬序心里涌出酸涩，但又很好奇，忍不住想知道有关于她的更多事情，所以他继续问了句，“为什么会跟人打架？”

程知叹了口气，坦言：“是有个校外的男生一直纠缠骚扰我，给我造成了很大的困扰，他就跟对方打了一架，从那之后就没人再找我麻烦了，也没男生再对我表露出喜欢。”

林冬序了然，随即心里又生出几分醋意。陈周良为她打过架，他有点嫉妒，不，是很嫉妒。

林冬序其实很羡慕陈周良，羡慕陈周良能跟程知一起长大，能陪伴在程知身边这么久，能见证她生命里无数美好且值得纪念的瞬间。

如果他是陈周良，他绝对不会让这么好的她伤心难过。如果他是陈周良，他一定早早地就让她知道，他喜欢她。可惜，这辈子他都不能告诉她，他很喜欢她。

林冬序喜欢程知，注定只能是除他自己以外无人知晓的秘密。

…………

中午的时候，程知第一次跟林冬序去了一楼，和林冬序的爷爷林震穹一起吃了午饭。本来林冬序是想让家里的阿姨把饭菜直接送到四楼来的，但程知觉得不妥，她没办法让他陪她在四楼吃饭，留老爷子一个人在一楼用餐，于是程知主动提出去一楼吃午饭。

“我也该拜访拜访林爷爷，”她有点不好意思地道，“来了好几次都没见他老人家，心里总觉得过意不去。”

林冬序笑着安慰她：“没什么过意不去的，他不会介意。”但最终还是听了她的话，带她去了一楼。

林震穹虽然没见过程知，但对这个姑娘是有所了解的，毕竟是要陪在孙子身边的志愿者，他不可能不调查。这次亲眼见到程知，林震穹不仅认可她，还很喜欢程知，因为他发现，孙子在这个姑娘的照顾下，比平时多吃了半碗饭。

她对阿序好像有什么魔力一般，会让阿序变得开朗爱笑，不再因为癌症而消沉丧气。

林震穹忍不住对程知说："以后多来家里玩，多陪林爷爷吃饭。"

程知受宠若惊，连忙点头答应："只要不打扰林爷爷，我很愿意过来的。"

林震穹亲切地笑道："怎么会打扰，你来了林爷爷会更高兴。"

程知莞尔说："那我以后经常过来看望您。"

吃过午饭后，林冬序难得主动提出来要跟老爷子下两盘棋。

听他这样说，林震穹也非常高兴，立刻和孙子下起西洋棋来。后来林冬序乏力，程知就陪他回了四楼。昨晚一夜没睡，林冬序此时已经乏到极点。

他在回卧室睡觉前对程知说："我就睡半个小时，你先随便玩，书房里有很多书，可能会有你感兴趣的，或者去影音室找部电影看，电玩室也……"

"好啦，我知道了，"程知感觉无奈又好笑，"你快去睡吧，不用管我。"

林冬序这才放心地回卧室去午睡，然而，等他再醒来，不是半个小时后，而是傍晚。

卧室内只合了一层轻薄的纱帘，此时窗外夕阳漫天，晚霞绚烂。

林冬序倏然坐起来，立刻下床，他连拖鞋都没穿，就光着脚大步流星地走出卧室。

林冬序急匆匆地来到客厅，看见程知正坐在单人沙发上。

她还在。他瞬间顿住脚步，深深地松了一口气。

程知闭着眼眸，怀里抱着一本书，不知道是睡着了还是看书太久在缓解眼睛。

旁边的落地灯开着，橘色的光晕落到她的发顶和周身，让她温柔得如同此刻的晚霞。

林冬序放轻动作，慢慢地走到她身边。他刚蹲下，想要把她怀里的书抽出来，程知就睁开了眼睛。

她一睁眼就看到他出现在了她眼前，活生生的他。

程知唇边漾开浅笑，眼睛却有点湿热。

"你醒啦？"她轻声问。

林冬序很抱歉地道："对不起，我不知道我会睡过头这么久。"

他平日睡眠很浅，特别容易醒，醒来就难以再入睡，所以他才没有定闹钟，因为他知道自己半个小时后会醒来。

往常都是这样的，可是今天却出现了反常。

他一觉睡醒，一下午都过去了，他竟然让她等了他整整一下午。

程知很善解人意地道："没事呀，你休息好最重要。"

"你自己都干吗了？"他没有站起来，就这么半跪在单人沙发边，微仰头凝望着她。

程知如实说："重温了电影《寻梦环游记》，玩了玩你电玩室的摩托游戏，然后选了本书看。"她指了指怀里的书。

随即，程知又说："林冬序，我还干了一件事。"

"什么？"他问。

程知坦白："我去你卧室了。"

"我……"她垂眸和他对视着，有点窘迫地很小声道，"我探了探你的鼻息。"

"你睡了很久，我有点不安，"她努力解释，"轻声喊你你也没反应，所以我就……我害怕你出事。"到最后，她声如蚊蝇。

林冬序不眨眼地盯着她，深色的瞳孔黝黑深邃，像外面即将降临的寂静黑夜，而寂静之下，却是翻涌的巨浪。

"我没事啊，"他低声安慰她，"我最近觉得身体还行，不知道是不是心态变得乐观的原因。总之，我还好，程知。"

程知点点头，而后露出明朗的笑容："那就好。"

她没告诉他，她刚才闭着眼，不是在睡觉，也不是在缓解眼睛，而是在跟佛祖祈祷。

十几天前，她在合潭寺的佛祖面前，非常虔诚地祈求佛祖，保佑她和她在乎的所有亲朋好友平安健康。

现在，她无比明确地跟佛祖说：包括他，包括林冬序。他是我最在乎的朋友，我不敢不切实际地妄想他长命百岁，但能不能保佑他，多看看这个世界。

至少，等到来年春天，让他看看这风也开花的好季节。

因为时间也不早了，程知就提出来要回家。林冬序没有挽留她，只应了声"好"。

她身上还穿着他们今天玩游戏时换上的他的那件针织开衫，可程知和林冬序都没注意到这点。

直到程知开车离开，林冬序再回到空无一人的客厅，才发现她的英伦风大衣还搁在沙发上。他走过去，拿起这件衣服，失笑着叹了口气，然后拿起手机，给程知发了条微信。

程知也是行驶到半路，突然意识到自己身上的外套还是林冬序的。

当时游戏结束后，他们俩收拾了卡牌，说了点关于午饭在几楼吃的话题，然后就去吃午饭了，谁也没在意衣服的问题，甚至整个下午，她看电影、玩游戏、看书，在他家溜达，都没想起来自己还穿着他的外套，直到现在才后知后觉。但程知这会儿正开着车，不方便立刻联系他。

等她到家楼下，把车在停车位停好，从储物格一拿起手机，就看到了林冬序半个多小时前给她发的微信。

林冬序：你的大衣落在我家了，明天骑摩托车不太方便携带东西，改天再换回来？

程知回复他：好，那等我后天去找你的时候再交换回来吧。

然后又笑着打字：我们俩居然都把这茬给忘了，我一直都穿着你的衣服。

林冬序说：还挺好看的，你穿着很合适，跟你的黑裙也很搭。

程知唇角弯弯，心里轻快又愉悦。忽而，她捕捉到重点，飞快地点手机屏幕，给林冬序发了新的消息过去。

程知：完了，我吃午饭的时候也穿的你的外套，林爷爷认不认得你这件衣服啊？他会不会误会什么？

林冬序失笑着安抚她：我衣服多得很，爷爷辨不出来的，而且这件你穿着真的很合适、很好看，像为你量身定做的，老爷子不会起疑心的。

程知这才松了口气：那就好，那就好。

林冬序问：你这么怕他误会啊？

程知一本正经地给他回了条语音："万一林爷爷觉得我在接触你之后发现你是个富少爷，看上你家的钱了，于是就故意勾引你让你喜欢上我，到时候好让你立遗嘱给我财产之类的，那误会可就大了呀！"

林冬序听到她煞有介事的语气，忍不住笑出声，他也开始给她回语音："我又不傻。"然后又说，"你真不愧是编剧，脑补的这些都能写出一本剧本了。"

程知捧着手机"嘿嘿"乐，给他发了个很可爱的表情包，然后又发语音告知他：“我到家啦！”

林冬序秒回了句：“傻了吧？你一回我消息我就知道你到家了。”

程知：啊……

林冬序：快去吃饭吧。

程知：你也要好好吃饭啊。

林冬序：知道的。

程知回到家里，先回到卧室把他的外套脱下来，拿衣架挂好，然后才去厨房帮父亲盛菜、端饭。

“陈周良今晚不过来吃饭吗？”程知问程永年。

程永年说：“他不到傍晚就走了啊，说是晚上要值班。”

“哦……”程知应了声。

晚饭过后，程知刷了碗就去洗澡了。

不久，她穿着睡衣披散着半干不干的长发从浴室走出来，捞过手机就看到了林冬序给她发的微信。

林冬序：骑摩托车会很冷，明天你记得穿厚点，不要穿裙子，会不方便。

怎么像在嘱咐小孩儿啊。

程知笑着回复：知道啦！

然后她突然想到什么，急忙给林冬序发消息：我突然想起来，我们要不先去挑礼物，傍晚再去环湖公路兜风？

程知：傍晚去那边景色肯定超美！

林冬序：好，听你的。

和程知说了晚安后，林冬序抬眼看向被他挂在衣架上的那件女士风衣。

卧室里只开了盏壁灯，光线略昏暗，他盯着这件大衣，仿佛看到了今天穿着它出现在他眼前的程知。

坐在床边的林冬序站起来，走到这件被衣架挂好的卡其色大衣前，他抿了抿唇，慢慢抬起双手，随后小心翼翼地虚虚环住有修身腰带设计的地方，而投射到墙壁上的阴影，仿佛他在跟谁拥抱。

大衣上还残留着她身上那种清浅的甜香，林冬序微低着头，鼻尖几乎轻蹭到她的衣服，一点一点地汲取着属于她的气息。

房间里格外安静沉寂，可他的心跳却那么那么响亮快速，几乎震耳欲聋。

林冬序无法控制心动，就像他嘴上明明说着不谈恋爱也不打算喜欢谁，却还是在不知不觉间喜欢上了这样好的她。

林冬序闭上眼眸，将眼底的一切情绪隔绝。

“程知。”

他低低地、一字一句地温柔呢喃：“我好喜欢你。”

但是，我无法将这份感情说给你。

隔天，程知吃过午饭就接到了林冬序的电话，她没有立刻接，而是跑到卧室的阳台上往下看了眼，他果然已经在楼下了。

程知笑弯眼眸，这才接通，跟他说：“林冬序，看上面！”

林冬序仰起头，程知正在跟他挥手，她笑得明朗灿然，比太阳还耀眼。

“我这就下来！”她兴高采烈地道。

林冬序低声笑着回应：“好。”

程知早就收拾好了，所以林冬序一到，她就立刻下了楼。

程知小跑着来到他面前，目光在黑金色的摩托车上流连，语调扬着：“好酷炫的摩托车！”

摩托车上放着一顶白色全盔，上面有星黛露图案，程知不用猜也知道，这顶是他给她准备的。

今天林冬序的穿着也不同于往日，黑金色皮衣搭配黑色骑行裤，脚上踩了双纯黑的骑士鞋，夹在他手臂和腰侧的全盔和手上戴的骑行手套也都是黑金色的。

这样的他，不同于往日的温润，而是多了几分酷，俨然一个黑色摩托车骑士。

“好帅！”程知浅笑说。

林冬序打趣：“你指车，还是我？”

程知坦然地道：“你呀！很酷！”

他笑，拿过给她准备的那顶全盔。

程知也笑：“我就知道这是我要戴的。”

林冬序先戴好头盔，抬腿跨坐到摩托车上。

程知随后扶着他的肩膀上了摩托车，她听了他的话，穿得很厚实，从头到脚都能御寒保暖。

林冬序回头看程知的时候，她刚戴好头盔，还没落下护镜。

林冬序便抬手，帮她落下护镜。

“抱紧我，”他的声音透过头盔传出，又隔着头盔钻进她的耳朵，听起来比平日低闷不少，“要走了。”

程知点点头，对她比了个“OK”的手势，旋即，她的双手就摸到了他的侧腰上，手指紧紧抓住他的皮衣。

林冬序发动摩托车，慢速驶出了她家小区。

等正式上路后，他开始提速，摩托车如同一头黑色的猎豹穿梭在城市的街道上。

耳边的风很大，哪怕戴着头盔，程知也能听到猛烈的风声。

她前面骑摩托车的男人肩膀宽阔，但腰很窄，她的双手就落在他腰侧，几乎能感受到他的腰有多精瘦。

程知还是第一次坐摩托车，很刺激、很兴奋，也很舒畅，会让人心情变好。

到了商场，林冬序把车停好，和程知一起去挑礼物。

两个人逛了很多店，看了衣服，也瞧了饰品，最后却买了两支钢笔和一对手表。

因为父母的工作性质，程知知道他们都喜欢随身携带钢笔，而父母又都有戴手表的习惯，买这两样礼物也算“对症下药”了。

知道今天要买礼物，程知特意挎了一款大容量的包包，装这几个东西绰绰有余。

买好礼物从商场出来，时间已经将近下午四点。

环湖公路不在市区，骑摩托车过去最快也要半个多小时，到了那边，差不多也就傍晚了。

林冬序骑摩托车载程知一路来到环湖公路，这段路车少，他稍微提速，摩托车开得更快。

程知有点怕，但又很激动，不由自主地往前挪了挪搭在他腰侧的双手。

最后，她的左右手相遇，十指紧紧交扣在一起。

林冬序浑身紧绷僵硬了一瞬，因为她抱紧了他的腰。

而后，藏在头盔下的唇角轻翘起来，他欢喜地笑了笑，左胸腔里登时被愉悦的情绪充斥，变得满满胀胀的。

程知忽然伸了下手，指着远处，凑到他耳边大声喊：“是夕阳！林冬序，我们正在追逐夕阳欸！”

天际的夕阳在缓缓西沉，而他骑着摩托车带着她，正迎着橙红色的光晕，一直往前冲。后来，在路边停下休息时，林冬序和程知都摘了头盔。

他靠坐在摩托车上，程知在他前方。

她抓着石栏，迎着微凉但温柔的晚风开心地大喊：“啊！我好开心啊！”

林冬序愉悦地低声笑。

程知回过头，对他说：“林冬序，放首歌吗？这么好的风景，该听些好听的歌。”

他掏出手机，话语温和地问：“听什么？”

程知笑答：“上次我给你听了我平常听的歌，这次我想听听你会经常听什么歌。”

“成。”林冬序便点开音乐软件，打开自己最近播放的列表。

“不过，今天没有耳机。”他说。

程知眉眼弯弯地道：“外放就行呀！”

林冬序点了播放。

听到第一首歌时程知就惊讶地睁圆了杏眼，她神色雀跃，很惊喜地说：“这首歌是我写剧本时的必听曲目！我可喜欢了！”

林冬序眉梢一抬，笑着回应：“我也很喜欢。”

程知已经转过身来，背靠着石栏，和他隔着一点距离，面对面安静地欣赏着好风景和动听的歌。

须臾，程知跟着歌轻轻哼起来：“I need your love like I need water. I need your love like I need breath inside of my lungs...（我需要你的爱就像我需要水。我需要你的爱就像我需要呼吸……）”

她哼唱完这几句，像是有感而发，对林冬序说：“每次我听这首歌，都能感受到一种绝望的治愈，大概就像……”

林冬序接话：“四周冰冷、黑暗，绝望无边无际地蔓延，但藏在十指紧扣的掌心间的那抹温暖还在。”

程知无比欣喜地道：“就是这种感觉！”

“你真的很懂我想表达什么。”她笑。

林冬序凝望着她，眼底被笑意浸染，过了会儿，他忽然开口，唤她：“程知。”

“啊？”正偏头欣赏远方落日的程知回过头来，笑盈盈地问：“怎么啦？”

“要跟我一起参加万圣节舞会吗？”林冬序邀请。

程知特别意外，甚至没反应过来。

“什么？”她语气诧异，总感觉自己大概听错了。

林冬序说：“癌症协会计划在万圣节前夜举办一场化装舞会，除了协会里的工作人员，还会有一些自愿参加的癌症小组的其他病人以及志愿者，你要跟我去吗？”

程知受宠若惊地点头：“要。”随后她就无比开心地说，“我一定要扮小丑女！”

林冬序被她逗笑：“好。”

片刻后，程知突然有点忐忑地问：“林冬序，你不会是因为我才让协会搞了这个活动吧？”

林冬序嘴角噙笑，逗她：“你猜呢？”

程知眨眨眼。

还未等她说话，他就澄清：“不全是因为你，更多的是为我自己和协会里其他的癌症患者吧，我让负责人设计了环节，癌症患者在这场活动中可以跟大家交流近来的情况、抗癌的心得等。”

“更准确点说，是你给了我灵感。”他笑望着她，在英文歌曲的温馨氛围中，语气略带调侃地说了句英文：“You are my inspiration muse.”——你是我的灵感缪斯。

虽然现在的男生会用“你是我的缪斯”委婉告白，表达爱慕，但因为对方是林冬序，而且他还特意加了“灵感”这个前缀，语气又带着几分打趣，所以程知并不觉得这句话和告白有一丁点的关系。

在她这里，他这句话的意思就是很真诚、很单纯地感慨，夸她给他了灵感，让他想出了这个活动而已。

于是，程知也很配合地回答了一句：“My pleasure.”——荣幸之至。

过了会儿，林冬序的手机音乐播放器里响起另一首歌。

正在用手机拍风景的程知听到歌里唱：“如果我现在死去，明天世界是否会在意……”

程知将歌词里的每一个字都听进了心里，如果他死去，世界会不会在意她不知道，但她在意。

程知将摄像头调转，让她和身后靠坐在摩托车上的林冬序都出现在手机屏幕中。

“林冬序。”她扬声唤他。

林冬序抬眸的那一瞬间，程知按下了拍照键。

2018 年 10 月 21 日，陪林冬序体验骑摩托车。

隔天，程知照常开车去林冬序家里陪他，也终于把昨天交换的衣服物归原主。

在跟林冬序闲聊时，程知想起他之前答应了要给她弹钢琴，便笑问："你打算什么时候给我弹钢琴听啊？"

林冬序嘴角轻勾道："等我练好。"

程知瞬间更好奇："你这样讲我更加感兴趣了，就很想知道你到底练了哪首曲子。"她说完，不等他回答，又立刻道，"你千万不要告诉我，就这样保持神秘感和惊喜感吧。"

林冬序见她一副非常好奇、迫不及待想知道，但是又不肯让他现在就说出答案的模样，登时失笑，怎么这么可爱。

他故意闹她，一本正经地说："我练习的曲子其实是……"

林冬序故意停顿了下，程知也是在这一刻突然抬手捂住了耳朵。

"不听不听，"她嘴里不断地念念叨叨，"我不听，我不听。"

"都说了我要等你弹的时候自己听，"程知生怕听到他说出曲子的名字，"你不要现在就告诉我。"

林冬序伸出手抓她的胳膊，想要把她的手扯下来。

程知十分抗拒地不肯挪开捂在耳朵上的手。

可，尽管林冬序生了病，他的力气也比她大很多，这是男女天生悬殊的差距，程知比不过。眼看双手被他扯开，她更加怕听到他接下来的话，一时间只能"啊"了声。

然而，几乎同时，她听到林冬序语调上扬地说了句："……逗你的。"

程知的声音戛然而止，手臂瞬间不再绷着劲，她仰脸望着他，见他一副逗人得逞后的愉悦表情，这才反应过来，她被他耍了。

程知瞬间气呼呼地要抬手打他，结果林冬序竟然没躲。

她一时收不住手，在他的胳膊上拍了下，气恼的话语中也染了几分她不自知的撒娇意味："林冬序！"

林冬序乐得不行，直接笑出了声。

"你还笑！"程知佯装生气地嗔怪。

他便很听话地清了清嗓子，强忍住脸上的笑，但眼底的笑意越来越浓。

"说正事，"程知问他，"下一个你想做什么？演唱会还要再等等，是去文身、打耳洞，还是去挑战极限运动？”

林冬序沉吟了片刻，才回答道：“让我再想想吧。”

程知点头：“好。”然后又安抚他，“不急，你慢慢考虑，想好了告诉我。”

“嗯。”林冬序低声回应。

因为暂时没有定下到底要完成哪项遗愿，所以接下来几日，程知每天都去林冬序家里陪他，跟他聊天，陪他玩游戏，和他一起看电影……

他们做着最普通平常的小事，但对林冬序来说，和她做的每一件微不足道的小事都那么弥足珍贵。

她把那张看日落时给他拍的照片发给了他。

林冬序妥帖地保存到手机相册，并且特意收藏了起来。

那是他剃了光头后，第一次拍照，是她给他拍的。

二十五号晚上，虽然不是周末，但因为是父母结婚二十九周年纪念日，程知回了家，打算陪程教授一起吃晚饭。

刚巧陈周良的父母陈元曜和周映巧旅游回来，而且陈周良也在家，两家人就聚在了程知家里，庆祝程永年和施慈结婚二十九周年纪念日。

尽管另一位当事人因为工作没能回家跟他们一起庆祝。吃饭的时候，几个家长不免提起程知和陈周良的感情问题。

周映巧尤其操心，忍不住念叨：“你们俩都老大不小啦，也该考虑考虑各自的感情问题了，有合适的就处处。”

程知不反驳、不顶嘴，笑着点头。

陈周良却皱眉无奈地道：“妈，这话你都说几百遍了。”

“还嫌我唠叨，”周映巧说道，“你要是能好好处个对象，三十岁之前能给我把结婚这事办成，我说几千遍几万遍都行。”

“哎，”周映巧是真的为儿子的感情操碎了心，甚至藏不住私心地开始撮合程知和陈周良，她假装随口一提，“知知，良子，你们俩觉得对方怎么样？要不要试着处处？”

她是打心底喜欢程知，毕竟是从小看着长大的孩子。程知善良大方，乐观开朗，为人处事也周到，如果程知能当她儿媳妇，她做梦都能笑醒。

正在心里笑陈周良把火引自己身上去让她躲过被长辈念叨一劫的程知突然愣住。

陈周良也没想到母亲会在餐桌上说出这个提议，他下意识地看向程知，程知也瞅了瞅他。

如果在上个周日之前，她听到这个提议，绝对会心潮翻涌，紧张忐忑地想要知道陈周良的回答。但是，她现在好像并不在意他的答案是什么了，因为不管他是否愿意，她都不愿意。

她是真的把他放下了。

程知自己都觉得放下得过于快，可她现在的确对他已经没有喜欢了。

这场暗恋，在她情窦初开的年纪悄无声息地滋生，不声不响地陪着满腔孤勇的她走过了十年，旷日持久，浓烈淋漓，最后却如海水退潮一般，突然就迅速地消退了。

程知刚要开口拒绝，程永年就温和地笑道："嫂子你可别为难两个孩子了，他们俩都朝夕相处了快三十年了，要是能在一起，早就在一起了，哪还用得着咱们撮合。"

程知连忙附和："对啊周姨，你可别开我的玩笑了，你看我跟陈周良平时相处的方式，像是能在一起谈恋爱的小情侣吗？"

她的话让陈周良满心郁闷，他的脸色冷下去，话语沉沉地对周映巧说："妈你能不能别乱点鸳鸯谱？"

本来好好的一顿饭，因为这个话题突然变得氛围怪异。

一直没说话的陈元曜在心里叹了叹气，看来良子已经错过知知了。

陈元曜开口说："吃饭吃饭。"然后又道，"老程，来，咱们俩喝一个。"

程永年刚和陈元曜喝完，程知也举起酒杯，主动缓和饭桌上的气氛："我们一起干杯呀，祝我爸妈百年好合，也祝周姨和陈叔叔百年好合！"

陈周良看了笑语盈盈的程知一眼，眼底晦涩不明。

晚饭过后，陈周良一家离开，程知陪父亲在客厅看了会儿电视，然后就回房间去洗澡了。

她在浴缸里泡澡的时候，回想起今晚饭桌上发生的插曲，再一次吃惊于自己对这段感情释然的速度。

明明喜欢了他十年啊，可到最后，好像说放下就真的放下了。

程知洗完澡后给林冬序发消息，问他：林冬序，你现在方便吗？

林冬序很快回复：嗯，方便。

林冬序：怎么了？

程知：我想给你打个电话，聊会儿天。

林冬序回复：好。

然后，他在她拨号之前，就先打了过来。

程知接通，唤他："林冬序。"

林冬序低声应："嗯？"

程知叹了口气，本来坐在床边的她向后躺倒在床上，然后才说："今晚陈周良和他父母也来我家吃饭了。"

林冬序顺着她的话往下问："然后呢？"

"他妈妈想撮合我和他，"程知有点茫然地眨了眨眼，"然后我发现，我好像真的不喜欢他了。

"就是……我当时听到他妈妈问我们俩要不要试着处处的第一反应，不是期望陈周良的回答，而是本能地抗拒，下意识就要拒绝。"

程知很理智地分析："如果我还喜欢他，肯定会想知道他会怎么回答对吧？可是现在我完全不在意他的答案是什么，因为不管他愿意还是不愿意，我都不愿意。"

林冬序低声温和地道："毕竟你喜欢了他那么久，而他却一次又一次地让你失望、伤心，你的期望落空了太多次，最后就不会抱任何希望了。"

"你现在是因为不喜欢他不喜欢得太突然，放下得太快，对这份感情产生了怀疑吗，程知？"他问。

"嗯，"程知坦诚地告诉林冬序，"会让我怀疑，我之前是不是……也没那么喜欢他。

"我以为放下一个人会很难，可是我好像根本没费什么劲，也没寝食难安，更没为他多哭一次，就这么跨过这段长达十年的暗恋了。"

林冬序低叹："你是傻吗？"他理性温柔的语气下藏着对她的心疼，"这只能说明，他已经让你彻底失望，而能让你彻底失望的人，之前绝对害你为他哭过不止一次两次。"

"程知，你只不过是提前经历了别人失恋后的痛苦。"所以现在才能这样风平浪静、云淡风轻啊，傻瓜。

"好像……很有道理的样子。"程知被林冬序说服。

然后她就笑起来，问他，"林冬序，你单身，怎么这么懂情感方面的问题？"

林冬序失笑，自我调侃："可能是这么多年总看周围的人谈恋爱，无形之间学到不少，所以现在无师自通。"

“胡扯。”程知被他逗乐。

“好啦，”林冬序安抚她，“不要怀疑你自己，你很真诚地喜欢过他，就是这样。

“但你以后一定会遇到一个，比他爱你、比他更合适你的男人。那个男人会像你爱他一样爱你。”

“你怎么这么笃定？”程知诧异地问，随即又小声咕哝，“我自己都不敢确定。”

林冬序说：“因为你足够好，因为你值得。”

一瞬间，程知几乎要热泪盈眶，她沉默了几秒，然后轻笑着回答：“被人肯定的感觉真好。

“林冬序，谢谢你呀。”

挂掉电话后，程知在床上躺了片刻，然后起身走出卧室。没一会儿，她端着一杯红酒回来。

程知推开小阳台的门，来到阳台上，一边吹风放空脑袋，一边慢吞吞地喝酒。

几分钟后，旁边阳台上的门突然打开。

陈周良叼着根烟出现在了她视野里，程知扭脸看向他，和陈周良对视了一瞬。

随即，他的目光就落在了她手中的高脚杯上：“吃饭时没喝够？”

他咬着烟，话说得低而含糊。

“想喝。”她语调轻扬着回答，看起来心情不错。

陈周良用大拇指拨开打火机的盖子，而后轻划了下机身侧面，火苗霎时弹出，被阳台上的风吹着不断地跳跃摇曳。他用手挡着风，将金蓝色的打火机凑近香烟。

下一瞬，陈周良利落地收起打火机，吸了一口烟，随即又慢慢将烟雾吐出。

两个人谁都没再说话，程知喝酒，陈周良抽烟。

几分钟过去，他一根烟抽完。

陈周良将烟蒂掐灭，这才开口：“今晚我妈在饭桌上提的事……”

他还没说完，程知就说：“我不会当真，也不会放在心上。”

陈周良沉默，他神色冷淡地凝视着她，叫人辨不清情绪，然后又从烟盒里拿出一根烟来。

陈周良刚要点燃第二根烟，程知就忍不住说他：“别抽了，克制点吧你，小心成烟鬼。”

陈周良说：“那你是什么？酒鬼？”

程知反驳：“咱们俩能一样吗？我是适度喝酒，你这是过度吸烟。”

他轻“嘁”了声，倒也没再点燃香烟，就这么干叼着，手里把玩着打火机，火苗一会儿蹿出，一会儿熄灭，偶尔还会不小心被吹过来的风吹灭。

须臾，程知喝完红酒，在转身回房间前对陈周良说：“我回去睡觉了。”

他“嗯”了声，然后眼睁睁地看着程知进了卧室，关好阳台门，又拉紧窗帘。

陈周良想起她刚才说的那句不会当真也不会放在心上的话，神情晦涩不明，他最终还是点燃了烟。

十月三十一日下午，林冬序让冯嘉木开车带他去接了程知，然后他们被冯嘉木开车送到一家私人服装化妆工作室。

林冬序提前就跟程知说了，他们过来这里，是要为晚上的化装舞会做准备。接下来漫长的几个小时，是他们俩“改头换面”的全部过程。

程知的一头栗色长发被染成一次性的白发，扎起来的双高马尾右边用红色的假发束的发带绑好，左边用的蓝色的假发束，而林冬序因为扮演的角色需要，戴上了假发。

在化妆之前，林冬序和程知各自去更衣室换了衣服。

等程知再出来时，林冬序已经穿好了小丑在电影里穿的那套黑色礼服，正手拿属于她的那根棒球棍把玩。

他听到动静，抬眼看向程知。

眼前的她穿着电影里小丑女同款衣服，衬衫、半红半蓝外套、半红半蓝短裤，搭配黑色渔网袜。她的右手腕戴着金色铆钉手环，左手戴着露指手套，脖子上戴了白色皮带项圈，身上佩戴着黑色枪套，腰上固定着黑金色的腰带。

程知见到系着领结、身穿黑色礼服的林冬序，忍不住笑着夸道：“帅欸！等一会儿化好妆肯定更帅。”

林冬序笑着把专属小丑女的棒球棍递给程知，回答：“你也很好看。”是很美、很性感。

等程知坐下要被化妆师化妆时，林冬序把他挂在旁边的外套取下来，给她搭在腿上。

她仰起脸，笑望着他，说了句“谢谢”。

林冬序随后也落座，由另一位化妆师上妆。

“一会儿去舞会时，在外面再套件大衣，别冻着。”他提醒她。

程知语调上扬着回应：“知道的，我会穿上我穿来的那件大衣。”

妆容化好，就只剩贴文身贴了。

小丑的左手手背上会有一张正在大笑的嘴巴，小丑女的右手手环上方有一片红黑交替的菱形文身。

两位化妆师化好妆后就出去了，房间里只剩下程知和林冬序。

在林冬序用湿巾擦拭左手手背的时候，程知拿起他的文身贴，慢慢揭开保护膜。

等林冬序把左手伸过来，程知就低头弯腰凑近，小心翼翼地帮他把文身贴贴好，然后用装着纯净水的喷雾瓶一点一点将文身贴的底纸打湿。旋即，她的左手托住他的左手，右手在他贴了文身贴的手背按压。

触电的感觉从他的左手一路蔓延至左胸腔，林冬序只觉得心脏瞬间“扑通扑通”乱跳起来，节奏完全失控。

约莫过了十秒，程知松开手，慢慢将底纸揭下来，图案很完美，没有一点瑕疵。

程知轻捏着他的指尖往上抬了抬他的手，弯唇说：“看，还不错吧？”

话音未落，她像发现了什么新大陆，欣喜地提议道：“林冬序，你要是受不了文身的痛，直接贴文身贴就好了呀！我之前怎么没想到！”

林冬序却说：“虽然确实挺怕疼，但我还是想文一个文身，可以永久烙印。”

程知有些好奇：“你打算文什么啊？”

“属相。”他回答得不假思索。

属相？

“羊？”程知疑问。

林冬序点点头：“嗯。”

“其实我也早就想文个身的，但一直没去。”程知笑着说，“如果你要去的话，我就跟你一块，咱们俩一起去文身。”

“成，”林冬序嘴角噙着笑，“那不然，就我生日那天吧。”

程知应允：“好啊！”

等他们上了车，由冯嘉木开车带他们去举行化装舞会的地方时，坐在程知身旁的林冬序还是没忍住，问了她：“你想文什么图案？”

“是一个英语词汇，”程知浅笑道，“redamancy（雷达曼西）。”

林冬序轻轻挑眉，回了她一句：“The action of loving in return.”

“意思大概是——当你爱着某人时，某人也在爱着你。”

程知对此已经不足为奇，她莞尔说：“我就知道你知道。”

程知当初第一次知道“redamancy”的意思时，就爱上了这个词，因为这个词表达的含义是她最向往、最羡慕的双向爱慕。

到了化装舞会现场，程知和林冬序一出现就引起了一阵骚动。

程知在下车时已经脱掉了大衣，好在舞会的宴厅温度适宜，并不会觉得冷。

来参加舞会的大多是协会里的工作人员，大部分是林冬序的下级，还有一些志愿者和少数病人。程知性子开朗，很快就跟一个叫江雯的女孩混熟了。在聊天的时候，程知得知江雯和她一样也是协会里癌症小组的志愿者，她负责的是一个肺癌晚期的老爷子。

江雯性格外向，生性乐观，遇见程知这么个投缘的小姐妹，不免多说了些。也因此，程知知道了江雯目前还是个大学生，明年大学本科毕业，因为这会儿课业不多，所以才加入了癌症小组来当志愿者。

“老爷子不缺钱，但缺人陪伴，”江雯对程知说，“他一生未婚，无儿无女，虽然是个富豪，可是现在孤苦伶仃的，而且随着化疗次数越来越多，化疗后的反应也越来越大了。”

“唉。”江雯叹着气，往不远处坐在轮椅上来舞会上找热闹的高双文那边看了眼，高双文就是她负责的肺癌晚期的老爷子。

“你呢？”江雯问程知，“你负责的患者得的什么病？”

程知说：“胃癌。”

“都受苦，”江雯又叹了声，“我听说得了胃癌人会不断消瘦，后期越来越嗜睡。”

这句话让程知联想到了前几天她干巴巴地等了林冬序一下午的事情，哪怕到现在，她只要一回想起来，心里还是难免慌乱害怕，她好像并没有做好永远失去他的准备。

程知看向林冬序在的地方，却找不到他的身影了，明明刚刚他还在跟协会的负责人周娅说话。

她四处张望起来，宴厅里的人们基本都穿着奇装异服，化着古古怪怪的妆容，但是没有她要找的他。程知刚想跟江雯说失陪，林冬序的声音就从她身后传来。

“在找我吗？”他温声笑问。

程知瞬间回头，在亲眼看到他的这一刻终于松了口气。

她轻轻蹙眉问：“你去哪儿了？”

林冬序耐心解释：“去了趟卫生间。”而后又问，“怎么了？”

程知张了张嘴，却欲言又止，只摇摇头。

她没有说她担心他，怕他出事，但林冬序已经看出来了。

他低声安抚她：“我没事。”

程知说：“如果不舒服了，一定要告诉我。”

“好。”他笑。

他们靠近说话时，江雯一直看着他们俩。

“哎，小丑和小丑女真的太搭了，”江雯主动提出，“要拍照吗？我的业余爱好就是摄影，拍照水平还不错，我给你们俩拍张合照吧？”

程知和林冬序互相看了对方一眼，而后不约而同地笑道：“好啊。”

程知把手机递给江雯，然后站到了林冬序旁边。

江雯让他们俩摆姿势，程知就微侧身，将棒球棍横放在后颈，右手攥着棒球棍，左手直接绕到棍后举起，用手臂别住棒球棍的另一端，左手自然向下垂。

林冬序的动作更简单，他直接抬起左手，虚捂住嘴巴，这样印在他左手上的文身（那张大笑的嘴巴文身图案）恰好代替了他的唇，非常有视觉冲击力。

江雯给他们拍好这张照片，然后说：“好啦，你们可以换姿势了！”

程知这次改为了单手拿棒球棍，让棒球棍搁在自己的右肩上。

林冬序忽然不知道该做什么动作，他垂眸看了程知一眼，就这么站着。

江雯嫌弃：“哎呀，哪有这样摆 Pose（姿势）的。”

她忍不住指导起来：“你们俩面对面。”

程知和林冬序照做。江雯看着他们俩中间那么大的空隙，叹气说：“靠近靠近，靠近一点。”

程知和林冬序都往前迈了一小步。这一刹那，他们的脚尖相抵，程知的心倏然瞬间下坠。

江雯继续指导："小丑……男方把左手搭在女孩子腰上。知知你把右手抬起来，放在他左肩处，棒球棍左手拿就好啦，反正侧面照拍不到那边的。"

林冬序没有立刻伸手去搂程知的腰，是程知先主动将手搭在他肩膀上的，默许了可以这样拍，他才默默地将手轻轻贴在她腰侧。

江雯还觉得差点感觉，她走过去，开始上手纠正程知的小动作："知知你稍微抬一下脸，凑近他一点。"

江雯随后又对林冬序说："低头呀，稍微偏头侧开。"

在江雯的指导下，程知和林冬序各自稍微偏头，错开的鼻尖几乎要轻碰到对方的肌肤，就连唇都只剩几厘米的距离。

"好，好，就保持这个姿势啊！"江雯立刻小跑回去，找到合适的位置开始给他们俩拍照。

镜头下的她和他在热闹的宴厅中相拥，动作亲密，气氛暧昧。林冬序的气息扑面而来，明明平日里是个很温和的男人，这会儿却让程知感觉特别有侵略性，仿佛电影中的小丑上身，疯狂又热切。程知根本不敢看林冬序的眼睛，也不敢正常呼吸。她努力把呼吸压得很轻很轻，渐渐觉得呼吸不畅，心跳却越来越快，像一头雀跃的小鹿在四处乱撞，到最后，剧烈到仿佛要直接穿破胸膛蹦出来。而落在她腰侧的手掌上仿佛有团火，热意瞬间涌向四肢百骸，让她浑身快要烧起来，脸颊滚烫滚烫的。

林冬序却始终垂眸凝视着她，连眨眼都觉得奢侈。他很感谢这次的化装舞会，让他有机会，这样光明正大地与她轻轻相拥，尽管他此时的身份是电影里的小丑，不是林冬序，可他的灵魂始终都是林冬序。

林冬序爱程知，毋庸置疑。

第八章

无法孤注一掷

蹦极是勇敢者的游戏，爱情也是。她不够勇敢，无法孤注一掷，因为，她还想陪在他的身边。

接下来每天，程知几乎都跟林冬序在一起消磨时间。大多数时候，他们俩都在他家，她陪着他。

有时他们也会出门，去开车兜风，去马场骑马。

时间一晃就到了林冬序生日这天。

吃过早饭，程知就开车去了林宅，她接上林冬序，带他去了文身店。

到了后，他们俩意外发现，文身店也可以打耳洞。

程知笑着问林冬序：“反正疼都疼了，今天要把耳洞也打了吗？”

林冬序狠了狠心，点点头应：“可以，但我只打一个。”

“体验一下就行了。”他补充道。

程知乐得不行，她真没想到，一个大男人居然这么怕疼。

“其实还好啦，打耳洞不算疼吧，是麻，麻麻的感觉。”程知安慰他，而后道，“我陪你一起打。”

林冬序看了看她耳朵上戴的漂亮耳坠，说：“你不是有耳洞？”

程知笑：“那也可以再打，我再打一个。”

“为什么？”他看着他，低声问，“陪我？”

程知眉眼弯弯地点头：“对啊，有人陪着就不会太害怕。”

林冬序轻叹：“你不用为了陪我再……”

“其实也是我想再打一个啦，这样戴耳坠更好看。”程知解释。

“那，好吧。”

他瞅着她，笑了。

林冬序对负责给他文身的那位文身师说自己要在腰侧文一只可爱一点的小羊，而程知则将她想烙印的英文文在了左侧锁骨上。

等挨过文身的痛，林冬序又要面临打耳洞的疼。

程知先打的，眨眼就好了，林冬序在旁边，甚至都没反应过来，她就已经起身给他让位置了。林冬序像上刑场似的默默地坐到椅子上。

要给他打耳洞的女孩问：“打哪边？”

林冬序已经闭上了眼睛，他随便选了一边：“左边吧。”

随即，林冬序就皱紧眉，十分忐忑地等着耳垂被打穿。

女孩笑着安抚他：“打耳洞不疼的啦，你文身比打耳洞疼多了。”

“是……”林冬序话还没说完，就觉得左耳一麻。

而后，他就听到女孩说了句：“好啦。”

林冬序霎时睁开眼，他有点不敢相信地看向程知。

因为他的表情太过视死如归，始终在努力忍笑的程知终于破功，直接笑出声来。

“是不是不疼？”程知边笑边问他。

林冬序点点头，又摇摇头，他有点茫然地说：“我也不知道现在这种感觉是不是疼。”

程知被他这种反应逗得乐不可支，她帮他选了一只纯银的男士简约款耳钉。林冬序一个新手，戴耳钉时难免生涩笨拙，最后还是程知无奈地从他指尖拿走耳钉，打算帮他戴。

她踮起脚来的那一瞬间，林冬序配合地弯了腰。程知莞尔，眉眼弯弯地将耳钉给他戴到左耳上，她的手指轻触到他的耳朵，像在似有若无地撩拨。林冬序浑身不受控制地起了层鸡皮疙瘩。

给林冬序戴好耳钉后，程知也拿了一只纯银的耳钉，戴到自己刚刚新打的耳洞上。

林冬序亲眼见她动作熟练流畅地戴好耳钉，不由得佩服。

从文身店出来，已是中午。

林冬序前两天就被爷爷和叔叔轮番提醒，今晚无论如何都要回家吃饭。

不用猜也知道，他们是想给他好好过这最后一个生日。

这事程知是知道的，所以她要今天中午给他过生日。

开车带林冬序回她家之前，程知先去了趟蛋糕店，她订了生日蛋糕，现在可以取了。不过程知没料到，她和林冬序一进蛋糕店，就碰到了她认识的人，她语气意外地喊领着小女孩买甜品的孕妇：“槿姐？”

刚付完钱拉起女儿小手的孟槿闻声回头，看到程知后露出浅笑：“知知，你也来买甜品吗？”

已经走到她们面前的程知笑着说：“我来取蛋糕。”

“欸？”孟槿疑问，“你的生日是现在吗？我怎么记得是下个月……还是我记错了？”

程知唇角轻勾道：“是下个月，今天是他……林冬序，我朋友，是他生日。”

话说到一半，还顺带介绍了一下林冬序，然后程知又对林冬序说：“孟槿，槿姐，是孟导的老婆。”

林冬序礼貌地淡笑道：“你好。”

孟槿也弯唇回了句“你好”。

站在孟槿旁边的小女孩语气清脆地扬声唤：“知知阿姨！”

程知瞬间笑得眉眼弯弯，她轻轻摸了摸小女孩的小脑袋，莞尔说：“小樱桃，好久不见啦！”

孟桃歪头冲她“嘿嘿”笑。

程知问孟槿：“槿姐，你这得有六七个月了吧？”

孟槿笑着说：“六个多月啦，还不到七个月。”

两个女人又闲聊了几句，而这个间隙，小樱桃仰脸望着林冬序笑起来。

林冬序也对她笑，他忍不住想，小孩子好治愈，笑容太纯真、太干净了。

须臾，孟槿正要拉着女儿往外走，孟桃却晃了晃孟槿的手，撒娇说：“妈妈，我能跟知知阿姨玩吗？”

孟槿拒绝：“今天不可以，改天我们请知知阿姨到家里玩好不好？”

换作平日也就算了，今天是程知那位异性朋友的生日，孟槿哪能让女儿去当人家的电灯泡。

孟桃眼巴巴地看着程知，又看了看程知旁边的林冬序，很舍不得就这么走掉。

程知其实特别喜欢小樱桃，也很想带她回去玩，但她不知道林冬序会不会介意。她便学着孟桃的语气问林冬序：“我好想跟小樱桃玩，我们带她一起回家行吗？”

林冬序顿时失笑，他点头："当然行。"

"我也很喜欢她。"林冬序坦言。

孟桃瞬间就松开了孟槿的手，跑过来紧紧抱住了程知。

程知开心地回搂住小姑娘，然后对孟槿说："槿姐，你家姑娘借我'玩'一下午呀！"

孟槿被他们搞得哭笑不得，她摆摆手："送你了。"

等孟槿离开，孟桃跟着程知和林冬序取了生日蛋糕，然后三个人就上了程知的车。

因为有小孩子，林冬序便陪孟桃坐在了后座。

程知开着车，听一大一小在后面你一句我一句地聊着天。

孟桃瞅着林冬序脑袋上那顶黑色毛线帽，问："叔叔，你为什么要戴帽子呀？"

林冬序很温柔地低声笑着说："因为叔叔怕冷。"

孟桃眨巴眨巴眼，说出大实话："可是车里很暖和耶！"

"嗯……"林冬序想了想措辞，最后只好说，"因为叔叔发型不好看，怕吓到你。"

孟桃这下更好奇了："什么发型？能给我看看吗？"

林冬序瞅着小丫头，低声道："光头。"

孟桃说："我不怕，叔叔可以给我看。"

林冬序无奈，只好摘了帽子，其实他的头发已经长了一点出来。

孟桃很认真地瞅着他，一言不发。

林冬序以为自己把人家孩子给吓到了，正想重新戴上帽子，结果突然听到这孩子冒出一句："好酷欸！我可以摸摸吗？"

林冬序稍愣，一是没想到她会夸他发型酷；二是没想到这小姑娘居然还想摸他的脑袋。

他没有拒绝孟桃，歪头凑近，让孟桃在他的脑袋上摸了摸。

孟桃摸了一下就缩回了手，她咯咯笑："扎手。"

程知被逗笑，她问林冬序："小樱桃是不是很可爱？"

林冬序"嗯"了下，也笑："很可爱。"

到了程知家楼下，林冬序下车后把小樱桃从车里抱了下来，他让小孩子坐在他手臂上，跟在拎着生日蛋糕的程知身后踏进电梯。

回到家里，程知放下生日蛋糕就去做午饭了，林冬序和孟桃在客厅玩。

后来孟桃问林冬序："叔叔，这是你几岁的生日呀？"

林冬序说："二十七岁。"

孟桃乖巧地问他："那明年，等你二十八岁生日，我还能过来给你过生日吗？"

林冬序心生酸涩，低喃着回答道："大概……不能了。"

"为什么啊？"孟桃不解，"是叔叔不喜欢小樱桃，不想让小樱桃参加吗？"

"不是，"林冬序耐心又温柔地解释，"叔叔很喜欢小樱桃。"

"只不过，今年的生日，是叔叔的最后一个生日了。"他无奈地苦笑。

孟桃歪头，目光茫然地瞅着他："为什么会是最后一个生日？还有明年啊！还有后年、大后年、大大后年……"

林冬序不知道要怎么跟这么小的孩子谈论生死的问题，他沉吟片刻，才开口道："小樱桃，不是所有人都有明年、后年、大后年，有的人呢，可能不久后就要去天上了，他会变成一颗星星，默默地守护着大家。"

"你会变成星星？"孟桃喃喃问。

"嗯，"林冬序温声道，"我们每个人最终都会变成星星，只不过我在地球上的旅行结束得比较早，所以要比你们先回天上。"

孟桃沉默了几秒钟，然后突然开始啪嗒啪嗒地掉眼泪，她哭着说："叔叔你骗人，你是要死了，快死的人才没有下一个生日。"

林冬序哑口无言，他手足无措地面对着天然又真诚的小孩子，不知道该怎么哄。林冬序以为孟桃是因为害怕他这个快要死的人才哭，他想给她擦眼泪，又不敢贸然靠近，他甚至开始懊恼，后悔自己答应让她跟着他们回家。程知听到孟桃的哭声，连忙从厨房跑出来。

"怎么了？小樱桃？"程知在孟桃面前蹲下，蹙眉心疼地问，"怎么哭了？"

孟桃抽抽搭搭地哭着说："叔叔快死了。"

程知看向林冬序，林冬序就蹲在她旁边。

他努力维持着淡然如常的神情，无奈地歉意地道："抱歉，我好像……吓到她了。"

"我是不是不该让她跟我们回来？"他低声问程知。

程知摇摇头，刚要开口说话，孟桃又出了声。

小孩子掉着豆大的泪珠，带着哭腔说："我不是……不是害怕，我喜欢叔叔，我才认识叔叔，可是他快死了。”她哭得越来越厉害。

林冬序彻底怔忡。

程知跪在地上，抱紧孟桃。

她强忍眼泪，轻轻拍着孟桃的后背安抚小孩子的情绪：“但是现在还有时间呀，小樱桃还能跟叔叔一块玩，我们要珍惜当下，对不对？”

“你这样哭，叔叔也会难过的，小樱桃乖，不哭了好不好？”

程知眼睛里泛着泪光，轻声笑着说：“我们还能给叔叔过生日呢。”

在程知的不断安慰下，孟桃的情绪逐渐平复下来，她不受控制地往回抽气，慢吞吞地走到林冬序面前，眼巴巴地小声问：“叔叔，我能抱抱你吗？”

“当然。”林冬序张开双手，接住了来自小孩子最温暖的善意。

在拥抱孟桃的时候，他抬眼望向程知。

程知抿嘴对他笑了笑，林冬序也微微扬了下嘴唇。

吃午饭之前，程知把蛋糕端上桌，点燃蜡烛。她和孟桃给林冬序唱着生日歌，让林冬序许愿吹蜡烛。

林冬序闭上眼，许下了三个愿望——

一愿亲朋好友永远身体健康。

二愿大家都顺遂如意，平安喜乐。

三愿，程知能有一段美好的恋爱和一生幸福的婚姻。

吃过午饭不久，孟桃就睡着了。

程知让林冬序把小孩子抱进了她的卧室，等林冬序关上门出来，程知就把准备好的生日礼物给了他——是一张唱片。

程知笑着说：“物质方面，感觉你什么都不缺，我送的可能还不如你自己买的好。思来想去，就去定制了这张唱片，等你回家听听看吧，希望你喜欢。”

林冬序认真看着唱片的每一处，唱片的封面用的是他们看日落那次她给他拍的那张照片，照片上的他坐在车里，手搭在车窗边，只露出半张侧脸，莫名地很有氛围感。

打开唱片，封面内页的背景图用的她拍的波澜壮阔的日出照，上面印着这个 CD（小型镭射盘）唱片的歌曲清单——

一、《最爱》

二、*Beautiful in White*

三、*One and Only*

四、*Closer*（《靠近》）

五、《冬日序曲》

一共五首歌，前四首都是他们一起听过并且都很喜欢的，只有第五首林冬序不知道。

他的目光挪到光盘上，盘面的图案是他们看日出那次在玩叠叠乐游戏时拍的合照，当时她还按照游戏规则把这张照片设成了屏保。

他拿开光盘，看到了印在封底内页的照片，是他穿着蓝白色校服的照片。照片上的他坐在教室里，正低着头。

林冬序不知道这张照片的存在，不用猜也知道，肯定是那天程知趁他不注意给他偷偷拍的。除了这张唱片，还附有一张对折页的卡片，卡片左侧印着他骑马的照片，右侧的右上方是他靠坐在摩托车上的照片，上面还有她清秀漂亮的字迹，只写了句："林冬序，生日快乐！"

她定制这张唱片用的照片，除了盘面上那一张是合照，其他的都是他的单人照。林冬序心里大概清楚，是因为看日出那次，她没有给他拍单人照，所以她才用了他们俩的合照填充那次回忆。

就在这时，程知又往他手上的对折页卡片上放了一张照片。

"还有这个。"她说。

林冬序垂眼看着这张照片，心跳一滞，是化装舞会那晚，他们俩拍的那张搂腰搭肩照。照片上的她是小丑女，他是小丑。

程知唇角轻翘道："这张实在太好看了，我忍不住打印了出来，不好意思独吞，送你一张。"随即又感慨，"江雯真的挺会拍的。"

林冬序眸中含笑："我也最喜欢这张。"

孟桃醒来时，林冬序已经在客厅靠近落地窗的躺椅上睡着了。

程知听到脚步声，回头看过去。

孟桃怀里抱着星黛露玩偶，声音奶奶甜甜的："知知阿姨……"

程知起身，这才发现孟桃没穿鞋，她抱起小姑娘，又回了卧室。

程知给孟桃穿好鞋，看到她还抱着星黛露不撒手，突然想到陈周良送她的那套星黛露斜挎包、发绳，还有毛绒挂件。

她从柜子里拿出那个袋子，掏出这三样东西，对孟桃说："小樱桃，阿姨把这几个送给你吧？"

孟桃举起手里的星黛露玩偶，软声软气地问："这个呢？"

程知摇摇头，很抱歉地说："这个不行，阿姨要自己留着。"

孟桃很奇怪："为什么都是星黛露，这几个就可以送我，这个就不可以送人呢？"

"知知阿姨，我不是跟你要这个玩偶，我不要它，"她说着，乖巧地把星黛露玩偶放回了床上，然后说，"我只是很奇怪，为什么有的能送，有的不能送呀？明明都是星黛露。"

小孩子是最真诚的，也是最坦诚的。

程知突然被问住，她没有回答孟桃的问题，而是转移话题说："小樱桃的头发乱了，我们要梳梳头发，知知阿姨给你用这个星黛露兔子头发绳绑头发好不好？"

小孩子很容易被转移注意力，孟桃也不再纠结刚才的问题，开心地道："好！"

这天傍晚，孟椿开车带老婆孟槿来将孟桃接走。

小姑娘走的时候，脑袋上戴着知知阿姨给她扎头发用的星黛露发绳，身上斜挎着一个可可爱爱的星黛露包包，包包拉链上还挂着一个星黛露挂件，而那个星黛露玩偶，依然乖乖地躺在程知卧室的床上。

孟桃走后，程知开车把林冬序送回林宅，然后回家。

孟桃问她的那个问题，她一直想到了深夜。为什么那三样可以送人，唯独玩偶不能送人？因为，玩偶是林冬序送的，她想自己留着。

此时的林冬序正在听她送他的那张唱片。他坐在书房里，安静地听着这几首他和她都很喜欢的歌。

直到第四首结束，第五首开始播放。前奏是一阵淅淅沥沥的雨声，而后，林冬序没等来音乐，等来的，是程知说话的声音。

"林冬序，生日快乐呀！是不是很惊讶这首其实不是歌？"她明朗的笑声传出来，钻进他耳朵，惹得他耳根霎时酥麻。

林冬序没想到她会录音给他，他在诧异之余堪堪回过神来，继续往下听。

"哎……突然有点紧张，忘了要说什么，"她染了笑的声音多了几分温甜，顿了一两秒后，林冬序听到她说，"很高兴上个月的今天遇见你，之后又跟你有了交集，你能出现在我的生命里，对我来说是莫大的惊喜。"

"我从来没想过，会有一个人能跟我在思想和喜好上这么契合，很意外，也很庆幸。"

"你应该听出来了吧？开头那段雨声是那次你说想听雨，我给你在微信上发的语音。”

在听到她声音的那一刻，他就反应过来了，那段雨声是她给他听过的雨声。

“嗯……其实这个生日礼物还是有点遗憾的，因为我那次忘记在你拉小提琴的时候录音了，”她的语气透着几分懊恼，“不然就可以把你拉小提琴的曲子也加进来了。”

“哎，我在说什么啊，”她又轻笑了下，“就……生日快乐呀，这段时间几乎每天都跟你相处，我很开心，真的很开心！你保持好心态，等我带你去听一场盛大的演唱会，好不好？”

“好像没什么要说的了，晚安。”

最后她又话语含笑地加了句：“明天见呀！”

明明她也没说什么煽情的话，但林冬序的眼眶失控地酸热不堪。

今天文了文身的左腰一侧在隐隐作痛，连带着心脏好像也开始痛，胃也难受起来。

须臾，林冬序把毛衣往上撩了撩，腰侧的文身暴露在空气里，是一只可爱的小羊，还有一个日期：一九九一年十二月七日。

她的属相以及出生年月日。

翌日清晨，程知醒来后习惯性地摸过手机，然后就看到通知栏显示，昨晚大半夜，林冬序给她发了条微信。

她打开微信后才知道，他发的是语音消息，一条很长的语音。

程知点了下这条语音，把手机放在枕边，又懒懒地闭上了眼。

旋即，她又忽而睁开了眼眸，有点惊讶地听着他在语音里跟她说的话。

林冬序的嗓音温醇，低而缓，他说：“程知，你是我人生中收到的最后一个惊喜，其实也是第一个。我也很开心在我人生即将到达终点时，能遇见跟我品位和喜好都如此相似的你，你是我最最珍贵的朋友，这段时间我在你身上汲取到了很多的快乐，不瞒你说，是因为你，我才没有再那么消沉丧气，所以听到你说你跟我相处时很开心，我很高兴，因为这让我觉得，我也带给了你正面的情绪。我答应你，我会努力保持好心态，希望能等到可以跟你一起去听演唱会的那天。还有，你送的生日礼物，是我这么多年来，最喜欢的生日礼物。最后……白天见。”

他说完，似乎笑了下，而后，语音结束。

程知侧躺在床上，盯着枕边的手机。

几秒钟后，她又点了一下语音，重新听了一遍，原来被人回应的感觉是这样好，让她心里柔柔软软的，又满满胀胀。

程知吃过早饭后就去了林宅，她在林冬序住的四楼客厅吧台前坐着，和他商量蹦极的事情。

“现在咱们这边太冷啦，都不开放蹦极项目了。”程知捏着没旋开笔帽的钢笔，一下一下地在本子上轻敲着，“不过我们可以去南方玩，南方暖和，一年四季都开放蹦极项目。”

林冬序心底还是本能地怕这种极限挑战，但同时又有一种都要死了还怕什么的决绝在作祟。

人总是在死期将近的时候，才会更有勇气。

他在认真思索的时候，程知已经很熟练地用手机连上了他家的小音响，开始放歌听。

须臾，林冬序给了她答案：“好，我们去南方。”

程知着实有点诧异，她抬脸，惊讶地看着他：“你真要去啊？”

林冬序挑眉，眼里带着笑，问她：“怎么反应这么大？”

程知如实说：“因为我以为你会放弃这一项。”

林冬序叹气：“我确实害怕，但转念想想，反正都要死了，也没什么好怕的。”

程知眼巴巴地问：“那我能玩吗？”

林冬序诚恳地道：“不建议，毕竟有风险。”

“可是我也想体验一次！”程知语气兴奋地说，“蹦极欸！肯定会成为我这辈子很难忘的经历。”

林冬序无奈：“我只是说不建议你玩，但最终还是看你自己的决定。如果你就是想体验，不体验会后悔，那就玩。”

程知眉开眼笑：“那我也要玩。”

林冬序说：“好，把证件信息发给我，我让冯特助安排。”

程知立刻就在微信上给林冬序发了她的身份证件号码。

须臾，正在按手机的林冬序忽然问她：“你哪天都行吧？”

“嗯！”程知点点头。

而后，她打趣道：“我如果这段时间有工作在身，就不可能天天跟你在一块消磨时间了呀！”

冯特助办事很有效率，没一会儿，林冬序就收到了冯特助发来的消息。

他查看完后，对程知说："冯特助已经订好了咱们俩去南城的机票和酒店，蹦极的票也约好了。"

"什么时候？"程知问。

"明天下午的机票，傍晚到南城。"

"蹦极安排在后天，大后天没具体安排，目前计划是在当地随便逛逛，十三号回来。"林冬序说得很细致，因为是他亲自敲定的往返时间。

程知看了眼日历，明天十号，十二号就回来了，她的"亲戚"正好在这趟旅行结束后才会到访，很完美。

"好。"程知开心地道。

因为明天有行程，程知还要收拾行李，所以尽管今晚是周五晚上，程知也没回家住。

她给父亲打了通电话，说自己明天去南城玩，大概周二回来。

程永年问了句是不是她一个人去，程知如实告知父亲还有之前和她一起看日出的那位朋友。

程永年感觉女儿最近和这位"朋友"走得很近，老父亲心思敏锐，已经察觉到了端倪，但程知明显还不愿意跟他多说这个人的事，他也就不过多打探，最后只嘱咐程知旅行注意安全，到了那边要记得给他报个平安。正在收拾行李的程知一一应下。

后来陈周良给她发微信，约她明天出去玩。

程知拒绝说：明天我要去旅行，改天吧。

陈周良问：一个人？

程知回复：和林冬序一起。

陈周良没再回复。

然而，可能因为明天要出门旅行，程知今晚忽然失眠了。

左右睡不着，她索性爬起来，拿出林冬序送她的咖啡豆，磨了杯咖啡，然后打开电脑，想慢慢理一下新剧本。

程知抿了口咖啡，又拿起手机，打开音乐软件，找到一首英文歌点了播放。然后又将这首歌曲分享到了朋友圈。

而此时，林宅四楼，林冬序忽然从梦中惊醒。

他深深地叹了口气，随即拿过手机看了眼时间，已经是后半夜了。

因为心事太重，又被梦扰醒，林冬序没了睡意，于是就躺在床上百无聊赖地刷起了微信朋友圈，然后他便看到了程知十多分钟前发的那条分享歌曲的动态。

林冬序轻叹了声，在微信上问程知：没睡？

与此同时，林冬序来到客厅，打开音响，播放了程知分享在朋友圈的那首英文歌。

手机响起微信提示音的时候，程知正巧记录完一段，她拿起手机，看到是林冬序的微信消息，回他：你也没睡？

林冬序：刚醒，一刷朋友圈就看到了你的动态。

程知刚要回复林冬序，林冬序的微信通话请求就率先打了过来。

程知接通，把手机放在电脑旁边，一瞬间，他那边音响里播放的歌曲就顺着听筒传了过来。

她开心地弯唇说："这首歌超好听的。"

林冬序低笑，温声回道："是挺好听。"

程知捧起瓷杯，用热咖啡暖手，话语关切地问林冬序："你平常也会在半夜醒吗？"

林冬序"嗯"了声，回她："平常也会半夜醒。"

"为什么？"她的话脱口而出。

他答："心事重，睡不踏实。"

程知其实是猜到了的，但是嘴巴还是更快一步问了出来。

她沉吟了会儿，才轻声安慰他："你不要想太多，现在最重要的是过好当下的每天，未来的事就交给未来，你想再多也没用，平白给自己增添烦恼。"

林冬序"嗯"了声，没再继续聊这个话题，只问她："你怎么大半夜还没睡？"

程知苦恼地道："我也想睡啊，可是我失眠。"

林冬序温声带笑问："那你打算什么时候睡？"

程知理直气壮地回答："我喝咖啡呢，喝完再睡。"

"你……"林冬序不知道说她什么好，"失眠还喝咖啡。"

程知"嘿嘿"笑："半夜嘴馋。"

林冬序又好气又好笑，也没再说她，而是道："那你慢慢喝，我陪你。"

"好啊，不过我还要记录一点东西，"程知提前跟他说好，"你要是困了就去睡，记得关掉音响。"

"嗯。"他低声应。

接下来，程知一边喝咖啡一边敲键盘，林冬序就隔着听筒陪她。林冬序坐在客厅的沙发里，手边有本她白天看的书，他拿起来翻开，随意地看起这本书来。

音响还放着歌，歌曲早已经换了好几首，此时正在播放一首英文歌，女生空灵的声音充满了故事感，缓缓地唱着："If your heart was full of love,could you give it up?"

林冬序听过这首歌，但具体在哪儿听的，还有这首歌的名字叫什么，他一时想不起来。他这会儿只是觉得，钻入他耳朵里的歌词很让他触动，像内心深处的欲念在问他自己："如果你的心满怀深情爱意，你会舍得放弃吗？"

本来翻看书籍的他倏而有点失神，他舍得吗？很舍不得。

但是，他更怕她因为他现在的更进一步，以后会更加痛苦。所以他最终还是选择缄默，努力克制着心底深处如巨浪一般猛烈澎湃的情感，将对她的爱意封存，不让她察觉分毫。

过了半个多小时，程知终于将零散的碎片灵感记录完，她保存好文档，在关电脑的时候，音响里正好放完一首歌，有短暂的安静。

也是在这一刻，程知听到林冬序那边有书本翻页的轻微声音。

"林冬序？"她不太确定地问他，"你在看书吗？"

林冬序被她的轻唤拉回神，低声应："嗯。"

"看的什么书呀？"程知好奇。

她问完就端起咖啡杯来，喝了口温凉的咖啡。

"你今天看的那本，《二十首情诗和一首绝望的歌》。"他说。

程知语调轻扬道："有让你很喜欢的句子吗？"

林冬序低声笑："看来有你很喜欢的句子。"

然后回答她："我比较喜欢那句——在我这贫瘠的土地上，你是最后一枝玫瑰。"

程知笑而不语，林冬序猜透了她笑的意思："你也喜欢这句？"

"嗯，"程知喝着最后一点咖啡，对他说，"其实我不止喜欢这句，但是最喜欢这句。"

"哎，我已经忙完了，咖啡也喝完啦，"程知笑语盈盈地道，"该睡觉了。"

"好。"林冬序刚合上书，音响的声音就戛然而止。

"晚安。"程知在挂电话之前跟他说。

林冬序也回应道："晚安。"

电话掐断后，程知把杯子刷干净，然后就回房间去睡了。

明明今晚失眠，她还喝了咖啡，可她沾枕头没几分钟就被困意淹没了。

在失去意识之前，程知还在回想刚刚她跟林冬序通着电话各自做事情这件事。她忍不住笑，满心愉悦。

隔天中午，程知订了个外卖，解决午饭。

在冯嘉木开车带林冬序来接她去机场之前，程知又检查了一遍行李，确定东西都带全了，这才安心等他们。

不多时，程知接到了林冬序的电话，她立刻开心地拉着行李箱出了门。

程知和林冬序被冯嘉木送到机场，而后，两个人走 VIP（贵宾）通道过安检，上了头等舱。林冬序大概因为昨晚没休息好，在飞机起飞后没多久，他就戴着有线耳机睡了过去。

后来，有一只耳机掉落到肩上，睡着的他毫不知情。

程知本来是想帮他把耳机摘下来让他好好睡的，但是手捏住堪堪挂在他肩膀处的耳机的那一刹那，她突然很好奇他此时正在听什么歌，于是就把耳机塞进了自己的耳朵里。

下一秒，她的声音从耳机中传出来，如数钻进她的耳中。

"……你能出现在我的生命里，对我来说是莫大的惊喜。"

程知登时愣住，她讷讷地抬眼，望向身侧睡熟的男人。

他怎么会在睡觉时还听她给他录的这番话啊？而且，她这番话是刻在唱片里的，他居然还特意保存到手机里了？

左胸腔里的心脏怦怦跳，程知怔忡地盯着林冬序，好一会儿没动作。

片晌，她小心翼翼地把耳机还回去，假装什么都没听到。怕吵醒他，她没有帮他把这只耳机重新戴到他耳朵上。

程知心烦意乱地偏头望向窗外的云层，脑袋里不知道在想什么，混沌一片。

她努力地想要平复心情，想让心跳缓下来，可是，心脏却偏要跟她对着干，反而越跳越快速、剧烈。左胸腔里像有一头小鹿在毫无章法地四处冲撞，让她根本无法忽视这种几乎震耳欲聋的心跳声。

因为无意间发现了林冬序在听她的录音，程知接下来一路都在神游。她好像把遇到他之后的所有事从头到尾回忆了一遍，又好像什么都没想，只是在发呆，直到飞机落地，程知才堪堪回神。

林冬序不知道什么时候已经醒了，耳机也已经摘掉收了起来。

“到了。”程知没话找话地说。

林冬序低声应：“嗯。”

随后，两人下飞机，被冯嘉木早就安排好的司机开车送到酒店。

到了酒店大厅，程知跟着林冬序来到前台，她把身份证递给他，林冬序把自己和程知的身份证一起拿给前台录入。

很快，前台姑娘将他们的身份证返还：“先生稍等，我们酒店负责接待您的专属服务人员会过来带您和女士去……”

她的话音未落，林冬序就拒绝说：“不用了，我们自己上去。”就两个行李箱，没必要特意让人送上去。

“好的。”前台姑娘交给林冬序一张房卡，语气温柔，“通往二十二层的专属电梯在您左侧拐角处，祝您二位入住愉快。”

程知在旁边看得清清楚楚，只有一张房卡。

就在她觉得不对劲想开口问林冬序时，忽而又想起刚刚前台说的是“通往二十二层的专属电梯”。

原来如此，程知瞬间暗自松了口气，还好在张嘴问他之前反应过来了，不然多尴尬。

林冬序已经走过来：“走吧。”他说完，就率先推着两个行李箱往前走去。

程知随即跟上，和他乘坐着只能上二十二楼的那部电梯去了他们要住的二十二楼。下了电梯拐过弯，程知和林冬序沿着走廊往前走了段距离，来到一扇华丽的双开门前。

林冬序刷了下房卡，推开双开门，让程知进去。

独占一层楼的豪华套房格外气派，将近两百平方米的偌大客厅里放着一架黑色钢琴，除了卧室和会议室之外，旁边还有影音室、健身室和娱乐室。

程知还是第一次住这么高档的酒店。

林冬序让程知选要住的卧室，程知本来是想选带卫浴的，方便一点，结果发现，四个卧室全都自带卫浴，而且都特别宽敞明亮。

程知最后选了有落地窗的那间，窗外就是海，景色格外美。

林冬序便住了有躺椅的那间。虽然他们俩算是同住一个屋檐下，但两个卧室中间隔着大半个偌大的客厅。

两个人各自在房间收拾了会儿行李，等程知再出来时，林冬序已经在客厅的沙发里坐着了。

听到动静，他抬眼看向他，唇边不自觉地盈上淡笑，问她："饿了吗？"

"饿了，"程知笑了笑，"我们下去吃还是让服务生送上来？"

林冬序犯懒，不想动，便道："送上来吧。"

"好。"程知没异议，正好她也不是很想动。

可能是出行容易累，吃了晚饭后没多久，程知就困得不行了，林冬序也觉得乏，两个人就各自回了卧室洗澡休息，毕竟明天还有蹦极项目，今晚休息好很重要。

程知一觉睡到天亮，林冬序却因为要挑战蹦极一晚上没睡好。

南城的天气很好，温度也适宜，在这边根本用不上过冬的棉服。

考虑到要蹦极，程知特意换上了她带过来的那套黑色运动装，还难得地将经常披散的长发绑成了高马尾。

没承想，林冬序今天也穿了一身黑色运动服。

程知从卧室一出来，就不由得笑起来，林冬序也弯了弯唇。

两个人吃完早饭就出发去了蹦极的地点。

冯嘉木给他们约的是今天的票，没有具体时间限制，只要在项目开放的时间内到达就行。程知和林冬序到达蹦极的地点时是上午九点左右，他们按照要求签了协议，称完体重后就被工作人员带到了要蹦极的地点。

在要穿防护装备时，程知渐渐害怕起来，她有点打退堂鼓，可是错过这次，也许以后更没勇气体验这么惊险刺激的项目了，心底还是蠢蠢欲动地想要拥有一次惊心动魄的经历。

林冬序也在怕，尤其是看到那位正站在跳台边已经准备就绪却突然死活不肯下去的男士鬼哭狼嚎，最后还是被工作人员推了下去时，林冬序浑身都在起鸡皮疙瘩，怕死求生的本能让他突然很想逃。

不玩了吧。放弃吧。

就在这时，程知可怜巴巴地凑到他跟前来，她慌张忐忑地问林冬序："林冬序，你害怕吗？"

林冬序的喉结滑动了下，他垂眸和她对视着，如实告知："很怕。"

"甚至想逃走。"他说，"要不我们……"别玩了。

他的话还没说完，程知就像抓住了和自己同病相怜的人一样，她胆怯地哼着，快要哭了般对他说："我也怕，怎么办我突然好怕，可是我又不甘心错过这次机会。"

“我的双腿现在已经在止不住地发抖了。”她忍不住伸手揪住他的衣角，话语带着颤音：“看他们要死要活地不肯跳，我就觉得好恐怖……”

林冬序心里想，或者，他可以和她一起跳，但也只是默默想想，他不能提这样的要求。

旁边的工作人员见他们俩还没上跳台就吓得脸色苍白，好心提议说：“要是觉得一个人跳太害怕，可以去另一个跳台试试双人跳，有人陪着也许会好点。”

最后一句让林冬序突然想起，前两天他们在文身店时，他害怕打耳洞会很疼，程知也对他说过“有人陪着就不会太害怕”。

听到工作人员的话后，程知的眼睛里突然亮起光，她期待地瞅着林冬序，问：“要一起跳吗？”

林冬序望着她，根本说不出拒绝的话，他抿了下嘴唇，嗓子干涩发紧地挤出一个字：“好。”

最终，林冬序和程知一起上了旁边那个可以承受双人跳的跳台。他和她面对着面，安全设备将他们俩绑在一起，身体只能紧紧挨着，他们从来没有挨得这样近过。

来到跳台边缘要跳之前，旁边的工作人员提醒：“抱紧，一定要抱紧对方。”

程知和林冬序听话地抬手抱住了对方。

这下是真的没有一点缝隙了。

她紧紧地抓着他脊背上的衣料，脸几乎靠在了他肩前，心跳已经快到让她呼吸不畅。

林冬序用力地搂着程知，他真切地感受着怀里的她有多柔软。

“好，”工作人员说，“下了啊。”

随即，他们俩突然从跳台上坠落。强烈的失重感登时席卷而来，将他们裹挟。

程知瞬间发出尖叫：“啊啊啊啊啊——”

林冬序只死咬嘴唇，紧紧闭着眼，心脏几乎要爆炸。

今天晴朗，无风，但此时此刻，耳边的风声却格外猛烈，很像突如其来的心动，又仿佛压抑了许久的爱慕忽而爆发。他用尽全身力气抱紧怀里的她，听着她惊恐地尖叫，却莫名生出一些安心。

虽然最吓人的一瞬间已经过去了，但弹力绳还在荡来荡去。

程知慢慢地睁开眼睛，两边环山，翠绿的山格外巍峨，他们下方是一个清澈的湖，有一只船正往他们这边开来。

她仰头，看到林冬序皱紧眉、闭着眼，嗓音染着颤意说："林冬序，你睁开眼看看，很美。"

林冬序这才缓缓睁开眼睛。他飞快地扫视了四周一眼，目光就落回她脸上。程知对他笑，笑着笑着，眼睛突然就变得酸酸胀胀的，好像是心里的恐惧未散，惹得她想哭。

他们还在随着绳子在半空荡着。

程知重新将半张脸靠在他肩头，然后在他耳边轻唤他的名字："林冬序。"

"嗯。"他回应。

程知的声音已经泛了哽，她问："我能哭吗？"

她快速地眨巴着眼，努力止住要流出来的眼泪。

林冬序轻轻地拍了拍她薄瘦的脊背，温声回应："想哭就哭。"

程知的眼泪随着他的这句应答倏而滑落。

后来，两个人被接到船上。程知坐在船上，还在止不住地"啪嗒啪嗒"掉眼泪。

她一边哭，一边说，带着哭腔的声音很气恼："我不想哭的，可是眼泪一直流。"

林冬序被她搞得手足无措，又哭笑不得。

他蹲在她面前，抬起手来，用指腹轻轻地给她擦着眼泪，声音格外温柔地问："你怎么了啊？"

程知也不知道自己怎么了，她摇摇头，依旧在不断地流泪："我也不知道，就是控制不住。"

好像是后怕，也似乎是激动、畅快。

还差点什么，可她又说不出来，因为她自己也不清楚。

"呜呜呜我的腿……腿还在发软。"她把手攥成拳头轻轻捶打着双腿。

林冬序叹了声，觉得她大概是吓到了，他拉开她的手，说："缓缓，一会儿就好了。"

程知垂眼望着蹲在她面前的他，眼泪不自觉地掉得更凶。

一直到上岸，她才勉强止住哭泣。她还在腿软，好在可以慢慢走路。

林冬序怕她稍有不慎会摔倒，抬起胳膊让她搭着，程知也没勉强撑着，将手搭在了他的手臂上。

之后，两人就回了酒店。

可能是心情大起大落，加上哭了好一会儿，消耗掉了程知的精力和情绪，所以她吃过午饭后就回房间睡午觉去了。只是没想到，她再醒来时，夜幕已经降临。

她睡眼惺忪地下床，正要拉开房门走出去，忽而听到客厅里有说话的声音。

程知无意偷听、偷看，但她已经把门打开了一道缝隙，刚巧不巧，正好能看到站在双开门旁的一男一女。

男人是林冬序，女人是……甘琳？这不是娱乐圈的一线女星甘琳吗？

程知瞬间皱紧眉。

林冬序怎么会跟甘琳认识？也从没听他提起他认识甘琳啊……

“你来这边就是想跟我见一面吧？”甘琳笑着问林冬序。

林冬序嘴角噙笑道：“那不然呢？南方有好几个城市都可以玩蹦极，我来南城，自然是因为你在这儿拍戏，想着也许可以见见你。”

程知听到他们俩的对话，心里突然涌起无尽涩意，又酸又苦。原来，他带她来这个城市，是想见甘琳。他是不是喜欢甘琳？可他不是说他没喜欢的人吗？那现在是什么情况？

程知透过门缝，看到甘琳踮脚抱了抱林冬序，然后还语气很关切地嘱咐他：“你要好好照顾自己。”

林冬序抬手回抱住甘琳，低声应：“嗯。”

他轻轻地拍着甘琳的脊背，似是安抚：“别太劳累。”

程知已经傻掉了，她关好房门，讷讷地走回床边坐下来，脑子里一片混乱。

胸口很闷，闷得她快要喘不上气。

她控制不住地回想刚才那一幕，还有他们说的话，越想心里就越难受，难受到想哭。

她有点不对劲，程知自己感觉到了。

其实在飞机上发现他在听她的录音时，她就隐隐约约地察觉到了，她好像不仅仅把他当朋友。她不愿意多想这些事，可身体和情绪却很诚实地不断提醒着她，躲不掉的。

程知在这一刻才清楚，她今天抱着他哭，不是因为对蹦极的恐惧，也不是因为蹦极后的激动和畅快，而是，她当时看着他，突然就很想哭。

她是因为他才哭的。

他什么都不用做，就轻易地主导了她的情绪。上一个能轻而易举单方面主导她情绪的人，是她暗恋了十年的陈周良。

程知独自坐在昏暗的房间里，一点一点地将情感理顺。

允许小丑搭她的腰拍很有氛围感的照片，是因为扮演小丑的人是林冬序；星黛露玩偶不能送人，是因为那是林冬序帮她抓的；来这里玩她很开心，是因为同行的人是林冬序；主动提想跟对方一起跳双人蹦极，是因为对方是林冬序。

一切一切，都和他有关。最后，程知终于明白，她现在之所以这么难受，是因为她喜欢林冬序。她喜欢上了林冬序，可他好像，有喜欢的人。

甘琳已经离开了二十二层，程知却呆呆地坐在床边，在过了良久之后，才拉开门走出去。

林冬序不知道她其实早就醒了，正在倒水喝的他听到她的开门声，温声笑道："睡饱了？"

程知佯装若无其事地对他笑了下，应道："嗯。"

"睡得太久了，脑袋都在疼。"她说。

林冬序顺手帮她倒了杯水，端过去递给她。

程知轻声说了句谢谢，然后就慢慢地小口抿起水来。须臾，她扭脸问他："刚才有人来吗？"

林冬序微微诧异地看着她："你知道？"

程知挪开脸不与他对视，心虚地撒谎："迷迷糊糊好像听见声音了。"

林冬序嘴角轻翘道："是我妹妹。"

"你妹妹？"程知很震惊。甘琳居然是林冬序的妹妹?!

她不可置信地问："就是你家三楼的拥有者，你的堂妹吗？"

"对啊，"林冬序怀疑程知刚睡醒脑子还没转动起来，他失笑道，"我还有其他妹妹吗？"

程知快速地轻眨了下眼睛，很配合地摇摇头。

甘琳是他堂妹，不是他喜欢的人。欢欣雀跃在这一刻突然盈了满腔，程知的嘴角止不住地上扬，随即她就捧起水杯来，用喝水掩饰住开心的表情。

既然说起甘琳，林冬序便随口说了句："你应该认识她，她是娱乐圈的演员，甘琳。"

程知"啊"了声，笑起来："我还真认识，她很火的。"

“她也认识你。”林冬序说，“本来她听我说你也在，想趁此机会见见你的，但你一直没醒，她又赶着去剧组拍夜戏……”

“你可以把我叫醒的啊！”程知有点过意不去。

林冬序勾了下嘴唇，回答：“不差这一次，你们俩总会见上一面的。”

“那她是改名了吗？”程知好奇地道。

“不是，”林冬序嘴角噙笑着解释，“本名就叫甘琳，因为我婶婶姓甘，她随母亲姓。”

原来是这样。

过了会儿，程知问他：“我们晚饭吃什么呀？我有点饿了。”

林冬序回问：“你想吃什么？”

程知又没什么想法，她索性道：“我都行，你看着点吧。”

“成。”林冬序拿起酒店的电话，点了晚餐。

吃过丰盛的晚饭后，程知和林冬序去了影音室，本来是想找电影看的，也不知怎的，最后却听起了歌。

后来播放到*Beautiful in White*，程知突然说：“林冬序，你要不要唱一下？”

林冬序没想到她会提这种要求，他有点意外地看向穿着白色连衣裙的程知。

程知已经举着手机开始录视频了，她话语温软地央求：“唱一个吗。”

有限的空间，氛围正好，而且只有他和她，没有别人。

林冬序没有推脱，无奈地笑应：“好，那我就献丑了。”

他起身走上圆台，站到立式麦克风前。

程知已经动作利落地帮他把歌曲重新播放了一遍，同时还关掉了原唱。

温柔的前奏过完，林冬序精准地抓住了节奏，跟着旋律一句句唱起来。

程知听过他说英文，流利醇正，配上他低沉磁性的嗓音，格外好听，但这是她第一次听他开口唱英文歌，比他单纯地说英文更动听，说不出的迷人。

程知不敢抬头看他，只借着录视频的时机才能肆无忌惮地透过镜头跟他对视。哪怕这样，她的心也彻底乱掉了。

林冬序似乎已经练习了无数遍，完全不用看歌词。他始终都注视着她，这首歌的每一个单词都尽数唱给了她听。在唱那句“You look so beautiful in white tonight”时，他目光里的温柔和深情藏都藏不住。

歌词说：“今夜，你身着白色婚纱，真的很美。”

而对林冬序来说，现在穿着白色长裙坐在他面前的程知，就像穿上了白色的婚纱，无比美丽动人。

她让他唱这首歌，其实也算给了他一个机会，让他能够把这首歌唱给最爱的她听。

歌词里的世界太令人向往，让林冬序忍不住沉浸在如此美好的畅想中，可他又明确地知道，自己等不到歌词里描述的那般场景。

已经眼眶通红的程知敏锐地捕捉到了他的情绪变化，她开始轻轻地跟着他一起往下唱。

林冬序听到她在小声地和，忍不住唇角轻弯，泛红的眸中晕染开零星笑意。

等他唱完这首歌，程知趁保存视频的间隙，低着头将情绪快速地调整好，再仰起头看他时，她的脸上已经盈满了明朗的笑容。

“真的好好听，”程知坦言道，“我好喜欢你说英文。”

林冬序失笑，逗她：“那我以后用英语跟你交流？”

程知被他惹乐，笑倒在沙发里。

他却真的用英语问了她一句:“What else does Miss Cheng want?”(程小姐还有什么要求吗？)

程知很认真地想了想，还真想出来一个。

她指了指门口的方向，回他：“Can you play a piano piece?”（你能弹一首钢琴曲吗？）

林冬序眉梢微挑，其实他没想现在就给她弹钢琴，但她既然提出来了，那他肯定是要满足她的。

林冬序短促地低声笑了下，说：“那就走吧，弹给你听。”

程知立刻开心地起身，跟着他去了客厅。

林冬序在钢琴前坐下来，而后抬起手，缓缓落下。

他修长的手指在钢琴的黑白键上灵活地游移着，像一对翩翩起舞的蝴蝶。

熟悉的旋律响起，在偌大的客厅中回荡，还是那首《月半小夜曲》，只不过这次不是小提琴版，而是钢琴版。

程知这次没有忘记录音，错过了保存小提琴版本的机会，不能再错过他的钢琴版本。

她趁他正在全神贯注地弹钢琴，放任自己贪恋地盯着他看了片刻。

此时的他完全就是一位优雅的王子，刻在他骨子里的斯文矜贵越发明显地展示出来。

她忍不住在脑子里一点点回忆着她已经了解到的他的一切。

品学兼优的高才生，家族企业的接班人。

会弹钢琴，会拉小提琴，还会骑射。

最主要的是，他的温润如玉，他的绅士风度，让他的人格魅力强到望不到边。

除了他跟她在各方面都很契合这点，程知最喜欢他的成熟、理性和温柔。

再也找不到比林冬序更好的人了，她想。

程知今晚格外满足，因为听他唱了歌，听他弹了钢琴，最重要的是，她搞清楚了甘琳是他妹妹，并不是他喜欢的人。

可是，只要一想到他已经是癌症晚期，程知心头就会笼上一层悲伤，她不想失去他。

如果说她之前还能坦然面对他即将死亡这件事，那么现在的她，完全做不到原来那般乐观。她比之前更在意他，同时也比之前更难以释怀要失去他这个事实。

程知躺在床上，一会儿高兴一会儿难过，她甚至觉得自己像个神经病，最后没把自己开解好，反而猝不及防地迎来了“大姨妈”。

深更半夜，客厅里的灯早就已经关了。

林冬序大概正在睡。

程知怕打扰他，每一个动作都放得很轻。

她忍着小腹的绞痛，摸黑来到客厅的电话旁，刚拿起听筒要给服务生打电话，客厅的灯突然被人按开。

林冬序穿着布料光滑的绸质睡衣，站在他的门口。

他瞅着程知，问她：“怎么了？”

程知歉意地道：“抱歉，还是吵醒你了。”

林冬序已经朝她走来，他又问了一遍：“你怎么了？”

程知咬了咬嘴唇，忽然有点不好意思。

她的脸颊漫上一层浅薄的红晕，但还是如实告诉了他：“我……我‘亲戚’提前来了……”

“没带卫生棉？”林冬序替她说出口。

“嗯，”程知红着脸点点头，然后有点语气无力地轻喃，“我打个电话让服务生帮我去买吧……”

她的话音未落，林冬序就说：“别了，还是我去吧。”

专门负责他们的服务生是男孩子，不太方便，倒是可以换成女孩子，但麻烦，有那时间，不如他自己跑一趟。

程知讷讷地仰起脸望着他，一时之间竟然忘了拒绝，等她反应过来时，林冬序已经套上了长款大衣。

程知也不知道自己抽什么风，还特意提醒他：“要长一点的……”说完又觉得不对，只好硬着头皮补充，“短一点的也需要……”

说到最后，她声如蚊蝇，脸红得几乎要滴血。

林冬序感觉她这会儿傻乎乎的，像还没睡醒似的，他好笑地道：“知道了，我会看着买。”

“还有，”程知抱了个抱枕压在肚子上，“要止痛药。”

林冬序有点惊讶她居然疼到需要吃止痛药，他没说什么，只说：“好。”

“你等着，我尽快回来。”

林冬序走后，程知慢慢侧躺在了沙发里，她蜷缩着，用抱枕摁着肚子。

程知紧蹙眉头，咬着嘴唇，强忍下坠般的疼痛，都这时候了，她还在想“大姨妈”这次提前到访是因为什么。

程知思来想去，还是觉得应该是因为蹦极，可能情绪受到了刺激，再加上今天心情大起大落，导致“亲戚”再一次提前。

过了会儿，林冬序急匆匆地推开门回来，他拎了好多东西。

程知慢吞吞地坐起来，他立刻就把其中一个袋子递给她，里面装的都是她急需的卫生棉。

程知说了声“谢谢”就拎着一袋子卫生棉回了卧室，至于他放在茶几上的其他东西，程知没来得及仔细瞅。

等她收拾好又换了件衣服再出来时，林冬序已经给她泡好了红糖水，正在用两个杯子交替着来回倒。

程知哭笑不得：“你在干吗啊？”

林冬序回答：“给你凉水。”

“止痛药就在茶几上，你先就着兑温的水吃了。”他说，“我尽快把红糖水凉好，你喝完就赶紧去休息。”

“其实，不用特意泡红糖水的。”

她心里动容，又觉得太麻烦他，毕竟他自己还是个病人，反而还要来照顾她。

“多少喝一点。”他依然动作麻利地给她凉着红糖水。

程知劝不动，就由着他去了。

她吃过药后在沙发里坐下来，又拿起抱枕压肚子，随后往前倾身弯腰。

也是这时，程知才知道他都买了些什么。除了给她买卫生棉和止痛药外，他还买了女生红糖、暖宝宝和暖宫腰带。

程知忍不住笑起来，怎么连暖宫腰带这种东西都买了啊。

她笑盈盈地抬起头，看向正认真给她凉红糖水的男人，然后眼睛里猝不及防地涌上了酸胀的热意。就是这一刻，程知突然很想跟他坦白。

她想告诉他，她喜欢上他了。她想问他，能不能让她以他女朋友的身份，陪他走完最后一段路。她想跟他光明正大、肆无忌惮地拥抱、接吻，想跟他一起去演唱会。

“林冬序。”她唤了他。

林冬序扭脸看过来，他眉目温和，低缓着回应：“嗯？”

程知眼泛泪光地望着他，忽而冲他笑了下，问：“水好了吗？”

“快了。”他的语气温柔得像在哄她，“再稍微等一小会儿。”

程知乖乖回答：“好。”

她垂下头，有滴眼泪掉在了抱枕上，落了泪的那处布面颜色瞬间变深，而后慢慢晕开，浸湿的范围扩大。

就在刚刚，程知差点就说出“我喜欢上你了”。

可是，在向他告白的前一秒，程知突然想起来，他们看日落那天，林冬序明确地说过，就算他有喜欢的人，也不可能让对方知道他喜欢她。

这句话其实已经从侧面给出了他的答案——如果有人喜欢上现在身患癌症的他，他不会答应对方，甚至可能远离对方，刻意拉开两个人之间的距离。

蹦极是勇敢者的游戏，爱情也是。她不够勇敢，也无法孤注一掷，因为，她还想陪在他身边。

因为程知生理期第一天不舒服，本来说好的在南城随便逛逛的计划也就泡汤了。两个人在酒店房间里的娱乐室中玩了游戏，又去影音室看电影，后来程知还特意帮林冬序看了看他前几天打的那个耳洞。

她轻捏着他的耳朵，凑在他耳侧，很认真地瞅来瞅去。大概是由于他每晚睡前都会摘掉耳钉，用棉签蘸酒精擦打耳洞的地方，所以耳洞并没有发炎，一切都好。

可林冬序却因为她的靠近和触碰，浑身紧绷住。

她的手指柔软，很轻很轻地拨弄了下他的左耳，同时，呼出来的热气全部落在了他的侧颈，灼得他皮肤如同被火燎，滚烫起来。

“还好，”程知笑说，“没有发炎。”

林冬序有点心猿意马地回应：“嗯。”

“唉，”程知靠进沙发里，语气中满满都是遗憾，“没能在这里好好逛逛就要走了。”

林冬序回过神，听她这样说，他低声笑道：“下次再来好好逛。”

下次？下次是什么时候？下次你还在吗？

气氛一时沉默。

林冬序率先打破沉默，对程知说：“明天还要飞回沈城，快去睡吧。”

程知不想这么早就去睡觉，说：“中午的航班，不用着急的啊。”

林冬序无奈地叹气：“你在特殊时期，早点睡比较好。”

程知鼓了鼓嘴巴，还是不愿意回房间去睡觉。

林冬序问：“难不成你还想熬夜？”

程知顺着他的话开玩笑，一脸无辜地故作正经“啊”了声。

林冬序被她气笑。

程知适可而止，听了他的话起身往她住的那间卧室走去。

“那我回去睡了，晚安了，林冬序。”

“嗯，”林冬序温声回应，“晚安。”

第九章

扎根开花的玫瑰

“在我这贫瘠的土地上，你是最后一枝玫瑰”

南城之旅结束，程知和林冬序回到沈城，依旧和往常一样，每天都见面。大多都是她开车去他家里找他，只要是上午去他家，中午的时候她就会跟着他去一楼找老爷子吃午饭。

只是程知现在每天都需要克制对他的喜欢，让自己表现得和原来一样。她很怕他发现端倪，又忍不住期待他察觉到她对他的感情。

她有好几次都在想，如果他发现了她喜欢他，如果他没有推开她，那她是不是就可以再试着往前进一步，但最终，她还是没有勇气让他知道这个秘密。

时间的滚轮不紧不慢地往前碾，天气越来越寒冷，但今年冬天的第一场雪还没落。

进入十二月份，也就快迎来程知二十七岁的生日了。

母亲施慈已经不再闭关研究项目，可以回家了，只不过她依然忙于工作，回家的次数并不多。

七号是周五，刚巧施慈难得空闲在家，程永年上午也没课，夫妻俩从早上就忙碌着给女儿做生日餐。

程知提早就跟父母商量好了，她中午在家吃，晚上要跟朋友一起过生日。

施慈在厨房偷偷问程永年：“什么朋友？知知是不是谈恋爱了？”

程永年压低声音对老婆说：“好像是她前两个月新认识的，一起看过日出，还一起去马场骑过马，上个月两人还到南城玩了几天。”

“那次知知给我看她在马场拍的照片，我无意间瞄了一眼那个男孩子，长得还挺帅，玉树临风。”

“但她一直说是朋友，应该还没谈。”

“哦……”施慈明白了，“暧昧对象。”

程永年叹气：“哎，闺女要成别人的了。”

施慈笑着说：“你得这么想，等知知结婚了，女儿还是你女儿，但你多了半个儿子。”

程永年被老婆逗乐：“有道理，到时候我还能抓半个儿子陪我喝点小酒。”

夫妻俩在厨房谈论女儿的感情时，程知正在客厅捧着手机和林冬序聊天。

她对林冬序说：今天我生日，晚上来我家吃饭呀！

林冬序答应：好，必须去。

程知抿嘴笑，她没有跟他提，今晚没有别人，只有他们两个。

其实程知也没想做什么惊天动地的事，比如跟他表白什么的，她就是想跟他一起吃个饭。

如果喊了其他朋友，林冬序可能又要被劝酒，他这次再不喝，大家大概真的要怀疑了。

中午程知跟父母喝了点酒，不多，也没醉，但酒精上头，她又忍不住开始想，如果跟他告白会怎样。

程知很想找个人倾诉一下，可是林冬序得癌症的事，周围的朋友都还不知情，也没办法找橙子问她该怎么办。

最后程知在微信列表里翻出一个人，是知道她是癌症小组志愿者的江雯，她们俩的微信还是那次在万圣节化装舞会加上的。

这段时间江雯时不时就会跟程知聊聊天，一开始只围绕着负责的病人展开话题，后来渐渐就什么都聊一点。

程知有点无助地问江雯：小雯，我喜欢上了我负责的病人，怎么办？

江雯很快回复了她一串感叹号，然后就发过来：知知，你别啊……

江雯：是舞会上扮演小丑的那位男士吗？

程知承认：嗯。

江雯劝她：可他是癌症晚期，没多少时间了，但你还有几十年要过啊。

江雯：你有没有想过，他去世后你要怎么办？

茶几上放着好几罐啤酒，程知打开一罐，喝了几口，然后如实告诉江雯：其实没太敢想。

她害怕想象未来失去他的生活。

江雯说：要不，你别再做这份志愿服务了？和他拉开距离，不要再见面也不要再联系，或者你直接去旅行散心也行。

程知回复江雯：我舍不得。

她一个字一个字地敲进输入框，然后发送：我现在纠结的是，要不要跟他表白，我很想以他女朋友的身份陪他度过最后这段日子，但是又怕我挑明了，他抵触拒绝，甚至把我推远，不肯让我继续留在他身边。

江雯问：他喜欢你吗？

程知茫然地眨眨眼：我不清楚。

他对她很好，他和她很契合。

在他那里，她是超越了一般朋友的。

但，他喜欢她吗？程知拿不准。

她不清楚他喜不喜欢她，她只知道，她很喜欢他。

江雯似乎也在替她纠结，好一会儿才回复：知知，我也不知道该怎么劝你，说实话，我不想让你喜欢他，因为等他去世后，还要继续生活的你会很痛苦，我怕你接下来很长时间都过得太难。

江雯：可是你已经喜欢了，那好像我怎么劝都无济于事。

江雯：至于你纠结要不要告白，我是觉得，如果你以后会因为没有跟他说你喜欢他而后悔，那就破釜沉舟一试，但你得想好，你挑明了的话，很可能就跟他拉开距离了，就像你说的，没办法再继续陪着他。但如果你更想陪他走到最后一刻，更珍惜现在和他相处的每一天，那还是不要说了。

程知沉沉地叹了口气，回复江雯：好，我再想想，谢谢小雯。

刚结束和江雯的聊天，陈周良的微信就蹦了出来。

陈周良：在家吗？

程知回复：在啊。

陈周良又问：就你自己？

程知：对啊，我爸妈出门去看电影了。

陈周良这才明白，程知说的在家，是在父母这边，就在卧室的他拎着东西出了家门，直接输密码开门进了她家，结果一到客厅就看到程知正在喝啤酒。

陈周良把给她买的礼物递给她，程知放下啤酒罐子，接过他的礼物，直接从礼袋里掏出盒子，盒子里装的是一瓶香水。

程知认识这款香水，叫无人区玫瑰。

她盯着这瓶无人区玫瑰，忽而想起林冬序说，他喜欢那句："在我这贫瘠的土地上，你是最后一枝玫瑰。"

她突然很想、很想做那枝能在他心里扎根开花的玫瑰。

陈周良已经开了一罐啤酒。

他轻蹙眉问："怎么自己喝起酒来了？"

程知说："中午只喝了一点，没喝尽兴。"

陈周良说她："还不承认你是酒鬼。"

程知笑道："我又没喝醉，就喝点啤酒而已。"

"你怎么这会儿在家啊？"她扭脸问。

"跟同事调班了。"陈周良说完，仰头喝了口啤酒。

随后，他才开口说正事："程知，今晚一起出去吃个饭吧。你想看电影吗？想的话吃完饭我们可以去看。"

程知没想到他会突然提出来要跟她一起去外面吃饭，还要带她去看电影。

她疑问着"啊"了声，目光讶异地瞅着他，旋即说："可是我约了朋友。"

陈周良的心一沉，明明已经有了基本确定的猜测，可他还是问了出来："林冬序？"

"嗯。"程知点点头。

"你们的关系……好像很好。"陈周良低声道。

程知笑了，不加掩饰地开心道："对啊，是很好。"

她语调上扬着回答，"我从来没遇到过跟我这么契合的人，跟他相处会让我觉得格外舒服、自在。"

陈周良偏头看她，她脸上漾着明朗的笑意。

他好像已经很久没见她这样笑过了，陈周良心里莫名慌乱。

他感觉程知最近正在快速地走出他的世界，离他越来越远，而她对他的疏远，是在林冬序出现后才渐渐显露的。

陈周良突然有点失控，他迫切地想要抓住她，不想让她再走远，想让她回到他身边。

仅仅一会儿的工夫，陈周良已经喝完了一罐啤酒，他打开了第二罐，又灌了几口，然后喊她："程知。"

"嗯？"程知扭过头来，蓦地撞进他的眸中。

她从没见陈周良这样看着她过，像在看自己的所有物，眸子深处充满了侵略性极强的占有欲。

如此浓烈热切的眼神，根本无法让人忽视掉。

这一刹那，程知作为女人的直觉猛然让她意识到了不对劲，也可能是她在感情这方面终于开了窍，变得敏锐起来。

总之，她的第六感隐约觉出，陈周良大概要说什么会让他们俩尴尬的话。

他果然开了口，说："其实我……"喜欢你。只不过，他还没说完，程知就快速地打断了。

"啊对了，差点忘了跟你分享，"她像想起来什么，倏而开心地笑道，"陈周良，我有喜欢的人了。"她眉眼弯弯地对他说，"我喜欢上林冬序了。"

程知不知道陈周良是什么时候喜欢上的她，她甚至怀疑陈周良根本就不喜欢她，他也许只是占有欲作祟，只是怕她跟别人的关系超越了他们俩之间二十多年的感情，所以才误以为那是喜欢。但不管怎样，都不重要了，她已经不在意他到底是否喜欢她了。

陈周良在她说了她喜欢林冬序后，就哑口无言，只闷头喝酒。

程知落落大方地主动跟陈周良碰杯，说："希望你也能早点遇到你喜欢的人。"

陈周良嘴角轻扯，意有所指地道："我有喜欢的人，程知。但是她不喜欢我。"

程知叹了口气，她喜欢他时，他不喜欢她，现在他终于隐约表现出对她的喜欢了，可她已经把他放下了。

程知心平气和地对他说："那就说明，你们缘分不够，属于你的那个人不是她，而另有其人。"

陈周良轻嗤着笑："你什么时候看得这么开了？"

程知也笑："你是假的发小吧？我一直都很看得开。"

这些年来，程知和陈周良基本没这样过——

两个人和谐地坐着，喝点酒，不互掐互怼，情绪平和地闲聊些有的没的，今天却难得和平共处了一次。

时间不知不觉走到了下午三点多，程知起身，对陈周良说：“我得走了，晚上有约。”

陈周良“嗯”了声，也站起来。

他送她的礼物就在客厅放着，程知没有特意拎回她住的地方。

出门时程知叫了辆出租车，陈周良跟她一道踏出她家。

在她等电梯时，他慢吞吞地按着家门的密码。

须臾，电梯来了。

程知上电梯的同时跟要推门进家的陈周良说了句：“走了啊。”

陈周良又“嗯”了声，等她进了电梯，电梯门缓缓关上，电梯开始往下走，他还站在家门口，握在门把手上的手指节泛白。

陈周良收回望着电梯方向的目光，垂下眼，沉沉地吐出一口气。

“陈周良，我有喜欢的人了，我喜欢上林冬序了。”

她的话如同一根根细针，绵绵密密地扎满了他的心口，让他再痛也只能保持沉默。

程知回到家就赶紧着手准备晚饭，她订的蛋糕一会儿也会被送上门。

忙活到夜幕降临，程知终于把所有的菜端上了桌，每一道的摆盘都很精美用心。

她把生日蛋糕从盒子里拿出来，端到餐桌上，放在正中央，随后又拿了两只玻璃杯，到时候给林冬序喝她亲自榨的果汁，至于她吗，要喝点酒。

准备好一切，程知才去浴室冲澡，而后吹干头发。

她换好漂亮的杏白色针织连衣裙，把腰侧的抽绳拉好打成蝴蝶结，纤细的腰肢也因此更显盈盈一握。

林冬序到的时候，程知刚打扮好自己没多久。

听到门铃声，程知立刻小跑过去。

在门打开的那一瞬间，林冬序就注意到她化了淡妆。

其实他很理解，爱美之心谁都有，况且是她生日这么重要的日子，把自己打扮得漂亮点再正常不过。

“程知，生日快乐。”林冬序眉眼带笑地说着，把装有生日礼物的袋子和他拎来的那瓶酒都递给了程知。

程知笑他：“你又带酒。”

“是不是有个朋友过生日，你就得带瓶酒啊？”她打趣。

林冬序嘴角噙笑道：“这瓶是专门带给你的，一九八二年的拉菲。”

“天呐，”程知惊叹，“那我今晚一定要尝尝。”

林冬序在玄关换鞋的时候问她：“他们呢？都还没来吗？”

程知轻眨了下眼睛，如实道：“我没叫别人，只请了你一个。”

林冬序神色微讶：“啊？”

他不太理解：“怎么没叫橙子他们啊？”

程知咬了咬嘴巴，轻声说：“我怕大家又劝你喝酒，但是你不能喝，要是总拒绝，他们会怀疑吧……”

林冬序失笑着叹气，像是无奈，但也没再说什么。

他来到客厅后，问程知：“家里有醒酒器吗？”

“有。”程知把他带来的酒放在餐桌上，将礼物袋子暂时搁在沙发里，然后转身去厨房的柜子里取醒酒器，顺路还给他拿了开瓶器过来。

林冬序动作流畅熟练地将瓶塞打开，把红酒倒入醒酒器。

还没吹蜡烛许愿，程知就已经迫不及待地拆了林冬序送她的礼物，是红玉髓四叶草，一条项链和一条手链。项链上坠着一个红玉髓四叶草，手链上有五个红玉髓四叶草环绕。

林冬序说：“四叶草象征幸运，送你这个，是希望你以后一直幸运。”

程知喜欢极了这份礼物，几乎要爱不释手，满心都想立刻戴上他给她买的首饰，但理智要她矜持。

程知抬眼看向林冬序，清透的眼睛里闪闪亮亮的，像装满了星星。她笑得灿然，回应道：“谢谢你呀林冬序，我好喜欢。”

林冬序也笑：“你喜欢就好。”

吃饭之前，林冬序用打火机将插在蛋糕上的二十七根蜡烛一根根点燃。

程知关掉了客厅里的吊灯，把落地灯挪到餐桌边来打开。

偌大的房间，有限的光晕铺落在餐桌周围，其他地方光线昏暗。

程知闭上眼睛，虔诚地许愿。

希望大家都身体健康，平安喜乐。

希望林冬序能尽可能多地看看这个世界。

希望，林冬序也喜欢我。

然后，她睁开眼睛，弯下腰将蜡烛一口气吹灭。

就是此刻，给程知拍完照的林冬序把手机放到桌面上。

他的手机还亮着屏幕，没有锁屏，是主屏幕，而程知刚巧看到，他手机主屏幕的壁纸依然是她。

那次他们在轮船上玩游戏，要求他拍一张异性的照片，并当作手机壁纸一个月。他给她拍了照，把她的那张单人照设置成了他的主屏幕壁纸。

关键是，现在早就过了一个月的期限了，可他还没换壁纸。

是忘了？还是……

不管是因为什么，她的心都已经失控乱掉了。

林冬序帮程知往杯子里倒了点酒，程知抬眸看了看他，然后才注意到紫红色液体沿着杯壁缓缓流淌进杯子里，浓郁的酒香扑鼻而来。

在林冬序把酒杯递给她后，她就和他碰了下杯，随即抿了一口他带来的好酒。

“唔，”程知很喜欢这个味道，“好喝欸！”

虽然有点苦涩，但入口丝滑，味道很醇厚，让她忍不住回味。

她说完，又贪杯地喝了一口。

这几天开始吞咽疼痛的林冬序刚皱眉咽下果汁，就见她馋嘴地喝起来没完。

他失笑，提醒她：“慢慢品，不要喝太急，也别喝太多，这酒珍藏了好些年，劲比较大，很容易醉。”

程知点头，听话乖巧地答应：“好，那我慢慢喝。”

然而，到最后她还是喝得醉醺醺的。

两个人已经吃得差不多了，程知离开餐桌，蹲到沙发旁，开始给自己戴手链。

清醒时还知道要矜持，想着等他走后她再偷偷戴上，但显然这会儿，程知已经不记得自己得矜持了。

她认认真真捣鼓了半天，都没能把手链戴好，不是手链滑掉了，就是锁扣扣不上。

林冬序还坐在椅子上没挪地，他就这么侧身，将手随意搭在椅背上，饶有兴致地看着她，越看越觉得，喝醉的她真可爱，还有点傻里傻气的。

直到她气恼地喊他：“林冬序！”

“哎。”他忍着笑回应，同时起身走过去。

程知不高兴地说：“你买的这什么呀？好难戴！”

他乐得不行，看到礼物时还说很喜欢呢，这会儿却嫌弃了。

林冬序在她面前蹲下，拿起手链，让她抬高一点手臂，而后将手链给她圈在手腕处，把锁扣扣好。

“还有这个，”程知又拿起那条项链递给他，“你帮我戴。”

醉鬼从不讲道理，所以按照她说的做就好。

林冬序接过项链，将锁扣解开，然后稍微凑近她，在把链条沿着她细长白皙的脖子送到后颈时，他不得不将她披散的长发轻柔地拨到右侧肩前。

林冬序和程知凑得很近，他低着头，微屏住呼吸，神色认真地把项链给她戴好。

就在林冬序松开手，身体往回退离的那一刹那，他听到程知问：“好看吗？”

林冬序保持着单膝跪地的姿势，垂眸和跪坐在地上的程知对望着。眼前的她穿着一条收腰的杏白色针织连衣裙，衬得她格外温柔、知性。

此时配上红色的四叶草链坠，让她本就白皙透亮的肌肤更显瓷白光滑。

林冬序的喉结滚了下，喉咙因为这个吞咽的动作又疼了一阵。

他看着她清澈的眼睛，无法撒谎。“好看。”他说，“很美。”

程知依然仰头凝视他，又像小孩子耍脾气那般要求他：“我自己戴不上，以后都由你帮我戴好不好？”

林冬序微抿唇，没说话。

她的手按在地上，上半身凑近他，轻喃的话语像在撒娇：“好不好？”

林冬序的心脏逐渐失控，呼吸也开始变乱。

她离他太近了。

他不说话，程知好像也不介意，只自顾自地做自己想做的事。

林冬序还没反应过来，她已经伸手钩住了他的脖子，继而抱住了他。

林冬序蓦地愣住，他的双手小心翼翼地悬浮在她腰处，手指用力地握成拳，手背和手臂上青筋暴起。

他隐忍着、克制着，又痛苦地挣扎着。最后，在残存的理智下，林冬序选择了推开她。

程知却不肯撒手。

“程知，”林冬序彻底心慌意乱，他抓着她的肩膀要她松开自己，皱眉喊她的名字，“程……”

程知将下巴搁在他的肩膀上，歪头在他耳边呢喃：“林冬序，我想抱抱你。”

她恳求道：“让我抱抱你，不要推开我。”说到最后，她的声音都委屈得泛了哽。

林冬序突然就再也无法把她往外推一分一毫，他僵硬着身体，任她抱着自己，脑袋里全然混乱。

在此之前，他从没想过，程知会喜欢他，真的从不敢想。

他以为她只把他当一个知心朋友，可是她醉酒后的种种行为，都表明了她对他是什么心思。

不是单纯的朋友，也不仅仅是灵魂契合的知己，而是想要把他据为己有的爱慕。

她喜欢他，他也很喜欢她，然而，他们根本无法长久地在一起。

那还有必要开始吗?

林冬序甚至在想，等他死了后，她该怎么办?

直到他突然听到她难过的啜泣闷闷地从他侧颈传来，林冬序恍然清醒。

也是这时，他才发觉，自己脖颈间已经被她哭湿了一片。

程知觉得很难过，明明他就在眼前，她正很用力地抱着他，但她就是无法安心。

只要一想到他的生命已经进入了倒计时，她就特别难受，心脏痛到连呼吸都费力。

她清醒时的乐观和通透，此时此刻全都化为乌有。在和他有关的事上，她脆弱得很，根本不堪一击。

程知慢慢地抬起头，看向表情不明的林冬序。

落地灯在餐桌旁，所以沙发这边光线很暗，但也足以让他们看清彼此的面容。

她满脸泪痕，眼睛通红，眼泪顺着眼角不断地往下淌。

林冬序心疼得要命，可他却说不出一句安慰的话，只眼眶泛红地望着她。

程知啪嗒啪嗒地掉着眼泪问他："我能做你女朋友吗？"

"你跟我谈恋爱吧，林冬序。"她抽噎着轻喃完，就凑了过来。

林冬序没有动，理智让他推开她，情感让他抱紧她。

他的身体似乎在打架，理智和情感分不出胜负，所以他只能眼睁睁地看着她不断地靠近，最后，将唇瓣送到了他的嘴边。

她在他的唇上印了一记轻吻，连同残留在她嘴巴上的酒香一并给了他。

林冬序浑身蓦地紧绷住，脊背尤其僵硬，唇上涌出些许说不出的酥麻，久久无法消散。

程知在亲了他一下后，就歪倒在了他怀里。

她醉得不省人事，又哭得太累，很快昏睡过去。

而林冬序就这样默默地抱着她，久久没动。

不知道过了多长时间，把她锁在怀里的双臂慢慢地越收越紧，越收越紧。

林冬序耷拉着脑袋，额头抵在她的肩上。

男人压抑的哭声被喉咙阻隔，如数吞回，只有急促的呼吸暴露了他的情绪。

“程知，”他声音微哽，低声说，“对不起，对不起。”

林冬序将程知打横抱起来，送回卧室。

他给她盖好被子，又蹲在床边望了她好半天，直到双腿发麻，才肯起身走出去。

餐桌还没收拾，林冬序挽起袖子，默默地把碗碟等餐具拿进厨房一一清洗，而后又将餐桌收拾干净。

做完这些事情，他才离开她家。

冯嘉木已经在楼下等了林冬序好久，见林冬序出来，立刻帮他拉开后座的车门。

林冬序坐进去后就疲惫地闭上了眼。

冯嘉木明显感觉到林冬序的情绪不好，他识趣地安静开车，不多说一句话。然而，车行驶到半路，坐在后座一直闭眼皱眉的男人忽然开口问冯嘉木：“冯特助，假如你在癌症晚期遇见了你特别喜欢的人，她也很喜欢你，你会怎么办？”

冯嘉木猝不及防，被林冬序问住：“啊？这……我，我没想过……”

林冬序觉得自己魔怔了，他叹了口气，低声说：“算了，我随便问问的。”

冯嘉木心想，这可不是随便问问吧，肯定和程小姐有关。

他老早就觉得林少和程小姐很可能会互相喜欢上，没想到真的走到这一步了。

唉，冯嘉木暗暗叹了口气，上天为什么要对这样好的人这么残忍，林少明明正处在男人最好的年纪。

林冬序回到家后，依然无法平静。

不管做什么，他脑子里总是会不断回放着今晚发生的事。

她抱着他哭，掉着眼泪说让他跟她谈恋爱，语气近乎恳求，甚至，她亲了他。

林冬序越回想就越纠结，他没想要跟她在一起，他只是打算默默地喜欢她，只要能多看她一眼就好。

所以在发现自己喜欢上她后，他没有结束癌症小组赋予他们的关系，他借着“她是负责他的志愿者”这个缘由，自私而又光明正大地和她日日相处，却忽略了，在他们之间，吸引是相互的。既然他能喜欢上她，那她也有可能为他动心。

现在事情到了这个地步，林冬序才发觉自己没有那么坚定。

他其实，很想答应她，很想做她的男朋友，很想很想。

可他又怕，他现在放任自己和她在一起，让她拥有短暂的爱情，等他死后，会带给她更大的伤痛。他怕她到时候难以释怀，为难自己。

一边是及时行乐，一边是及时止损。

他犹豫不决，摇摆不定，理智拉扯着他选择及时止损，感情却鼓动他要及时行乐。

林冬序躺在床上，辗转反侧。后来又有些口渴，他索性起来，去了客厅的吧台处倒水喝。

吧台旁边摆放着小音响。

林冬序突然想听歌。

他在吧台前坐下，打开手机上连接音响的软件，在首页随便找了个歌单播放。

歌单播放的第一首是二十年前发行的一首老歌，歌里唱：“你有一张好陌生的脸，到今天才看见，有点心酸在我们之间，如此短暂的情缘……你说是我们相见恨晚，我说为爱你不够勇敢。”

这首歌林冬序之前也听过，却从来没有今晚这样的触动，甚至突然让他觉得，歌曲仿佛在代替程知控诉他。

因为歌词实在太像他们现在的处境，本就满腔愁绪的他瞬间更加心乱如麻，以致他没听完这首歌就切了下一首。

深更半夜，他一个人坐在客厅的吧台前，认真地思考要如何答复她。他到底该怎么做，才能把对她的伤害降到最低？

不知道过了多久，林冬序正要关掉音响起身回卧室，突然被正在播放的歌曲震了心。

低沉的男声一字一句地深情唱着："我也曾把我光阴浪费，甚至莽撞到视死如归，却因为爱上了你，才开始渴望长命百岁。"

"却因为爱上了你，才开始渴望长命百岁。"

这句话深深地刺痛了林冬序，他悬浮在小音响上的手指停顿住，迟迟未按下停止播放的按键。

过了会儿，林冬序靠着吧台，缓缓地坐到了地上。

他好像突然就明白了，父亲当年那么难熬、那么痛苦，却非要坚持化疗，一次又一次。

因为化疗可以延长寿命，这样就能多陪伴家人一些时间，尽管最终还是要被死亡带走。

他抬手捂住脸，双手在脸上缓慢地搓了搓，而后深深地吐出一口气。

他很怕化疗，真的很怕。

因为小时候亲眼见过父亲有多痛不欲生，所以化疗对林冬序来说，一直都是个跨不过去的噩梦。

但是现在，只要他去化疗，也许能多活些时日，就能，多看看她。

林冬序独自坐到天明，看到落地窗外的天色渐渐变亮，天空由海水般的深蓝慢慢变浅变淡。

后来太阳冉冉升起，朝霞漫天。

最终，天光大亮，阳光普照，是个好天气。

林冬序回房间洗漱，然后去了一楼。

家人正在用早餐。

老爷子看到孙子来了，连忙道："阿序，快过来吃早饭。"

林冬序其实没什么胃口，而且他最近开始吞咽疼痛了，导致他更不愿意多吃东西。

他坐到餐桌前，跟爷爷还有叔叔婶婶一起吃饭。

须臾，林冬序强忍着吞咽时的难受，皱着眉缓慢地把含入口中的粥咽下去，然后开口说："我想去化疗。"

他这话一出，其他三个人皆愣住。

林瀚胜率先问："小序，你想好了？"

林冬序强迫自己又吃了一勺粥，低着脑袋点点头："嗯，想好了。"

"好！好！"林震穹有点激动，声音都开始发颤，"咱一会儿就去医院，爷爷陪你去。”

对老人来说，孙子能多活一天，他都会感恩戴德。

林冬序提醒林震穹：“今天是周六啊，得周一才能……”

林震穹说：“医院周六也有医生上班，能做检查。”

然后，一辈子基本没求过人的林震穹这次为了孙子，破例联系了他的一个老熟人——第一医院的院长，对方就是这方面的专家。

林冬序的婶婶甘澜也说：“我也陪小序一起过去吧，多个人也更方便些。”

林瀚胜已经不声不响地给公司的总助发了消息，会议推迟，时间再定。

他今天不去公司了，要陪侄子去医院看病。

林冬序这时才知道，家人其实都是希望他去医院治疗的，但他们在此之前没有劝过他一句，完全尊重他的决定，让他自己随意支配最后这段日子。

在坐车去医院的路上，林冬序捏着手机斟酌措辞了良久，才把给程知的消息发出去。

程知醒来后，头疼得很，她拧紧眉心，习惯性地摸手机，结果却摸了个空。

意识正逐渐回笼的她这才慢慢想起昨晚的事，都说醉酒后会断片，但她记得喝醉后的所有事。昨晚发生的一幕幕，像电影的回放镜头，在她脑海中自动播放着。

程知瞬间生出无尽的懊悔，她拉着被子蒙过头，心慌意乱。

他会不会就此跟她断了联系？不让她再陪着他？还是……他也许会同意……

程知还是心存侥幸，对林冬序的回答抱有一丝期待，她无比希望他答应跟她在一起。

程知在床上纠结了半天才爬起来，她趿拉着拖鞋来到客厅，然后顿住脚步。

客厅整洁，餐桌也被收拾得格外干净，好像昨晚的一切都只是一场梦。

程知下意识地抬手摸了摸颈前，她捏住一个链坠。

程知垂眸，看着手腕上戴的红玉髓手链和脖颈上坠的红玉髓四叶草链坠，终于有了一点真实感。

他来过，他送她的生日礼物此时就戴在她身上。

她的手机就在餐桌上放着，程知却突然有点不敢看手机。

她怕他给她发了消息，但不是她期待的回答，也怕他根本就没有发消息，就这样再也不理她。

可程知还是一步步来到了餐桌旁，她还是拿起了手机。

手机在她拿起时有智能感应，瞬间就亮起了屏幕，上面显示有微信未读消息。

程知打开微信，看到了林冬序给她发了几条消息。

他的聊天栏下方能看到他发的最后一条，说的是："给我点时间。"

程知不自觉地咬住唇，忐忑地点开和他的聊天界面。

霎时，他一个小时前发来的几条微信全都映入她的眼帘。

林冬序：程知，我今天不在家，不用过来找我，你昨晚喝得有点多，今天好好休息。

林冬序：至于昨晚你提到的我们之间的关系，我还没想好要怎么答复你，很抱歉。

林冬序：给我点时间。

他很真诚，没想好就告诉她没想好，而不是随便找个理由搪塞她。

程知心里隐隐开心，因为他没有直接果断地将她推远，而是要考虑考虑。

那是不是意味着，他有可能答应她？

她点了几下手机屏幕，回复他的消息。

程知：好，我等你给我答复。

然后又给他发了一条：早上好啊，林冬序。

但是，林冬序很久都没有回复她。

本来觉得他们有希望在一起的程知因为他没有回她消息，又开始不安起来。

林冬序这个病人，是院长和胃肠科以及肿瘤科的专家主任直接接待的。

因为上次做病理检查是在回国之前，间隔时间有点久，所以林冬序需要再做一次病理检查。

虽然林冬序同意化疗，但他不想住院，他很不喜欢医院中消毒水的味道。

做完检查，林冬序就跟家人出了医院，检查结果要等几天才能出来。

上车后他才看到程知给他发来的消息，林冬序急忙回复她：抱歉，我这才看到消息。

然后又不由自主地关心她，提醒道：你记得喝点蜂蜜水。

程知收到他的回复，霎时开心起来，她乖乖地回复：好呢。

程知忍不住想跟他聊天，问：你在干吗呢？

林冬序犹豫了下，还是如实告知：来医院做检查，打算化疗了。

捧着手机眼巴巴等他消息的程知瞬间咬紧嘴唇，她紧张地敲字问：你身体很不舒服了是吗？

不等他回答，她又说：哪家医院？我能去看你吗？

林冬序看着她发来的消息叹了口气。

林冬序：没住院，在回家的路上。

林冬序：需要等病理检查结果出来才能制定化疗方案。

程知缓缓吐出一口浊气，她还是很担心，忍不住问：你现在还好吗？

林冬序说：还好。

其实不太好。

可能是受儿时记忆的影响，他对化疗有莫名的抵触和恐惧。一想到几天后他就要开始化疗，胃就翻江倒海般难受，像晕车似的，想要呕吐，吞咽时的疼痛好像也严重了几分。但是林冬序不想让程知知道他现在不好，他知道她会担心。

昨晚没睡，又去医院折腾了一上午，到家时已经是午后。像极了晕车症状的呕吐感还没消退，林冬序完全吃不下东西，而且他很累，筋疲力尽，所以直接回了四楼卧室休息。

再醒来，已经是晚上。

林冬序睁开眼就又想起，他还没处理好和程知的关系。他躺在床上，怔了良久，还是没头绪。他很矛盾，从来没这样矛盾过。

他也想跟她在一起，但是他特别怕他不在了后，程知会捧着和他的这点回忆陷在过去。

他怕她痛，怕她难过，怕她对自己不好。

如果真的会这样，那他不如从一开始就斩断这段关系，不给她留一点念想，但他又怕她会为此抱憾终生，直到老了都对这件事耿耿于怀，好像根本没办法两全。

在给她答复之前，林冬序甚至不知道该怎么面对她。

他们俩现在似乎陷入了一种很奇怪的境地，往前一步是恋人，后退一步是朋友。但他们目前就处在一种，既不是恋人，也不单单是朋友的暧昧又尴尬的关系中。

林冬序摸过手机，程知的消息刚巧发过来。

他点开查看，她说的是：林冬序，我想了一下午，觉得现在你可能更想一个人安静地好好考虑，所以在你想好给我答复之前，我就先不过去找你了，但是如果你需要我的话，一定要告诉我，我会立刻去见你。对你我来说，时间很珍贵，所以，不要让我等太久，好不好？

林冬序恨不得当即就抛下一切顾虑，不管不顾地跟她说：“我们在一起，程知，让我当你男朋友。”但是，他怎么能。

这个决定太难。

因为关乎她以后的生活，他无法不慎重。

林冬序回复她：好，我会尽快给你答复。

然后又道：谢谢你，程知。

程知基本确定，林冬序是喜欢她的，如果不喜欢，他就不会这么纠结，而是直接拒绝她了。

第十章

奔跑着去见你

有想做的事，就赶紧去做。有想去的地方，就马上动身出发。有想见的人，那就立刻去见。

虽然不再天天见面，但程知和林冬序依然会每天都给对方发早安、午安，还有晚安。

这几句简单的问候，代替了其他一切。只要他还在跟她说早、午、晚安，她就知道他还好，他还在。

但是，没有林冬序陪在身边的日子，每一天都很漫长，并且无聊至极。程知开始写剧本，

哪怕她已经忙碌起来，可脑子里还是会时不时想一想林冬序。

十一号午后，程知用林冬序送她的咖啡豆磨了一杯热咖啡。

她打开电脑，准备继续写剧本。

林冬序大概是要午睡了，给她发来一句“午安”。

程知唇角微微扬起，也回复了他一句：午安。

随即，她开始创作剧本。

冬日的午后，阳光明亮。

她沐浴在光里，想着林冬序，一字一句地敲出段落。

一个多小时后，被她放在手边的手机响起了提示音。

程知偏头看了眼，是应彻给她发的消息。

程知保存好文档，拿起手机查看微信。

应彻：程老师，我的演唱会时间定在了二月十四日情人节那晚，给你留了两张票，位置很好，到时候记得跟林先生一起来听我的演唱会。

程知盯着应彻消息中的“林先生”，很是吃惊。

应彻怎么知道她要带的人是林冬序？她和林冬序那时就已经很明显了吗？

她回复应彻：好，谢谢你啦，应彻，一定到现场去给你捧场。

结束了和应彻的聊天后，程知没心思再继续写剧本，她想找林冬序聊天，但是林冬序应该在睡觉。

程知百无聊赖地划拉着手机，然后点进了记录纪念日的软件。

其中一行写的是：和林冬序认识已经 64 天。

程知点开这栏，里面全都是和林冬序有关的子纪念日。

程知又添加了一条新的子纪念日，于是最上面一条子纪念日变成了：距带林冬序去看演唱会还有 65 天。

再往下：

林冬序生日还有 332 天。

等林冬序答复已经 3 天。

陪林冬序蹦极已经 30 天。

带林冬序文身、打耳洞已经 33 天。

和林冬序参加万圣节化装舞会已经 41 天。

陪林冬序体验骑摩托车已经 51 天。

和林冬序去马场已经 53 天。

带林冬序逃课被停课已经 53 天。

和林冬序一起骑单车已经 53 天。

陪林冬序看日出已经 59 天。

带林冬序听雨已经 61 天。

陪林冬序看日落已经 62 天。

原来，不知不觉间，他和她已经拥有了这么多值得纪念的日子。

她跟着这些子纪念日，将与他有关的记忆重新回味了一遍。

记忆是美好的，记忆中的她和他是开心快乐的。

程知不自觉地弯唇笑了笑。

她的目光最终落到等他答复那条消息上。

才三天而已，可她却好像已经等了漫长的三千个世纪。

就在程知打算退出纪念日软件时，微信突然又来了一条消息。

这次是孟椿。

孟导：送你个彩蛋。

随后就发来一段视频，视频就十几秒钟，并不长。

程知打开视频，而后微愣住，因为视频里是她和林冬序。

她带他去剧组蹭教室场景的那天，她故意没做他的同桌，然后偷偷给他传小纸条。镜头里的她身穿高中校服，扎着高马尾，她偷偷摸摸地向后扭头，将一个纸团扔到最后排的林冬序的课桌上。

戴着蓝色针织帽的他下意识地抬起脑袋，目光茫然了一瞬，而后与她对视，眸子里便晕开了笑。

视频到这儿就结束了，最后一幕定格在他的笑容上。

他笑起来真好看，像雨后初霁的天空，碧蓝如洗，干干净净。

程知又把进度条拉回去，重新看了一遍。

看完再一次把进度条拉回最开始，继续重播。

就在这时，门铃声突然响起，程知放下手机，起身来到玄关。

她一拉开门，就看到林冬序气喘吁吁地站在门外。

程知没想到林冬序会突然过来，而且他似乎……剧烈地奔跑了？不然呼吸不会这么急促，

她惊讶地仰脸看着他："林冬序，你……"

她的话还没说完，林冬序就一把抱住了她。

他来势汹汹，程知毫无防备，被他扑得直往后退步。

"程知，"林冬序畅快地笑出声，他不断地唤她的名字，嗓音渐渐哽咽，"程知，程知……"

"我好喜欢你，我们在一起吧。"他像个十七八岁的少年，情感来得凶猛，赤诚又热烈地直白地道，"我要做你男朋友，我们谈恋爱吧，程知。"

林冬序抱她抱得很紧很紧，程知的骨头都在发疼，可她顾不上这些。

程知被他搞得很心慌，她觉得他特别反常，但她又不知道他为什么突然这么反常。

程知刚要问他，林冬序就先给了她答案，他近乎喜极而泣地对她说："我没有得癌！程知，我没得癌！"

程知这下彻底蒙了，她傻了一样，讷讷地发出一个单音节："啊？"

今天中午吃过午饭，林冬序给程知发了条“午安”后，就打算去医院拿病理报告。

林震穹和林瀚胜还有甘澜都要陪他一起去，最后一家人全都出动，和林冬序去了医院。

然而，到了医院后，他们却在院长取了林冬序的病理报告后被院长告知，林冬序根本没有得癌症。

“病理检查显示没有癌变啊，”院长问林冬序，“你上次在国外做的检查怎么还给你弄出癌来了？”

林冬序的脑袋已经不转了，他凭借本能回答：“可是上次您也看了我那次的检查报告，如果哪里有问题，您当时应该能发现的。”林冬序说，“而且我这两个月胃确实不舒服，总会痛。”

院长叹了口气，说：“你那是胃炎，不是癌。”

“可我最近都开始吞咽疼痛了……”林冬序不敢相信他之前只是被误诊，明明这两个月他身体一直很不舒服。

结果被医生看了看，说是扁桃体发炎。

林冬序沉默半晌，而后语气平静地问：“所以，我真的没有得癌症是吗？”

院长笃定地道：“真的没有，你就是胃炎。”

“我觉得是你之前那张诊断单有问题，你可以联系下那家医院，看看是怎么回事，没准是拿错检查报告了。”

林冬序还是觉得不太可能，诊断单上的中文名、英文名、年龄，都和他对得上。

林瀚胜也很不解：“要是拿错了报告单，医院应该会联系小序啊，为什么到现在都没有任何动静？”

林冬序再一次沉默。

须臾，他低声说：“我当时受了打击，就……把和国外有联系的所有账号都注销了，大概他们想联系我，也找不到人吧……”

“我去联系一下那家医院。”他说着，就独自出了院长办公室。

林冬序来到无人经过的消防通道，让冯嘉木去查那家医院的电话，在拿到联系方式后，林冬序立刻就拨通了号码。

而后，林冬序收到了对方的道歉以及解释。

他确实没有得癌症，他拿到的那份检查报告单是另一位患者的，巧合的是，对方也是名中国男性，也叫“Dongxu Lin”，英文名也跟林冬序使用的一样，并且跟林冬序同龄，今年二十七岁。

如果不是林冬序亲身经历，他绝对不敢相信会有这么巧合的事。

两个中国人在同一家外国医院，都做了胃部检查。实在太过于巧了，这得多小的概率。

可偏偏就让他遇上了，经历了这样一遭。

对方跟林冬序说，他们在发现报告单拿错后就在第一时间通过各种方式联系林冬序，但是不管是他的手机号，还是留下的邮箱，都已经停用了。

在挂电话之前，林冬序多问了句另一个叫“Dongxu Lin”的人现在怎么样了。

对方告诉他，和他同名的那位患者在确诊胃癌晚期后就和他的女朋友回到中国了，但具体在中国哪个地区，他们也不清楚。

挂了电话后，林冬序拿着手机的手都在抖，他用力抓住旁边的栏杆，缓缓地坐到了台阶上，随即就这样靠着栏杆笑着掉了泪。

他以为他要死了，这两个多月他没有一天睡好，每晚都会被自己快要死这件事折磨得心中郁结。

现在，突然迎来转机，原来只是虚惊一场。

林冬序一个人躲在消防通道放肆畅快地发泄了一通，等他将情绪完全平复好，然后才回到院长办公室，把这件事告诉了家人。

这下全家人终于彻底放了心。

林震穹又庆幸又后怕，一时间激动得不断地跟院长握手道谢。

甘澜第一时间就把这个好消息告诉了甘琳，只不过甘琳正在拍戏，没有立刻就看到这天大的好消息。

从医院的大楼里出来时，头顶的阳光明媚，迎面吹来的风带着属于冬日的寒冷，林冬序像卸下了重担般浑身轻松。

他神清气爽地坐进车里，在林瀚胜要开车带他们回家时，林冬序突然说：“叔，先把我送到建设东路的碧清湾小区。”

“我要去见个人。”他说。

林瀚胜好久没这么开心过了，他爽快地笑道：“成！”然后多问了句，“要见谁啊你？”

林冬序正垂眼看着手机，屏幕停留在和她的聊天界面上，他一笑，不加掩饰地回答：“喜欢的人。”

林瀚胜诧异："你小子什么时候有喜欢的人了？"

"就这俩月。"林冬序有点迫不及待地想在微信上告诉程知这个好消息，但是又怕一句两句说不清楚，不如见了她后当面跟她解释。

林震穹说："是知知吧？"

林冬序眉眼弯了下，点头："嗯。"

"知知是谁？"坐在副驾的甘澜好奇地问。

林震穹对她和林瀚胜说："就是那位负责阿序的志愿者姑娘。"

"哦哦哦，"林瀚胜终于想起来，"叫什么……程知是吧？当时还是我亲自选的她，职业好像是编剧来着……"

林冬序任凭他们你一句我一句地聊，他并不搭话，只勾唇乐，一直乐，心早就飞到了住在碧清湾的程知家里。

外来车辆进小区需要登记才会被放行，林冬序嫌太耽搁时间，就让林瀚胜在小区门口把他放下了。

他下了车后就飞快地跑进了小区内。碧清湾很大，程知住的那栋楼离小区门口有些远，但林冬序一刻没停，他一路跑到程知家楼下，然后乘坐电梯来到她家门口，按响了门铃。

…………

程知听完了前因后果，终于把所有事都搞明白了。她没有很激动，反而格外平静，甚至推了下还抱着她的林冬序，轻声说："你松开我，勒得太疼了。"

林冬序这才意识到自己抱她有多用力，他连忙撒手，语气带着歉意："抱歉，抱疼你了。"

程知转身走回客厅，她拿了只杯子，背对着他，一边给他倒温水，一边问："所以，你没有得癌症是吧？"

林冬序"嗯"了声，笑着回答她："没有。"

程知抿了抿嘴唇，然后端着水杯来到沙发旁，把水递给刚脱掉大衣的他。

林冬序正口干舌燥，他接过水后一口气喝了大半杯。

程知却又不安地问："真的没有得癌症吧？这次不是误诊吧？"

林冬序笑望着不放心的她，一字一句地回答她："真的没有。"

程知也看着他，她的眼睛渐渐盈上水雾，眼尾处晕开绯色。

"那你为什么会痛？"她强忍着要哭的冲动继续问。

林冬序叹了下，耐心地温声说："我有胃炎，但没大碍，吃点药调理，以后注意养胃就行。至于我总觉得身体不适，院长说很可能是心理暗示的作用，因为都被确诊'胃癌晚期'了，所以身体有点不舒坦就觉得是癌症导致的，而且难受的感觉还会无限放大。"

他对她坦言："我自从拿到那张诊断单后，就没睡好过，每晚不是睁着眼熬过去，就是在噩梦中惊醒……"

程知听到他说的这番话，紧咬住唇，偏开头看向别处，眼泪却还是不听话地掉了下来，一颗又一颗，像一粒粒珍珠。

她又看向他，掉着眼泪冲他抿嘴笑了下，然后哭得更凶。

林冬序放下水杯，挪坐到她身侧。

"程知，"他抬手给她轻轻擦着眼泪，温柔呢喃，"不要哭。"

程知却停不下来，就像那次蹦极完后，她哭得不能自已一样。

林冬序心疼地把她拥进怀里，轻轻地拍着她的脊背，叹息道："你这样难过，让我怎么放心。"

"如果这不是一场乌龙，你让我怎么放心你。"他低哝。

程知气恼地说："你让我等了三天！"

"这三天我吃不下睡不好，"她抽噎着控诉他，"每天都很担心你的答复是拒绝我……"

林冬序眼睛泛红地笑起来："本来是想拒绝，怕你以后太难过。"

程知更加生气："我之前告诉过你了，我……"

林冬序没等她说完，就继续低声说道："但是我记得你之前说过，如果你们两情相悦，你要跟他在一起度过最后一段美好的、无可替代的时光。"

"所以……还是想答应你的。"

"就算今天没有出现转机，我还是会来找你，请你跟我谈恋爱。"林冬序把他已经做好的决定告诉了她。

这三天对她来说漫长难熬，之于他又何尝不是。

在这三天的时间里，林冬序翻遍了手机里和她有关的照片，他把他们两个人从认识到现在的所有聊天记录都重新看了一遍，并且保存了下来。

他还打开了家里那台相机，把他们那天下午玩游戏时录的视频来来回回播放了好多次。

他第一次拥抱她，是她转圈圈晕得站不住时捞住她的那一下。

视频里的她笑得开怀，他也被她感染，跟着她一起笑。

他甚至，已经给她写了一封信，一封他死后才会交到她手中的信。

程知回抱住他，她的双手圈在他脖子上，一边哭又一边笑。

林冬序被她搞得很无奈，眼睛发酸地瞅着她。

"程知，"他揽着她纤瘦的腰肢，嗓音低沉又温柔，"我喜欢你。"

"我能做你的男朋友吗？"他的语气无比郑重正经，而后又格外诚恳地道，"你跟我谈恋爱吧，好不好？"

程知哭得眼睛红通通的，鼻尖也泛起红，整张脸白里透粉。

程知看着他，他也一眨不眨地盯着她看。

凝视了片刻后，她的唇边漾开明朗的浅笑。

程知开心地轻轻点头："好。"又有眼泪从她的眼角淌落。

林冬序抬起一只手，轻捧住她的侧脸，而后慢慢地凑近，最终把她脸颊上的泪珠含进嘴里，味道咸咸涩涩的。

程知在他将浅浅的吻印在她眼睛上时，乖巧地闭上了眸子。

旋即，她的感官被放大，触觉尤其敏感。

他的呼吸落在她脸上，程知紧张地攥紧了搭在他后颈处的手指。

倏而，她呼吸蓦地屏住，拖鞋里的脚趾同时蜷缩，像在害羞得要藏起来。

胸腔里的心脏却在这一刻突然疯狂跳动，唇瓣上的柔软不断厮磨，缓而轻的亲吻不断落下来，刺激着程知身体里的每一根神经。

林冬序格外怜惜地亲着她，深情又温柔的吻让程知目光迷离着沉沦坠落。

她的身体越发柔软，连呼吸都快要停住。后来，他慢慢收住这个吻，抵着她的额头唤她，声音喑哑又性感："程知。"

"嗯？"她的嗓音娇娇黏黏的，全然没了平日里的明朗清透。

他说："我们要一起长命百岁。"

她眉眼轻弯，答应他："好。"

程知和林冬序抱了好久，她的下巴搁在他肩上，慢慢平复情绪的时候依然在掉眼泪。

林冬序听到她还在啜泣，无奈低叹。他拉开她一点，双手捧住她粉透的脸颊，用大拇指的指腹轻轻给她拭去眼泪。

在他开口之前，程知先主动招认："我是喜极而泣，有点控制不住。"

她说着，就双眸泛红对他笑了下，同时，泪珠顺着她漾开浅笑的脸缓慢滑落。

林冬序心疼她哭得太凶，温声说：“再哭眼睛就要肿了，会很难受。”

“别哭了，”他温柔地摸了摸她的脑袋，“我在呢。”

程知被他后半句搞得又想哭。

他的话让她想起了他带她去马场那次，她第一次上马，紧张害怕得要命，他当时就安慰她，说：“有我在。”

程知轻喃：“林冬序，我想房星了。”

林冬序失笑：“现在去？”

正说着，被程知放在吧台那边的手机响起了微信提示音。

程知拉开林冬序搭在她腰上的手，声音略娇软：“我去看下消息。”

林冬序“嗯”了声，让她起身去了吧台旁。

随后，程知就拿着手机走回来，她眉眼弯弯地询问林冬序的意见：“孟导问我们介不介意出镜，不介意的话就把我给你扔小纸团的那段放进去。”

“就是这段。”程知打开孟椿给她发来的那段小视频，让林冬序看。

林冬序没想到他和她在高中教室里传纸条的那一幕，竟然能以这样的方式记录下来。

他嘴角噙着笑回答她：“当然不介意。”

程知“嘿嘿”笑：“我也不介意。那我就让孟导把我们放进去啦？”

“好。”林冬序欣然应允。

在程知回孟椿消息的时候，林冬序想起他还没把他没得癌症这事告诉两个发小，于是就掏出手机，在发小三人群里向秦封和随遇青说了句他去医院复查了，不是癌症。

很快，林冬序就收到了秦封打来的电话。

程知刚巧结束和孟椿的聊天。

他抬眼看向她，无奈地笑道：“我接个电话。”

“嗯。”程知点点头。

林冬序便点了接通，同时起身走向落地窗那边。

“喂……”他的话还没说完，随遇青的声音就从那端传来，“林冬序你好好给我解释！”

林冬序一瞬间就知道了随遇青正和秦封在一块，他叹了口气，不紧不慢地解释说：“其实就是拿错了病理检查结果，那张确诊胃癌晚期的单子不是我的……”

他跟发小通着电话时，程知已经移步去了吧台。她端起杯子，抿了口已经冷掉的咖啡，然后继续写剧本。

片刻后，程知扭脸往林冬序在的方向望了眼，没承想他正在瞅着她，她一看过去，就猝不及防地撞进了他含笑的深眸里。

男人身形颀长挺拔，他姿态闲散地倚靠着落地窗边那个珍珠白柜子，左脚脚尖轻点在右脚右侧。

临近傍晚的阳光被染红，光晕肆意地穿过玻璃铺落在他周身，将他温柔地包裹起来，让他透出一股子慵懒之意。

程知望着他，禁不住莞尔，也对他笑了笑。

随即，她回过头来继续敲键盘，林冬序依然在跟发小讲电话。

过了会儿，林冬序挂了电话后就朝她走来。

程知刚困倦地打了个哈欠，就被他从身后圈住。

林冬序站在程知身后，双手按在吧台边缘，刚巧把坐在椅子上的程知环起来。

他弯了腰轻身凑近她，歪头看着她问："困了？"

程知点了下保存，然后关掉文档，她点点头，轻喃："好倦，想睡觉。"

"那去睡，"他说，"改天再带你去马场看房星。"

程知又有点舍不得睡觉，她想多跟他待会儿，做什么都好。

她转过身，抬手钩住他的脖子，轻笑咕哝："又不想睡。"

林冬序大概知道她心里在想什么，哄她："睡吧，我不走。"

"那你自己要干吗啊？"她怕他无聊。

林冬序说："我守着你睡。"

程知这才起身从椅子上下来，直接拉着林冬序去了她的卧室。

那只星黛露还在她的床头，上次林冬序把孟桃抱进来时就注意到了。

程知先上床，她习惯性地捞过星黛露抱在怀里，然后拍拍她旁边的空位，对林冬序说："过来坐。"

林冬序听话地在床边坐下来。

程知把枕头竖放贴在床头，她拍了拍枕头，只眼巴巴地看着他，不说话。

林冬序好笑地往后靠，倚住柔软的枕头，又把腿轻放在床边。

程知立刻开心地躺下来，脑袋枕着他的大腿。

林冬序的手落在他的头发上，一下一下地轻轻抚摩着她的秀发。

程知在睡觉前仰脸望着他，跟他说："应彻的演唱会定在了二月十四日情人节那晚，到时候……"

林冬序接话："我们一起去。"

她笑，拉过他的一只手攥在掌心："那我睡啦。"

"嗯，"林冬序低声温柔地道，"睡吧。"

程知闭上眼，很快就要迷迷糊糊地睡过去，在彻底陷入睡眠之前，她很轻地咕哝了句："你累了就把我的脑袋挪开……"

正垂眸瞅着她的林冬序听闻勾唇，小声回应她："我不累，你安心睡。"

她侧身躺在床上，头枕着他的腿，一只手环抱着那只星黛露，另一只手拉着他的手，睡颜恬静安然。

虽然房间里不冷，但林冬序还是小心翼翼地扯过被子，给她盖在了身上。

卧室里的窗帘没有合，外面即将褪去的晚阳和就要来临的夜幕交融，光晕依然保留着灿烂的橙红，光线却逐渐暗了下来。

最后，橙红一点点被黑夜吞噬，房间里彻底昏暗。

冬季昼短夜长，还没六点钟，就已经进入了黑夜。

林冬序把手机亮度调到最低，打开消息提示音一直响的微信。

随遇青正在群里不断"艾特"他。

随遇青：你人呢？

随遇青：说好今晚在你家聚的，我们俩都到了结果你不在，合适吗，林大少爷？

随遇青：你倒是吱个声啊，到底干吗呢？

林冬序回复他：陪女朋友。

随遇青：什么？

随遇青：你哪里来的女朋友？

林冬序没回答他，只交代：你们俩自己拿酒先喝着，反正你们之前也不是没干过这事，等她醒了我再回去。

随遇青：你哪里来的女朋友？

秦封终于说话：是那个志愿者吧？

林冬序：嗯，是她。

随遇青：震惊！

过了会儿，随遇青好像终于接受了林冬序谈恋爱这个事实，又问：要是她睡一整晚，你今晚就不回来了？

林冬序：对啊，我说了，要等她醒了再回。

随遇青：那你同意我们今晚来你家庆祝你活过来干什么啊！

林冬序忍不住扬起唇，他无声地笑着打字：庆祝不一定要本人在场。

随遇青：……真有你的。

随遇青：那我们俩可就随意了，你十二点还没回来的话，我们就回去。

林冬序：嗯，成。

结束了和随遇青的聊天，林冬序放下手机。他小心翼翼地托起程知的脑袋，慢慢地挪开自己早就发麻的腿，然后帮她垫了个枕头。

林冬序轻手轻脚地下床，摘掉腕表后就拖着麻麻胀胀的腿走出卧室。他来到她家的厨房，打开冰箱看了下都有什么食材，然后挽起袖子开始做饭。

程知睡了三个小时，从黄昏睡到晚上。

她醒来时，卧室里黑暗一片，身边没有林冬序，她独自盖着被子躺在床上。眼睛有点难受，好像肿了。

程知以为林冬序离开了，心头涌上一股空落落的感觉。

她的手习惯性地往旁边摸了摸，然后，程知拿起自己摸到的手机，结果却盯着手机的锁屏愣住。

锁屏壁纸是她、林冬序和房星的一张合照，这手机不是她的。

本来睡眼惺忪的程知登时清醒，她瞬间拿着手机坐起来，才低落下去的心情忽而又明朗起来。

程知放下手机，伸手按开了床头柜上的台灯。

霎时，那盏铃兰花形状的台灯亮起光，程知一眼就注意到了被留在台灯旁的男士腕表。

白色的表盘，黑色鳄鱼皮表带，简约大气的款式，是二十多万块的白 K 金（黄金与其他金属熔合而成的合金）钻石腕表，和林冬序送给她的首饰是同一个牌子。

她下床，穿上拖鞋就跑出了卧室。

客厅里亮着灯，厨房有声响。程知走过去，推开厨房的门。

刹那间，林冬序炒菜的模样就出现在了她眼前。男人身上穿着灰色的高领羊毛衣，袖子被他往上捋起，露出一截青筋纹路明显的手臂。

林冬序听到开门声，扭脸望过来，而后就轻勾唇温声问她："睡饱了？"

程知"嗯"了声，随即嘟囔着问他："我的眼睛是不是肿了？"

林冬序又偏头过来，凑近她认真看了看。

“是有点，”他轻轻在她的眼上亲了下，话语温和，“不要揉，等会儿敷一下。”

程知强忍着不适，听话地没有抬手去揉眼睛。

她很诧异他居然会做饭，说：“原来你会做饭啊。”

林冬序乐了：“我没说过我不会做饭吧？”

程知站在他旁边，看着他熟练麻利地把菜盛进盘子里：“我以为你和厨房绝缘。”

林冬序用筷子夹了一块肉，他轻轻吹了吹，然后喂到程知嘴边。

她笑弯眉眼，张嘴吃下去。

“怎么样？”林冬序问她。

“唔，”程知发出一声喟叹，意外地道，“好吃欸！很香，但一点都不腻。”

见她喜欢，林冬序也很高兴。

把饭菜端出厨房后，他回卧室拿了下手机，本来是想跟家里人说今晚不在家吃饭的，却发现几分钟前有一通未接来电，是甘琳。

林冬序对程知说：“你先吃，我回通电话。”

程知点头应道：“好。”但是她并没有立刻吃，而是用自己的手机对着桌上的饭菜拍来拍去，找各种角度和光线拍了一堆照片。

林冬序给家里人发了条消息后就给甘琳回拨过去，甘琳一接起电话就急忙问：“哥！我妈说的是真的吗？你真的没有得癌症吧？”她的声音因为激动染了几分颤音。

林冬序笑，语调轻扬着回答道：“嗯，真的没有，是检查单拿错了。”

甘琳瞬间松了一大口气，她几乎要喜极而泣，带着哭腔说：“太好了，太好了……”

“我刚拿到手机看到我妈告诉我的消息，只想立刻找你。”甘琳稍微缓了缓情绪，问他，“你们吃饭了吗？”

“正要吃。”林冬序说完又补充，“我没在家，不知道爷爷他们现在吃没吃。”

甘琳“啊”了声，好奇地随口问：“你没在家？那去哪儿了？”

林冬序愉悦地道：“女朋友家。”

甘琳惊讶：“女朋友?！你什么时候有的女朋友？”

“今天啊。”林冬序回头看了一眼程知，程知正捧着手机专心致志地选照片，然后再给照片添加滤镜。

他望向她的目光很温柔，强忍笑意对听筒另一端的甘琳说：“你认识，是程知。”

甘琳笑起来：“好欸！我喜欢的编剧老师就要成为我嫂子了。”

林冬序低声笑：“不跟你说了，她在等我吃饭，挂了啊。”

甘琳回答：“嗯呐，拜拜，等我回了沈城，你一定要带她跟我见个面啊！”

“成，”林冬序答应，“这好说。”

他挂了电话过来落座时，程知已经发了朋友圈，正拿着筷子在等他一起吃。

“我发了一条朋友圈，”程知莞尔说，“拍的你做的这些饭菜。”

林冬序轻轻挑眉，他撂下刚拿起来的筷子，重新拿过手机，打开了朋友圈，第一条动态就是她发的。

程知：二十七年来最开心的一天。

林冬序给她点了赞，评论了一句：我也是。

然后，他也用手机拍了一张桌上的饭菜，还凑巧把程知拿着筷子的手框了进去，刚好露出她戴着四叶草手链的手腕。

照片上女人的手葱白纤细，生得非常漂亮。

林冬序没有程知那么讲究，还弄滤镜等东西特意美化图片，原相机拍出来的照片已经很精致了。他直接发了原相机的照片，配了和她同样的文字：二十七年来最开心的一天。

发完后，林冬序就放下了手机没再看。他和程知一边不紧不慢地吃饭一边聊天。

“吃完饭你做什么？”他问，“是要写剧本吗？”

程知点点头，回答：“嗯，得抓紧写了。”

然后程知就说：“我睡醒后发现你不在，还以为你已经走了。”

林冬序失笑：“在你醒来之前我不会走的。”

她抬眸看向他，而后抿嘴笑起来。

他似乎是知道的，知道她入睡时有他在身边，等她醒来时他如果已经走了，她的心里会难受。

后来说起他和另一位叫“Dongxu Lin”的中国男人拿错彼此的检查报告这件事，程知忍不住感慨：“你们俩中文名拼音一样，英文名也相同，甚至还同龄，而且都去了那家医院检查胃，这得多小的概率。”

林冬序也觉得很不可置信：“如果不是我亲身经历，我也不敢信，太巧了。”

程知却笑着说：“可能是上帝调皮，故意捉弄你一下。”

林冬序轻叹，语气正经地道：“但这段经历，对我来说确实意义非凡，虽然也曾让我日夜煎熬。”

她眉眼轻弯地和他对视着：“对我来说也是，我永生难忘。”

吃过晚饭，程知要去刷碗，被林冬序拦下：“你去忙你的，我来弄。”

程知这会儿却不着急写剧本，她跟着他来到厨房，在他刷碗时从后面抱住他的腰身，侧头贴在他的脊背上，脸颊在柔软的羊毛衣布料上轻蹭着。

她声音轻轻地咕哝道：“林冬序，在今天之前，我都不敢幻想我们能像现在这样温存，自下午你过来之后，发生的每件事虽然很琐碎平淡，根本不值一提，却是我原来连奢望的勇气都没有的、只属于我们两个人的人间烟火。”

林冬序洗碗的手停了下，嗓音低缓地回应：“现在有了啊，以后也会有。”

程知抿嘴乐，轻笑出声，她点点头，应道：“嗯！”

从厨房出来后，林冬序就发微信让冯嘉木开车过来接他。

等冯嘉木的时候，林冬序给程知敷了敷眼睛，然后两个人就坐在沙发里消磨时光。

她依偎在他怀里，脑袋靠着他的肩膀，捧着手机看未读的微信消息。除了朋友圈里的点赞和评论，程知还收到了闺蜜邱橙和江雯的微信。

邱橙给她发来一张截图，截图上是她和林冬序先后发的朋友圈动态。

邱橙问：你们？

程知笑盈盈地打字回复她：在一起啦！

邱橙激动地发来一连串感叹号，然后说：请！吃！饭！

程知开心地道：请请请！我随时，冬序应该也不挑时间，主要还是看你跟秋程啊。

邱橙很快拍板：那就这周六好啦！那天我休息，程哥也不用去学校教课。

程知回复她：OK！

和邱橙确定好时间，程知就抬眼对林冬序说：“橙子知道我们在一起啦，要我们请吃饭，我和她约了周六，你可以吧？”

刚要回复秋程消息的林冬序听闻笑了声："可以。"

秋程发来的也是朋友圈截图，还有一句：解释一下？

林冬序回复他：不解释，恋爱了。

秋程：果然，还得是你。

林冬序听出来秋程话里的意思，笑了下。

程知扭脸看他，问："你笑什么呢？"

他说："高兴。"

"啊？"程知不解。

林冬序说："做了你男朋友。"

他之前跟她说，以后她一定会遇到一个，比陈周良更爱她、比陈周良更适合她的男人，对方会像她爱对方一样爱她。

那个时候，他觉得自己不是能护她、爱她一辈子的那个男人，但现在，他是了。

程知唇边漾开浅笑，回应他："我也很高兴。"

她边和他说着话，边在微信上跟江雯解释林冬序没有得癌症。

在了解清楚事情后，江雯高兴地发来消息：太好了！林先生没有得癌症真的太好了，知知！我好怕你后面会过得很难很难，这下有他一直陪着你肯定就不会了！你一定要幸福啊！

程知轻翘着嘴角回复江雯：你也一样！一定要幸福呀！

…………

冯嘉木到程知家楼下后就给林冬序打了电话。

林冬序穿好大衣要走，程知起身送他到门口。

林冬序把程知拉进怀里，抱紧，然后轻轻地在她唇瓣上落了一记蜻蜓点水般的浅吻。

"晚安。"他低沉的嗓音含着笑意。

程知仰脸笑望着他，回应道："晚安。"

直起腰要走时，林冬序又在她侧脸上亲了亲，然后才罢休，松开她进了电梯。

送走林冬序，程知回到家里打开电脑，打算继续写剧本。

在正式工作之前，她给林冬序发了条微信。

程知：到家后要告诉我哦。

林冬序秒回复：知道的。

随后，程知开始写剧本。

林冬序在回家的路上望着车窗外面迅速倒退的街景，回想着今天发生的一切，心里依然觉得唏嘘。

在今天去医院拿检查结果之前，他根本没想过这件事从头到尾都只是一场乌龙，得癌症的不是他，而是另一个人，另一个“Dongxu Lin”。

不知道对方现在在中国的哪里，过得怎么样，是在接受化疗努力延长生命，还是放弃了这样痛苦地熬日子，选择随心所欲、自由自在地享受最后这段旅程。

大概是真真切切地体会过，知道自己是癌症晚期后心里会有多难受，林冬序在庆幸自己没有得癌症的同时，心里也涌出了些许遗憾和惋惜，因为此时此刻，有一个和他同龄且名字拼音完全一样的男人，正在被胃癌折磨着。

“唉！”他叹了口气，慢慢收回神思。

林冬序到家时才九点多，随遇青和秦封还在四楼他住的地方喝酒聊天，顺便等他。

林冬序下车后就给程知发了微信：我到了。

发完消息一抬头，发现头顶的月亮好圆好亮，林冬序便拍了张照片给程知，说：今晚的月亮很圆。

刚拿起手机的程知看到他发来的照片，瞬间漾开了笑。

她把照片保存到相册，回复他：好美！

她心血来潮，给他发：我们找个时间赏月吧？

林冬序欣然应允：当然好。

程知又问他：你接下来做什么呀？

林冬序说：封哥和阿随在我这儿，跟他们聊会儿天。

程知嘱咐：你不要喝酒。

林冬序回复：好，我知道。

程知：那你们玩，我继续写剧本啦！

林冬序：嗯，不要忙太晚，别熬夜。

程知：好呢。

程知：睡前来跟你说晚安！

他笑：好。

一个多小时后，程知还没给林冬序发晚安，林冬序就先给程知发了消息。

林冬序：知知，我想你了。

程知盯着这条消息，第一反应是他喝醉了，但他不可能喝醉，那就只能是游戏惩罚。

她笑着回复他：你玩游戏输了呀？

林冬序说：是玩游戏输了，但也是我的真心话。

随即，他发过来一张照片，照片里的积木上写的惩罚内容是："在微信上给关系最好的异性发一句你现在最想对她说的真心话。"

既然是真心话……那，程知也坦言：我也想你，冬序。

后来，程知暂时起身离开吧台，她打算先洗个澡，然后再继续写剧本，结果回到卧室才发现林冬序的手表还在床头柜上。

她在进浴室前拿起手机给他发微信：你把手表落在我家了，明天我去找你，顺便给你带过去吧。

林冬序回复：成。

收到了他的回复，程知就放下手机去了浴室洗澡。然而，等程知洗完澡，刚换上酒红色的蕾丝边睡衣套装，都还没来得及吹头发，门铃就响了起来。

她轻轻蹙眉，有点警惕地打开显示屏看门外的人是谁。

在林冬序的面容出现在显示屏中的那一刻，程知惊讶地睁大眼，急忙走过去给他开门。

"你怎么……回来了？"程知茫然地眨着眼，"你发小走了？"

"嗯，走了。"穿着黑色大衣的林冬序站在门口，垂眼看她。

因为家里不冷，程知洗完澡只穿了件吊带和长裤，外搭着睡袍。左侧锁骨处的英文文身暴露出来，莫名性感妩媚。她的长发潮湿又凌乱，甚至还有水滴在不断掉落。

开了门后，楼道里的冷气瞬间侵袭过来。

程知瞬间用手裹紧浴袍，被冻得缩了下脖子，她对他说："你先进来，外面好冷。"

林冬序进来，顺手将门关好。

程知不可置信地问："你突然过来不会是拿手表吧？"

林冬序回答她："不是。"他坦诚地说，"想你，所以来见你。"

"我们今晚就赏月吧，"林冬序伸手把程知拥进怀里，手掌触碰到她背后被头发染湿的衣料，话语认真地说，"不要等下次，下次还不知道要等到什么时候才会有这么美的月亮。”

程知笑着应：“好啊，但是我得先吹头发。”

“我帮你吹。”他温声说完就笑，“我还没给人吹过头发。”

林冬序之所以立刻就开车过来找他，是因为在以为自己就快要死的这段时间里，他终于明白了一个很简单但也重要的道理——有想做的事，就赶紧去做；有想去的地方，就马上动身出发；有想见的人，那就立刻去见。只有这样，才不会来不及，才不会遗憾后悔。

所以他又回来了，回来见她，和她赏月。

程知在客厅的落地窗旁铺了一张毯子，她回卧室将头发梳顺，在拿吹风机时，顺便帮他把手表也拿了过来。

程知家的吹风机是无线充电式，用的时候没有线牵绊着，很方便。

她把吹风机递给林冬序，在他面前坐下。林冬序叉开腿往前挪了点，然后打开吹风机调好档位，开始给程知吹头发。

他轻轻地拨弄着她潮湿的长发，手指穿梭在她的发丝间，动作无比温柔。

程知起初脊背紧绷，浑身僵硬，胸腔里的心脏扑通扑通乱跳。只要他的手指不小心轻抓到她的头皮，她就会不由自主地屏一下呼吸，后面慢慢适应了他似有若无的触碰，但心跳还是很快。

程知无比庆幸有吹风机帮她掩饰，不然，她大概会很无措。

过了会儿，程知屈起腿，她抱膝坐着，将下巴搁在膝盖上，垂眼把玩着手里的男士手表。

须臾，程知的目光落在了他的脚上，穿着黑色袜子的脚好大。

她慢慢地挪动脚丫，将自己的脚放到他的脚旁边，悄咪咪地对比了下。

林冬序瞥眼间看到她在偷偷摸摸地跟他比脚，无声地勾了下嘴唇，而后就坏心眼地闹她。

他突然把自己的脚凑过去，隔着柔软亲肤的黑袜料子，用脚趾勾了她莹白瘦削的脚丫一下，像撩拨，又似调情。

程知瞬间条件反射地缩回自己的脚，脚趾还用力地抓紧了毯子，仿佛是想藏起来。

林冬序没有忍住，在她身后低声笑了一声。

不知道是吹风机的风太热，还是被他逗弄得害羞，程知的脸突然变得通红又滚烫。

“穿多大码的鞋子？”林冬序随口问她。

程知如实说：“三十七码。”然后又好奇地问他，“你呢？”

“四十五码。”他说。

并不意外，程知猜着也是这个码数。

林冬序始终不紧不慢，耐心又细致地帮她吹着秀发。

程知从旁边摸过手机，想要拍照，结果拿起来后发现是林冬序的。

她扭脸找了找，没在附近寻到自己的手机，这才想起来，她的手机在卧室，忘了拿过来。

林冬序问：“找手机？”

程知“嗯”了下：“想拍照。”

林冬序说：“先用我的吧，密码是‘181008’。”

“181008”？程知一边输入密码数字一边笑，“是我们在合潭寺遇见的那天。”

他坦然承认：“对，是。”

程知不免又想起他们第一次见面时的场景，光头的林冬序穿着寺庙大师的同款长袍，满目消沉，整个人都很丧。后来他口口声声跟她说，他认命，他等死，可是他却迫不及待地想要让她带他去做他写在遗愿清单上的事情。

程知想到这里，不禁莞尔，这个男人真可爱。

解开他的手机锁屏，主屏幕壁纸赫然出现在程知眼前，依旧是那张她在船上的单人照。

“你怎么还在用这张照片啊？”她问。

林冬序没听清，他轻身凑近她，回问：“你说什么？”

程知举起他的手机晃了晃，说：“这张壁纸，早就过了游戏规定的期限了，你怎么没换掉？”

他笑，直白地道：“我挺喜欢的，不想换掉。”

程知垂下捏着手机的手，也扭回脸，不禁面红耳赤，又忍不住抿嘴乐。

须臾，林冬序帮程知把头发吹好，他把关掉的吹风机放到旁边，用手轻轻地顺着她的长发抚了抚，然后伸手环抱住她。

程知正举着手机在拍落地窗外的月亮。“今晚的月亮真的好圆好亮，”她感叹，“满月真好看。”

“所以今晚赏月最好。”他低声说。

林冬序从后面拥着程知，她的后背和他的胸膛贴合着，两人的心跳声不甘示弱地较着劲，全都跳得越来越快，越来越剧烈，到最后，就连他们的呼吸都融合成同一种频率。

程知隔着落地窗拍了一张满月照，照片上不止有满月，还有倒映在干净玻璃上的他和她相拥的影子。程知把这张照片在微信上发给自己，然后用他的手机打开听歌软件，在歌曲播放后就撂下了他的手机。

她捉起他的左手，给他戴手表，戴完手表，程知又开始跟他比手。

林冬序的手也很大只，手指修长，骨节分明，生得格外好看。

程知把手放到他的手上，与他掌心相贴。

下一秒，林冬序将手指滑入她的指缝，而后与她十指紧扣，错落相牵。

手机里的歌正播放到那首*Closer*——他们在环湖公路上骑摩托车的那个傍晚，一起听过的那首觉得有种绝望治愈感的英文歌。

当时林冬序说过他听这首歌的感受："四周冰冷、黑暗，绝望无边无际地蔓延，但藏在十指紧扣的掌心间的那抹温暖还在。"

十指紧扣的掌心温暖，就像现在吧。他的手很暖。

客厅里的吊灯关着，只有放在毯子旁边的落地灯亮着橘色的暖光。

他们俩相拥的影子投射到地上，像歌词里唱的那句"closer than anything"，亲密无间。

程知依偎在林冬序怀里，她的脑袋枕着他的肩膀，提议说："我们来玩游戏吧，林冬序。"

林冬序似笑非笑地问："叫我什么？"

程知眨了下眸子，旋即杏眼弯弯，微红着脸轻唤："冬序。"

他被取悦，侧脸贴上她的前额，低声笑着轻轻蹭了下。

"玩什么游戏？"林冬序这才问。

"飞花令，关键字是'月'，输的人要答应赢的人一个要求。"程知笑语盈盈道。

林冬序轻挑眉，应战："成，是只要带'月'字就行，还是必须严格遵守第一个人说的诗句里第一个字是月，第二个人说的诗句中第二个字是月这个要求？"

"严格一点，简单了没意思。"程知唇角轻翘着说。

"成，"林冬序很绅士地道，"你先来。"

程知说："月落乌啼霜满天。"

林冬序随后道："二月春风似剪刀。"

程知继续："沧海月明珠有泪。"

林冬序紧接着："烟花三月下扬州。"

他连续两句诗都带月份，程知忍不住笑了下，然后才开口："露似珍珠月似弓。"

林冬序也笑："毕竟西湖六月中。"

"你真是……"程知嗔他，"过分！"

林冬序愉悦地笑，还不忘提醒她："该你了。"

"会挽雕弓如满月！"程知说完就开心地道，"今晚刚好是满月。"

接下来轮到林冬序说第一个字是"月"的诗句。

他说："月明林下美人来。"

…………

两个人你一句我一句，到最后，林冬序的古诗词库终于匮乏。

他认输投降："想不出来了，我输了。"

程知瞬间激动地跺了跺脚，赢了游戏的她开心地笑出声，莹白的脚丫在毯子上轻盈地不断踩着，动作幅度小而快。

"要我做什么？"林冬序歪头问。

程知突然被问住："欸……"她眨巴眨巴眼，唇边漾着浅笑说，"我还没想好，容我想想。"

"不着急，慢慢想，"林冬序说完就打趣道，"我都把我赢了后要提的要求想好了，但没赢过你。"

程知靠在他怀里乐不可支，他低头蹭着她的秀发，淡淡的发香闻起来很清新。

程知忍不住问他："你想提什么要求啊？"

林冬序说："等我赢了就告诉你。"

程知便道："那我们再玩个游戏。"

"我的要求我还没想好，等我想好了再说。"

林冬序欣然答应："可以，玩什么？"

"推手游戏，"程知说着，就拉着林冬序站起来，一边示范一边跟他说游戏规则，"只能触碰对方的双手，不可以碰其他地方，谁先失去平衡，离开了原本站的位置，谁就输了。"

"了解。"林冬序率先抬起双手，和他面对面站着的程知随即也抬了手。

她小心翼翼地试探着去触碰他的手，林冬序没躲，甚至迎合地跟她贴了贴掌心。程知眉眼弯弯地缩回手，然后又继续试探。

林冬序云淡风轻地勾着唇，看她不断进攻。

她太着急了。

倏而，在程知要推他的手时，他也往前推了下双手。

程知一下没稳住，身体失控地往后仰，脚急速地后退了一步。

林冬序眼疾手快地箍住她的腰，不仅把人给捞了回来，还直接将程知给带进了怀里。

程知仰脸瞅着他，眸子里氾满了笑。

她愿赌服输，说："你可以提你的要求了。"

林冬序却不说话，只垂眼盯着她，深邃温柔的目光里翻涌着情动。

程知虽然里面只穿了件吊带，但在他来了后，她就把外面穿的浴袍腰带系好了。

只不过，此时浴袍的领口有往下滑的趋势，她的半边香肩微露，锁骨处的文身也露了出来。

林冬序终于开口，他低沉的嗓音微微喑哑："我的要求是，你亲我。"

程知的脸倏而红透，她没有言语，在踮脚尖的同时抬起手臂，圈住了他的脖子。

程知净身高一米六六，但林冬序有一米八八。二十多厘米的身高差，需要他低点头迎合才轻松点。

林冬序在程知踮脚的那一瞬间就稍微弯了腰凑近她，她眉眼染笑，有点紧张地闭上眼睛。

在吻住他薄唇的一刹那，程知轻轻地颤了颤眼帘。

这会儿手机里的歌刚好放到程知最喜欢的那首《最爱》，甜美的女声吟唱着："这一刹情一缕影一对人一双，哪怕热炽爱一场。"

耳边除了手机放出来的歌声，还有他们亲吻时细微的暧昧声。

落地灯投到地面上的一双人影紧贴，无比亲密。

在这个吻结束时，林冬序抱紧怀里腰肢细软的女人，克制又绅士地帮她把堪堪挂在肩头的领口往上拢了拢。

程知稍微平复了下短促的呼吸和剧烈的心跳，然后声音娇甜地在他耳边呢喃："冬序，我想好要求了。"

林冬序薄唇轻翘起，低哑性感的话语里含着几分宠溺："你说。"

程知说："明天陪我逛街。"

林冬序笑她："浪费。"这么好的机会，她居然只要他陪她去逛街。

程知哼了哼："逛街范围大着呢，包含吃饭、看电影，等等。"

他嘴角噙笑说："好，明天陪你逛街。"

林冬序抬起手腕看了眼时间，就要零点了。

虽然心里舍不得跟她分开，但他还是适时提出："太晚了，我得回了。"

"好。"程知应了声，却抱着他不撒手。

林冬序问："你睡吗？"

程知如实回答道："打算再写会儿剧本。"

"写会儿是写多久？"他追问。

程知也不知道，最后说了个大概时间："一个小时左右吧。"

林冬序便说："那我再陪你一个小时。你写剧本，不用管我，等你要睡觉的时候我再回去。"

程知瞬间开心："好呀！"她的语调高高扬起。

接下来一个小时，程知坐在吧台前用笔记本电脑打字，林冬序就拿着一本书坐在她旁边安静地看。

中途他不知道看到了什么句子，疏朗的眉宇间晕染开笑意。

一个小时后，林冬序合上书，准时提醒程知："到时间了，该去睡觉了你。"

程知不跟他讨价还价，把文档保存好就关了电脑。

林冬序这才跟她分享他之前看到的好句子，他说："我刚看这本书，书里有句话写得很好。"

程知瞅了眼他看的书，是泰戈尔的《吉檀迦利》。

她眉眼轻弯着疑问："嗯？哪句？"

林冬序说："人们从诗人的字句里，选取自己心爱的意义；但诗句的最终意义是指向着你。"

她望着他，他也垂眸凝视她，两个人心照不宣地笑了。

而后林冬序起身，弯腰抱了下程知："我回了，你别背着我偷偷熬夜。"

"嗯，"她听话地点头，乖巧地道，"知道啦。"

林冬序穿上大衣，往外走。程知跟过来，把他送到门口。

在拉开门时，林冬序又回头，抬手扣住她的后脑勺，低头在她的额头上烙印了一记轻吻，他说："明天我过来接你。"

"好。"程知莞尔一笑，又说，"你路上注意安全，开慢点。"

“嗯，到家告诉你。”他嘱咐，“不用特意等我的消息，先睡。”

“晚安。”他的手从她后脑上离开前，轻轻揉了揉她的秀发。

程知抿嘴笑，回应他：“晚安。”

关上门后，程知就走到了客厅的落地窗前。她贴着窗户往下看，看到楼下的车灯亮起，车子发动。直到车子缓缓驶离，程知才回卧室睡觉。

她躺在床上，怀里搂着星黛露玩偶，脑子里想的都是今天发生的事。

她的心情大起大落，哪怕到现在，回想起他其实没有得癌症，程知都有想要哭的冲动。

真的万幸，万幸他的“癌症”只是一场乌龙，万幸他还能和她厮守终生。

程知开心地翻了个身，拿起手机来。

在等林冬序的消息的时候，程知给手机换了屏保和壁纸。

今晚她用他的手机拍的那张满月照，被她设置成了屏保。仔细看这张照片的话，是能看到玻璃窗上映出来的他们俩相拥而坐的影子的。

主屏幕壁纸，程知选了一张他们在马场的合照。照片上的她笑看着白马，手在马身上轻轻抚着，而立在她身侧的他，正垂眸望着她，眉眼温柔，脸上漾着淡笑。

程知把壁纸换好后，又打开了记录纪念日的软件。

添加了一个纪念日。

2018年12月11日，和冬序正式交往。

编辑完成后，便显示出：和冬序交往已经1天。

不知道过了多久，程知正捧着手机困倦地打盹，突然有道微信提示音响起。她立刻睁开眸子，果然是林冬序给她发的微信。

他说：知知，我到家了。

以为她已经睡了，他又加了句：愿你做个好梦。

程知笑盈盈地回复他：今晚你终于可以安心睡一觉了，也愿你有个好梦。

林冬序很快发来：怎么还没睡？放下手机，快睡。

程知轻笑出声：好，晚安。

他也回了她一句“晚安”。

两个人这才彻底结束聊天，各自睡觉。

第十一章

现在就刚刚好

生活给了现在的我们更多的阅历，所以我们才会如此契合，
成为可遇不可求的 Soul Mate（灵魂伴侣）。

隔天清早，林冬序在全家吃饭之前，让家里的阿姨帮他往保温桶里放一份早餐。

等他落座，林瀚胜就说：“小序，你这两天找个时间跟我去公司转转，先熟悉熟悉，你也该接管公司了。”

林冬序应道：“好，那就明天吧，今天我约了人。”

林瀚胜点点头：“行。”然后又说，“正巧公司要举办年会了，到时候可以正式地跟员工介绍介绍你。”

林冬序没什么异议，答应：“成。”

本来他回国后就该进林氏管理公司的，但因为以为自己得了癌症，就没有去公司上班。

现在一切水落石出，癌症是假的，他根本没事，那么以后就该接手林氏了。

林冬序吃过早饭就开车去找了程知，他把车停在她家楼下，拿起手机，发现他出发时问她的那句“醒了吗”，她到现在都没有回。

根本不用猜，她肯定还没醒，林冬序便坐在车里等。

一直等到九点半，程知才姗姗来迟地回复：**刚醒……**

林冬序这才下车，拎着保温桶上楼。

他按响她家门铃时，程知刚戴好发带，正要洗漱。

在显示屏里看到是林冬序后，程知连忙给他开了门。

她顶着一张刚刚睡醒的脸，素面朝天，但很好看。

程知的皮肤很好，她长得又白，哪怕素颜也很漂亮。

“你是不是早就来了？”她瞪着他惊讶地问。

林冬序“嗯”了声，笑着说：“在楼下等了你两个小时。”

她很不好意思，赶紧让他进来，然后对他说：“你下次不要傻等啊，直接敲门。”

他温声道：“不想吵你睡觉，再说又不赶时间。给你带了点早饭。”

程知说：“我先去洗漱，洗完了就吃。”

“好。”林冬序点头。

程知在卫生间洗漱时，林冬序把早餐从保温桶里一样样地拿出来，给她摆好。

等程知换好衣服，梳洗打扮好走出来，林冬序对她招招手，说：“快过来吃，快凉了。”

程知坐到他身侧的座位，开始吃他从家里带来的早餐。

“唔，”程知把嘴里的粥咽下去，“好好喝。”

“还是叶姨做的吗？”她问。

叶姨是林冬序家里的负责做饭的阿姨，也是林宅管家陈叔的老婆，之前程知跟着林冬序陪老爷子吃午饭时，尝过叶姨做的午饭，但这还是第一次吃叶姨准备的早餐。

林冬序眉眼带笑地应：“嗯。”

“鸡蛋卷也好吃。”他说，“你尝尝。”

程知夹起一块鸡蛋卷，咬了一口。

鸡蛋卷上铺了一层火腿肉丁和香葱碎，里面卷着薄薄一片培根。鸡蛋入口软滑，培根酥香。

程知喜欢极了这味道，一口接一口地吃，接连吃了三块鸡蛋卷。

林冬序在旁边见她吃得跟只小猫似的餍足，不由得低声笑了一下。

等程知吃完早饭，把餐具都洗干净，两个人正打算出门，程知突然又跑回了客厅的镜子前。

她从包包里掏出口红，打开盖子，一边旋口红管一边对林冬序说：“再等我一下下！涂个口红就走。”

林冬序却突然来了兴致，问：“我能帮你涂吗？”

“欸？”程知眨了眨眼睛，笑着把口红递给他，“给，你试试。”

林冬序捏着口红，跃跃欲试地要给她涂，程知配合着微仰起脸来。

在正式给她抹口红之前，林冬序先弯腰在她唇瓣上轻啄了一下。

程知被他逗笑，抬手轻拍他的胳膊，嗔道：“你不要闹。”

林冬序说：“没闹，想亲才亲的。”

她的脸颊泛起红，眼睛里有零碎的光芒在闪。

林冬序轻捧她的脸，非常缓慢又小心翼翼地帮她把口红涂到唇上。

程知的唇型很漂亮，上唇瓣中央有一颗唇珠，看起来格外性感。

林冬序第一次干这活儿，很是生涩，但好在手比较稳，没有出什么差错。

等他涂好，程知对着镜子抿了抿嘴巴，笑着夸他：“我喜欢这个厚涂。”

“厚涂”这个词触到了林冬序的知识盲区，他问：“厚涂是什么？”

程知笑他，然后解释：“就是你这样涂啊，用口红涂满嘴唇的标准涂法就是厚涂，还有一种是薄涂，那种只需要涂一点在唇上，然后用手指抹开涂匀就行。”她说完，主动拉住他的手，语调扬着，“我们走吧，出发去逛街！”

在和她牵着手出门时，林冬序说：“那下次我帮你试试薄涂。”

程知莞尔道：“好。”

在去商场的路上，程知用手机连接上车载音乐，开始放歌，她心情很好，每首歌都跟着哼。

不多时，林冬序又听到了声音很空灵的女歌手唱的那首英文歌，那次半夜和程知打电话一起听歌，中途就有播放这首歌。

直到现在，他也只是觉得熟悉，但想不起歌名。

林冬序刚要问程知歌名，程知就先道：“听这首歌又想去看《星运里的错》了。”

林冬序恍然大悟，他终于想起来，这首歌是电影《星运里的错》里面的插曲。

“逛完商场回家就看。”他说。

程知问他：“那我们还去电影院看吗？”她个人还是很想去电影院看场电影的，毕竟，在电影院看电影和在家里观影是两种截然不同的体验。

“去看啊，”林冬序说，“又不冲突，先在电影院看一场，我们再回家重看《星运里的错》。”

程知笑语盈盈地道：“好。”

到了商场后，林冬序先在停车场停好车，然后就和程知牵着手逛起来。

她拉着他进了一家珠宝首饰店，在柜台前挑选了一会儿，让柜员帮她拿了一对圆形的黑玛瑙耳钉。

“冬序。”她喊在另一旁的林冬序。

正在看戒指的林冬序走过来，程知拿起放有耳钉的首饰盒给他看，“好看吗？”

林冬序“嗯”了声：“好看。”

“一人一只？”他笑着问。

程知扬起唇点头：“对呀！”

程知买下了这对耳钉。

林冬序本来想去付钱，却被程知拉住，他失笑，也不再跟她抢，由着她去了。

在她付钱的时候，林冬序又折回了陈列着戒指的那个柜台。他盯着柜台里一对对戒，若有所思。

买完耳钉，程知和林冬序又逛了很多品牌店，最后一人买了一件大衣，两件大衣是同个品牌，相同款式，颜色也一样，他们俩穿起来，妥妥就是情侣装。

后来吃午饭，他们没有去多高档的餐厅，就在商场里面选了一家日料店。

午饭过后，程知就和林冬序去了商场顶楼的电影院。程知在自助取票机前取票，林冬序去旁边的奶茶店给她买热奶茶。

等她拿着取出来的电影票一转身，就看到林冬序手里拎着几个购物袋，正站在奶茶店的柜台前。

下一秒，他回头往这边望了一眼，程知冲他一笑，迈步朝他走去。

她来到他身边时，他给她买的热奶茶刚巧做好。

林冬序把奶茶递给她，让她捧着，他撕开吸管的包装纸，帮她把吸管插好。程知双手握着温热的奶茶杯，冰凉的手渐渐变得暖和起来。

她低头吸了一口奶茶，没有很甜，也不很腻，温热又香浓的味道瞬间盈满口腔。

距离电影开场还有些时间，程知拉着林冬序来到抓娃娃机前。

瘾很大的程知看中了娃娃机中的一只小羊，非要抓那只羊，但是抓了几次，都没有把小羊玩偶抓上来。程知不甘心地道：“我今天必须要抓到它。”

林冬序在旁边看她跟娃娃机较劲，觉得怪有趣的，他并不阻止，还贴心地及时给她兑游戏币，让她玩个痛快。

就在电影要检票入场时，程知又试了一次。

抓钩抓着小羊玩偶开始慢慢移动，她屏息等着，然后看到小羊玩偶被丢进了出口。

“啊啊啊啊！”程知激动得原地跺脚。

她连忙蹲下，把玩偶拿出来，直接给了林冬序。

“给，”她脸上的笑容明朗，“送你啦！”

林冬序接过这只很可爱的羊，不知道想起了什么，他蓦地一笑。

程知随后就拉着林冬序检票进了影厅。

程知买的座位是最后一排的情侣座，在落座时，她一边把奶茶放进杯槽，一边小声跟林冬序说：“之前从没买过情侣座，一直挺好奇的，这次终于坐在情侣座上看电影了。”

林冬序低声笑，问：“感觉怎么样？”

“宽敞又隐蔽。”程知不假思索。

她说宽敞，是因为情侣座中间没有任何阻挡，双人沙发卡座坐起来比较舒服。至于隐蔽，自然说的是设在左右两边的挡板。

须臾，电影播放。

程知和林冬序相挨坐着，他的手主动拉住她的，旋即同她十指紧扣。

然而，开场没多久，他们旁边那对情侣就闹得热火朝天起来。

放肆的亲吻声中偶尔夹带女生的轻哼，程知和林冬序能听得清清楚楚。

正靠在林冬序怀里的程知不由得看了一眼林冬序，他似有察觉，压低声音问：“觉得吵？”

程知笑着轻叹了声：“有点……”

他安抚性地低头在她唇瓣上亲了下，又将她抱紧几分。

好在那对情侣没把电影看完就提前退了场，程知长舒一口气，耳边终于清净了。看完电影，时间已经将近四点钟，程知没其他想去的地方，林冬序便开车带她回了他家。

到林宅的时候，正是黄昏时分。

程知和林冬序牵着手乘坐电梯上了四楼，把今天买的东西放在客厅。

林冬序转身要倒水喝，他问程知：“喝水吗？”

“喝一点。”正在往外拿耳钉首饰盒的程知头也不抬地答。

林冬序端着水杯走过来时，她已经换上了新买的那只黑玛瑙耳钉。

程知有三个耳洞，右耳上有两个，左耳一个。她今天带了一对珍珠流苏耳坠和一款小钻石耳钉，现在她摘了钻石耳钉，戴上了黑玛瑙耳钉。

程知接过林冬序递给她的温水，仰头喝下去，然后放下水杯，拍拍她旁边的位置，对他说："你过来坐，我给你换耳钉。"

林冬序乐得她给他弄，虽然他自己也能换，但还是更喜欢她帮他。

他坐到她身旁，由着程知上手。

她给他摘掉他本来戴的耳钉，然后捏起首饰盒里的另一只黑玛瑙耳钉，动作轻柔地帮他戴上，固定好。

"好啦，"程知向左偏了点头，给他看她右耳上的另一只黑玛瑙耳钉，开心地道，"我们一人一只。"

她说完就先起身，对林冬序说："我们去影音室看电影吧。"

林冬序却握住她的手，带她往琴房走。

"不急，"他说，"先给你弹首曲子。"

"欸？"程知惊讶又欣喜，笑着问他："怎么突然想给我弹曲子啊？"

林冬序推开琴房的门，低叹着回答："不是突然，早就在准备了。"

他望了眼窗外的夕阳，又道："这会儿正适合。"

程知隐约明白了他的意思，求证似的问："你一直练习的钢琴曲不是你在酒店给我弹的《月半小夜曲》？"

"嗯，"林冬序坦然承认，"不是。"

程知忽而露出浅笑："我好像知道你要弹哪首了。"

她站在钢琴边，语气略带俏皮地说："如果我猜对了，等你弹完，我就亲你一下。"

林冬序被她逗乐，说："一言为定。"他很喜欢她主动吻他。

随即，林冬序开始弹奏他这几个月一直在练习的那首钢琴曲。

旋律一出，程知脸上就漾开了明朗的笑，她就知道是这首曲子。

是他们一起听的第一首歌，适合在黄昏与夜晚交替时听的那首——《最爱》。

林冬序修长的手指灵活地在钢琴黑白键上游移，他风度翩翩，温文尔雅，矜贵又斯文，完全就是一位让人无法抗拒的温柔绅士。

程知垂眼看着他，眼睛都舍不得眨一下。

她上次在这里听他拉小提琴，还忍不住掉了眼泪，这次虽然还是有想要哭的冲动，但心境已经和上一次大不相同。

某种程度上，他就像她的失而复得。

等林冬序弹完起身，程知却没有亲他。

她来到钢琴前，伸出手指一下一下地按了几个键，是他弹的最后几个音。

然后程知转过身，故作遗憾地逗他："我没猜对欸，不能亲你了。"

林冬序眉梢轻挑，似笑非笑地问："是吗？"

程知没忍住，笑了下，她说："你过来。"

林冬序听话地凑过来，程知偏头在他的侧脸上"吧唧"了一口。

他却突然把她抵在钢琴边，贴上了她的唇。

程知猝不及防地后退，手本能地想要找个依靠点，结果直接按在了钢琴的键上，琴房里瞬间发出一声短促的琴音。

她被震得心尖都在颤，立刻抬起了压在琴键上的手。

林冬序单手环住她的腰肢，另一只手捧着她的侧脸，把她完全锁在怀里，克制又深情地吻着她的唇，一点一寸地加深。

程知最招架不住他亲吻时的温柔，她的手先是抓住了他的胳膊，而后又落到他的肩上，揪紧了他的衣料。

胸腔里的心脏扑通扑通乱跳，毫无节奏可言，程知真切地感受到心跳的速度越来越快，她头晕目眩，呼吸困难，眼睫像惊慌的蝴蝶振翅欲飞。唇瓣上传来的酥麻如同电流穿过，让她浑身都使不上力，渐渐发软。

天黑得很快，明明几分钟前还残留着夕阳的橙红光晕，现在却已经被夜幕吞噬。

琴房里没开灯，光线变得很昏暗，同时也平添了几分暧昧。

就在程知意乱情迷之际，她放在钢琴上的手机忽然响起了来电铃声。像朦胧暧昧的泡沫突然被戳破，程知恍然睁开了眼，只是她一双漂亮的杏眼并不清明，眸子里还透着几分掩盖不住的娇媚和情动。

林冬序克制又守礼，他轻轻啄了下她的唇瓣作为安抚，然后伸手帮她拿过正在响铃的手机，声音暗哑地问："接吗？"

程知看了眼来电显示，从他手中拿过手机。在接电话之前，她特意清了下嗓子，随即才点了接通。

给程知打电话的人是孟槿。程知接起来后喊人："槿姐？"

孟槿淡笑的声音从听筒的另一端传来："知知，你和林先生哪天有空，来家里吃顿饭？"

程知正惊讶，孟槿那边就有了孟桃的说话声：“妈妈，我来说！”

“你要说啊？”孟槿嗓音温柔含笑，“那你告诉知知阿姨，让她带叔叔一起来家里玩。”

孟桃随后就在电话里喊程知：“知知阿姨。”

程知瞬间弯了眉眼，语气温柔下来：“小樱桃。”

林冬序站在程知面前，用手指缠绕她柔顺的发丝玩。

听到她喊小樱桃，林冬序突然想起这孩子上次因为他快要死了大哭。

他用手指轻轻点了下程知的肩膀，程知抬眼看了他一下，尽管他们俩没有说话交流，但程知大概知道了他想表达什么。

她对他笑了笑，嘴里还应和着孟桃的邀请：“好啊，那知知阿姨和叔叔周五晚上去你家里做客。”

“啊对啦，小樱桃，”程知笑着说，“知知阿姨告诉你一个好消息，叔叔还有下一个生日，还有好多个生日可以过。”

孟桃不敢相信，讷讷地问：“真的吗？”

“真的呀，”程知轻言细语地哄孩子，“知知阿姨什么时候骗过小樱桃，你要不信的话，到时候让叔叔亲自跟你解释好不好？”

“好呢，”孟桃乖乖应下，“那你们一定要来哦。”

“好，我们一定去。”程知笑道。

孟桃把电话还给孟槿，孟槿诧异地问：“知知，怎么回事啊？”

虽然程知没有亲口跟她和孟椿提过林冬序的事，但女儿那次回来后就跟他们说叔叔快死了，加上程知之前特意找孟椿帮忙说想带朋友体验高中生活，而那个朋友孟椿亲眼见过，就是林冬序，所以孟椿和孟槿大概了解到了林冬序可能是得了什么不能治愈的病，可现在程知又说林冬序没事。

程知也不意外孟椿和孟槿知道林冬序的“病情”，她只好无奈地笑着对孟槿解释了一番。

孟槿听完，长松一口气：“还好是拿错诊断单。”

“人没事就行，”孟槿说，“只要人好好的就好。”

“行啦，不多说了，你们到时候过来啊。”

程知应允：“好，周五晚上见。”

挂了电话后，程知就对林冬序说：“槿姐和孟导邀请我们周五晚上过去吃饭。”

林冬序点头，笑着回应：“嗯，去，正好去看看那个小丫头。”

程知笑他："你很喜欢小孩子啊？"

林冬序说："喜欢，小孩子很单纯，也很治愈。"

他们俩边说边往影音室走。

到了影音室，程知在沙发里坐下来，林冬序调出他们要看的那部电影，点了播放。他来到她身侧坐下，动作自然地将她揽进怀里。两个人安静专心地看着电影，享受着属于他们的独处时光。

这部电影讲的是身患骨癌的男主角和得了肺癌的女主角相遇相爱的故事。电影里有个情节是男主角去找躲避他的女主角，让女主角不要躲避他，女主角承认她也喜欢男主角，却说无法跟男主角再进一步。

可后来男、女主角还是在一起了，他们拥抱、亲吻，做一切想陪对方做的事。

电影快要结束时，男主角先一步去世，女主角去参加他的葬礼。

盯着屏幕的程知泪眼婆娑，她不想哭得太难过，但还是没忍住。

程知抬手抱住林冬序的脖子，窝在他怀里轻啜。

林冬序直接把她抱起来，让她坐到他腿上，将人拥进怀里。

程知最喜欢电影里女主角说的那句台词："你在有限的日子里，给了我永恒，对于这点，我感激不尽。"

对她来说，也是一样的，林冬序是能给她永恒的那个人，所以她真的无比感谢，他出现在了她的生命中。

"知知，"林冬序低声唤她，而后他偏头轻吻着她的耳郭，在她耳畔温柔呢喃，"我爱你。"

"爱"这个字，比"喜欢"的分量还要重，而他只愿意说给一个人听。

能收到他说的"我爱你"的人，只能是程知。

脸埋在他侧颈的程知掉着泪闷闷地笑，她吸了吸鼻子，止住哭泣，然后才抬头。

林冬序扶着她的肩膀帮她擦眼泪，低声说："别再哭了，不然眼睛又该肿了，原来怎么没发现你这么爱哭。"

程知说："你不知道吗？"

林冬序疑惑："什么？"

"爱笑的人也爱哭。"她一本正经地道。

他笑，继续给她抹眼角残留的泪珠，很配合地回答："现在知道了。"

"冬序，"程知依偎在他怀里，轻声咕哝，"我们很幸运。"

"嗯。"他低低地回应。

“其实……”林冬序顿了顿，才继续说，“我有想过找那个名字拼音和我相同的人。”

程知其实也想过。

不是想窥探对方的生活，只是想知道，他还在不在，目前怎么样，或者需不需要什么帮助，但是……

“又怕打扰到对方。”他和她想到一处去了。

沉默了片刻后，程知说：“希望他少一点遗憾。”

“但愿。”林冬序低声道。

“有点饿了，”程知不好意思地将手放在肚子上，“我们吃什么啊？”

林冬序问：“你想在家里吃，还是出去吃？”

在家里……会遇到他的家人吧。程知咬了咬嘴巴，选了出去吃。

林冬序打趣：“又不是没见过爷爷，你羞什么？”

“那还有你叔叔和婶婶呢，”程知说，“哪有刚恋爱就跑到男方家里跟一堆家长一起吃饭的呀。”

“早晚要见的。”他把她放下来，起身拉着她往外走，然后又笑说，“你躲不掉这一关的。”

程知鼓了下嘴，心里隐隐地猜测，不太确定地问他：“难道你家人都知道你谈恋爱了？”

“知道啊，”他坦言，“昨天我从医院出来去找你的时候他们就都知道了。”

“啊？”程知有点蒙，“那会儿我们还没开始交往。”

“我跟他们说去见喜欢的人。”林冬序嘴角噙笑道。

喜欢的人，程知笑起来。

她同他十指相扣，一起下楼，开车去了外面解决晚饭。

吃过晚饭后，林冬序把程知送回家。

他跟着她上楼，把她送到家门口，却没有进她家。

林冬序知道自己一旦踏进去，一时半会儿就别想出来了，他会贪恋跟她在一起的时光，忍不住多在她身边待一会儿、再待一会儿。

两个人在家门口相拥，抱着彼此。

林冬序提前跟程知交代：“明天不能过来找你，得去公司了。”

“噫？”她仰起脸来笑着问他，“你要去上班啦？”

“对啊，该接触一下公司里的事务了。”他说。

“那你岂不是要从‘林少’变成‘林总’了。”程知随口感慨。

林冬序回答道：“不管从什么变成什么，林少也好，林总也罢，我都是你的林冬序。”

你的，林冬序。他已经是她的林冬序了。

程知抓着他的肩膀，踮起脚来在他的薄唇上亲了一下。

“那你明天好好工作，”她浅笑说，“我也会好好写剧本。”

“晚安。”

林冬序却抱着她不撒手，程知没能推开他，只好抬眼看向他。

林冬序发出邀请：“明晚一起吃饭？”

她笑，点头应道：“好。”

“你可以先想想吃什么，明天下班之前告诉我。”他说着，弯腰在她唇上落下一吻，随即稍微离开，又贴上去。

这次林冬序没再克制，直接加深了这记亲吻，直到程知缺氧，呼吸不上来，他才食髓知味地放过她。

跟她说晚安，然后离开。

程知回家后就开了电脑，她打算在睡前写会儿剧本。

在投入工作之前，程知想到林冬序说他的家人们已经知道了他们在一起的事情，便拿起手机，在一家三口的群里给父母发了条消息。

程知：施女士，程教授，你们的女儿谈恋爱啦！

很快，父母就在群里轮番问她。

程永年：快跟爸爸说说，叫什么？哪里人？是做什么的？

施慈：长得怎么样？家庭怎么样？

程永年：是那个跟你一起看去日出、一起去马场，还一起旅行的朋友吗？

施慈：是他吗？

程知被父母逗笑，捧着手机乐不可支，回复他们：是他，叫林冬序，本地人，之前在国外留学，今年才回来，正要接手家里的公司。

程知：长得……很帅！我爸见过照片的呀！

程知：你们等下，我去找几张照片给你们看。

随后，她就给父母发了两张照片，一张是林冬序带她骑摩托车兜风那次，她拍的合照，另一张是他们在马场的时候让李教练拍的合照。

施慈：长得确实蛮帅的，看起来也挺温和。

然后施慈就迫不及待地问程知：什么时候把人带回来见见我们呀？

程知眨巴眨巴眼，悬在手机屏幕上方的手居然蠢蠢欲动地很想打两个字——随时。

林冬序开车回到家后，没有给程知发微信，而是直接打了电话。

两个人煲电话粥闲聊的时候，程知跟他提起她爸妈知道了他们俩谈恋爱的事，半开玩笑说：“我爸妈问我什么时候带你回家。”

林冬序听闻低声笑，他愉悦地道：“我随时啊，看你什么时候愿意带我回家见叔叔阿姨。”

程知倏而有点愣，因为，他说的是，随时。

隔天早上，程知一睁开眼就看到了林冬序一个小时前给她发来的“早安”。

她躺在床上睡眼惺忪地笑，捧着手机给他回消息。

林冬序很快就给她打了电话过来。

程知有点意外地接起来，嗓音还没褪去刚刚睡醒的轻哑和懒倦：“你这会儿方便通电话呀？”

林冬序冷不丁被她这般娇软的声音撩到，身体都瞬间紧绷僵硬了。

然后他才语气如常地温声回答：“方便的。”

程知关心地问：“还适应吗？”

林冬序觉得好笑：“嗯，适应。”

他跟她说：“我大学的时候来公司实习过的。”

“欸？”程知惊讶。

林冬序又说：“当时没让我叔叔暴露我的身份，隐瞒了所有人，所以那会儿基本没人知道我是林氏未来的接班人，大家都觉得我就是一名小实习生。”

程知被逗乐，又觉得他真的很了不起：“你真的好棒。”她毫不吝啬地夸他。

林冬序的笑意从听筒传来，钻进程知的耳朵，惹得她耳根酥麻。

林冬序问她：“起不起？”

程知“嗯”了声：“起，吃个早饭就要工作了。”

“好，”他说，“那你好好吃早饭，不可以对付。”

“知道啦，”程知答应了他后又问，“你这几天胃还痛吗？”

林冬序安抚性地回她：“没痛，别担心。”

“那就好。”她说着就笑起来。

挂了电话后，程知心情很好地起床洗漱，然后给自己准备了一顿早餐。

吃完早餐，她就进了书房，把自己关起来。

时间一晃就到了中午，程知恍然未觉，她正投入地噼里啪啦地敲键盘，一边敲一边掉眼泪。

此时，手机忽而响起来。程知看了眼来电显示，立刻拿起手机接通，同时从旁边的纸巾盒抽了一张纸巾擦眼泪。

“喂，冬序。”程知唤他。

林冬序听到她染了哭腔的声音，瞬间皱紧眉，他担心地问：“知知？怎么哭了？”

程知用还未褪去哭意的嗓音跟他解释：“我没事，在写剧本，太沉浸了，一边哭一边写。”说完，自己先不好意思地笑了起来。

他稍微舒了口气，笑她：“你啊。”

“还没吃午饭吧？”他虽然是在问她，但语气里透着笃定。

“嗯，”她坦然承认，“还没。”

林冬序说：“那下楼来，我带你去吃。”

程知瞬间愣住，她有点缓不过神：“啊？”然后就急忙起身离开书房，一边往落地窗旁跑一边高兴地问，“你过来了吗？”

林冬序还没回答，扒着落地窗往下看的程知就扬着语调开心地道：“你过来了，我看到了。”

她雀跃地说：“你等一下，我这就下来。”

挂了电话后，程知急忙穿好大衣、换好鞋，下了楼。

她出来得急，没化妆也没特意换衣服，随身物品只有钥匙和手机。

程知从电梯里出来后，一直跑到林冬序面前才停下来。她仰脸笑望着他，格外愉悦地道：“你怎么突然过来啊？时间够吗？下午上班会不会迟到？”

林冬序被她一连串的问题弄得无奈，他把她揽进怀里抱住，然后才耐心回答：“不用担心，时间足够。”

“就是想找你一起吃个午饭。”他笑说。

两个人没有去太远的地方，林冬序让程知带他在她家附近选了家她常去的餐馆吃午饭。因为餐馆就在小区外面不远的地方，林冬序也没有开车，他和她手牵手走过去的。

吃完午饭，林冬序和程知牵手回到她家楼下。

程知问他要不要上去休息会儿，林冬序摇头：“不了，得回了。”

他弯腰抱住她，温声笑问："晚上吃什么想好了吗？"

程知一时半会儿还真没想好要跟他去吃什么。

"还没呢，"她窝在他怀里笑，"再让我想想，下午告诉你。"

"好。"林冬序偏头轻轻吻了下程知的脸颊，然后就松开了她。

程知站在楼门前，目送他开车离开，这才上楼。

她睡了个午觉，醒来后换了身衣服又化了个妆，然后拎上笔记本电脑打车出了门。

程知进了林氏公司附近的一家咖啡馆，点了份甜品，又要了杯咖啡，然后就打开电脑开始写剧本。

而林冬序此时正坐在他的办公室，熟悉公司目前的合作方及各种业务。

程知没有告诉他，她来他家公司附近的咖啡馆了，她只在微信上给他发了一家法国餐厅的地址，跟他说：冬序，我们晚上去这家吃吧？

林冬序很快回复她：好，这家就在公司旁边。

程知抿嘴偷乐，继续发：我知道，所以我自己打车过来找你。

然后又嘱咐他：我看旁边还有家咖啡馆，你下了班先去咖啡馆帮我买杯咖啡吧？

他似是哭笑不得：吃饭之前还要买咖啡喝？

程知：想喝，记得给我买啊。

他回复：成，给你买。

下午五点半，天际擦黑，林冬序乘坐专人电梯离开公司。

他步行来到公司旁边的咖啡馆，推开门进来后，林冬序并没有径直去前台点咖啡，而是目光飞快地扫荡了一圈，最终，他的视线落在了靠窗的角落。

脱了大衣摘掉围巾的程知还在那儿专注地敲键盘，她身上穿着一件修身的米白色毛衣，长发柔顺地披散，气质知性又温柔。

他勾起唇，大步流星地朝她走去。

直到林冬序在程知对面坐下来，程知才发现他。

她惊讶地睁圆杏眼："你……"

林冬序知道她想问什么，嘴角噙笑地道："哪有人吃晚饭前非要喝咖啡的，所以我就猜测，你人应该在这儿，果不其然。"

程知眉眼弯弯地说："你真不好骗。"

他问："怎么来的？"

正在保存文档的程知回答："打车啊，一会儿要你送我回去呢。"

林冬序挑了挑眉："非常乐意。"

程知穿好大衣后，林冬序主动拿过围巾给她系。

在他帮她戴围巾的时候，程知把电脑放进她拎来的大容量包包里。随后，林冬序很顺手地接过去帮她拎着，另一只手牵住她，带她离开了咖啡馆，去吃晚饭。

吃饭的时候，说起周六晚上要请橙子和秋程吃饭的事，林冬序对程知说："你问问陈周良来不来，地点就定在我家，到时候咱们几个在四楼吃。"

程知有点诧异林冬序会主动邀请陈周良一起吃饭，毕竟陈周良是她之前喜欢的人，而且还喜欢了十年。

随即她就点头笑着回应："好。"

吃过晚饭，程知和林冬序从法国餐厅出来。

两个人牵着手往公司的停车场走，程知的目光忽然落在了旁边的一家花店门前。林冬序注意到她的视线，突然有点懊恼自己下班时着急去找她，却忘了给她带一束花。

他当即拉着她走进花店，为她挑选花束。

最终，林冬序拿了一束向日葵。付了钱后，他把向日葵递给程知。

程知满心欢喜地把花抱进怀里，在往外走的时候，她笑着问他："你为什么要送我向日葵？而不是别的花？"既然他送向日葵，肯定有他的原因。

林冬序拉着她的手往前走，回答她："把我送给你。"

程知茫然了一瞬，然后就明白过来。他送她向日葵，又说把他送给她，所以，向日葵代指他，而她是，太阳。

程知握紧了他的手，明朗地笑着说："我好喜欢。"

林冬序逗她："花还是我？"

她笑："都喜欢。"

上了车后，程知习惯性地连车载音乐放歌，这次她听的第一首歌是昨天他们在电影院看的那部电影的原声带。

程知把花束放在腿上，掏出手机来在微信上找陈周良，问：这周六晚上一起吃饭吗？在冬序家里，还有程哥和橙子。

陈周良没回答她，只说：我听施姨跟我妈说，你恋爱了。

陈周良：所以，你已经跟林冬序在一起了？

程知回复他：嗯，在交往啦！

陈周良这才回答她最初的问题：你们聚吧，我一个单身人士参加这种成双成对的聚餐，纯属找虐。

程知也没强求：好。

陈周良其实在那晚看到程知发那条“二十七年来最开心的一天”的朋友圈时，就大概知道了，她恋爱了。后来林冬序也发了一条和她文字一模一样的动态，他就更确定了。况且，林冬序拍的那张照片里，无意间露出来的那只纤细葱白的手，他一眼就能确定，是程知的手。

他做不到祝福恭喜，甚至连点赞、评论都没贡献。

陈周良这段时间一直在回想之前的事，思考他是怎么把她推远、弄丢的。他无数次问自己，如果他没那么纠结犹豫，没有胆小怯懦，没一次次地拐弯抹角笨拙试探，如果他果断地追她，结局是不是不一样。

但没有如果，走到现在，只怪他没把握住她。

明明她这二十七年来一直都在他触手可及的地方，一个人，单身，没交任何男朋友，明明在此之前，他随时都有机会的。

是他错过了，是他错过了那么好的她。

确定了陈周良不参加这次聚餐，程知就按灭手机，对林冬序说：“陈周良不来。”

林冬序没多说什么，只应：“好。”

程知还是没忍住，扭脸对他说：“我没想到你会让我邀请陈周良，你不介意吗？”

林冬序淡笑问：“你说的‘介意’指什么？你之前喜欢他？还是他现在喜欢你？”

程知更惊讶：“你知道他喜欢我？”

“看得出来，”他说，“但感情不该被一次次试探，他也不该总是犹豫不决。”

话题有点跑偏，林冬序也没明确地说他到底是介意还是不介意，直到把她送到家。

在临分开时，林冬序拥着程知，低头在她耳边低喃：“其实，要说一点都不介意，那肯定是说谎。”

“我很羡慕他能陪着你这么多年，甚至嫉妒他能被你喜欢整整十年，偶尔也会幻想、假设，如果我们再早些遇见，如果我也能像他一样陪在你身边这么多年，我们是不是早就在一起了。”他顿了顿，随即理性又温柔地对她说，“但最终还是觉得，一切都刚刚好。我们在这个年纪相遇、相爱，刚刚好。”

林冬序语气和缓地道：“生活给了现在的我们更多的阅历，所以我们才会如此契合，你懂我所想，我也知你心，成为可遇不可求的 Soul Mate。”

程知在他怀里仰起脸来，笑弯的眼睛里盛满了闪闪亮亮的星星。她单手钩着他的脖子，另一只手怀抱着他送她的那束向日葵，轻轻呢喃：“冬序，你真的，很难让人不爱你。”

他笑：“我不需要很多人爱我，有你爱就够了。”

“我爱，”程知踮脚在他唇边浅吻一下，像在勾引他，“特别爱你。”

林冬序低头吻下来，厮磨着她的唇瓣，诱哄的话语显得含糊又性感：“再说一遍。”

和他贴着唇的程知轻轻地笑，很听话乖巧地说：“我爱你……”

他的名字还没被她说出口，就被淹没在了他的吻中。

“我听见了。”他说。我听见了，你说你爱我。

开车返回时，林冬序发现正在下雪，他有些高兴，在路口等路灯的空档，他随手录了一个几秒的视频发给程知，然后说：知知，下雪了。

程知早上醒来后看到他的消息，才知道沈城终于落了一场雪。

她立刻下床，跑到窗边，撩开窗帘往外看，一片素白顿时映入她的眼帘。

程知对着窗拍了张雪后美景，然后选了一个合适的滤镜，这才发给林冬序。

林冬序回复她：真美。

程知开心地笑，又觉得有点遗憾，因为如果她昨晚晚点睡，也许他们就能一起赏雪了，但没关系，还有下一次。她这么想着，已经给他发了一条微信过去。

程知：冬序，下次沈城再下雪，我们一起赏雪。

他欣然应允：好。

程知上午写了几个小时的剧本，下午去了趟商场。

因为林冬序在公司，没办法陪她逛，程知只能自己给孟桃挑礼物。

买完去孟家要带的礼品，程知又买了一双情侣拖鞋，男款四十五码，女款三十七码。

现在家里那双男士拖鞋是她按照父亲的码数准备的，林冬序虽然能穿，但拖鞋明显略小，不太适合他，她要给他准备一双专门属于他的拖鞋。

傍晚，程知正在家里化妆，林冬序就敲响了门，就差涂抹口红的程知捏着已经旋出膏体的口红管跑去给他开门。

“我觉得我该给你一把钥匙，”程知说，“这样你就不用在外面等那么久，我也不用特意跑来给你开门。”

林冬序只笑不语。

她弯腰打开鞋柜，把给他买的那双男士拖鞋递给他。

“呐！”程知又晃了晃自己的脚，她穿的拖鞋和他的一看就是情侣款。

“我今天买的。”她笑。

林冬序穿好拖鞋，说：“我很喜欢。”

程知想起来他之前说要试着帮她薄涂，她举着口红管问他：“你要试试吗？薄涂。”

“好。”林冬序从他手中接过口红。

在林冬序把口红抹在她嘴唇中央打算上手给她抹匀时，程知忽然说：“其实家里有一次性唇刷，你要不要用唇刷……”

他想都没想就拒绝：“不用，就用手指吧。”

程知微仰着脸，真切地感受到他的食指落在了她的唇珠上，而后，柔软的指腹轻轻往旁边抹，把口红一点点推开。唇瓣上的触感轻柔，甚至有点点酥痒，惹得程知头发发麻，下意识地抬手抓住了他的胳膊。

林冬序的眼睛一眨不眨地盯着她，看着自己的手在她的唇瓣上缓缓描摹着，勾勒出她漂亮的唇型。她饱满的嘴唇渐渐变成均匀的红色，有点嘟，和果冻一样弹滑。

林冬序始终凝视着她，目光深情，藏满了温柔。他的动作越来越慢，人却离她越来越近，到最后和她气息交错。

房间里很安静，周围的空气仿佛都不再流通，时间似乎也停住了。

程知试图放轻呼吸，心跳却不可抑制地越来越快。

就在她轻抬眼眸看向他的那一刻，他忽而捧住她的脸，直接低头吻了下来。林冬序的食指上沾了她的口红，像染了鲜血般艳丽。

他不敢让食指的指腹落下来，只得这样轻翘着，悬浮在她的脸侧。

她用的口红很好闻，林冬序第一次尝到口红的味道，像咖啡和巧克力的醇香，又夹杂着一点点玫瑰甜。

程知被他带着不断沉沦，坠入轻飘飘的密网中。唇瓣上的湿润掺杂着麻意，像有电流流入四肢百骸，心脏扑通扑通乱跳，几乎要从左胸腔直接蹦出来。

等这记绵长的深吻结束，林冬序看着她红润的唇瓣上已经被他亲没的口红，很斯文地笑说：“抱歉，实在是……忍不住。”他低沉的嗓音还含着没褪去的喑哑，听起来格外性感撩人。

程知满脸通红，她飞快地颤了颤眼帘，故作镇定的声音里染了几分娇嗔：“那……再给你一次机会。”

林冬序并不知道孟椿家住哪儿，上了车后他问程知：“孟导家在哪儿？”

程知回他：“在锦苑庄园。”

“我给你开导航。”她说。

林冬序笑道：“不用，我认得。”

程知诧异了一瞬，然后又觉得林冬序知道这个地方并不奇怪。毕竟锦苑庄园是出了名的富豪庄园，住在锦苑庄园的，不是娱乐圈明星导演等人物，就是商界大佬。总之，能在锦苑庄园有房的人，非富即贵。没准……林冬序家就在锦苑庄园有套房也说不定。

本来程知只是随便猜测而已，也没放在心上，结果，林冬序的车在到锦苑庄园门口时，智能系统直接识别了车牌，让他们通过了。

程知惊讶道：“你的车能被识别？”

林冬序嘴角噙笑说：“在这儿有套房。”

然后又补充：“婚房。”

“哦……”她有点讷讷地道。

林冬序却自然很多，甚至还问她：“等从孟导家出来后，带你去看看？”

程知有点蒙，张嘴就问：“看什么？”

“婚房啊。”他乐。

程知眨巴眨巴眼：“啊……”

“想不想去？”他问。

“想。”程知眉眼轻弯地坦言。

“先去孟导家里，晚点带你去婚房转转。”林冬序愉悦地说道。

“嗯，好。”程知浅笑着点点头。

到了孟椿家，林冬序停好车。

在程知拎礼物时，林冬序打开后备厢，从里面拿出另一份礼物。

程知又一次诧异：“你准备东西了呀？我还以为你来不及准备礼物，特意帮你给小樱桃挑选了玩具。”

林冬序笑了一下："我这个只是给孟导的，礼物还是你准备得齐全。"他说完，从她手中拎过几个袋子，和她一起走过去，按响门铃。

等门打开，程知和林冬序走进去。

他们俩刚踏进门内，孟桃就飞快地跑过来，小姑娘很开心地喊："知知阿姨！叔叔！"

"哎。"林冬序应了声。

程知已经蹲下来张开手把孟桃抱进怀里了，她笑语盈盈地道："小樱桃，你看这个，是叔叔给你挑的玩具，还有知知阿姨给你买的小裙子。"

"谢谢知知阿姨，谢谢叔叔，"孟桃抱过属于自己的礼物，笑得眉眼弯弯，"小樱桃非常喜欢！"

程知眸子里沁满了笑意，她摸了摸小孩子的头，话语温柔："你喜欢就好呀。"

怀孕七个多月的孟槿笑着对他们说："进来聊。"

林冬序和孟椿打招呼："孟导。"

孟椿笑："在家里不用这么叫，我比你们大些，不介意的话，就跟着程知一起喊我椿哥吧。"

"好，"林冬序很随和地改了口，"椿哥。"然后又叫孟槿，"嫂子。"

孟槿笑吟吟地道："你好。"

林冬序把给孟椿带来的东西递给他，说："听说椿哥喜欢打高尔夫，也有喜欢的高尔夫球手，正巧家里有收藏你喜欢的那位高尔夫球手用过的球杆，还有他亲笔签名的高尔夫球，就给你带过来了。"

孟椿很惊喜，他没有推辞，而是坦然地收下了林冬序送给他的礼物，并诚恳道谢。小樱桃走到林冬序的身边，主动牵住他的手指，她晃了晃他的手，央求："叔叔，你要给我解释你的身体为什么好啦？"

林冬序低头笑望着小姑娘，他一边被她牵着往客厅走，一边耐心温柔地道："叔叔生了一点小病，但是呢，不小心拿错了别人的诊断单，就像……你在学校不小心拿错了作业本，这样说懂吗？"

孟桃点点头："懂的。"

"所以呢，叔叔的身体其实很好，叔叔明年会有生日，后年、每年都会有生日，到时候邀请你来给叔叔过生日好不好？"

孟桃瞬间眉开眼笑："好耶！"

程知和孟槿坐在一旁闲聊，孟椿和林冬序坐在另一边，谈起投资的事来。

林氏也有涉猎影视方面，毕竟家里有个孩子在娱乐圈打拼。只不过甘琳很低调，家庭背景也被隐瞒得很好，几乎没人知道她是沈城林家的千金。

孟桃特别喜欢林冬序，一直黏着他。她张开手要抱抱，林冬序就把她抱起来，让她坐在自己腿上，然后一边跟她玩玩具，一边和孟椿闲谈。

孟椿对女儿说："小樱桃，你不要让叔叔一直抱着，自己下来玩。"

孟桃非但不听，反而还搂着林冬序的脖子不撒手了，生怕父亲把她抱走。

林冬序无奈地笑笑，轻拍着她后背安抚："没事没事，叔叔抱，你玩吧。"

孟椿叹了口气："她还从来没这样黏过谁。"

林冬序摸了摸小女孩的脑袋，笑说："我跟她投缘。"

"要不，送你个女儿？"孟椿低声笑，"干女儿怎么样？"

"好啊，"林冬序欣然答应，然后就问他怀里的小姑娘，"小樱桃，你愿不愿意让叔叔当你干爸？"

孟桃眨巴着清澈的眼睛，她人小鬼大地问："叔叔做我干爸的话，知知阿姨会当我干妈吗？"

林冬序不假思索，直接回答道："会呀。"跟小孩子说话，他自己都不自觉地用了俏皮可爱的语气词。

程知听到林冬序承认自己是小樱桃的干妈，呼吸蓦地一滞，心脏突然急速跳动起来。

孟槿在旁边看到程知的脸颊泛起浅薄的红晕，无声地笑。

孟桃开心起来："那我愿意！"

"叔叔是干爸，知知阿姨是干妈，"她高兴得手舞足蹈，"我可愿意了！"

林冬序跟孟椿调侃说："我送你高尔夫球杆和签名球，你直接把女儿送给我了。"

孟椿爽朗地笑出声。

正巧晚饭准备好，几个人移步到餐桌。孟椿给女儿倒了杯果汁，让她敬林冬序和程知。林冬序目前还在养胃，不便喝酒，也跟小樱桃一样喝了果汁。程知没有用果汁代酒，听到小樱桃脆生生地喊她干妈，程知非常痛快地仰头喝了一杯酒。

吃过晚饭后，程知和孟槿聊天难免聊起怀孕和孩子的话题，孟槿好奇地问她："知知你比较喜欢男孩还是女孩啊？"

程知突然被问住，她有点无措地道："没想过这个问题欸……一直都感觉生孩子离我还挺遥远的。"

孟槿笑她："男朋友都有了，一切就都不远了。"

"你眼光很好，"她夸赞，"林冬序真的不错。"

孟槿说完，扭脸看了眼正在跟小樱桃玩的林冬序，又说："就凭他喜欢小樱桃这劲，他以后铁定是个女儿奴。"

程知望着林冬序那边抿嘴乐："那也挺好的。"

从孟椿家离开后，林冬序开车带程知去了他说的"婚房"。

锦苑庄园每户都是独门独栋。林冬序把车停进院子，旋即，两个人先后从车里下来。林冬序牵起程知的手，拉着她进了屋里。

这套房子上下三层，还有一个地下室，单层面积比林冬序在林宅的房间只大不小。程知这次并没有很诧异，毕竟她早就见识过了林冬序家有多气派，而且同在这个小区的孟椿家她也去过。孟椿家的格局和林冬序的这套婚房不同，但豪华程度是差不多的。

林冬序牵着程知的手带她参观，在拉着程知到露台上往下看后院时，他问她："你喜欢什么花？到时候我们可以在花园里种满你喜欢的花。"

程知被他拥在怀里，微笑着回答："铃兰，我喜欢铃兰。"

"其实，我很想送你一束铃兰花，但是这个季节没有，而且铃兰比较难养……"

"为什么想送我铃兰？"林冬序低声问。

程知缓声轻喃："它的花语是幸福归来，很适合我们呐！"她笑，语调扬起。

在她觉得会永远失去他的时候，他突然告诉她，他会跟她一起长命百岁。他回来了，属于她的幸福也到来了。

从锦苑庄园出来，程知让林冬序直接送她回家，不是她单独住的碧清湾，是有她爸妈的那个家，她周末没事的话，都是要回去住的。

到了她家楼下，林冬序从车里下来，和程知相拥。

他弯腰搂着她，程知也紧紧地回抱着他。不知道为什么，程知突然想起孟槿说的那番话来，她有些好奇地问："冬序，你喜欢男孩啊，还是喜欢女孩啊？"

林冬序没有犹豫地脱口而出："女孩，最喜欢像你一样明朗乐观又温柔善良的小姑娘。"

她窝在他怀里笑，他果然喜欢女孩。

林冬序回问她：“你呢？”

今晚孟槿问程知的时候，她是真的不知道，因为从来没想过这个问题。

可是此时、现在，她的脑子里突然就有了答案：“男孩。”她有点羞赧地坦言，“我比较喜欢像你的小绅士。”

“难得我们不统一。”他低声笑。

程知说：“求同存异。”

“我该上去啦，”她有点舍不得地环着他的腰身没撒手，“不然太晚我爸妈睡了，会吵到他们。”

“嗯，”林冬序压低声音在他耳边小声索求，“亲一下。”

程知抬起脸，微扬下巴迎上他落下来的吻。

三楼阳台上，正在晾衣服的程永年听到楼下有汽车驶近的声音，便隔着玻璃窗往楼下看了看。这一看不要紧，直接就看到了女儿正在一辆劳斯莱斯旁和一个男人拥吻。

程永年立刻喊施慈：“老婆！老婆你快过来！是知知和她男朋友！”

刚洗完澡的施慈来不及吹头发，飞快地小跑到窗边。

施慈盯着吻得忘我的两个年轻人，忍不住笑：“两人好甜蜜哦。”

“哎哎哎，”程永年惊道，“那边那个，从车里下来的人是良子吧？”

施慈显然也看到了陈周良。

程永年和施慈看到陈周良突然停住了脚步，他目光望的方向，就是知知和她男朋友那边。

施慈叹了声：“怪谁呢？这么多年知知都在他身边，是他自己不争取不把握。”

“良子哪儿都好，就是嘴巴硬，心思又太重。”

“你说他一个拿手术刀的，怎么在感情上就这么犹豫呢？”施慈忍不住吐槽，“我原来真以为，咱两家的亲家是结定了，这几年越看越觉得没戏，最后果然被我猜中了。”

程永年说：“都是命，就该着他和知知错过，就该着知知和那个小伙子在一块。”

陈周良停好车刚走了几步，就看到程知正在和林冬序在楼门前吻得动情，他定定地站在原地片刻，表情不明地转过身回到了车上。

关上车门后，他眼底的晦涩终于藏不住，尽显出来。

程知正在林冬序的怀里，她正在被他搂着亲，他们很相爱。

每一个事实，都刺激着陈周良。在手术台上连轴转一天，本就乏累的他突然觉得自己精疲力竭，但根本没办法缓解。

直到林冬序的车开走，陈周良才从车里出来，拖着步子回家。

程知回到家时脸还红通通的。

施慈假装什么都不知道，问程知："知知，你的脸怎么这么红啊？"

程知并不知道父母已经看到了她和林冬序在楼下接吻，她抬手捂了捂发热的脸，然后佯装镇定地道："应该是外面太冷了，被风吹的。"

施慈笑着随口应了句："是吗？"

"对啦知知，"施慈又问，"你什么时候带男朋友回家啊？妈妈可不是哪天都有空，趁着我近期不那么忙，赶紧让妈妈见见未来女婿。"

程知反过来回问施慈："那……妈你哪天方便？"

施慈想了想，问："元旦假期怎么样？"

程知点头，笑道："好，我跟他说。"

等程知洗完澡躺到床上，林冬序的微信也刚巧发来。

程知直接给他拨了视频过去，林冬序很快接起来。

程知趴在床上，她穿着长袖的睡衣、睡裤，微微潮湿的头发披散，素颜精致白皙，刚好露出她锁骨上的文身来。

"冬序，你元旦应该有空吧？"程知笑吟吟地问他。

林冬序轻抬眉梢，把猜测问了出来："你要带我见叔叔阿姨？"

程知抿唇笑："可以吗？"

他愉悦地道："当然，我每一天都在期待能去见你的父母。"

"为什么？"程知很好奇。

他笑，偏不告诉她，只意味深长地问回去："你说为什么呢？"

程知隐隐知道他话里的意思，她突然脸红耳热，目光飘忽到别处，不再看他。

视频那边的林冬序脱掉了大衣，只穿着质地柔软舒适的高领羊毛衣，他坐在床边，手里把玩着她送他的那只可爱的小羊玩偶。

"知知。"林冬序唤她。

"嗯？"她回应，声音透着温顺。

林冬序张开嘴后，话就变成了另一句："明天傍晚我过去接你。"

她眉梢、眼角都晕开浅笑："好。"

这通视频打了两个多小时，随后，程知躺到床上，关掉灯，很快就安然地睡了过去。

她做了梦，梦里的她拿着一束盛开的铃兰寻找林冬序，就在她怎么都找不到他时，她的手忽而被人从身后拉住。程知心慌意乱地恍然转头，就看到他站在她面前，衣服扣子上别着一枝铃兰花，像铃铛的花朵精致小巧，散发着清新的淡香。心里的不安瞬间一扫而空，她抬手钩住他的脖子，紧紧拥住他。梦里的程知一边庆幸他还在，一边跟他抱怨："我刚刚怎么都找不到你，我想送你铃兰花的，可就是看不到你在哪儿……"

他回抱着她，低声笑："我就在这儿啊。就在你身边，就在你眼前。"

程知睁开眼时，已经天光大亮，她习惯性地摸过手机，打开微信。

林冬序在一个小时前就给她发了"早安"。

程知回复了他一句"早安"，然后就问：你怎么每天都起这么早？不困吗？

林冬序回复她：要晨跑。

程知没想到他还有这习惯，讶异道：原来没听你提过你有晨跑的习惯啊。

林冬序很快打字过来：那不是以为自己快死了吗，每天都觉得身体难受，浑身虚弱无力，哪还有心情晨跑。

随后他就邀请她：要不要一起运动？

程知立马投降退缩：饶了我吧。

这么冷的天，在被窝里多躺会儿不好吗？

她怕他非要拉着她一起跑步，急忙转移话题：我昨晚梦到你了。

林冬序很有兴趣，问道：具体呢？

程知说：梦到我送你铃兰花。

程知继续发：一开始我怎么都找不到你，心里焦灼，后来是你找到的我，我快要哭了，跟你抱怨我怎么都看不见你，你回我说，你就在我身边。

他笑，回复她：会的。

林冬序说：从今往后，我会一直在你身边的，知知。

程知看着他发过来的消息，捧着手机笑起来。

第十二章

我们终会相遇

“缘分很奇妙，冥冥之中早就注定好了。”

当天下午，临近傍晚时分，林冬序开车过来把程知接去了他家。

他提早就吩咐好了，晚饭会有人直接送到四楼。

不多时，秋程和邱橙到了林宅，林冬序下楼把他们接上来。

邱橙一见到程知就把带来的礼物递给了她。

“我和程哥送给你们的恋爱礼物。”邱橙笑道。

程知迫不及待地打开，里面放着两条红色的手绳，每条手绳上都系着铂金的英文字母图案，一个是“LDX”（指林冬序），另一个是“CZ”（指程知）。

程知拿起有“LDX”图案的那条来，莞尔说：“我要戴这条。”

林冬序没说话，只嘴角噙笑地帮她带好手绳。随后，他让程知帮他戴上了另一条有“CZ”图案的手绳。

四个人一起吃晚饭的时候，就林冬序不沾酒。

秋程狐疑地问他：“你怎么回事？”

林冬序还没说话，程知就替他解释：“他最近胃病犯了，医生不让喝酒、吃辣，秋程你就放过他吧。”

邱橙在旁边调侃说：“瞧把你心疼的。”

程知红着脸轻声嗔邱橙：“我哪有！”随后，她又端起酒杯，对这对夫妻说，“来，我敬你们。”

林冬序忍不住提醒程知："少喝一点。"

"哎呀你们俩！"邱橙揶揄，"热恋就是不一样，你心疼我我心疼你的。"

程知调侃回去："橙子你这话说得，难道你跟秋程就冷淡了吗？我看你们俩分明也还在热恋。"

邱橙瞄了旁边的某人一眼，秋程正似笑非笑地盯着她看，她也不知道为什么，脑子里突然闪过了昨晚的种种，于是掩饰般默默喝了一口酒。

后来邱橙和程知都喝得有些醉，秋程便没有多待，吃完晚饭就带老婆回家了。

只有程知还在林冬序家里，她醉醺醺地在他家里乱晃，还非要给他表演走直线。

林冬序看她晃晃悠悠的样子，生怕她摔倒，想伸手扶她却被她拒绝。

程知醉眼蒙眬地说："冬序你看着，你看我给你走直线。"说完，她就脚步虚浮地往前走去。走着走着，就拐了弯，最后给他表演了个走弧线。

林冬序没忍住，乐得不行，他走过去把人搂在怀里。

程知仰起脸，语气自豪地问他："我走得直吧？"

他面不改色地撒谎："直，我们知知走得可直了。"

程知"嘿嘿"笑，抬手钩住他的脖子，一声声唤他："冬序，冬序……"

她喊一声他应一次："我在，在呢……"

程知紧紧地抱着他，委屈起来，嗓音染了哭腔："你为什么跟我说对不起，我不要你的对不起，我要跟你谈恋爱。"

"你跟我谈恋爱，不然……"她的眼泪说来就来，噼里啪啦地往下砸，声音带着颤意，"不然，我这辈子都会很遗憾，我没能跟我最爱的人谈一场恋爱。"

她说的是，我最爱的人。她说，他是她最爱的人。

林冬序抿直唇线，他心疼地抱紧她，不断地低声答应："好，我跟你谈，我们谈恋爱，知知不哭，不哭了。"

到最后，他一边亲她一边哄她。

程知的手搭在他肩上，手指不自觉地揪紧了他身上柔软的毛衣料子。

林冬序这次给她的吻，比以往任何一次都放肆、激烈，但依然有他独有的温柔。

在慢慢收住吻的时候，林冬序又低了点头，他轻扯她的领口，在她刺了文身的锁骨处虔诚地浅浅一吻。

程知昂着头，意识几乎涣散。

“知知，”他趁她醉酒，套她的话，问她，“你想什么时候跟我结婚？”

程知乖乖地道：“我随时呀。”

他好笑又无奈：“我们的婚礼怎么能随时，该选个好日子的啊。”

醉得不轻的她没回话。

他又说：“知知，我问你，如果我说想年前就跟你订婚，你愿意吗？”

昨晚在视频里没问出口的话，终究还是问她了。

程知望着他，目光清明又迷蒙。

林冬序紧张得几乎要屏住呼吸，可左胸腔里的心脏却剧烈跳动到快要直接蹦出来。

须臾，她忽而笑了，语调扬着回答他：“我愿意。”

我愿意。

林冬序被她这句轻软的应答牵动，悬空的心脏瞬间安稳落地，旋即又疯狂跳动起来。

他高兴地去亲她，话语含糊不清地说：“我真想立刻把你娶回家。”

程知哭过闹过，随后便安静下来。

大概是累了，她乖乖地被林冬序抱着，坐在他腿上，没多久就昏昏欲睡。

林冬序一直都记得她那天说想房星，只是这几天抽不开身，所以到现在都没能带她去。

明天周日，也没其他事情。

他拥着她，声音低低地温柔地问：“知知，我明天带你去马场好吗？我们去看房星。”

她困倦地闭着眼，听闻后笑了下：“好。”

“睡吧。”他轻轻拍着她，像在哄小孩子，然后偏头在她前额轻轻一吻，仿佛在对她说悄悄话那般低喃，“晚安。”

程知在林冬序怀里睡熟，他抱了她好久，才肯把人放到床上，给她盖好被子，那只可爱的小羊玩偶被他放在她枕边陪着她。

林冬序叫人上来把餐桌收拾干净，自己拿了衣服进浴室洗澡，然后去了另一间卧室休息。

隔天早上，程知睁开眼反应了好一会儿，才认出来这是林冬序的卧室。

她睡眼惺忪地坐起来，揉了揉眼睛，下床出去。

程知刚走到客厅，电梯门就打开了。

晨跑回来的林冬序从电梯里踏出来，他穿着黑色的运动装和白跑鞋，身姿挺拔。

林冬序瞅着刚刚睡醒的程知，笑问："睡饱了吗？"

程知点点头。

"头疼吗？"他又关切地问。

程知摇脑袋："有点饿。"

他嘴角轻勾道："先去洗漱，卧室的卫生间里给你备好了洗漱用具，正好我也先去冲个澡。"

林冬序说着，就拉着程知回了卧室："我们各自洗完，早饭差不多也就端上来了。"

程知刚睡醒，反应还有点迟钝。等她回过神来，人已经站在洗手台前挤牙膏了，而林冬序，就在她旁边的浴室隔间。

浴室隔间用的磨砂玻璃，虽然看不清什么，但玻璃上会映出他模糊的身形。

哪怕只是这样，程知也受不了，瞬间面红耳赤。尤其是，他洗澡时哗哗啦啦的水声就充斥在她耳边。

程知一边刷牙一边不断地对自己说："提前适应，提前适应……"可还是很害羞，羞得浑身发烫。

他这儿怎么可能只有这一间卫生间，可他偏要在这儿洗澡。程知后知后觉，林冬序蔫坏。

他贴心地给她准备新的牙刷和牙杯，还给她放了一支洗面奶，刚巧就是她最近用的那款。

程知洗漱完就急忙躲出了卫生间。

果然如他所说，早餐已经被送了上来，就摆放在餐桌上。

程知拉开椅子坐下，尽管很饿，她也没有独自先吃。

在等林冬序的时候，程知回忆起昨晚的事。

她和橙子玩猜拳，你一杯我一杯，最后两个人好像都醉得不轻。

后来橙子他们走了，只剩林冬序和她，她非要给他走直线，还抱着他哭，埋怨他不跟她谈恋爱，再后来……

他问她想什么时候跟他结婚，她说随时。他又问她愿不愿意年前就跟他订婚，她答了句我愿意。

程知轻缓地眨了眨眼，他问这些……是想跟她订婚吗？

程知的心跳正加速，洗完澡的林冬序就穿着干净舒适的衣服走了过来。

他弯腰凑近她，一只手撑在桌边，另一只手搭在她的椅背上。

林冬序很自然地亲了下她泛着红晕的脸颊，然后才走到她对面，落座。

他靠近她时，有一种很淡的雪松香味袭来。

程知眉眼弯弯地瞅着他，现在林冬序的发型类似寸头，也很帅。

吃早饭的时候，林冬序主动开口问程知："还记得昨晚的事吗？"

程知轻咬嘴唇，眼睫扑闪着"嗯"了声。

林冬序说："知知，虽然你昨晚说了愿意，但我还是想在你绝对清醒的时候再确认一次，你是不是愿意年前就跟我订婚。"

程知耷拉着脑袋，有点窘迫地小声道："愿意的啊。"

他霎时愉悦地低声笑出来："好，我知道了。"

"吃了早饭我带你去马场。"他说。

程知抬眼看他："我得先回趟家。"

"回去拿马术服。"她顿了顿，脸上晕开一层绯色，轻喃，"还想洗个澡，昨晚喝了好多酒……"

林冬序嘴角轻翘，答应："好。"

早饭过后，林冬序开车带程知回了她自己的住处。

程知回房间洗澡，林冬序就在客厅耐心地等她。待她收拾好，两人才出发去马场。

到了马场，程知和林冬序各自去更衣室换上马术服。等他们牵手出来，李教练已经把房星牵了出来。

缰绳交给林冬序后，李教练就离开了这儿，偌大的马场登时只剩程知和林冬序。

这次他和她一起上马，林冬序手持缰绳，程知被他完全圈在怀里。

白马慢慢往前走着，林冬序问程知："这次还害怕吗？"

她笑着摇头："不怕了。"

"敢不敢试一下让它带我们跑两圈？"他问。

程知虽然有点点忐忑，但更多的还是兴奋，因为她还没有体验过骑马飞奔的感觉。

"好。"她最终答应。

林冬序便给白马发指令，白马渐渐绕着场地跑起来，然后越跑越快。

程知有些害怕地往后贴紧林冬序，仿佛只要依靠着他，就会安心。

耳边的烈风呼呼刮过，程知又害怕又开心，忍不住笑出声。

过了会儿，林冬序拉缰绳，让白马慢慢停下来：“感觉怎么样？还好吧？”

程知笑着说：“很畅快！”她向后偏头望着他，杏眼弯弯地道，“冬序，李教练说你会骑射。”

“嗯，”他应完，察觉到她的意图，挑眉问，“你想看我骑射？”

“对啊，”程知声音很小，语气像在撒娇，“我还没见过你骑射，肯定很帅，我想见一见骑射的林冬序会有多帅。”

林冬序失笑，他拥着她，低声说：“我有段时间没练习了，肯定会惨不忍睹，估计要脱靶，先给你打声招呼。”

她笑，在他唇边亲了亲：“我不在意的，我就是单纯地想看看你骑射的样子。”

林冬序收紧手臂，抬手掰过她的脸，又吻上来。

在马上接吻，程知是第一次经历。白马还在慢悠悠地往前走动着，而她被他从身后圈紧，偏头承受着他落下来的亲吻，左胸腔里的心脏跳动得从未如此剧烈。

秦封带老婆来的时候，就看到马上拥吻的两个人，他不知何意地“啧”了声，扭脸问他搂着的女人：“老婆，要不要换个地儿？我们先去高尔夫球场。”

长相明艳的女人笑着摇头：“都到这儿了。”

等林冬序亲完程知，让白马掉头往回走，才发现站在场边的两个人。

程知自然也看到了，她登时窘迫不堪，脸不受控地迅速烧红。

林冬序倒是坦然，只笑着嘀咕了句：“我们居然跟封哥和他老婆赶一块了。”

到了场边，林冬序先下马，随后扶着程知让她也下了马。

林冬序还是给程知介绍了一遍：“封哥你见过，这位是他老婆。”

“你好，我叫姜眠。”秦封的老婆笑盈盈地主动跟程知搭话。

程知也笑，落落大方地道：“你好，我是程知。”

林冬序让李教练帮他把箭袋和弓拿过来。

秦封挑眉，问他：“要骑射？”

林冬序笑了下：“知知想看。”

秦封调侃他：“好几个月没碰了吧？小心脱靶，在你女朋友面前出糗。”

林冬序轻嗤：“脱靶就脱靶，多常见的事，我又不是专业的骑射手。”

此时，程知和姜眠已经在旁边聊了起来。

在了解到程知是编剧后，姜眠很好奇程知参与过什么作品。

程知说了她跟孟椿还有应彻合作的那部电影《潮》，姜眠瞬间惊喜地道：“我的天！《潮》的编剧是你啊！我可喜欢那部电影了，已经五刷了。”

听到别人说喜欢自己的作品，谁都会很开心，程知也不例外。

林冬序已经背好箭袋，他单手拿着弓，唤了程知一声：“知知，过来。”

程知刚走到他面前，就被他捧住脸低头吻了下额头。

她羞赧地红了脸，林冬序却坦荡笑着：“我去了。”

“嗯，”程知笑着轻喃，“加油。”

林冬序跨上马，牵着缰绳给白马发指令，待白马跑起来，他抬手，从身后背的箭袋里抽出一支箭，动作干净又利落。

随即，林冬序将弓拉满。

骑着白马的他身姿卓越挺拔，脊背笔直，双臂修长且有力。在拉开弓的那一瞬间，他盯着箭靶的眼神变得犀利如鹰隼。

林冬序微扬下巴，下颚线凌厉流畅，整个人散发着强大的气场。须臾，他果断地把箭射了出去。

利箭急速地划破空气、穿透冷风，最终戳进了箭靶。虽然只有二环。

站在最前面的程知瞬间高兴地给林冬序拍手鼓掌。

“好棒！”她扬声喊。

秦封笑着对身旁的姜眠夸道：“还不错，这么长时间没练都能保持不脱靶。”

姜眠好奇地问他：“封哥，你也会骑射吗？”

秦封说：“我不行。”他对骑射没兴趣，从小就没练过。

姜眠凑到他耳边小声说了什么，秦封似笑非笑地垂眸瞅她。

“嗯？”他从喉间溢出一声疑问，语气却隐隐地含着威胁。

姜眠偏开头抿嘴偷笑，秦封抬手轻捏住她的脸：“晚上回家再算账。”

这对夫妻很有兴致地调情时，另一边的林冬序已经射了第二支箭，这次是五环。

程知站在场边，激动地又给他录视频又给他拍照。

林冬序还觉得不满意，继续找手感。最后，箭袋里的五支箭射完时，最好的成绩是七环，是他最后一支箭射出来的成绩。

这个成绩不仅是不错，更是相当好。

在马背上的林冬序带着白马转过身，对程知笑着高举起拿弓的手。程知也望着他笑，高高地伸直手臂，对他竖了个大拇指。

林冬序骑着白马过来，下了马后，他来到场边，弯腰凑近站在场外的程知。同时，程知也踮起脚来，她抬手钩住他的脖子，他单手回搂着她。

随即，两个人隔着一道围栏拥吻。

"冬序，我看到了！"她笑得格外开心，"我看到了！你骑射的时候好帅。"

林冬序话语愉悦地问："有多帅？"

程知如实回答他："没人比你更帅。"

程知和姜眠很投缘，两人从影视剧聊到娱乐八卦，从化妆品聊到服饰，没一会儿就彻底熟络起来。

从马场出来，程知和林冬序跟秦封夫妻俩一起吃了个午饭，然后四个人一道去了高尔夫球场玩。

程知起初上手玩了几次，后来就和姜眠去了室内休息厅吃甜品、喝下午茶，时不时还会隔着玻璃窗看看外面打高尔夫的林冬序。

姜眠有点好奇地问程知："网上都说《潮》那部电影有真人原型，是真的吗？"

程知浅笑："那你听的版本里，原型是谁？"

姜眠说："导演和经纪人。"

程知笑得更甚。

姜眠见她只笑却不说话，急迫地嗔怪："哎呀知知，你就别跟我卖关子了，快告诉我，是不是真的？"

"嗯，"程知点了点头，"是真的。"

姜眠更加八卦："所以孟椿导演和他老婆真的从小时候就认识，后来互相喜欢啊？"

"对啊，"程知说，"就跟电影里拍出来的差不多，青梅竹马终成眷属。"

姜眠开心地道："那我嗑到的是真糖啊！"

程知笑出声："不能再真了。"

"我当时听完他们俩的故事立刻就向他们要了授权，写了那个剧本，正巧那会儿孟导要转型，他从演员往幕后转，看了我的剧本后就决定要亲自拍出来，后来就找演员啊、找投资啊……"

"其实那会儿挺难的，虽然他是个好演员，但毕竟是第一次做导演，没几个制片人敢冒这么大风险，不过好在孟导自己有家底，再加上看中这个剧本的男主演家里也有投资，最后还算顺利吧。”

姜眠莞尔：“是不是谁都没想到这部电影会这么火？创造了电影票房新高。”

程知点头：“对，那会儿我还跟组来着，大家都满腔热血，一心想把这部电影拍好，中间也有好多次，我跟孟导反复讨论情节、细节上的问题，因为有时候写出来的内容和演出来的效果会完全不同。”

“那会儿好苦啊，”程知回味那段时光时脸上漾着明朗的笑，“但是好值得。”

姜眠打趣说：“要是早点认识林冬序，可能就不会这么苦了。他会帮你。”

“话是这样说啦，”程知理性又通透地道，“但如果没有经历那样艰难的一段时光，我大概不会是现在的我，他也就不会喜欢我。现在这样就挺好的。”

姜眠被程知的豁达感染：“我喜欢你的性格。”

傍晚时分，几个人从高尔夫球场离开。

在被林冬序送回家的路上，程知跟他说：“冬序，我今天下午跟姜眠聊天聊到了我和孟导、应彻合作的那部电影。”

“嗯，”他直觉她有话要说，便问，“然后呢？”

“我们拍那部电影的时候很难，拉不到投资，最后是孟导自己拿钱拍的，应彻迫不得已‘带资进组’，才勉强拍完。”

程知回忆道：“那几个月我一直在跟组，天天跟他们见面，时不时就会修改剧本细节。”

“其实，”程知很少跟人提起她过得很艰难的那段过往，但此时很自然地对林冬序说了出来，“在写那部电影剧本之前，我本来想转行的。编剧这一行真的太难混了，我热爱这份工作，但是我要吃不起饭了，我总不能让我爸妈养我。可是听了椿哥和槿姐给我讲的他们之间的故事后，我满心都是不甘心，不甘心地想要再试一次，然后就写出了《潮》。

“后来椿哥让我一起进组，方便跟他和主演一起讨论戏，我当时跟自己说，就坚持到电影拍完，拍完我就不干编剧了。”

“但是没想到，电影火了，”她微笑道，“我又能继续写我喜欢的东西了。”

林冬序从来不知道，程知之前还有这么困难的时候，她能凭借自己走到现在，有了这番成就，成为界内口碑很好的知名编剧，实属不易。

他的知知好棒。

程知有些感慨："如果我没有继续当编剧，就不会因为手头上这个剧本想要多了解癌症患者，就不会去当协会的志愿者，也就不会在那天再次遇见你。"

一直安静听她讲述过去的林冬序接话："我也这样想过，我之前也假设过，如果我没有阴差阳错地以为自己得了癌，就不会跟你在合潭寺相遇，也不会和你在癌症协会又一次遇见。"

"但是知知，"他温柔地道，"我们终究还是会相遇。"

程知抿唇笑，轻声应："橙子生日那天，在她家里。"

林冬序说："你还是会吸引我，我依然会喜欢上你。"

她偏过头，笑望着他，回答道："我想我也是。"

林冬序开车把程知送到楼下，在她下车回家前，他解开安全带，倾身抱住她。

程知被他拥在怀里，听到他低声说："知知，我很高兴又多了解了一些你的过去。"

程知浅笑道："我这辈子到现在，就遇到过两个挫折，一个是编剧这份工作差点干不下去，没想到我多撑了几个月，后面就迎来了光明坦途。

"另一个是感情上，暗恋一个人十年，求而不得，时常痛苦，后来才突然明白，他根本不是上天安排给我的那个他，你才是。"

"冬序，"她抬手抱紧他，扬起唇来，对他轻声呢喃，"谢谢你。"

林冬序没有说话，他捧着她的脸，低头吻下来——他在用吻代替语言回答她。

元旦当天，傍晚时分，林冬序和程知一起回了她家，见她爸妈。

他在来之前，特意问了程知她父母的职业及爱好，以此来推断两位长辈可能喜欢什么，或者说，是需要什么。

程知一带林冬序进家门，就看到了玄关处那双崭新的男士拖鞋，这双拖鞋还特意摆放在她的拖鞋旁边。

程知指了指那双新男拖，很小声地跟林冬序说："肯定是我妈今天特意出门买来给你备好的，她今天上午还问我你穿多大码的鞋。"

林冬序眉眼间染着笑，心里被她家人的体贴触动。

换好鞋，程知拉着林冬序的手边往客厅走边扬声道："爸，妈，我带冬序回来啦！"

正在厨房忙活的程永年和施慈连忙出来。

林冬序礼貌地叫人："叔叔，阿姨。"

"来啦，"施慈热情地说，"快坐快坐。"

程永年要给林冬序倒水，问他："喝不喝茶？"

林冬序连忙回答："喝的。"然后就伸手接过程永年拎的茶壶，温声笑道，"叔叔，我来吧。"

程永年在旁边看到林冬序倒茶的姿势，心里瞬间就明白了，这小伙子很懂茶道礼仪。

林冬序把茶倒好时，程知正巧把林冬序带给她父母的礼物递给施慈。

"这是冬序给你们带的礼物，"程知说着就笑起来，"我都不知道是什么，怪好奇的。"

施慈把东西放到桌子上，打开盖子。

里面放着她和程永年最喜欢的文房四宝，有几支不同尺寸的毛笔，除此之外，还有歙砚、墨条、红檀木镇尺、白瓷水洗、白瓷墨碗和笔山等。

整整一套，很齐全，而且识货的人一看一摸就会知道，这套文房四宝用材昂贵，绝对是上等品。

程知扭脸望向林冬序，和他对视着笑了下。

她当时就随口跟他提了一嘴，说她爸妈平常没事喜欢在书房一起练书法消磨时间。

结果他就记在了心里，送了这么一套能讨她父母欢心的礼物。

这礼物着实送到程永年和施慈心坎里了，本就对林冬序有好感的两位长辈登时更喜欢他。

因为提前问了女儿林冬序的口味，施慈今晚做的菜都很清淡适口。

在吃饭之前，程永年问林冬序能不能喝一杯。

林冬序还没说话，程知就替他回答道："爸，他胃不好，正养胃呢，别让他喝酒。"

程永年说她："你还没嫁过去就这么管人家。"

程知被父亲说得登时红了脸。

林冬序却笑得开怀，对程永年说："我挺喜欢知知管我的。"

程永年笑了，问他：“那你喝果汁？家里有橙汁。”

橙汁，林冬序稍愣，而后就乐起来，和“程知”谐音。

他点头回应：“好。”

施慈和程永年在饭桌上又了解了林冬序以及他家的一些情况，他们也是这时才知道，林冬序就是林氏的太子爷，不久后他就会全面接手林氏。

施慈和程永年倒是没多惊讶，毕竟之前女儿跟他们提过，说林冬序要接手家里的公司。

施慈并不在乎对方家有多富有，她最看重的是林冬序对程知怎么样。承诺这种东西张嘴就来，谁都会，但身体本能的行为不会骗人，喜欢一个人的眼神也藏不住，她能真切地感受到林冬序对女儿的爱意。她终于放心，因为女儿交往的男人是个很不错的年轻人。

在晚饭快要结束时，林冬序主动提道：“叔叔，阿姨，有件事我想跟你们商量一下。

“我和知知讨论过订婚、结婚的事，结婚事多，我们想一步一步地慢慢准备，暂时不急，订婚的话，年前办订婚宴你们能同意吗？”

施慈和程永年对视了一眼，而后施慈说：“我们听知知的，看她想不想。”

霎时，几双眼睛都看向了程知。

还在吃饭的程知默默把嘴里的饭菜咽下去，随即脸颊微红的浅笑道：“我想欸。”

程永年顿时怅然地叹气：“唉，女大不中留啊。”

施慈嗔他：“就是先订个婚，又不是年前直接把婚礼给办完了。”

“那就这么定吧，”施慈对林冬序笑着说，“我们两家商量个好日子，除夕之前给你们俩把订婚宴办了。”

紧张到在桌下偷偷攥紧手指的林冬序瞬间松了握拳的劲，他翘起唇温声道：“谢谢叔叔阿姨。”旋即，林冬序伸出右手，悄悄牵起程知的左手。他修长的手指滑入她的指缝，在没人看到的桌下，他与她十指紧扣。

晚饭过后，在林冬序要离开时，程知送他下楼。

她挽着他的胳膊站在电梯前等电梯上来，唇边漾着笑问他：“我什么时候跟你讨论订婚、结婚的事啦？你怎么瞎说。”

林冬序笑，回答她：“你喝醉那晚，我问了你的。”

“我问你想什么时候跟我结婚，你说……”他的嘴巴突然被程知抬手捂住，声音瞬间变得低闷，“随时。”

程知有点羞恼：“不准说了！”

林冬序拉下她的手，攥在手中握紧，继续不紧不慢地说道：“我问你愿不愿意年前跟我订婚，你说你……”

“林冬序！”程知语带威胁地叫他全名。

“愿意，”林冬序垂眸望着她，眼中染笑，而后告诉她，“我也很愿意。”

程知别过泛起薄红的脸颊，不看他。

须臾，在电梯缓缓上来停到三楼的那一刻，程知刚好问林冬序：“那我们哪天办订婚宴啊？”

林冬序还没说话，陈周良就出现在了他们眼前，他站在电梯里，程知挽着林冬序的胳膊，站在电梯外。

林冬序揽住程知的肩膀往旁边靠了靠，给陈周良让了条路。

陈周良边踏出来边问他们：“你们这是……见家长了？”

“嗯，”林冬序微笑着说，“过来拜访一下叔叔阿姨。”

“挺速度。”陈周良扯了个笑。

程知自己倒没觉得很快，听到陈周良的话，她回答：“还好吧……”有那么快吗？

林冬序要上电梯时对陈周良说：“有时间一起吃饭。”

陈周良点头应：“好。”

进电梯之前，林冬序对程知温柔低喃：“我自己下去吧，外面太冷了。”

他抬手摸了摸她的脑袋，动作温柔又宠溺：“你快回家。”

程知没听林冬序的话。

在他踏进电梯后，程知也进了电梯，她重新挽住他的手臂，理直气壮地道：“我穿着大衣呢。”

林冬序无奈地低叹，只好由着她。

电梯门合上，将陈周良和他们隔开。

陈周良的耳边还回响着程知说的那句“那我们哪天办订婚宴啊”。他听到了，只是假装没听到而已。

订婚宴！他们都在筹备订婚宴了。

不快吗？在一起还没一个月吧。

陈周良有点茫然，程知怎么就要订婚了呢？

林冬序在电梯里回答了程知刚刚问他的那个问题，他说：“订婚宴的日期我们再商量，如果你有很中意的日子，一定要告诉我。”

程知笑开，点头应：“好。”

程知把林冬序送到楼门口，他在上车之前，用敞开的大衣把她裹进怀里，她伸手抱住他的腰身，手掌贴着他穿的毛衣，带着他体温的料子触感舒适柔软。

“明天傍晚我过来接你，”林冬序低头温声地说，“你跟我回家吃晚饭。”

程知抿嘴笑，点点头：“嗯。”

那次程知问林冬序元旦要不要跟她回家见她父母时，他们俩就商量好，先来她家见她爸妈，再去他家见他的家人。

“刚好琳琳这几天在家，”林冬序嘴角噙笑道，“她一直都想见见你。”

程知莞尔说：“我也很想见她。”

“明天就见到了。”他拥着她，不愿意松开手。

程知在他怀里仰起脸来，主动讨吻。

林冬序低头，亲了亲她的嘴巴，然后又重新贴上来，这次没有这么快放开她。直到程知被吻得缺氧，他才放过她。

“上去吧。”他的嗓音染了几分欲望，听起来格外性感。

程知恋恋不舍地抱着他，又过了会儿才和他分开。

等程知折身回家时，一出电梯就看到陈周良嘴里叼着烟，正在通电话。

他对那边“嗯”了声，又交代了几句要注意的地方，听起来是与工作有关的电话。

程知没有出声打扰他，只抬手对他挥了挥。

陈周良对她点了下头，程知就转身回家了。

这通电话接完，陈周良沉沉地吐了口气，他站在家门口半晌，最终没进去，又乘坐电梯下楼，开车去了医院。

虽然程知很愿意年前就订婚，但施慈心里到底舍不得，所以在程知回家后，施慈就去了程知的卧室，找程知聊天，说的话题自然是和程知感情有关的。

因为施慈平日工作太忙，母女俩很少有机会这样说说体己话。

程知其实很喜欢跟母亲说自己的事，所以在施慈问的时候，她就把她和林冬序经历的一切都告诉了母亲。

从他们在合潭寺相遇，后来在癌症协会再遇。

包括林冬序因为检查结果拿错以为自己胃癌晚期了，她陪着他完成他遗愿清单上的每一项。

包括他们在相处的过程中发现对方和自己有多么契合。

也包括他和她在不知不觉中渐渐喜欢上了彼此。

所有所有，程知都告诉了施慈。

施慈没想过在短短的几个月内，女儿和林冬序一起经历了这么多，甚至就连生离死别的痛不欲生，他们都提前体会到了。

程知和施慈一起躺在程知卧室的床上，母女俩盖着一床被子，侧身面对着面，就像程知小时候睡觉时，施慈陪在床边守着她哄她睡觉那般。

“妈，冬序他懂我，”程知唇边漾着明朗的笑意，“我找不到第二个能跟我这么合拍的人。而且他带给我的情绪一直都是正面的，跟他在一起我会很开心。”

其实听完程知说的这些事，施慈就明白了，这俩孩子是真的相爱。尽管认识的时间并不长，在一起的时间也很短，但是，爱情向来不以时间的长短论深浅。

“所以知知，如果他得癌症的事不是一场乌龙，你也铁了心要跟他在一起是不是？”施慈蹙眉问道。

程知咬了咬唇，点头：“嗯。”

“那你有没有想过，他去世后你怎么办呢？”施慈心疼地看着女儿。

程知浅笑：“没想过，不太敢想。但是我心里特别清楚，如果在他活着的时候没能跟他谈恋爱，我这辈子都会遗憾，抱憾终生，到死都没办法释怀的那种。”

“宁愿以后更加痛苦，也要跟他谈一场期限很短的恋爱，值得吗？”施慈继续问。

“值得，他值得。”程知笑望着母亲，话语淡然，“妈，就算我真走到这一步，你跟我爸也会尊重我的决定的，对吧？”

施慈叹了口气：“傻孩子。”她伸手摸了摸女儿的脑袋，眼睛不受控地泛热。“那你打算哪天办订婚宴？”施慈问程知。

程知轻眨了下眼睛，笑着说：“还没想好。”

“我看看哪天好。”她摸过手机，打开纪念日软件。

然后就发现，距离她和林冬序相遇已经八十五天了。

程知往后推算了下，一月十五号那天，正好距离他们相遇九十九天。

“欸，妈，”程知有点开心地问施慈，“月中怎么样？一月十五号。”

施慈眉眼温柔地望着女儿，笑吟吟地道："妈妈听你的。"

程知莞尔说："那天刚巧是我跟冬序相遇的第九十九天，我很喜欢这个日子。"

"那你跟他商量下。"施慈说。

正说着，林冬序的视频请求就打了过来。

施慈见状，起身下床往外走，同时对程知道："你们聊吧，妈妈回房间了。"

程知语调轻扬着："妈，晚安。"

"晚安宝贝。"施慈笑着说完，帮程知带好了门。

程知接通视频，不等林冬序说话，她就急忙问："冬序，一月十五号怎么样？"

林冬序愣了下，随即明白她在说什么，笑道："订婚吗？"

"对啊，"程知说，"那天是距离我们在合潭寺相遇九十九天的日子欸。"

林冬序欣然应允："那就这天吧，好不好？"

程知笑，回答："好。"

"虽然我们才认识不到一百天，"程知看着屏幕另一端的他，莞尔说，"但是我其实很早就听说你了。"

刚回到房间正在脱大衣的林冬序听闻挑眉："多早？比我在橙子的电话里听到你的声音还要早吗？"他好奇地问。

"对啊，"程知笑他，"你听到我的声音的那次，是橙子和秋程领完证去英国度蜜月，距离咱们俩认识就只剩一个多月。而我听到你的声音的那次，是二〇一七年秋天，秋程生日，你给他打电话，当时我就在旁边。"

她回忆起那晚来，眉眼轻弯地道："是陈周良问秋程打电话的是谁，秋程说了你的名字，我好奇地多问了句'那是谁'，陈周良就告诉我，说你是秋程的大学舍友。

"那是我第一次听到你的名字，知道你叫林冬序。"

程知说完又笑："那个时候根本不知道，我会在未来跟你有这样一场际遇。"

林冬序轻勾嘴角，温声道："缘分很奇妙，冥冥之中早就注定好了，注定我们会在一起。"

程知侧躺在床上，和林冬序隔着手机屏幕凝视着对方。

须臾，林冬序问她："知知，你有没有想过我们结婚的日子选在哪天？"

程知蓦地心跳加速，她努力维持着镇定，如实说："没有欸……"

"你是有想法了吗？"他既然这样问，应该就是有计划。

林冬序"嗯"了声："要听吗？"

她唇角轻扬，轻声答："要。"

"阿程和橙子的婚礼在重阳节举行，那天是十月七号，咱们俩是就定好了的伴郎、伴娘，"林冬序不紧不慢地道，"给他们俩当完伴郎、伴娘，十月八号我们就去领证吧，那是我们相遇一周年的日子。"

程知眼里沁满笑："好。"她答应。

"婚礼我想的是十二月七号，想在你生日那天举办。"

他没有说为什么选在这天，程知也不问，只莞尔回答："好。"

"沈城的冬天太冷了，到时候我们去一个春暖花开的地方举办婚礼。"视频那端的林冬序眉宇疏朗，话语温柔，"还有将近一年的时间，可以慢慢准备结婚的各种事宜。"

程知没想到他已经计划好了每一步，她满心欢愉，无比期待。

"好。"她再一次乖乖回应，"听你的。"

隔天晚上，程知和林冬序回了林宅。

他们俩一进屋，甘琳就先跑过来，扬声笑喊："程老师！"

程知登时受宠若惊，她有点不好意思地笑着说："不用叫我老师的。"

甘琳说："那我叫你……嫂子？"

林冬序在旁边应："可以。"

程知红着脸悄悄拽他的手，示意他不要捣乱。

林冬序却笑，坦然地道："早晚都要叫的，提前适应一下。"

程知最近越发觉得林冬序一肚子坏水，她嗔了他一眼，然后笑语盈盈地对甘琳说："琳琳，你叫我知知姐吧。"

甘琳故意逗她："好的，嫂子。"

程知没想到大众眼里的高冷女神在私下居然这么活泼，反差极大。

林冬序把程知给家人准备的礼物一一拿给他们，同时介绍："我女朋友，程知。"然后又对程知说，"爷爷你见过的，这位是叔叔，这位是婶婶。"

程知乖乖地挨个叫人。

林震穹很高兴："别站着了，快让知知坐。"

甘琳立刻就拉着程知在沙发上坐了下来。

林冬序看着霸占了他位置的妹妹，有些无语地笑了下，只好去了旁边坐。

几个人闲聊了会儿就挪步到餐厅，开始吃晚饭。

在餐桌上，程知和林冬序不免被问到订婚日期的事。

林冬序说："我跟知知商量了下，决定在十五号办订婚宴，到时候不请太多人，除去我们两家的家人，只打算邀请一些关系亲近的朋友。"

"好，好。"眼看孙子的婚事就要落定，林震穹满心愉悦。

婶婶甘澜忍不住问："结婚呢？现在有初步想法吗？有的话或许我能提前帮着筹备。"

程知扭脸看向林冬序，和他对视着浅笑了下。

林冬序回甘澜："十月份领证，十二月份办婚礼。"

"十二月份会不会太冷了？"甘琳提醒他，"知知姐到时候要穿婚纱，会很冷吧？"

"所以不打算在沈城办，会找个暖和的地方。"林冬序回答。一生一次的婚礼，他定要让他的知知穿上最美的婚纱，成为最漂亮的新娘子。

"那还行。"甘琳放心了。

"知知姐缺伴娘吗？"甘琳自我推荐，"缺的话可以找我啊！"

程知语气轻快明朗地回应甘琳："好啊！那琳琳做我伴娘吧！"

甘琳又好奇地问林冬序："哥，伴郎你有人选吗？打算让谁担此重任？"

林冬序笑："还能有谁，你遇青哥。"

甘琳若有所思地道："也是，就他还没结婚，最适合当伴郎。"

被林家人热情地招待了一顿晚饭，程知刚离开餐桌，甘琳就拉着她去了三楼，两人在娃娃机前一边抓娃娃一边聊天。

甘琳丝毫不掩饰对程知的喜欢，她很直白地道："知知姐，你是我最喜欢的编剧老师，也是我最想合作的编剧老师。"

"咱们俩什么时候合作一下吧？"甘琳主动邀请。

程知欣然应允："当然好啊！你可是我最欣赏的一位演员，我从很早之前就特别期待能跟你合作。"然后程知又笑着说，"今晚之前我真没想到你私下这么活泼可爱。"单纯又率真，毕竟镜头下的甘琳一直都很清冷寡言。

甘琳轻叹，有些无奈地道："没办法，毕竟在外有无数双眼睛盯着，还是谨言慎行些保险，我也就回了家，面对着爱我的家人，才能真正地做回自己，短暂地释放天性。”

“哎哎哎，就要抓到了！”甘琳激动起来，甚至很可爱的碎碎念，“别掉别掉别掉……”

但被抓起来的玩偶还是在靠近出口时掉了下来。

甘琳遗憾地叹了口气：“就差一点点！”

程知递给她游戏币，不服输地鼓励甘琳：“再来一次！”

甘琳把游戏币放进去，在娃娃机动感的音乐和不断闪烁的灯光中，她操纵着摇杆，调整抓钩到抓玩偶的位置，随即，点了按钮。

抓钩抓住了玩偶，程知和甘琳瞬间齐齐屏住呼吸，目不转睛地盯着抓钩上的玩偶。

几秒后，玩偶顺利掉在进出口。

程知和甘琳不约而同地跟对方击掌，就这么跟对方扣着手指激动地在原地蹦，像极了两个中了大奖的小朋友。

林冬序来找程知时，就看到她们俩面对面扣着手指兴奋地蹦跳的这一幕。

他失笑地瞅着这俩仿佛回到了七岁的女人，心情无比舒畅。

“知知。”林冬序倚在电梯旁喊程知。

还在笑的程知眉眼弯弯地扭过脸来，眸子里的笑容正灿烂。

“啊？”她应。

林冬序说：“跟我去楼上。”

甘琳鼓嘴，语气委屈：“哥你好小气，我才跟知知姐玩了一会儿！”

林冬序轻哼着笑了声：“我有正事要跟她说。”

程知跟林冬序上楼之前对甘琳说：“琳琳，等我跟你哥聊完正事，我就下来继续跟你一起抓娃娃。”

甘琳笑起来，嘴上回着“好啊”，心里却差不多猜到了结局，知知姐今晚怕是不能再下来跟她一起玩了。

程知和林冬序上了电梯后，林冬序就把人扯进了怀里，他迫不及待地低头亲她，一下一下地啄着她的唇瓣。

程知仰起头回应他，吻随之加深。

电梯到了四楼，林冬序紧紧贴着程知，一边亲一边往外走。

程知不断后退，最后靠到吧台边缘。

他单手环紧她纤细的腰肢，另一只手轻碰她的脸，不断地汲取索求着。

程知头晕目眩，睁不开眼，她脸颊发烫，心跳加快，呼吸极度不畅，搭在他颈后的手指慢慢滑落，勉强抓住他肩前的毛衣料子。

良久，等林冬序终于肯放过她，程知已经浑身发软得快要站不住，幸好后靠吧台，身前又有他搂着。

程知窝在他怀里平复着气息，待呼吸稍微平稳，她才开口，话语似撒娇，又像轻嗔："这就是你说的正事吗？"

林冬序低声笑，嗓音透着一股沙哑的性感。

"当然不是。"他说完，就牵着手带她去了书房。书桌上摆着一堆请帖，大红色的外封上有烫金的腰封，上面是镂空的字样——订婚请帖。

程知随手拿起一张打开。

内页乍一看只有字，没有设计任何图案，但仔细瞅的话，能看出纸张上刻印着一片向日葵花海。

程知用手摸了摸，能感受到花海图案的每一处纹路线条。

请帖是竖排格式，从右到左写的是：

送呈秦封台启：

谨定于二〇一九年公历一月十五日（二〇一八年农历腊月初十），星期二，为林冬序、程知举行订婚宴。

恭请光临！

再左面是订婚宴的时间、席设以及地址。

左下侧写着"敬邀"。

请帖上的日期已经被林冬序填好，人名都是他用小楷毛笔写的。

林冬序邀请程知跟他一起写："日期我都填好了，人名才写了几个，要不要跟我一起写？"

程知不敢贸然答应："我毛笔字写得不怎么好，还是你来吧……"

林冬序却说："不需要多好看，工整干净就行。"他拉过她，从身后把她圈在桌边，递给她毛笔让她写。

程知打开一张待写宾客名字的请帖后，还是有些忐忑地打起退堂鼓："不行啊冬序，这么隆重的请帖，我怕我写不好。"

林冬序失笑："那我陪你。"

他捏着她的手，带着她蘸墨，然后提笔，握着她的手一笔一画地在请帖上的第一行空白处写了秋程的名字，然后又在为谁举办订婚宴那行写下了他们的名字——林冬序、程知。

他的力道掌握得刚刚好，带着她写出来的字遒劲有力，看起来格外漂亮大气。

程知感叹："要知道有今天，我小时候绝对会坚持跟我爸妈练书法。"

林冬序笑着问她："你练过多久？"

程知回想了下："两三年吧，后面就懈怠了，我爸妈见我对书法没太大兴趣，也不逼我学，于是就这么搁置了。"

他们说着话时，又写好了要给邱橙的请帖。

"下一个写谁？"程知问。

林冬序说："封哥夫妻、椿哥一家，还有阿随的我都写了，橙子和阿程的也有了，差陈周良。"

曾经，"陈周良"这几个字是她藏在草稿纸上的秘密，是她每写一次就为之心颤的名字，而现在，她的心已经不会再为陈周良泛起一丝波澜。程知在林冬序的帮助下，很从容地写下了陈周良的名字。

"他的爸爸妈妈也要邀请，名字是陈元曜和周映巧。"程知说着，从旁边拿过一张宣纸来，给林冬序写到底是哪几个字。

林冬序看着她自己写的这六个字，温声笑着说："这不是写得挺好的吗？"

"你再写几个字我看看。"

程知便蘸了蘸墨，又在宣纸上写了三个字——林冬序。

她继续写——冬序。

写完又写——阿序。

最后写了三个字——未婚夫。

林冬序忽而用力地箍紧她，他偏头，薄唇贴在她耳上，几乎咬着她耳朵在她耳边低喃："别勾我。"

他说话时呼出来的气息如数落在程知耳朵上，惹得她耳根酥麻，心也跟着晃了晃。

程知真切地感知到了危险在靠近。

他此时此刻在想什么，她差不多都清楚，但她也不知道中了什么邪，向后扭脸，亲了亲他的喉结，然后浅笑轻言："就勾你。"

在她柔软的唇贴在他坚硬的喉结上的那一刹那，林冬序不由自主地滑了滑喉结。

残存的理智在这一刻瞬间溃散，他垂眸凝视着她，眼底翻涌着难以弄明白的剧烈情绪。

下一秒，刚回过头的程知突然被他掰过脸。

这次没有任何的温柔厮磨作为缓冲，他直接深吻到底。

程知捏着毛笔的手颤了颤，在白纸上留下了一道墨痕。她将毛笔随手放在宣纸上，手抬起来，抓住了他的手腕。

到后来，程知慢慢地转过身面对他。

林冬序吻着她的同时，腾出一只手推开她身后桌面上的请帖和宣纸。

搁在宣纸上的毛笔不小心浸染了一片黑墨在纸面上，刚巧将她写的“未婚夫”这三个字模糊掉。

旋即，他单手箍紧她的腰肢，把她抱到了桌上。

书桌一片凌乱。

程知也是。

林冬序边吻她边燎火，程知几乎受不住，往前倾身躲进他怀里。

他微凉的指腹追过来，却让她恍若陷入挣脱不开的滚烫中，惹得她止不住起鸡皮疙瘩。

程知紧张地抠紧手指，指甲直接穿透衣料嵌进他的脊背。

林冬序感知到了她的情绪，便慢慢收了放肆，没再惩罚似的闹她。

他继续吻着她，不间断的深吻让程知缺氧窒息，不得不依靠他才勉强能够呼吸。

良久，林冬序终于结束了这个绵长又激烈的吻。

他轻抵她的额头，对正在急促呼吸的她低哑呢喃：“下次再这样闹，我可不会饶过你了。”

程知侧脸伏在他肩头，呼吸不稳地轻轻“嗯”了声。

等她平复了，林冬序才和她继续一起写请帖。

最后，程知父母的请帖是林冬序亲自填写的，而他家人的请帖，则由程知一一写好。

写完后两个人又把请帖全部整理好。

时间已经不早了，程知提出来要回家，顺便把要给父母和陈周良一家的请帖带回去。

林冬序应了声，随后就穿上衣服换了鞋带她下楼。

程知特意让电梯在三楼停了下，她去找甘琳。

甘琳这会儿正抱着平板追剧，看到程知又折返回来，很惊讶地起身，唤她："知知姐？"

程知有点歉意地道："抱歉，琳琳，时间不早了，我得回去啦。"

"我们先加个微信吧，下次再约着玩。"她笑说。

"好啊！"甘琳立刻拿过手机扫了程知展示给她的微信名片，加了程知。

"那我走啦，"程知对甘琳挥挥手，"拜拜。"

林冬序就在电梯旁等她。

甘琳把他们俩送到电梯口，在林冬序带程知乘坐电梯下楼后，她点开刚刚加上的程知的微信，笑盈盈地把微信备注改成了"嫂子"。

林冬序开车把程知送回家，两个人照常在楼下拥吻了会儿，才恋恋不舍地分开。

而这一幕，刚巧被吹着冷风在三楼阳台上抽烟的陈周良看到，他盯了他们片刻，掐灭烟转身回了房间。

没一会儿，正要去洗澡的他突然听到客厅里传来一道清甜带笑的声音："陈叔，周姨！"

程知语调扬着，显然心情很好："我来给你们送订婚请帖。"

周映巧替程知开心的同时，心里难免有些遗憾。她很疼爱地拉着程知的手说："知知就要订婚了，订了婚差不多也就要结婚啦，真好。"

程知很乖巧地笑了笑，她对周映巧和陈元曜说："这是三张请帖，陈周良的也在里面。"

"他呢？还没下班回家吗？"

陈元曜回答："在房间呢。"

陈周良的心蓦地提起来，她会不会过来找他？

就在这时，陈周良听到程知淡笑说："那我不打扰他休息了，看他最近挺累的。"

"陈叔、周姨，我回去啦，时间很晚了，你们早些休息。"

陈周良的心跟着外面的关门声一起重重落地。

第十三章

我爱你，不止今夜

她说这个季节没有铃兰，他便以他的方式，送她一片铃兰花海。

程知特意问了江雯十五号那天还在不在沈城，有没有时间来她的订婚宴。

江雯回复她：恭喜知知！啊啊啊啊我真的好替你高兴！到时候我一定到！

程知便把要给江雯的请帖用同城快递寄到了江雯的学校。

一月十五号当日，并不是个晴天，天气从早上就阴沉沉的，看起来像是要下一场大雪。

程知很早就起来洗漱，之后被林冬序接出了门。

因为林冬序提前跟她说了，不用自己准备订婚时要穿的衣服，他会为她准备好，到时候还会让化妆师帮她上妆做造型，程知就没有操心这些事。

到了店里，林冬序让程知先去换衣服。

程知随着店员一踏进更衣间，就被人体衣架上的那件白色长裙惊艳到了。

礼裙的吊带和裙身上都挂满了白色的小铃兰，是她最喜欢的铃兰花。

程知登时扬起笑来，林冬序总能戳中她的心，他太知道她想要什么了。

她说这个季节没有铃兰，他便以他的方式，送她一片铃兰花海。

程知在店员的帮助下顺利换好长裙。

她披散着长发走出去，换好西装礼服的林冬序已经在等她了。本来背对着这边的他听到动静，转过身来，目光落到她身上，就再也挪不开。

林冬序望着身穿一袭白色长裙的程知，满眼温柔笑意。这件高定礼裙太适合她了，肩带和方形领口边缘铺满白色的铃兰，衬得她肩线优美，锁骨性感，尤其是左侧锁骨那处的英文文身，很容易让人心生欲念。

裙身上的铃兰花弯弯曲曲，形成一条条起伏的波浪线，最后围满整个裙身，再加上腰处的白色蝴蝶结点缀，让本就知性优雅的她更显清新淡雅。

他朝她走去，她也正向他走来。最后，林冬序和程知站在彼此面前。

程知浅笑着抬起手，抚了抚他西装戗驳领上别的那枚铃兰胸针。

林冬序握住她的手，有些动情地低头在她的指尖轻轻吻了下。

接下来，妆发师就开始给程知弄头发、化妆。

时间一分一秒地流逝，林冬序等了程知很久很久，但他并没有一丝不耐烦。

直到程知打扮好，从化妆间出来。

林冬序看着盘了低发的她露出纤细白皙的天鹅颈，脖子上戴着他在她生日那天送的那条红玉髓四叶草项链，映得她肌肤愈发白皙。

程知的头上戴了一款铃兰珍珠流苏发梳，发梳上的流苏随着她的步伐，一步一摇。

她的手腕上还戴着他送她的红玉髓四叶草手链和橙子夫妇送给他们的那款红绳，红绳上拴的铂金英文字母是他名字的首字母。

化妆师特意给程知化了淡雅的妆容，很衬她今天的打扮，也很符合她的气质。

眼前的女人又仙又美。

林冬序眸色变深，他克制着要立刻抱紧她亲吻的冲动，让店里的工作人员拿来他提早准备好的东西。

两个店员很快一人拿着一个首饰盒走过来。

林冬序先拿起那对白母贝耳坠，温柔地给程知戴好。

每只耳坠有四个四叶草，最上面一个四叶草的左、右、下三片叶子底端分别坠着另一个四叶草。

程知认得这款耳坠，VCA家的Magic Alhambra（梵克雅宝品牌旗下的一款产品）系列耳环，她后来和他一起打的那个耳洞，就戴着那次她付钱买的那对情侣耳钉的其中一只，林冬序今天也戴了那枚耳钉。

之后，他又从另一个首饰盒里捏起戒指，随即执起程知的左手，把订婚戒指戴到了她的中指上。

他为她选的这枚戒指是红宝石戒指，椭圆形的宝石嵌在铂金戒指里，红宝石两侧还有两块切割钻石陪衬。

程知之前就有了解这款订婚戒指，价格过百万元，而且她记得这款戒指的红宝石是二点一四克拉。

二点一四，一个很美好的数字，程知仰脸望着林冬序笑。

他到底没忍住，亲了亲她上扬的唇瓣。

在离开店里之前，林冬序亲自给程知换高跟鞋。

程知坐在沙发里，拿过包包翻找着什么东西。

林冬序单膝跪在她脚边，他托起她的脚，把她脚上本来穿的那双鞋脱下来，给她轻柔地穿上他为她准备的银色带钻高跟鞋。

程知把找到的东西从盒子里拿出来攥在掌心，将包包放到旁边。

她垂眼，唇边漾着笑。

看他温柔细致地给自己穿高跟鞋，程知的心软塌塌地陷了下去。

等林冬序给她穿好鞋，一抬头，就望进了她清透含笑的杏眸中。

程知弯腰，向前倾身，她捧起他棱角分明的侧脸，在他舒展的眉心烙印下轻轻一吻。

林冬序闭了闭眼，喉结也跟着不由自主地滑动。

而后，程知保持着轻身凑近他的姿势，声音娇甜地轻喃：“冬序，手给我。”

林冬序听话地将左手递给她，程知把攥在掌心的那枚男戒缓缓套进他的中指。

在他们确定好订婚日期后，程知去买了这枚戒指，戒指是最最简单的款式，铂金的，没有嵌钻石也没有任何图案，但内环里藏着一句英文。

林冬序这会儿还没发现刻在戒指上的英文，他愉悦地笑着，就这样半跪在地上，抬手将她拥进怀里。

程知眉眼弯弯地回抱住他：“出发吗？”她在他耳边轻声问。

“嗯。”林冬序应着，先起身，然后把程知拉起来，给她穿好厚实的大衣，又给她系好围巾。

虽然举办订婚宴的宴厅里很暖和，但外面格外冷，只穿订婚礼裙出门，会把她冻坏。随后，他牵着她的手，带她上了车，黑色的劳斯莱斯向着办订婚宴的地方驶去。

下车进了酒楼后程知就摘掉了围巾，也脱了大衣，和林冬序乘坐电梯去往宴厅。

两个人一出现就引来很多目光，已经先他们到达的亲朋好友笑看着这对小情侣款款走来。

邱橙拉起程知的手，笑着打量她，高兴地道："知知今天真漂亮，这哪儿像订婚啊，简直就是新娘子。"

程知唇角弯弯，杏眸里沁满了笑意。

小樱桃也跑过来，穿着粉色公主裙的小姑娘今天打扮得非常可爱，她仰脸对程知和林冬序说："祝干爸干妈订婚快乐！"

程知蹲下来，浅笑道："谢谢小樱桃。"

孟桃歪头认真地问："干爸干妈什么时候结婚呀？"

程知温柔地回答她："等下一个冬天，干爸和干妈就要结婚啦。"

孟桃欣喜地道："那小樱桃可以做你们的花童吗？"

程知还没说话，林冬序就率先接话回答："当然啊。"

"干爸干妈本来就打算到时候让小樱桃做漂亮的小花童的。"他温声笑说。

"好耶！"孟桃开心地拍了下手。

随后，姜眠挽着秦封的胳膊过来跟林冬序和程知道喜。随遇青、甘琳、江雯也陆陆续续地走了过来，和这对璧人聊天谈笑，祝他们订婚快乐。

陈周良站窗边，望着他们一群人。

秋程在和林冬序聊完后就折身退出了人群。

他走到窗边，在陈周良旁边立定，问："不过去？"

陈周良轻扯嘴角："人太多了，等会儿再去。"

秋程叹了口气，他没有说安抚陈周良的话，没法劝慰，都是自找的，陈周良活该受着。

秋程拿了两杯酒，递给陈周良一杯，跟他碰了碰杯壁，仰头喝了口酒。

陈周良则直接将这杯酒一口饮尽，他始终望着程知和林冬序在的方向。

她笑得很开心，她一定很幸福，笑容才会这么明媚。

不多时，围绕着程知和林冬序的好友们渐渐散去。

陈周良这才挪步，在朝他们走去时，他随手把空掉的酒杯放在桌上。

"程知。"陈周良喊了扭脸看着另一边的程知一声。

林冬序和程知不约而同地回过头来。

陈周良和林冬序对视了一瞬，他微笑着对林冬序小声说了句："恭喜。"

林冬序笑答："谢谢。"

随后，林冬序就对程知说："知知，你们聊，我去爷爷那边看看。"

程知笑着点头："嗯，好，一会儿我过去找你。"

林冬序离开前绅士地对陈周良微颔首，说了句："失陪。"

等林冬序走开，陈周良的目光落回程知身上，他凝视着程知，低声道："你今天很美。"

程知没有和原来那样回答他"我其他时候就不美了吗"，而是笑语盈盈地道："都是冬序帮我搭的。"

陈周良词穷到不知道该回什么，最后吐出一句："他眼光很好。"

程知不知道想到什么，笑意更甚，很同意地点头："确实。"

刚才陈周良没过来，所以也没听到程知和孟桃说的话，他故作若无其事地问："都订婚了，你们打算什么时候结婚办婚礼？"

程知莞尔道："今年十月份领证，十二月办婚礼。"

好快，陈周良叹了叹气，不露声色地说了句："挺好。"

程知笑着打趣："你也快点啊，不要落到太后面。"

他微牵唇角，心不在焉地道："尽量吧。"

甘琳看到正在面对面聊天的程知和陈周良，立刻就凑到了林冬序身旁，她悄悄地问林冬序："哥，跟我嫂子说话的那个男人是谁啊？"

不等林冬序回答，她就很操心地说："我看那个男人看我嫂子的眼神不太对，他会不会喜欢我嫂子？哥你要不要过去宣示一下主权？"

林冬序失笑，完全不担心，回答说："不用。"

甘琳非常不解，林冬序解释："他们俩是发小，我知道他喜欢知知，我也清楚知知不喜欢他，让他们聊聊吧。"

甘琳说："哥你真大度，换作别的男人，早就醋了吧唧地把老婆拽到身后护着了。"

"这不是大度，"林冬序语气认真地回答，"是信任。我信任知知，也对我自己有信心。"

甘琳似懂非懂，但不妨碍她觉得堂哥很靠谱。

"哥你真的，"甘琳顿了顿，找了合适的措辞，说，"理性温柔，又成熟自信。"而这种根本没把对方当作竞争对手的绝对自信，也不是谁都能有的。

程知没一会儿就走了过来，她来到林冬序身边时，林冬序正动作流利又优雅地倒酒。

程知出声提醒他："你不要喝酒啊。"

林冬序偏头笑看她，把倒入酒杯的红酒递给程知。

"本来就是给你倒的。"他说，"看到你过来了。"

程知瞬间弯了眉眼，她从他手中接过高脚杯，小小地抿了一口红酒，然后就跟他说："陈周良说我今天很好看，我说都是你帮我弄的，他夸你眼光好。"她微笑，"我也觉得你眼光好。"

林冬序自我肯定："找老婆的眼光尤其好。"

程知笑他："你怎么一点都不谦虚？"

林冬序也笑："在这件事上不需要谦虚。"

订婚午宴正式开始之前，林冬序被几个好友闹，非要他当众发表一下订婚感言。

林冬序没有提前准备，只好临时发挥。他牵着程知的手，与她十指交握着，不紧不慢地开口道："我跟知知在去年深秋时节相遇，那天是国庆节后的第一天，她穿着一身紫色的运动服出现在我面前。"

"初见她时，没想过我跟她会如此合拍。"林冬序满脸笑意，"后来我们一起去看日落、看日出、听雨声，她带我回她的高中，我带她去我的马场，我们一起旅行、一起蹦极……一起体验了好多好多有趣的事情，我也因此拥有了很多难忘的经历。"

"我们会分享喜欢的歌曲，会讨论喜欢的电影，会聊人生，包括生老病死。"他偏头垂眸望向站在他身旁的女人，眼底泛起阵阵温柔的涟漪，"她很懂我，我也很懂她。"

"我喜欢她，又不仅仅只是喜欢她。我爱她，我不想错过她。"

林冬序说："我林冬序这辈子，如果没有程知，一定不会完整圆满。"

"知知是从灵魂深处就跟我完美契合的爱人，这世上无人及她，也无人能替她。"说完，林冬序又笑，"非常感谢大家来参加我和知知的订婚宴。"

随遇青不嫌事大，突然出声好奇地问程知："程知，你呢？"

程知仰脸瞅了林冬序一眼，他也正低头看她，她们对望着，相视一笑。

而后，程知落落大方地浅笑轻言："我很爱他，我只想跟他一起长命百岁。"

现场知道林冬序之前经历过“癌症”乌龙事件的人瞬间就懂程知为什么会这样说。

程知说话时，林冬序始终都侧头垂眼凝视着她，男人深邃的眸子黑漆漆、亮晶晶的，泛着细细碎碎的光芒。

吃过午宴，大家陆陆续续地离开，林冬序和程知将他们一个一个地送到电梯口。

江雯临走前过来找程知，她笑着对程知说：“知知，恭喜你呀，看到你这么幸福，我也好开心。”

程知眉眼弯弯地问她：“放寒假了吗？你是不是要回家了啊？”

江雯点点头，又摇摇头，她说：“放寒假了，但是我先不回家。”

程知讶异，疑问：“啊？那你是要去旅行还是去实习？”

“知知……”江雯还没把事情说出来，眼眶就先红了。

程知拉着她往旁边人少的地方走了走，然后才握着江雯的手，担忧地问她：“怎么了？你是不是有什么事？”

江雯瘪瘪嘴，强忍着眼泪告诉她：“我负责的那位爷爷去世了，就在前几天。我当时在学校考试，不知道他……”江雯飞快地眨着眼睛，“等我考完试，就被癌症协会通知，高爷爷已经走了，我不用再去医院了。”

程知一时不知道该怎么安慰江雯，虽然只是负责帮助病人完成遗愿的志愿者，但相处好几个月，多少都会有感情。

江雯继续跟程知说：“高爷爷之前一直都说他没什么遗愿，但是他去世后，他的律师找了我，给了我一封高爷爷留给我的信，还有一张机票和一张漫展票。我之前跟他说过，我最大的遗憾是我还没来得及跟我当年喜欢的CV（角色声音，标示作品中角色是由哪位配音员来配音的）说一句谢谢，他就退圈查无此人了。那个CV曾经在我……”

江雯哽咽了下：“他在我患抑郁症的时候劝慰过我、鼓励过我，如果不是他，我可能早就……但是后来他毫无预兆地突然退圈回归三次元了。”

程知抬手给江雯擦了擦眼泪。

江雯觉得很不好意思，抱歉地说：“对不起知知，我在你大喜的日子这样哭……”

程知失笑着摇头：“没事啊。”

“我就很遗憾，没有亲口跟他说过谢谢。”江雯吸吸鼻子，稳了稳情绪，接着往下说，“没想到高爷爷会给我准备机票和漫展票，甚至帮我订好了酒店，他说他的遗愿就是希望我能去那座城市看一眼，去漫展好好玩一次。高爷爷知道我喜欢逛漫展，这次举办漫展的城市就是我喜欢的那个 CV 生活的城市。”

江雯眼眶通红地对程说：“知知，我今天傍晚就要动身了，去实现高爷爷的遗愿，也是弥补我的遗憾，既然无法对那个 CV 道一声谢，对他在的城市说一声谢谢也好。”

程知温柔地抱了抱江雯，她轻轻拍着江雯的脊背，眼里盈着水光低喃：“去吧，趁现在有时间也有机会，尽管做你想做的事，去你想去的地方。”

“嗯。”江雯回抱着程知，掉着泪笑起来。

送走所有宾客，林冬序开车送程知回她自己住的那处住所。

程知累得不行，上了车就把高跟鞋脱掉了。她靠在副驾里，深深地舒了口气。

“好累，”程知扭脸问正在开车的林冬序，“你累不累？”

“我还好。”他嘴角轻翘着回她。

程知今天喝了些酒，不过刻意控制了量，没有喝醉，人还是清醒的，只是脸染了些许绯色。

“爷爷不是说要我们回家吃晚饭吗？”程知问。

林冬序“嗯”了声，然后低声笑着问：“晚上要住在那边吗？”

程知没想到他这么直白，一时怔愣，她本就泛起红晕的脸颊瞬间发起烫，灼热一路蔓延至耳后根。

须臾，程知才有点忐忑紧张地回答他：“嗯。”

“好啊。”她浅笑轻声回应。

回到程知家里，程知想先洗个澡，把身上这件订婚穿的铃兰长裙换下来。

她刚把流苏发梳摘下来，站在她跟前的林冬序就抬起手，他将双手绕到她脑后，动作缓慢轻柔地帮她把发绳慢慢解开。

一瞬间，程知柔顺的长发坠落披散。

就在林冬序想要俯身亲吻她的前一刻，程知踮起脚，扬高下巴，在他的下巴上亲了亲。

“我去啦。”她的声音轻软，像在对他娇喃。

林冬序的喉结滑了滑，溢出一声低应。

随后，程知去了浴室洗澡。林冬序坐在客厅的沙发里，安静耐心地等着她梳洗打扮。

良久，程知换了件修身的奶白色低领毛衣和复古半身长裙，手臂上搭着那件他们在商场买的情侣大衣，洗澡前取下来的首饰也已经被她重新戴好。

她走过来，对林冬序笑说：“我好啦。”

距离晚上还有些时间，林冬序不着急带她回家。

程知便随手将大衣放在了旁边。

他把她拉过来，让她坐在他腿上，抱着她温存，刚洗完澡的程知浑身都香香的。

她歪头靠着他的肩膀，林冬序闻到了她身上散发出来的沐浴露和洗发水的味道。

程知正在捏着他的手指玩，他的左手中指上戴着她送他的订婚戒指。

程知伸出自己的左手，和他的放在一起。

红宝石戒指和简约的铂金男戒莫名契合。

“冬序。”程知忽而喊他。

林冬序问：“想拍照？”

她笑，点头道：“嗯。”

“怎么拍？”林冬序稍微动了下，“我配合你。”

程知打开手机相机，对着他们挨在一起的手拍了张照片，但是拍出来后觉得效果一般般，程知觉得不满意，于是换了个姿势和角度。

她坐在林冬序叉开的两腿间，拉起他的左手，让他的手臂横在她颈前，左手轻扣着她的右肩。随后，程知抬起自己的左手，抓在他的手腕处。

她偏头抬脸，对林冬序说：“冬序，低一点头，看我。”

在她身后搂着她的林冬序听话照做。

程知按下拍照键，随后，他亲了她一下。

程知被他惹笑，然后才低头看照片。

照片中的他们没有露全脸，只稍微露出流畅的下颚线条。

两只手上的戒指很显眼，精致又优雅。

接下来半个小时，林冬序就看着程知对着这张照片来回捣鼓，加滤镜，加各种元素，觉得效果不好看就从头再试，最后终于弄成了她满意的电影海报风格，程知这才把照片发到朋友圈。

也是这时，她发现林冬序先她一步发了一条朋友圈，他发的是今天在订婚宴的宴厅里，甘琳帮他们俩拍的那张合照。

照片上的林冬序和程知都用左手端着装了红酒的高脚杯，刚巧露出他们手上的戒指。他的右手搭在她纤细性感的腰肢上，轻揽她入怀。她歪头靠着他，仰脸冲他笑得明媚。他也偏头低眸，正目光温柔宠溺地笑望着她。

林冬序给这条动态配的文字是“My fiancee,CZ(我的未婚妻，程知)”，而程知配的文字是“Hello,fiance（你好，我的未婚夫）”。

她笑了下，给他点了赞，又评论了一个很可爱的撒娇颜文字。

林冬序也第一时间给程知的动态点了赞，评论说：“请多指教。”

傍晚时分，林冬序带程知回家。两个人到林宅时，晚饭刚好被摆上桌。

甘琳今天是从工作中抽身回来参加他们订婚宴的，现在人已经飞去另一个城市了，所以这次只有三位长辈和林冬序、程知一起吃晚饭。

晚饭过后，林冬序和程知在一楼客厅陪着几位长辈聊了会儿天，然后就回了四楼。

林冬序在电梯里就开始吻她，仗着没有人，他肆无忌惮地直接托抱起程知，把她抵在冰凉的电梯壁上亲。

程知的手捧起他的脸，低头迎合着他的亲吻。

“‘亲戚’还在吗？”他压低声线问她。

程知嗓音很轻地回答：“已经走了。”她这几个月总是会提前，导致到这个月还没到月中，她就已经结束了例假期。

接下来的事，他们心照不宣。

电梯门打开后，程知被林冬序一路抱着，一路亲吻，最后终于来到他的卧室。

房间里没开灯，很昏暗。

林冬序在把她放到床上的那一刻，点了遥控按键，窗帘自动地缓缓合上。

这下周围彻底漆黑，程知看不清他的面容，但真切地感受到他在。

黑暗中，一切感官都在被无限放大，她的手指轻触到他的皮肤，掌心慢慢贴合到他线条流畅的脊背上。程知小心翼翼地抱紧他，紧张到浑身僵硬。

林冬序不紧不慢地给她摘掉她戴的所有首饰，又暂时取下他左手中指的订婚戒指，最后拉开床头柜的抽屉，从里面拿出要用的东西，这才步入正题。

程知昂起脑袋，轻轻颤着，泫然欲泣般唤他：“冬序……”

林冬序用力地抱着她，在她耳畔温柔低喃：“我在。”

被从未感受过的陌生感包围，程知难免慌怕，她紧张得要命，克制不住地呜咽。

大概觉得羞耻，她闷头在他怀里，死死咬住唇。

林冬序凑过来吻着她安慰：“没关系的，没关系的，知知。”

“不会有其他人听见，”说完他又诱哄般呢喃，“你的声音很好听，我喜欢听。”

程知羞得浑身滚烫，但乖乖听了他的话，慢慢松开了紧闭的嘴巴。

时间好像变得很慢，似乎静止住了。

程知再有时间概念时，已经被他抱到了浴室。

刚才的一切像梦，虚幻又朦胧，直到看到他腰侧的文身，程知才有了些真实感。

她盯着林冬序左边腰侧的那只可可爱爱的小羊，还有和小羊融合在一起的花体数字——1991.12.07，倏而怔住。

她抬手轻触到他的文身，涩哑的喉咙发紧，像是往外干巴巴地蹦字似的发出声音：“你文的是……”

林冬序握住她的手，攥在掌心。“是你，”他顿了顿，“是你的属相和出生年月日。”

程知抬眼看向他，眼尾处还没褪去的绯色又染红了一层，她环住他精瘦的腰身，眼睛止不住地泛热又酸胀，心潮澎湃，犹如巨浪翻滚。

花洒的水淋下来，浇湿站在花洒下的他们。

程知仰起脸，踮着脚去吻他的薄唇。

林冬序拥紧怀里身娇体软的女人，低头迎上她的吻。

好一会儿，绵长的深吻才结束。

洗完澡，程知很快就疲累地熟睡过去，林冬序却没了困意，只守着她。

怀里的女人睡颜恬静安然，他忍不住亲亲她，又抱抱她。

林冬序没打算再闹她，于是捏起戒指，想要重新戴好，结果没想到，戒指内环刻了字，而他在此之前毫无察觉。

林冬序拿着她送他的铂金戒指慢慢转动，终于将上面的英文尽收眼帘。

——I love you, not just tonight. L & C.（我爱你，不止今夜。林冬序和程知。）

林冬序嘴角浮起笑意，他戴好戒指，低头去吻她。

睡梦中的程知被他扰到，蹙起眉心不耐地哼了哼，手本能地抬起来要推开他。

林冬序握住她纤细骨感的手腕，继续吻着她，甚至还不断加深了这个吻。

程知睁了睁眼，又倦怠地闭上了眼睛。

她由着他亲她，非但不再反抗，渐渐地还开始迎合。

林冬序边亲着她边含混地对她低哝："I love you，not just tonight."

程知懒洋洋地微笑，声音听起来娇俏又软绵："你发现啦？"

"发现了。"

林冬序贴着她的唇厮磨："很惊喜，也很喜欢。"

程知心满意足："不要闹我了，"她克制着想要跟他再放肆一次的情动，"我想睡觉呢。"

林冬序这才慢慢往回一点点地收吻，他温柔呢喃："你睡，我不再吵你了。"

程知乖乖地窝在他怀里，眨眼间又睡熟。

今晚过于放肆，她实在受不了，累得很。

隔天清早，程知没能准时醒，早饭自然也就没吃。

林冬序特意让叶姨给程知留了份早饭，想等她睡醒让她吃。

怕他去公司上班后她醒来自己在家会觉得心里不舒服，林冬序上午就没去上班。

直到快晌午，程知才悠悠转醒。

卧室里只剩她自己，程知以为林冬序已经去公司上班了，她慢吞吞地爬起来，忍着身体的不适进卫生间洗漱，然后穿上昨晚被剥落的衣服，刚打算走，结果听到书房有说话声。

书房的门没有关严，只虚掩着，林冬序坐在里面，正在开视频会议。

程知没有打扰他，她放轻脚步来到客厅，在沙发上坐下。

须臾，电梯门忽而打开，叶姨推着餐车过来。

程知惊讶地起身，叶姨笑吟吟地对程知说："小序在微信上跟我说你醒了，让我把给你温的早饭送上来，你吃一些。"

程知稍愣，随后就笑起来，应该是她在书房门口时，他察觉到了。

"谢谢叶姨。"程知莞尔道。

叶姨把早餐给程知放下就推着餐车离开了，偌大的客厅只剩程知自己。她拿起筷子，夹了一块鸡蛋卷，小口小口地吃起来。

就在程知把早饭吃得差不多时，林冬序拉开书房的门，从里面走出来。

“吃好了？”他笑望着放下筷子的她，温声问。

程知仰脸看他，莞尔一笑：“嗯。”

林冬序在她身侧坐下，很自然地搂过她，语气关切地问：“还好吗？”

程知登时脸红，她快速地扑闪着眼睫，强装镇定地道：“有点不适。”

“嗯？”林冬序问，“哪儿？”

程知：“……”还能是哪儿啊。

她没回答他，只说：“我休息两天应该就好了。”

林冬序听出她话里的深意，低声笑了一下。

“好，”他答应，话语含笑说，“我这两天不闹你。”

程知起身坐到他腿上，勾着他的脖子依偎在他怀里，轻声道：“我还以为你去公司了。”

林冬序唇角轻扬，嗓音缓和而温柔：“在等你醒来。”

“下午再去公司。”他说。

程知笑问：“是怕我醒了后发现你不在家会不自在吗？”

“嗯。”林冬序坦然承认，“我想，如果我在的话，你应该会感到安心，不会失落。”

她也没掩饰：“你太懂我了。”

林冬序怜爱地亲了亲她，话语清润：“中午在家吃，还是带你出去吃？”

程知眨了眨眼，说：“我刚吃了早饭，一点都不饿。”

林冬序便道：“那你陪我吃午饭，顺带多少吃一点，好不好？”

他的语气像在哄小孩子，程知的心都要被融化了，哪里还拒绝得了，她眉眼弯弯地点头答应：“好。”

两个人出去吃了顿午饭，然后林冬序送程知回她自己的住处，他再去公司。

程知感觉自己还没缓过劲来，到家后抱着电脑写了一会儿剧本，整个人乏得要命，她就关了电脑，回房间去睡觉了。

下午，林冬序去见一个合作方，对方是个年轻干练的女性。

谈完工作后，对方主动把话题往感情上面靠，甚至试探性地问林冬序喜欢什么样的女人。

林冬序淡笑说："我喜欢的，不是某个类型的女人，而是具体的那个女人。"

"林总这是……有喜欢的人了？"对方有些失落。

林冬序回答："昨天才跟我喜欢的人订了婚。"他叹了口气，嘴角噙笑道，"是我大意了，忘记给杨总带订婚喜糖。"

被林冬序叫作杨总的女人听闻，瞬间更觉遗憾。

这次见面结束，林冬序在回公司的路上对冯嘉木说："冯特助，准备些礼盒装的喜糖，给和林氏有业务往来的所有合作方都送点，再给全公司的员工每人发一份。"

冯嘉木应允："好的，林总。"

傍晚下班后，林冬序在去找程知之前，先去花店买了一束花，然后在微信上问她：知知，晚饭你想吃什么？

程知没有回复，林冬序猜测她在写剧本，过会儿才能看到消息，也不着急等她回复，就先开车往她家驶去。

然而，直到他把车停在她家楼下，她都没有回复他。

林冬序心底大概明白，她可能在睡觉。

他坐在车里，扭脸瞅着被他放在副驾驶座的那束白色洋桔梗，无奈失笑，只好在楼下等她。等她什么时候回他消息了，他就上去找她。

程知这一觉直接睡到夜幕低垂，她睁开眼时，外面的天色早已擦黑，房间里昏暗一片，冷冷清清。

程知很少这样直接睡到晚上，她坐起来，按开床头柜上的铃兰花台灯，然后就这么靠在床头摸过手机查看消息。在看到林冬序两个多小时前给她发的消息时，程知直接给他拨了视频电话过去。

林冬序很快接通，他一边和她视频，一边从车里下来，拿着花走进楼，上电梯。

程知错愕地问他："你又在楼下等了我很久吗？"

林冬序没有一丝不耐烦，嗓音温和地笑说："没有太久。"

程知已经奔下床光着脚跑出了卧室，她按开客厅的灯，然后打开门，站在门口等他。

须臾，电梯门打开，拿着花束的林冬序出现在她面前。

林冬序始终没让花束暴露在视频里，所以程知根本不知道他还给她买了花。

她欣喜地抱过他送她的白色洋桔梗，然后搂住他，很歉意地说：“实在抱歉，又让你在楼下干巴巴地等我。”

林冬序回拥住她，低头亲吻她柔软的发顶，笑着说：“没事啊，男朋友等女朋友天经地义，更何况我是你未婚夫。”

未婚夫。

程知在他怀里仰起脸来，抿嘴笑。也是这时，林冬序注意到她没有穿鞋，他直接把人抱起来，进屋，关门。

“出去吃？还是在家里做？”他问她的意见。

程知图省事，便选了出去吃。

在等程知换衣服的时候，林冬序把这束洋桔梗给她修剪好放进了花瓶。

程知穿好衣服一走出来，就看到被他安置好的花朵。她扬起笑小跑到这边，凑近花瓶轻嗅了下花香：“真好闻。”

林冬序垂眸凝视着她，满眼笑意。

随后，程知拉起林冬序的手，往他掌心里放了个东西：“这个给你。”她杏眼轻弯。

林冬序盯着手中的钥匙，心口登时泛起微微的酥麻。

程知说他：“以后你不要再在楼下傻等了，直接上来找我。”

他的喉结滚动，愉悦地低声应：“好。”

第十四章

命运馈赠的惊喜

“最好的东西都不是独来的，它伴随着所有东西同来。”

临近年底放假，林氏办了一场年会，地点在一家豪华酒楼。林冬序作为新上任的老板，不仅要出席，还得发言。

男人穿着高定西装，身姿挺拔，干净利落的短发被打理得一丝不苟。

虽然全公司的人都已经知道这位新上任的林总已经订婚，但还是有很多小姑娘会忍不住多看他几眼，甚至几个人围在一起讨论林冬序。

“很好奇林总的未婚妻是什么样的女人。”

“他这么帅，还这么有钱，他未婚妻肯定也很优秀。”

“怕是不仅优秀，还很美吧，帅哥就该配美女。”

“搞得我更加好奇了，好想看看他未婚妻有多漂亮。”

大家偷偷聊老板的感情时，老板正在跟未婚妻发消息。

林冬序在微信上对程知说：年会结束我过去找你一起吃饭。

程知问他：在外面吃还是回家做？

他嘴角噙笑回复她：回家做，我给你做。

程知说：那你走的时候带上我一起回家，我就在酒楼附近的咖啡馆。

林冬序眉梢微抬，问道：来多久了？

程知偏不告诉他，打字：你猜。

林冬序闹她：你猜我猜不猜？

程知捧着手机笑，自言自语地小声咕哝：“幼稚。”

他很快又发来：那你再等我会儿，这边结束我就过去找你。

程知应道：好。

和程知结束了聊天没多久，林冬序就上台总结发言，顺带介绍了一下自己，尽管公司里的人其实已经都认识他了。

下台后林冬序没有再在会场多待，先离了场。接下来就是大家吃喝玩乐的时间，他没必要耗在这里。

林冬序从酒楼出来，直奔旁边的咖啡馆。

沉浸在剧本世界的程知正边吃甜品边敲键盘，忽然，她被一道声音打断思路。

“你好，”年轻朗润的男声有点忐忑地询问，“那个……我能加你的微信吗？”

程知抬起脸来看向对方，目测是个二十岁左右的大学生，个子挺高，长得很白净，有点帅。

程知刚要回绝说不方便，对方又道：“我从你来到这里就注意到你了，一直想找你要联系方式又不太敢，但如果错过这次机会，我会很遗憾，所以最后还是过来了。”他说到最后，有点腼腆地笑了笑。

程知从一开始就没打算要给对方联系方式，但她并没有打断他说话，直到他说完，她才起身，歉意地道：“不好意思，联系方式不太方便给。”

男生也觉得自己唐突，脸颊微红地连忙回道：“不不不，是我打扰你了，抱歉。”

程知笑了下，对他说：“你没错的，不用道歉，希望你可以永远保持这份勇敢。”

“啊……”男生紧张地点头，有点语无伦次，“好……好的。”

“那再见，谢谢你。”对方说完就急匆匆地逃也似的往咖啡馆外快步走去。

也是这时，程知看到了正朝她走来的林冬序，她的杏眼中瞬间盈满了笑意。

林冬序走过来，问她：“刚才那是谁？”

程知摇头：“不认识的人。”

“搭讪？”他语气笃定地说，“要你的联系方式是吧？”

程知微笑着“嗯”了声：“我没给。”

林冬序帮着她收拾东西，然后一手拎起装有电脑的包包，另一只手牵住她戴着订婚戒指的左手往外走去。

刚走出咖啡馆，林冬序忽而停下来，他抬起他们交握的那只手，疑惑道："他没看到你手上戴了订婚戒指吗？"

程知笑望着他，对这样的林冬序感到新奇，他好像在不爽，似乎吃醋了。

"你吃醋了啊？"程知语调轻扬着问。

林冬序没承认也没否认，他松开程知的手，摘掉了自己的围巾，给她戴到脖子上，一圈圈缠好，然后重新牵住她的手。

程知抬起没被他握住的右手，抓住他的大衣，借力踮脚，扬起下巴来在他唇边亲了亲，仿佛在安抚他的情绪。

林冬序垂眸，眼底情绪翻涌。在程知想要后退的那一刻，他忽而用力地把她往怀里揽了揽，与此同时，吻已经追了过来。

他们交握的手十指紧扣，林冬序旁若无人地在街上吻着程知，没有丝毫的顾忌。

从年会上偷偷跑出来买咖啡的两个女孩恰巧看到这一幕，当即愣在原地，他们老板、他们林总，正在亲一个女人，而被老板吻的女人，脖子上戴的围巾，正是他从年会现场离开时戴的那条。

程知今天穿得比较随性，但不失温柔，白色的毛衣搭垂坠感很强的黑色阔腿裤，外套就穿了一件和毛衣同色的白色短款棉服。

等林冬序亲完程知，拉着脸颊染上一层红晕的她往停车的地方走时，那俩姑娘才堪堪回神。

她们终于看清了老板未婚妻的模样，杏眼弯弯，红唇轻翘，五官精致无暇，肌肤瓷白光滑，关键是，这位准老板娘周身萦绕的那种知性又温柔的气质格外吸引人。

"好配哦。"其中一个女孩子望着手牵手离开的林冬序和程知，忍不住发出感叹。

另一个女孩子也说："真的好般配啊。"

到了她家后，林冬序脱掉大衣、挽起衬衫的袖子就开始干活。

程知陪他一起进了厨房，帮他打下手，结果还没开火做饭，程知就先把自己搭了进去。

空间有限的厨房里，暧昧的气息如潮涌。

程知被刺激得不轻，好在他后来还是抱着她回了房间。

酣畅过后，两个人一起洗了个澡。换上衣服后，程知累得瘫在床上懒得动，林冬序却神清气爽，他亲了亲她的额头后就去了厨房独自准备晚饭。

程知躺在床上昏昏欲睡，肚子却止不住地咕咕叫，最终饿得睡不着，爬起来去客厅找了点小零食垫肚子，顺便等晚餐。

吃完晚饭，时间都快十点了，两人关掉客厅的灯，窝在沙发里看电影。

电影里演到过新年时，林冬序忽然对程知说："除夕晚上，吃过年夜饭我就去找你。"

靠着他肩膀正在吃薯片的程知笑着回应："好啊。"她开心地说，"我们去哪儿跨年守岁？可以找个热闹的地方。"

林冬序偏头垂眸看向她，问："你喜欢热闹的地方？"

"热闹才有过年的氛围嘛。"她不假思索地道。

林冬序若有所思，须臾，他想到了一个地方，会很热闹，也能给他提供和她独处的空间。

自从公司开完年会放了年假，林冬序天天都在程知身边待着。

她写剧本时，他就在一旁悠闲地看书，并不打扰她。等她放松休息的时候，他便跟她聊书、聊一会儿吃什么，或者一些其他微不足道的小事。

有时调情撩拨，偶尔失控，跟她玩过了火，两个人就会抛下手边的一切事宜，你情我愿地淋漓一次。

除夕当晚，吃年夜饭时，程永年叹气说："今年是知知结婚之前跟爸爸妈妈过的最后一个新年了。"

程知听到父亲这样说，心里登时有点伤感，但很快，她就调整好了情绪，笑着对父亲说："结了婚也能回家过年呀，离得这么近，我随时都能回来住，多方便。"

说完，程知端起酒杯，和父亲碰了碰杯。

程永年被女儿感染，笑着和程知喝了一杯。

程知和父母在饭桌上喝了几杯，后来陈周良一家过来玩，程知又跟他们喝了点。

林冬序来接程知出去玩时，她其实已经微醺了，好在神志还是清醒的。

林冬序在微信上给程知发了句：知知，我到了，你下楼吧。

程知立刻起身，一边穿大衣一边对家里的其他五位说："冬序来接我出去玩，我就不陪你们啦！"

施慈失笑，话语宠溺："去吧去吧，穿厚点，别冻着。"

"知道啦！"程知的语调扬着，在出门时又对他们说，"新年快乐！"

在一楼下了电梯，程知一路小跑到林冬序面前，然后伸手抱住他的腰身。她仰起脸来，主动嘟了嘟嘴，要他亲她。

林冬序低头吻上她红润的唇瓣，也因此尝到了酒的味道。

他低声问："喝酒了？"

程知笑答："喝了些。"

"头晕吗？"他担心她一会儿受不住。

程知摇摇脑袋："不晕，我清醒着呢。"

林冬序笑出声，看来她是有些醉了。

他还是按照原计划，带她去了他安排的地方——轮船上，他们曾经一起看日出的轮船。

程知很诧异，她没想到他会再一次带她到轮船上来。

"为什么来这里啊？"程知不解地问。

"上次我们在海上看日出，这次我想跟你在海上看烟花。"林冬序在卡座里坐下来，伸手揽过身旁的她，偏头对她低喃，"你喜欢热闹的地方，可我又想跟你独处，这儿刚好能满足。"

"岸边会有看烟花的热闹人群，但我们游荡在海上，在只有我们的船上看烟花，不会受到任何打扰。"

程知抿嘴笑起来："我喜欢，我还没在海上看过烟花。"

"再过几个小时就看到了。"他的唇轻轻蹭在她的侧脸上。

程知扭过头来，迎上去给他亲，他也尝尽了她口腔里的酒香。

两个人坐在船舱里赏景，直到快到零点，林冬序才起身。

他帮她穿好大衣，拉着她的手去了甲板上。

烟花正在绽放，夜空一片绚烂。岸边的津海大桥上挤满了人，有人在喊新年愿望，有人在说新年快乐，还有人在倒数计时。

程知和林冬序站在甲板上的栏杆边，他从后面把她圈在怀里。

"冬序，今天是立春呢，春天来了。"程知唇边漾着笑说。

"嗯，"他低声应，嗓音温柔，"我可以和你一起感受风也开花。"

"以后我们都一起。"他补充。

她在他怀里笑得明朗，欣然应允："好。"

"三、二、一！"随着倒计时结束，零点如约而至。

这一秒，时间从除夕跳到了初一。

程知向后扭脸，对林冬序眉眼弯弯地道："冬序，新年快乐！"

林冬序也说："新年快乐，知知。"旋即，他低头，吻住了她的唇瓣。

周围人声鼎沸，头顶烟花灿烂，而他与她，在烟火之下、海面之上，在无数人的面前，浪漫又热切地拥吻着。

时间来到了二月十四日情人节，这天是个工作日，林冬序早退了几个小时，提前离开公司，开车去接程知。他们约好了今晚要去看应彻的演唱会。

林冬序到程知家里时，程知已经换好衣服、化好妆在等他了。

见到他后，她笑着起身，拎了包朝他走来。

因为时间充裕，林冬序先带程知去吃了顿晚饭，然后才开车往举办演唱会的体育馆出发。

演唱会的票应彻早就托人给程知送了过来。他们俩到的时候，歌迷们正在检票进场，程知和林冬序手拉着手走过去，检票后进了场馆。

应彻给他们俩留的是内场 VIP 视野最好的位置。

程知坐下来后就掏出手机拍了几张照片，然后又给她和林冬序拍了张合照。林冬序觉得她脑袋上戴的闪闪发光的耳朵发箍怪可爱的，忍不住抬手摸了摸。

程知趁机拉过他的手，往他手指上套了几个闪光的指扣。

林冬序无奈地笑，任由她瞎折腾。

晚上七点半，演唱会准时拉开帷幕，穿着华丽燕尾服的应彻拿着他专属的星空蓝麦克风出现。

演唱会的第一首歌是他当年发的第一首单曲，很热烈的节奏，配着他干净利落的舞蹈，瞬间就把场内的气氛带热，台下的粉丝们疯狂地喊着他的名字，扯着嗓子大声欢呼。

程知和林冬序都是第一次来演唱会的现场，他们完全被这样澎湃热烈的氛围感染，程知高举起她和林冬序戴着闪光指扣的手，两只交握的手来回晃着。甚至，她也欢欣雀跃地跟着喊，跟着唱。

后来应彻唱了他在电影《潮》里献唱的那首歌曲《春潮》。

应彻唱《春潮》时，全场都在跟他一起唱。

程知对这首歌熟得不能再熟，也一字不差地唱出声。她的脸上漾着笑，眼里却盈着泪。

林冬序察觉到，凑过去亲了亲她的侧脸。他心里再清楚不过——她应该是回忆起了他们拍摄《潮》这部电影的时光，艰难又难忘。

应彻有首专辑叫《季遇》，主打四季系列，这首《春潮》就被收录进了这个专辑内。

接下来，他又陆陆续续演唱了代表其他三个季节的歌曲，演唱会的氛围一波一波高涨。

程知从未体验过如此炙热的气氛，歌迷们热烈到几乎要把场馆燃烧。

时间飞速地流逝着，不知不觉就到了演唱会的尾声。

应彻唱了最后一首歌，是一首偏安静的情歌，也是专辑《季遇》的同名主打曲。

在歌曲前奏响起来时，程知歪头对林冬序说："这首歌的名字取自应彻女朋友的名字。"

林冬序有点惊讶："应彻有女朋友？"

程知笑着说："有啊，从出道就有，粉丝都知道，是他的'青梅'，就叫季遇。"

应彻在唱这首歌时，回头往后台看了好几次。

他目光温柔地望着那个昏暗的角落，低声舒缓地唱着："那年夏天，你踮起脚尖吻我的脸，我的心在跟着你转圈。"然后又唱，"你是我此生最美的际遇。"

在应彻唱最后一首歌的时候，场内的摄像机随机抓取幸运歌迷投射到大屏上。有机会上大屏的粉丝要么大喊应彻，要么跟旁边的朋友拥抱，更有小情侣直接亲吻。

后来，程知和林冬序出现在了舞台的超大屏幕上。

程知愣了一秒才反应过来，她扭脸看向林冬序，他也正笑望着她。

旋即，两个人心照不宣地向对方靠近，轻轻吻了彼此一下。

等应彻唱完这最后一首歌，台下的粉丝们欢呼起哄："嫂子！嫂子！"

本来眼眶泛红的应彻被这群粉丝闹笑，随后，他又很真诚地说了些感谢粉丝的话，这场长达两个半小时的演唱会最终圆满落幕。

应彻一来到后台，立刻就将抱着鲜花在等他的女人紧紧拥进怀里。

程知和林冬序从场馆出来后开车回家，回去的路上，程知还在不断哼唱刚才在演唱会现场听到的那些歌。

把她送到楼下时，时间已经接近零点，林冬序从车里拿出他给她准备好的情人节礼物。

程知好奇地从礼品袋里拿出一个盒子，打开后，里面躺着一瓶香水，是白色铃兰。

她笑，说他："你是打算把所有和铃兰有关的东西都送给我吗？"

林冬序也笑，话语却无比认真："不止。"

他搂过她，温柔呢喃："我想把所有美好都送给你。"

接下来，程知依然按部就班地写剧本。

林冬序则全面接手了林氏，有时会出差几天，每次回来后他都会直接从机场赶去见她。

时间的滚轮不紧不慢地往前碾压着，三月份的时候，孟槿生了一个男孩。在孟槿出院后，程知和林冬序特意去孟家看望了孟槿。

三月底，程知终于把剧本的第一版初稿写完，接下来就该和导演、制片人、投资方，还有初定的主演开剧本讨论会。

由于孟椿要照顾才生完孩子不久的孟槿，剧本讨论会的地点最终定在了孟椿家里的会客室。

参加这次讨论会的人除了程知、孟椿、制片人，还有林冬序和应彻。

林冬序是投资方，应彻是定下来的男主角。

因为不是每天都讨论，而是要等几个人都有空才能开会，这次的剧本讨论会持续了大概一个月才结束。

讨论会结束后，制片人和应彻因为都有事就先离开了。

林冬序也需要回公司处理事情，程知倒是没其他事情，就没跟林冬序一起走，在孟家多待了会儿。

她看了看小宝宝，和孟槿聊了会儿天。

后来孟椿端着给孟槿倒的热水进来，在跟程知闲聊时提起："程知，演女主角的演员，你心里有没有人选？"

程知弯唇笑："还真有一个。"

孟椿说："我也有一个人选。"

程知问他："你想的是哪个演员？"

"甘琳。"孟椿说了他看中的女演员。

程知微笑着道："巧了，我想的也是她。"

之后，电影的男、女主角尘埃落定，男主角是应彻，女主角定了甘琳，而程知的剧本进度推到了最耗费精力和心绪的二稿阶段。

五月二十号傍晚，林冬序给程知打电话，说一会儿去接她一起吃晚饭。

程知对此已经习以为常，毕竟他们俩几乎天天都要在一起吃顿饭。

林冬序下班后开车去她家接上她，然后就带她出发，结果他并没有带她去餐厅吃饭，而是把她带去了锦苑庄园。

程知意识到不对劲，但并没说什么。

她跟他一起下车，由他牵着手踏进这套属于他们的婚房。

林冬序带她穿过客厅，去了后院的花园。

在看到后花园的景象的那一刻，程知就瞬间惊讶地睁大了眼。花园里各处都挂满了星星灯，宛若一片灿烂的星空。

院子里的那棵大树已经枝繁叶茂，树上除了挂着星星灯，还坠着好多风铃。

树下有个秋千，放着一束铃兰捧花的秋千周围种了一片白色的铃兰花。铃兰花海旁，有一架三角钢琴和一把琴凳。

这个季节正值铃兰花的花期，花开得正好。晚风吹来，树上的风铃清脆作响，而树下，小铃铛似的花朵不断摇晃着，格外漂亮。

在大树和铃兰花海前面，距离她最近的，是用各式各样的花摆出来的图案。皎洁的月色下，那行五颜六色的“LDX 爱 CZ”，无比缤纷耀眼。

程知被林冬序牵着手走下台阶，沿着他铺满玫瑰花瓣的红毯来到树下的这一小片铃兰花海。

他拿起新鲜漂亮的铃兰捧花，亲手送给她，然后让她坐到秋千上，而他在钢琴前落座。

在弹钢琴之前，林冬序偏头看向程知，眉宇疏朗地笑着对她说：“知知，接下来要弹的歌曲，我只送给你。”

程知莞尔，笑着点头。

随即，他的手落在钢琴的黑白键上。前奏一出来，程知就知道林冬序弹的是他们俩曾经说会在婚礼上播放的那首歌曲——*Beautiful in white*。

歌曲原版背景里有教堂的钟声，此时虽然没有教堂的钟声，但有清铃铃的风铃在伴唱。

而后，林冬序缓慢地唱出一句句英文。

程知稍愣，她以为他只弹奏钢琴，没想到他会又一次亲口对她唱这首歌。

上次在南城的酒店，是她主动提出来，央求他开口唱的。那时他们都以为他快要离开人世，情绪隐忍。可此时，就现在，他主动为她献唱，并且是边弹钢琴边唱。

程知抿嘴笑着，却泪眼蒙眬，心里如吃了蜜糖般，甜滋滋的。她目不转睛地望着他，渐渐地也跟着他轻声哼唱起来。

一曲罢，林冬序起身，顺手从衣兜里拿出装有戒指的首饰盒。他打开盒子，在坐在秋千上的程知面前单膝跪地，话语认真而郑重："知知，虽然我们已经订婚了，但我还是要给你一个独一无二的求婚。后花园里的每一朵花，都是我亲手为你栽种的，它们都知道我爱你。"

程知手拿捧花，和他对望着，已经热泪盈眶。

林冬序满目深情地温柔呢喃："你是命运馈赠给我的、盛大且唯一的惊喜。是你让我在绝境下依然有勇气热爱生活，也是因为你，我才会对未来的每一天都充满无限期待。"

他语气虔诚地询问："知知，接下来的日子，我们一起享受人间烟火，一起看尽盛世繁华，一起等风也开花，一起迎冬日初雪，一起携手度过余生的每一个四季，好不好？"

程知的眼泪"啪嗒"掉下来，她轻轻点头，唇角微扬着回答他："好。"

戒指盒里是一对钻戒，林冬序拿出女款，执起程知的左手，将戒指缓缓戴到了她的无名指上。

程知随后也捏起男戒，帮他把戒指套在了他的左手无名指上。

给他戴好戒指后，她握着他的手指没有松开。

而后，程知轻举他的手，同时低头，在他的手指上浅浅地吻了下。

林冬序瞅着她笑，在她松开他的那一刻，他抬手扣住她的后脑，倾身吻住了她的唇瓣。

秋千晃了晃，程知的心也跟着颤了颤。

林冬序把她拥在怀里，动情地深吻着她。

程知头晕目眩地合上眼，很快就被他拉着沉沦下去，后来，意乱情迷的她被他抱进客厅。

两个人从客厅沿着楼梯往楼上走，只是用的时间比平时上楼多了好多倍。

闹腾了很久，两人才洗澡，下楼来吃饭。

林冬序早就准备好的晚饭已经变凉，他又把饭菜热了一遍。

吃过晚饭，程知想去娱乐室玩一会儿，没想到一进去就看到了一整排抓娃娃机，惊讶地扭脸看向林冬序。

他笑："你不是喜欢吗？我就弄了几台过来。"

不仅背着她偷偷学种花，还悄悄给婚房置办东西，他太细致、太体贴了，她根本无法不爱这个男人。

后来，在程知很开心地抓娃娃时，林冬序从身后圈住她，温声对她说："知知，我们该拍婚纱照了。"

程知的唇边漾起浅笑，应允道："好。"

接下来，程知在修改剧本之余，和林冬序拍了好几个系列的婚纱照，除了浪漫的法式风格，华丽的宫廷风格，还有她最喜欢的中式凤冠霞帔，以及他们换上高中校服回到高中拍的校园系列。

也因此，程知跟着林冬序去了他的高中——沈城高中国际部。

他们穿着他高中时的英伦风制服，在他的高中拍了一套照片。

拍照的那天，学校刚巧在举办舞会。

程知这才知道，他们高中还有交谊舞这门课。她好奇地问："你也会吗？"

林冬序歪头笑："你觉得呢？"

程知笃定地道："你肯定会。"

他说："晚上跟你跳一支。"

"我不会啊，"程知说着就闹他，"不然我直接踩你脚上吧，你带我跳。"

他求之不得，满心愉悦地答应："好。"

当晚，程知和林冬序在他们婚房的琴房里，听着慵懒舒缓的爵士乐，相拥着起舞。他教她跳交谊舞，也让她直接踩在了他脚背上，带着她不断地转着圈挪动舞步。

程知抱着他，在他耳边开心地微笑道："冬序，我有点晕。"

林冬序慢慢停下来，低头看她。

程知勾着他的脖子，仰脸亲了他一口。

"你真的好帅。"她说，"我完全抵抗不住你的魅力。"

他啄吻着她上扬的唇，声线很低地回答："我也时常沉醉于你。我真的好爱你，知知。"

程知迎上他的吻："我最爱你。"她娇声呢喃。

六月下旬，程知的剧本终于通过二稿阶段进入了收尾的三稿阶段。

她和林冬序拍的婚纱照也精修好了一部分，程知挑了几张发到朋友圈。

也是这时，程知刚好刷到江雯几分钟前发的朋友圈，是一条公布恋爱的动态，配的照片是两只紧紧交扣的手。

程知退出朋友圈，打开和江雯的聊天框找江雯私聊。

程知：小雯你恋爱啦？恭喜呀！

江雯很快回复了她：啊啊知知！我和我最喜欢的那个CV在一起啦！

程知有些震惊，她问：你们怎么联系上的？你不是没有他的任何消息了吗？

江雯对程知解释：就在那次的漫展上！他也去漫展玩了，说来也巧，我在现场不小心和他撞了下，他跟我道歉，在听到他声音的那一刻我就认出了他，我要了他的联系方式，这几个月我们聊了蛮多的，也了解了对方很多，然后就……在一起啦！

程知也替江雯高兴：恭喜恭喜！可太好啦！

…………

七月底，程知的剧本终稿定下来。接下来基本就没有她什么事了，主要的事情是导演开始选角，敲定演员。当然，程知有空也能去试镜现场看看情况。

八月初，林冬序和程知终于搬入婚房。

只不过入住新房的第二天，林冬序就因为公事出差了，大概要一周才能回来。

刚巧甘琳这段时间没拍戏也没其他活动，正在家专心看电影剧本，程知就在七夕当天把她约了出来，两人一起出门去逛街了。

“嫂子。”甘琳现在已经直接叫程知“嫂子”了。

程知也不再害羞，她坦然接受并应下：“啊？”

甘琳好奇地道：“我很想知道你写《等春来》这个剧本时哭了多少次。”

《等春来》就是程知写的关于癌症病人的电影剧本的名字，也是甘琳近期研读的剧本。

程知笑着说：“数不清，反正哭了很多次。”

甘琳说：“我才看了开头一点，明明很温馨，但是我心里特难受，感觉刀子随时都会落下来，而且一想到男主角最后要去世，女主角一个人孤单地过完一生，我就觉得好虐好悲。”

程知轻叹，还没说话，甘琳就思维跳跃地道：“哎！那应彻到时候是不是得剃光头啊？”

“以他拍戏认真的性子，肯定要剃光头的。”程知笑起来。

女人逛街除了买买买，还是买买买。

程知还给林冬序买了几样东西。

看到好看的袖扣，忍不住就买了下来，想等他出差回来就送给他；看到漂亮的胸针，二话不说就付钱；看到很符合他气质的衣服，也直接买了。甚至，程知还特意帮林冬序挑了一双男士皮鞋，四十五码的，她记得很清楚。

和甘琳在外面一起解决掉晚饭，程知才开车回家。

当晚，程知闲来无事，便去了书房，想找本书看看。那副父母和她亲自写的结婚对联，早就已经被他挂在了书房的墙壁上，常年展示。

程知站在书架前挑了会儿，最终选中一本泰戈尔的诗集。然而，等她把这本书抽出来翻开，才发现里面夹着一封信，烫金的信封上写着：程知亲启。

程知很意外，她轻轻蹙眉拿出这封信，随手把书放到桌上，然后慢慢拆开信封，从里面拿出了信纸。

有两张。程知从第一张开始看。

我最最爱的知知：

很抱歉，当你看到这封信时，我已经无法再日日同你见面，也不能再亲口告诉你我有多爱你了。

能在人生进入倒计时的时候遇见你，甚至成为你的男朋友，对我来说，是此生最大的幸事。

你是老天爷赐给我的最珍贵的礼物，我无比珍惜，但很遗憾，我只能陪你到这儿，真的对不起。

知知，你知道吗？我是认识你之后，才知道喜欢一个人有多美好，也是在认识你之后，才相信这个世界上原来真的有两个人可以这么心有灵犀。

我真的……好爱你，好爱你好爱你。

知知，我的知知。

这辈子未能与你共度的一切，希望来生我能一一为你补上。

你永远的，序
二〇一八年十二月十一日凌晨一点

程知的眼泪滴落到信纸上，打湿了他的字迹。

他没有提一句不要让她难过，也没要求她一定要幸福快乐，更没请求

她去找其他人共度一生。

他真的太懂她了，他完全知道她最需要什么。

她最需要的，不是其他任何，就只是他的爱，而他给了。

第二张信纸上，全都是他亲自写的英文。

他借用了一位英国诗人的诗歌，在向她表达爱意。

诗歌中有几句说：

I have met a thousand animals and seen a thousand wonderful things…
All this I did without you.
This was my loss.
All this I want to do with you.
This will be my gain.

翻译过来，意思大概是——

我曾遇到过无数生灵，曾看过无数美景……
这一切却未与你共度。
这都是我的损失。
这些事情我都想与你共度。
这一切才会是我的收获。

程知捏着这封信，泣不成声。

这封信是他当时提前写好的，是他留给她的最后一点念想。

这天深夜，程知突然从睡梦中醒来。

偷偷提前赶回来的林冬序正在她身旁，搂着她安稳睡着。

她凑过去亲他，林冬序被扰醒，温柔地回吻。

程知轻声说：“冬序，我看到你写的那封信了。”

林冬序神思正逐渐清明，听闻后低声地问：“哭了？”

她闷闷地“嗯”了下，随即抱紧了他。

程知又一次庆幸，庆幸他能跟她共度余生。

林冬序低叹：“别难过。”他温声安抚，“我会一直陪你到老的，那些我们还没能共度的，在接下来的日子里，都会成为属于我们纪念日里的一份印记。”

程知又“嗯”了声，然后问他：“你什么时候回来的啊？”

“到家差不多凌晨一点。”他歉意地道，“抱歉，还是没能在七夕当天赶回来。”

“没事啊，”程知开心地笑，“你不知道我一睁开眼就发现你躺在身边有多惊喜。我今天和琳琳去逛街了。”

“买什么了？”他语调慵懒。

“买了好多东西，”程知笑，“给你买了袖扣、胸针、西装还有皮鞋，我觉得都好适合你啊！”

他从胸腔震出一声短促的低声的笑：“等天亮睡醒了我试一下，给你看看好不好看。”

两个人在黑暗的房间里，低低缓缓地说着话，也不知道是谁先主动，温度逐渐升高，热烈发烫。

隔天清早，程知一醒就看到床头柜那个空了好几天的花瓶里多了一支很新鲜的玫瑰，是林冬序起床后在花园亲自摘的，赠予她。

只要他不出差，每天清早都会摘一朵花放进卧室的花瓶，让她睡醒就能看到。

有时是玫瑰，有时是百合，有时是铃兰……也有时，是花园里由他亲手栽种的其他花朵。

十月七号当天，林冬序和程知分别以伴郎和伴娘的身份出席秋程和邱橙的婚礼。

林冬序已经可以喝点酒了，只要控制着量就行，他本人自律得很，绝对不多喝，程知也就没管他。

忙碌了一天后，两人回家。程知提前把明天领证要穿的白衬衫拿出来挂好，然后才肯被他抱回房间睡觉。

第二天，程知和林冬序早早地就出了门，两个人携手来到民政局，按照流程办理结婚手续。

最终，两个崭新的红本本到了他们手中。

程知在回家的路上就迫不及待地拍了照片发朋友圈。

程知：已婚啦！

林冬序到家后拉着她一起给结婚证拍了照，然后才发动态。

林冬序：已婚了！

吃过午饭，林冬序和程知在这个他们相遇一周年的日子里，再一次去了他们初见彼此的地点——合潭寺，只不过这次是他们一起去。

到了寺庙，程知一踏进去，就下意识地往当初林冬序站的方向望去，眉眼间不自觉地染上了笑意。她和他手牵手走到那棵挂满世间愿望的百年大树下，一起在红丝带上写下了他们的愿望，又一起将红丝带绑在树上。

秋风吹来，树叶沙沙响，有枯黄的叶子打着旋儿下落，被他们系在树梢上的红丝带迎风飘荡着，上面写着："林冬序要和程知一起长命百岁。"

林冬序和程知的婚礼地点定在了南方的亚城，哪怕是寒冷的十二月份，亚城的气温也如春天一般温暖。

婚礼请帖是程知和林冬序亲自写的，每个嘉宾的伴手礼也都是程知和林冬序一起精心挑选的。所有来亚城的机票以及住的酒店，全部被林冬序妥帖地安排好。

程知的婚纱由林冬序找设计师为她量身定做，不止婚纱，她所有的西式礼裙、旗袍，还有他的西装和礼服，都是世界上独一无二的、专属于他们的，就连伴娘伴郎和小花童的衣服，也都是独家设计。

婚礼午宴的场地在当地最豪华、最高档的酒楼宴厅。

婚礼的主打元素是程知最爱的铃兰，红毯是用最新鲜的玫瑰花瓣铺成的，两侧仿佛沿路安放了一整个花园，除了有他喜欢的向日葵和她喜欢的铃兰，还有其他五颜六色的花朵以及透明的水晶蝴蝶装饰在其中，俨然是最华丽的花路。

就连舞台都不落俗套地设计成了光盘唱片的样式。

时间一到，婚礼仪式正式开幕。身穿纯白铃兰婚纱的程知挽着父亲的胳膊，踏上红毯，一步步朝等在前方的林冬序走去。

《婚礼进行曲》正播放着，一身黑色西装的他站在那儿，手里拿着要送她的铃兰捧花，满眼只剩下她一个人。

林冬序眉宇疏朗地和程知笑望着彼此，他看着她离他越来越近，最后停在他面前。

程永年把女儿的手放在林冬序的掌心，完成了他作为一位父亲的任务。

待台上只剩下林冬序和程知后，林冬序对程知单膝下跪，把手中的铃兰捧花递给她。

与此同时，婚礼现场的音乐突然变成了*Beautiful in white*的副歌部分。

程知垂眼笑着从林冬序手中接过铃兰捧花时，他对她说：“知知，我爱你。”

现场的音乐声很大，他的声音没有其他人听到，只有程知真真切切地听到了。

她莞尔浅笑着回应：“我也爱你。”

随后，林冬序起身，他握着她的手，在他们最爱的婚礼歌曲的伴奏中，和她一步步来到了唱片样式的舞台。

小花童孟桃拿着戒指盒走上台。

林冬序和程知在无数亲友的见证下，交换信物，然后拥吻。

在他们亲吻的那一刹那，圆形的唱片舞台开启了缓慢旋转的效果，与此同时，头顶上有片片“雪花”簌簌落下。

如此唯美的场面，让在场的亲朋好友都恍然觉得，这对新人正在下雪的唱片上拥吻着翩翩起舞。

须臾，一吻结束，林冬序和程知互相对望着，眉眼间皆是幸福的笑，他和她的眼中只有彼此，心里也只有对方。

不知为何，程知在这一瞬间，忽然想起高中语文课上，她写在摘抄本上的一句话。

那句话说：“最好的东西都不是独来的，它伴随着所有东西同来。”

她现在终于明白，最好的人也不独来。

冬序，你伴着所有美好款款而来。

婚礼仪式走完，林冬序和程知开始敬酒。

来到秋程他们这一桌时，程知笑盈盈地和她的姐妹邱橙碰了下酒杯，两个人先抿了一口酒。

随后，林冬序跟秋程、陈周良碰了碰酒杯，程知也和他们一一碰杯。

陈周良看着这对新人，衷心地祝福：“恭喜你们，百年好合。”这是他从得知程知和林冬序在一起后，第一次对程知说恭喜，坦然情愿，没有任何不甘。

程知杏眼弯弯地对他笑，林冬序嘴角轻勾道：“谢谢。”

婚礼的午宴一直持续到下午才结束，而今晚还会在海边举行一场婚礼晚宴，只不过晚宴只邀请了亲近的朋友，不会和午宴一样有这么多的人。

当晚七点，夜幕降临后，婚礼晚宴正式拉开帷幕。

程知换了件无比性感的吊带红裙，林冬序则穿了一套深蓝色西服。

两人携手到现场时，亲朋好友们都已经在等他们了。晚宴没那么多规矩，只要大家玩得开心就行。

应彻给程知和林冬序唱了那首《季遇》，甘琳跳了一段很俏皮活泼的舞蹈，现场的氛围愈发轻松愉快。

后来，林冬序上台弹钢琴，他弹奏的是她最爱的《最爱》。

立在台侧的程知沉浸在他弹出来的优美旋律中，思绪不由自主地跟着悦耳的钢琴声飘回了那个黄昏时分——他们第一次一起看日落，也是第一次谈心。

倏而，旋律丝滑地变成了另一种曲调，与此同时，台下坐着欣赏钢琴曲的朋友们也都不约而同地边拍手边合唱起来："祝你生日快乐……"

程知愣了下，随即面露惊喜之色。

服务生正推着放有三层蛋糕的推车缓缓往舞台中央走，另一个服务生手中抱着一大束鲜花。

须臾，生日歌弹奏完也唱完，林冬序起身接过服务生递给他的鲜花，不疾不徐地走到程知面前，朝她伸出手。

程知笑吟吟地抬手搭在他掌心，被他牵住手踩着台阶上了舞台。

"生日快乐。"他说着，将由红玫瑰和白铃兰组成的花束送给她，然后带她来到舞台中央。

三层蛋糕每一层都有印着字迹的巧克力。从上到下依次是——

新婚快乐，老婆。

知知，生日快乐。

林太太，我们一起长命百岁。

程知一开始以为晚宴就是单纯的婚礼晚宴，直到这时，她才明白，他是以"婚礼晚宴"的名义，给她办生日宴会。她抿嘴笑起来，踮起脚在他侧脸上啄了一口。

台下的大家起哄欢呼，林冬序也没含蓄，他捧起程知微微泛红的脸颊，低头轻轻浅吻了一下她的唇瓣。

程知许完愿以后，大家开始分蛋糕吃，她和林冬序也携手下了舞台，把花束放到旁边空着的座位上。

在林冬序喂她吃蛋糕时，程知注意到他的领结有点歪，便抬起手，很自然地帮他正了正领结。而同时，她张开嘴巴，把他送到她嘴边的生日蛋糕吃下去。

这一幕，刚好被跟来的媒体记者拍到。

因为来参加程知和林冬序婚礼的不乏甘琳和应彻这样的娱乐圈一线明星，也就导致他们婚礼现场的照片多少被泄漏到了网上，虽然不清晰，但网友们也能看出这场婚礼有多豪华隆重。

停在酒店门前的全都是豪车，甚至特意用了一辆非常拉风的红色跑车开道。而婚礼的场地被布置得如同人间仙境，没有哪个女生能对这样浪漫的婚礼现场不动心。

新娘子穿的每一件婚纱都无与伦比的漂亮。

尽管每张图都不甚清晰，但依然能看出这场婚礼无比盛大。

更不要说，参加婚礼的还有一线女星甘琳、人气巨星应彻、知名导演孟椿等。

娱乐媒体本来是拍甘琳和应彻的，没想到网友们都被这场婚礼惊呆了。

贫穷限制了我的想象力，第一次见到这么豪华的婚礼。

结婚的这对是谁啊？怎么能请到甘琳和应彻这样的大明星？

我羡慕了，新娘的婚纱都好好看！绝美！

新郎和新娘颜值都好高啊！他们好般配！

这简直就是世纪婚礼啊！

两人亲亲太美好了！还有那张他喂她吃蛋糕，她却在给他正领结的照片，幸福都溢出屏幕了（虽然图片模糊）。

…………

当晚深夜，有一条评论被顶到了热门第一条。

破案了，男方是林氏老板，家业巨大，富豪中的富豪。女方是编剧，之前大火的那部电影《潮》的编剧就是她，所以说她和应彻还有孟椿认识太正常了，而且网传他们几个就要二次合作了，女主角定了甘琳。至于甘琳，一直以来都有一个未被证实的传闻——有人说她是林氏的千金。如果传闻是真的，那这位新郎就是她的哥哥。

这条评论楼中的回复一片唏嘘，有人信了，也有人觉得过于扯。

而此时的林冬序和程知，刚从酒店套房里的浴室出来。

林冬序直接一路抱着她回到床上，然后才去拿早就给她准备好的生日礼物。

躺在床上的程知从他手里接过首饰盒，打开，里面放着一枚胸针，镶满珍珠的字母“CD”被圆环圈住，优雅的款式，很配她。

他之所以送她这枚胸针，是因为“C”和“D”这两个字母。

“C”是程，“D”是冬。程知捏起这枚胸针，神色欣喜，她开心地说：“冬序，好巧啊！代指你和我。”

林冬序垂眼瞅着她笑。程知爱不释手地拿着胸针看了半天，然后对他浅笑道：“我明天要戴上它。”

在程知把首饰盒妥帖地放好后，林冬序才上床关灯，和她一起相拥睡觉。

两个人并没有立刻就入睡，程知枕着他的胳膊，窝在他怀里，感受着他温暖的体温。须臾，她嗓音很轻很轻地呢喃：“冬序，谢谢你选在今天办婚礼。”

她从一开始就清楚，他想在今天举行婚礼，不仅仅因为今天是她生日，更因为，一年前的今晚，醉酒的她向他告白，却没得到他的回应。

所以他才要在她生日这天，给她一场盛大的婚礼，告诉所有人，他爱她。

程知心里全都明白。

林冬序抬手轻轻揉了揉她的后脑，低叹着小声说：“我们之间，不用说谢。”

程知闷闷地笑：“那我以后不说了。”

“好累，”她懒洋洋地回他，“我睡了啊。”

“嗯，”林冬序吻了吻她的前额，“晚安。”

程知语气有点娇：“老公晚安。”

老公，他唇边浮出笑意。

他们从朋友到知己，又从知己慢慢地互相心生爱慕，到后来，他成了她男朋友、未婚夫，最终变为她老公。

心满意足到此生无憾。

第十五章

侧耳倾听

现在这样，好好。能跟她一起厮守终生，真的好好。

蜜月之旅的第一站，是林冬序留学的国家。

他们到英国伦敦时，是当地的上午。程知被林冬序带着去了他预定好的酒店，从下飞机，到最终顺利入住酒店，全都是林冬序在安排。

她之前也听过他说英文，不止一次，可在这个母语就是英语的国家，程知再次听到他用一腔纯正流利的英语和当地人交流时，愈发觉得他性感。

他说英语真的好性感，嗓音非常苏，惹得她耳根发麻。

到了酒店套房，林冬序正在放行李，程知已经在参观豪华套房了。

“冬序，这儿居然有私人温泉！”程知很惊喜，她邀请他，“今晚我们一起泡温泉吧？”

林冬序眉梢轻抬，欣然应允说：“当然好。”

程知在飞机上睡够了，现在很有精神，于是就拉着林冬序出去玩了。

来之前程知没有做任何旅游攻略，毕竟林冬序在这儿留学五年，只要有他在，一切都不成问题。

林冬序带她去她想去的景点打卡，又拉着她去吃当地还不错的餐厅品尝美食。在外面逛到下午，从一家很有格调的乐器店走出来时，程知才发现下雨了。英国多雨，哪怕是冬天也会经常下雨，这点林冬序深知，所以他上午出来时特意拿了把雨伞备着，这会儿还真用上了。

林冬序撑开伞，另一只手抬起来揽住程知的肩膀，和她一起漫步在淅淅沥沥的雨中。程知把手伸出去，雨滴落在她的掌心，洇湿她的肌肤。

林冬序怕她着凉，将她的手拉回来，低沉的话语透着几分无奈："不凉吗？"

程知笑道："有点凉，但是很舒服。"

在一个路口等车过时，程知主动抬手钩住了他的脖子，她仰脸对他笑，然后踮脚亲了一下他的薄唇。"现在这种氛围，好适合接吻。"她轻喃。

林冬序还举着雨伞，垂眸凝视着她，眼底泛起涟漪。

在她要推开他时，林冬序单手箍紧了她的腰，又不容分说地把她带回怀里。

车辆已经经过，但他们没有过马路。

林冬序低头吻下来，精准地捕捉住程知的唇瓣。

雨水滴滴答答地打在雨伞上，又顺着伞面滑落，掉在地上，融入潮湿的路面，伞下的两人忘情地在异国街边拥吻。

淅淅沥沥的雨，潮湿的空气，还有……暧昧的、适合接吻的氛围。

回到酒店房间，程知一边脱大衣一边说："这个天气，感觉衣服都是潮的。"

林冬序低声笑，说："泡个澡吧，别着凉。"

程知问："直接泡温泉不行吗？"

"行啊，"他嘴角上扬着回答，"你先去泡，我随后就来。"

"好。"程知应着，率先脱掉衣服进了温泉池。

被温热的水包裹着，程知很舒服地叹了声，她特别享受地趴在池边，觉得要是能有杯红酒就更好了。

这么想着，程知就扬声喊林冬序："冬序，帮我倒……"杯红酒过来。

话还没说完，程知就看到披着浴袍的林冬序端着两杯红酒走了过来。

她的杏眼中沁满笑意，语调愉悦地道："我刚想说帮我倒杯红酒。"

林冬序在她面前蹲下，把其中一杯放到她的旁边。

他端着另一杯，仰头喝了口，然后伸手触到她的下巴，用手指轻抬她的脸。

程知配合地用手肘支撑着身体向他凑近，随即，林冬序低头吻上她的唇，把含在嘴里的红酒一点一点地喂给她。

程知不断地吞咽着，喝下这口红酒，而他却没有放开她，依然捏着她的下巴同她亲吻，直到程知的手臂支撑不住身体，他才罢休。

她缩回温泉池，看着他在她面前脱掉浴袍，踏进来。

林冬序挪到她身边，一边和她碰杯品酒，一边同她一起泡温泉。

没多久，程知的脸颊就变得通红，不知道是喝酒上头，还是在温泉池里蒸得脸发烫。

他拉过她，把她抵在池边吻。

程知的手乖乖环着他的脖子，微微仰头迎合着他的亲吻。

因为有要宝宝的打算，他们从昨晚办完婚礼开始就没再采取措施。

…………

一起洗澡的时候，程知的手滑到林冬序腰侧，在他的文身处抚了抚，然后又落到他的腰窝上。

她用手指轻轻戳他左侧的腰窝，话语含笑说："老公，你知不知道你这里有一颗痣？"

"嗯？是吗？"林冬序有点讶异。

他自己完全不知道，很好奇地问她："你什么时候发现的？"

"就……第一次跟你在浴室一起洗澡的时候啊。"程知小声道。

林冬序愉悦地低声笑，她说的时间，是他们订婚那晚。

林冬序和程知在英国玩了一周，然后又去了一个很浪漫的城市——法国巴黎。

林冬序订的酒店房间视野非常好，窗外正对着埃菲尔铁塔。

他们到巴黎的第二天，当地就下起了罕见的鹅毛大雪。

程知很惊喜，她来到房间的阳台上，抓着栏杆伸出手，去接冰凉的雪花。

林冬序没有制止她，而是贴心地拿了一条厚毯子给她披上，再从后面把她圈紧。

程知向后扭脸对他说："冬序，这也许是我们赏的今年最后一场雪！"

林冬序低头亲了下她的唇瓣，淡笑回应："嗯。"

"好大啊！"程知开心地道，"在国内都很少见到这样大的雪。"

林冬序温声含笑说："巴黎也很少下大雪，平时下点零星小雪，连积雪都没有。我们很幸运，见证了这个城市被雪装饰的样子。"

程知也笑："很美。等雪停了，我们出去逛逛吧？顺便拍照片。"

"好。"他答应。

这场大雪从早下到晚，程知和林冬序睡觉时还没停。

好在隔天醒来，雪已经停了，整座城市都覆盖了一层很厚的积雪。

程知和林冬序穿上厚实保暖的大衣，手牵着手出了酒店。两个人慢吞吞地在路上踩着雪前行，走走停停，程知拍了不少照片。

后来他们去了步行长廊，不宽不窄的步行街道上，暖黄的灯光映衬得橱窗愈发干净。程知站在路中央，拍了一张步行走廊的照片，哪怕什么滤镜都不加，这张照片也格外有氛围。

吃过午饭后，林冬序带程知去了一个地方，去坐雪橇。

午后的阳光明亮，落在皑皑白雪上，有种闪闪的光芒。

七只雪橇犬拉着程知和林冬序欢快地飞奔，溅起来的雪花胡乱飞舞，落在他们头上、脸上，甚至狡猾地钻进脖子里。程知从没坐过雪橇，这个经历对她来说无比新奇，同时也让她有点紧张。

如果不是林冬序陪在身边，程知根本不敢独自体验。

不知不觉就到了傍晚时分，程知和林冬序在夜幕降临时沿着路携手往回走。走过一段路，偶然发现路边有个小木屋，木屋被雪装饰成了雪屋，门口挂的牌子上写着法语。

程知勉强看懂了，知道这是家酒吧。

林冬序问她："要进去坐会儿吗？"

程知浅笑着欣然应允："好啊！"

小木屋酒吧空间不大，但装潢非常有格调，透着法国人骨子里的浪漫，就连酒水的名字都特别浪漫。

林冬序和程知挑了个不起眼的角落坐下来，点了两杯酒。

他那杯的法语名翻译成中文是"日落时分"的意思，而她这杯叫"侧耳倾听"。

程知忽而笑说："'侧耳倾听'让我想起了小时候看的那部动漫电影。"

"雯和圣司？"林冬序说了男、女主角的名字。

程知本来都不太记得男、女主角叫什么了，被他这么一提醒，她瞬间想了起来。

"啊！对！"程知语调扬着，"电影里的女主角叫雯，就是江雯的那个雯。"

"你怎么记得这么清楚？"她好奇地问。

林冬序笑了笑："可能……我当时有试着拉男主角在电影里拉的那首小提琴曲吧。"

程知惊讶："你会拉那首吗？"

“学过，”他嘴角噙笑道，“但是现在忘得差不多了。”

“我想听欸，”程知眼巴巴地瞅着他问，“回国后能拉小提琴给我听吗？”

林冬序笑而不语，他起了逗她的心思，故意别开脸看向别处，悠哉游哉地仰头喝酒。

程知撒娇般地唤他：“冬序。”又喊，“老公。”

林冬序绷不住，唇边漾起笑，他跟她碰了碰杯，话语宠溺：“给你拉。”

程知心满意足，和他干杯。

因为程知和林冬序的蜜月假期会一直持续到元旦假期结束，所以从国外回来后，他们继续在国内旅行。

两个人先后去了海城和明城，最后一站是他们之前去过一次的南城，只不过上次因为她的“大姨妈”突然到访，他们没能在这座城市好好逛逛，这次时间充裕，他们逛了好些景点，还去了最有名的小吃街尝了很多沈城没有的美食。

直到元旦假期，程知和林冬序才回沈城。在法国巴黎看的那场鹅毛大雪，果然成了他们一起看的属于二〇一九年的最后一场雪。

假期第一天，程知在家里休息了一整天，大多数时间都在睡觉。

林冬序特别有闲情逸致，练小提琴，看看书，下下厨。

隔天两人回程知父母那边时，她依然没缓过劲，吃过午饭就昏昏欲睡。

林冬序跟她回了卧室，搂着她睡了会儿午觉。

他醒来时，见程知还在熟睡，便悄悄地去了客厅。

程永年正在客厅和施慈下围棋，施慈一看林冬序出来，立刻就起身对林冬序说：“冬序，你陪你爸玩，我出门买点菜，晚上咱们吃饺子。”

林冬序笑道：“好。”

林冬序陪程永年下了几盘围棋，后来施慈买菜回来，三个人就忙活着准备晚饭。林冬序虽然会做饭、炒菜，但包饺子他很不在行，之前没尝试过，这次是他第一次接触。

程知睡眼惺忪地从卧室走出来时，就看到林冬序有模有样地在捏饺子。她走过来，嗓音微微沙哑地问：“晚上吃饺子啊？”

“嗯，”林冬序温柔地回答，“妈说团圆该吃饺子。”

“我们还往里面放了枚硬币，”他笑，“看看到时候谁有福气，能吃到硬币。”

程知随手把披散的头发绑成低马尾：“我去洗把脸，也过来一起包。”说完，她就转身去了卫生间。

几分钟后，程知折身回来，坐到林冬序旁边，加入了包饺子的队伍。

林冬序看到程知熟练地包起饺子，好奇地问：“你什么时候学会的包饺子？”

程知回想了下：“高中？”

程永年接话：“高二。”

“知知生日，她妈妈因为有工作脱不开身，没办法赶回来给他过生日，那天是我自己给我女儿包饺子过生日。知知想帮忙，就跟我学了包饺子。”

程知听闻笑说：“那是我第一次吃到自己包的饺子，超级满足。”

林冬序听着关于程知的趣事，眉眼间染上了笑意。

这晚，餐桌上，藏在饺子里的那枚硬币，最终被程知吃到。

一家四口吃过晚饭，林冬序又跟程永年下了几盘棋。

程知则和施慈在旁边讨论她这次蜜月旅行买回来的各种首饰、护肤品和包包。

后来时间不早了，程永年就先和施慈回了房间休息。

程知接替程永年，开始跟林冬序玩五子棋。

没多久，程知战败，她不服气地道：“再来一次，我一定会赢你。”

林冬序笑着挑眉，又跟她玩了一盘，程知还是输了。

连输两次的女人有些不高兴，开始控诉老公：“你不知道要让着老婆吗？”

林冬序说：“我老婆的实力不允许我放水呀，要不我们再来一次？”

程知又跟他玩了一盘，这次她终于赢了，丝毫没看出林冬序在偷偷让她的程知开心地对他张开手：“满足了，抱我回去睡觉。”

他笑，放下手中的棋子，起身把她抱起来，带她回了卧室。

躺到床上后，程知枕着林冬序的胳膊，人窝在他怀里，被他拥紧。

他轻轻地吻着她，从眼到唇，然后低声跟她说悄悄话：“我今天第一次吃到你包的饺子，也是第一次包饺子给你吃。”

程知满足地笑，夸他：“你学得很快，捏的饺子也好看。”

林冬序继续说：“今天也是第一次在你的床上跟你同床共枕。”

程知微仰起脸来问他：“有什么不一样吗？”

"感觉……"他沉吟片刻，才找到合适的措辞，"好像参与了你的过去，正在融入你所有的生活。"

程知嘴角盈着笑亲了亲他的下巴："我更珍惜有你的现在和未来。"她轻声说。

林冬序低头吻上她的唇瓣，程知逐渐情动，又不敢再进一步。

林冬序压低声线问："你怕什么？"

"爸妈可能会听到。"程知羞赧地小声说。

他没打算就此停止，呼吸渐重地回答："小心些就不会。"

程知觉得又刺激又惊怕，最终还是被他轻而易举地拽入了梦境。

结束后，程知昏昏欲睡，林冬序却神思清明。

过了会儿，他突然意识到他遗漏了什么。

林冬序低声温柔地唤她："知知？"

刚要睡着的程知懒倦地回应："嗯？"

他说："你会不会怀孕了？"

程知没反应过来，又疑问着"嗯"了声。

随即一想，好像是有点苗头，她的"亲戚"从没推迟过，但这次已经推迟两三天了还没来，而且她最近真的很能睡。

"明天先在家测一下，"林冬序从容地安排，"如果有情况，后天我陪你去医院。"

程知听话地轻声回应："嗯，好。"

元旦假期的最后一天，程知和林冬序在家里测她有没有怀孕。

她在卫生间的那几分钟，林冬序就在外面等着，但又有点站不住脚，忍不住来回走。约莫过了五分钟，程知捏着东西从里面出来，她一边举给他看，一边脸颊泛红地笑道："好像真的中了。"

林冬序有些怔愣地拿过验孕棒，盯着上面显示的两条杠没说话，虽然已经猜到她很可能怀孕了，但此时此刻，他还是缓不过神。

须臾，他才把程知拉进怀里抱紧。

林冬序单手扣着她的后脑，高兴地弯腰一下一下吻她。

程知环着他的腰身笑："我们明天去医院确认一下吧。"她语气轻快地道。

"好，"林冬序欣然应允，"明天一早就去。"

"啊！"程知忽然有点不确定地问，"明天周六欸，医生会上班吗？"

“会有医生在的。”他安抚她，“我们直接过去就行。”

程知眉眼弯弯地点头回应：“好。”

隔天清早，天气晴朗，两个人吃过早饭就去了医院。

林冬序昨晚已经提前联系好了医院的专家，今天到了医院后，他直接就带程知去做了检查，然后他们就被医生告知程知已经怀孕快一个月了。

在从医院出来时，程知还在惊讶，因为按照医生说的时间推算，应该就是在刚到英国那两天里怀上的。

可是……

“那个时间其实是我的安全期啊。”程知语气意外。

林冬序笑道：“医生不是说了吗，安全期并不是绝对安全。”

他搂过她，靠在车边俯身轻轻地吻着她的唇，温柔地低声呢喃：“我的知知好棒。”

程知微微仰脸，浅笑着迎上他的吻。

两个人在车旁温存了片刻，林冬序才食髓知味地放过她。

他温声问：“带你回林宅吃午饭？顺便把这个消息告诉爷爷他们。”

程知莞尔回应：“好。”

就在这时，陈周良的声音从旁边传来：“林冬序？程知？”

程知和林冬序望过去，穿着白大褂的陈周良已经走到了他们面前。

“你们怎么来医院了？”他问，“谁不舒服？”

“不是不舒服，”程知笑语盈盈地说，“是来做个检查，看看是不是怀孕。”

陈周良愣了下：“你怀孕了啊？”

她笑，点头：“医生说宝宝快一个月了。”

陈周良也笑：“挺好。”

“恭喜啊。”他对他们说。

林冬序淡笑道：“谢谢。”

程知说陈周良：“你也加快点速度啊，让我也恭喜恭喜你。”

陈周良哭笑不得，语气嫌弃：“别催了，怎么跟我爸妈一样。”

和陈周良分开，程知随林冬序一起上车。在回家的路上，程知先给父母发了消息，告诉他们她怀孕的好消息，然后她就一边跟着车载音乐哼歌，一边刷微博。

须臾，程知惊讶出声："应彻和孟导拍的那部校园剧今晚播欸！"

"我们客串的那部？"林冬序问。

"对，"程知刷着微博，开心地道，"我一定要支持！顺便注意一下我们在第几集第多少分钟会出现。"

他低地笑，说："我陪你一起看。"

"好呀！"因为高兴，程知说话的尾音扬了起来。

到了林宅，林冬序把程知怀孕的消息告诉了家人们，林瀚胜高兴地笑着说要跟林冬序喝两杯，甘澜直接把这个好消息告诉了已经进组拍电影的甘琳。林震穹更是喜不自胜。

甘琳很快就在微信上联系了程知，开心地恭喜程知要当妈妈了，还特高兴地说：我就要做姑姑了呀！

程知忍俊不禁，关切地问她在剧组怎么样，甘琳回复：一切都好，嫂子别担心！

甘琳：后面如果我有哪里抓不准人物情绪，可能会找你聊聊。

程知笑着回复：好，随时找我。

程知下午睡了一觉，醒来时，看到林冬序靠在床头坐着，正在翻看一本书。她凑过去，往他怀里蹭了蹭。

林冬序见她醒了，便把书合上，放到旁边，伸手揽过她。

程知在他怀里闷笑说："我最近好能睡。"

他嘴角轻勾着温柔道："正常的，想睡就睡。"

两个人无所事事地在床上相拥着，窗外火烧云绚烂，夕阳的光晕洒进来，染红了一片地毯。

程知望着这样的黄昏，语气轻然又慵懒地呢喃："夕阳好美。"

林冬序低头看着她问："要去床边看吗？"

程知疲倦地道："想，但是我不想动。"

他无奈地笑，起身下床，然后把她托抱起来，带她来到窗边。

程知扭脸，本来是想透过干净的玻璃窗看夕阳的，结果却注意到了映在玻璃窗上的他们的身影。

她钩着他的脖子，被他稳稳地抱着。

程知回过头，毫无预兆地亲了林冬序一口，然后抱紧他，把脸埋在了他颈侧。

林冬序敏锐地感知到了她的情绪有变，温声问："知知？怎么了？"

程知快速眨巴了几下眼睛，闷闷地小声咕哝：“好好。”就刚才，那一刹那，幸福得她想要落泪。

林冬序没说话，而是轻叹了声，他大概懂了她在说什么。

现在这样，好好，他也觉得，好好，能跟她一起厮守终生，真的好好。

“以后会更好。”他低声哄着她，话语宠溺。

程知点点头，眸中带着泪光，灿然笑着回应：“嗯。”

晚上，在林宅吃过晚饭，程知就和林冬序回了四楼。

两个人在客厅的沙发里相互依偎着，看起了应彻主演、孟椿导演的青春校园剧。

程知一边吃着林冬序喂给她的水果一边感慨：“应彻简直就是本色出演，他超级适合演这种高冷酷哥。”

林冬序低声笑：“看出来了。”

看完今晚播放的前两集，程知忽而怅然地叹了口气。

林冬序疑问：“怎么了？”

她感慨道：“青春真美好，好青涩啊。”然后就扭脸看向林冬序，问他，“你初高中的时候，有没有女孩子给你写过情书啊？或者表白？表露过喜欢你……这些都算，有没有？”

林冬序如实回答：“有。”

“几个？”她非常好奇。

“不知道。”林冬序说，“情书确实收到不少，记不清有多少封了。”

程知活像个八卦记者：“那你怎么回应的？”

林冬序失笑道：“没回应啊，把信原封不动地还回去。”

不接受，就是拒绝，而且态度很明确。

最可贵的是，他很慎重，也很尊重对方，没有直接把那些情书扔掉，他没有随意践踏任何一份真心。

年少的林冬序……肯定也很帅，很有魅力，很吸引人。

程知这么想着，脑子里好像真的浮现出了他年少时的青涩模样，她蓦然笑开。

林冬序觉得莫名：“笑什么？”

程知眉眼弯弯地回答：“没什么，就是觉得，那会儿的你肯定也特别有魅力。”

“家里应该有你原来的照片吧？”程知问他。

"有，不过相册被爷爷收着，我不知道他放哪儿了，我去问问爷爷。"林冬序说着就要起身。

程知拉住他，莞尔道："不急，不差这一会儿，等明天吧，现在太晚了，别打扰爷爷休息。"

林冬序重新在她身边坐下来，伸手把她揽进怀里。

程知心血来潮，突然很想听他拉小提琴："你在国外的时候不是答应了我要给我拉《侧耳倾听》里的那首小提琴曲吗？"

林冬序挑眉："现在？"

程知笑答："对啊，突然很想听。"

"成，"他应允，"拉给你听。"

于是，两个人牵着手去了琴房。

程知在舒适的沙发里坐下来，把手机调到录视频的界面。在林冬序试好音正式开始给她拉小提琴时，她点了开始录视频。

清亮婉转的琴声悠悠扬扬，旋律直直入了她的心。

程知透过手机屏幕望着正在专注拉小提琴的他，唇边漾着明朗的笑意。

林冬序这几天特意多练习了几次，所以这会儿还算熟练，并没有出什么差错。等他拉完这首小提琴曲来到她身边，程知刚巧保存好视频。

后来林冬序带她回房睡觉，卧室里的灯关掉，窗帘紧闭，隔绝了外面浓重的夜色。

程知枕着他的手臂，被他温柔地抱着，两个人声音很轻地说着话。

"冬序，刚刚你拉小提琴的时候，我突然想到了我们宝宝的名字。"

"嗯？"他对这个话题非常感兴趣，"你想给宝宝起什么名字？"

"倾听，"程知莞尔浅笑着说，"'倾'或者'听'，我觉得都好好听，你选一个。"

林冬序低声笑，"那就……如果是男孩就叫'倾'，女孩的话叫'听'，好不好？"

"好呀！"她回完他的话，忽然想起来什么，"哦对了……"

程知立刻伸手摸过被他放在床头柜的手机，随后又躺回他怀里，枕着他的胸膛，开始在手机上戳戳点点。

须臾，程知按灭手机屏幕，把手机递给了林冬序。

"好困哦，"她侧过身面对他，稍微动了动，在他怀里寻了个舒服的位置，然后懒洋洋地咕哝，"我睡啦，老公晚安。"

林冬序放下她的手机，转身把她整个人都圈在怀里。

他亲了亲她的唇，缱绻低喃："晚安。"

刚刚他亲眼看到，她在纪念日里添了一项——

2020 年 1 月 4 日，去医院检查确定怀孕。

程知第二天一睁开眼，就发现枕边放着一个相册。

刚刚睡醒的她神思还不够清明，反应也很迟缓，没反应过来这是她昨晚想看的那本有关于林冬序年少时期的相册。

她慢吞吞地坐起来，睡眼惺忪地拿过相册打开，一张三人全家福登时映入她的眼帘。照片上英俊的男人抱着一个婴儿，漂亮的女人站在他身侧，手挽着他的胳膊。程知几乎一眼就能确定，这两位是林冬序的父母，而那个婴儿就是林冬序。

长大后的他和他父亲长得蛮像的，但眼睛更像母亲些，是格外勾人的桃花眼。

程知翻过这页，又看到了他两三岁的模样。小宝宝穿着背带裤，戴着一顶小帽子，正坐在玩具堆里冲镜头乐。他好爱笑哦，程知无意识扬起唇，也跟着笑起来。

下一张，是他骑在马上的照片……四五岁的样子。

他穿着儿童马术服，带着安全头盔，人坐在马背上，表情严肃又认真，一张小脸绷得很紧。程知忍不住用手摸了摸照片上的他，真可爱。

再往后，有他弹钢琴、拉小提琴的照片，也有他拿着毛笔练书法的照片，还有他跟他父亲一起种花的照片。

这些事都发生在他七岁之前，照片里经常会出现他父母的身影。

程知继续往后翻，大多都是他自己的单人照了，偶尔会有一张全家福，是他和妹妹甘琳还有家里三位长辈一起拍的。

终于，程知翻到了他高中时期的照片。

穿着英伦风学院制服的男生身形颀长，像棵抽枝拔节的白杨，他站在学校绿茵茵的操场上，沐浴在明亮的阳光下，嘴角漾着淡笑。

清瘦的少年干净耀眼，温润如玉，真的好帅啊。

再往后，有他肆意张扬打篮球的照片，有他跨坐在摩托车上抱着头盔的照片，还有他和他发小拍的一些照片。

程知一张一张地认真欣赏着过去的他的种种模样，心里软软的。

林冬序推门走进来时，程知还在抱着相册翻来覆去地看。

他失笑，对她说："先别看了，去洗漱，我们去吃早饭。"

程知听话地放下相册，掀开被子下床。

在进卫生间洗漱前，她先和走过来的他抱了下彼此。

其实他早上醒来后还亲了亲她，只是她当时在熟睡，并不知情，但程知是知道林冬序每天早上都会给她一个早安吻的。有时她醒着，就会和他缠绵一会儿，吻得久一点，有时她还在睡，他就轻轻地亲亲她的唇瓣。这个习惯是从他们同居后形成的。

接下来大半个月，程知每天晚上都追那部青春校园剧。终于，在除夕前夜，程知在这部剧的倒数第二集看到了一闪而过的他们俩。

"哎哎哎，我看到了！"程知兴奋地道，她立刻让林冬序把进度调回去，又重新看了一遍。

剧中的老师正在讲着课，程知偷偷地给林冬序扔了个小纸团，他目光茫然地抬眼，在和她对视的一瞬间，他的桃花眼中顿时染了零星笑意。

这个小彩蛋发生在第二十九集的三十二分四十九秒，结束于三十四分二十八秒，很短暂，不仔细看根本不会注意到这种小插曲，估计也只有作为当事人的他们俩，才会特意注意这种不起眼的小细节。

程知特别开心，她靠在林冬序怀里很满足地说："我们也算一起拍过电视剧啦！"

"嗯。"林冬序低笑笑着，轻声回应。

两个人之前就商量好，除夕夜先在林宅吃年夜饭，然后再回她父母那边吃一顿，陪她父母几个小时，他们再回来睡觉休息。

除夕下午，程知和林冬序在家里贴对联和福字，两个人一边干活儿一边笑闹，最后正事没干多少，她倒是被他亲了一次又一次。

除夕晚上的年夜饭格外丰盛，程知大快朵颐。

林冬序提醒她："留点肚子，一会儿还要回爸妈那边吃。"

程知眉眼弯弯地回答："我知道，留着肚子呢。"

在林宅吃过年夜饭，程知收到了来自长辈的新年红包，一个比一个大。

到了程家，两人又跟程永年和施慈一起吃了顿丰盛的年夜饭，林冬序还跟程永年喝了点酒。

施慈见女儿吃得津津有味，有些意外地道："知知，你现在还没孕吐吗？"

程知轻眨眸子，杏眼微弯地说：“没有呢。”

施慈开心地松了口气：“没孕吐好，少遭点罪。”

“妈，你当年怀我的时候孕吐了吗？”程知好奇地问。

正在跟林冬序喝酒的程永年听闻，接过话茬：“你妈当时孕吐可厉害了，基本吃不下东西，每天吃了就吐，吐了还得吃，折腾了一个月左右才消停。”

程知忽而有点不好意思：“我这么难搞的吗？”

施慈温柔地笑着抬手摸了摸程知的脑袋，感叹说：“一眨眼，我的女儿都要当妈妈了。”

程知抿嘴笑：“再过几个月你和我爸就晋升为姥姥姥爷了。”

没一会儿，陈周良一家过来玩。

程知刚巧吃好离桌，施慈和周映巧就拉着程知去了沙发那边，几个女人边聊天边嗑瓜子，程知还嘴馋地吃了点小零食，而林冬序则跟程永年和陈家父子俩一起喝酒。

电视机里播放的春晚成了背景音。

程知要吃第三包小零食时，不经意间发现林冬序正盯着她看，也不知道他瞅了她多久。

林冬序用眼神示意她不能再吃了，程知有点委屈地鼓了鼓嘴。

林冬序正色摇头，她只好乖乖放下小零食，捧起水杯喝了点温热的水。

陈周良把他们俩之间的无声交流尽收眼底，小夫妻可真是有意思，他偏开头笑了下，然后和回过头来的林冬序碰了下酒杯，仰头喝了口酒。

林冬序见陈周良时不时就低头按手机发消息，轻挑眉梢。

陈周良再抬眼，就看到林冬序似笑非笑地挪开视线。

他忍不住解释：“一个朋友。”

林冬序笑着说：“我什么都没问。”

陈周良顿时觉得自己有点欲盖弥彰的意味。

林冬序继续笑，率先举杯。

陈周良和他碰了下，仰头将杯子里的酒一饮而尽。

年后，林冬序陪程知去医院做产检，结果被医生告知：“林太太怀的是双胞胎。”

双胞胎？林冬序和程知双双愣住。

程知甚至又傻乎乎地问：“双胞胎吗？”

医生笑道：“对啊，双胞胎。怀双胎会比普通孕妇更累，要好好照顾身体。”

“好，”林冬序镇定地应下，临走时又对医生说了句谢谢。

等他们从科室出来，程知还沉浸在怀双胞胎的喜悦中，有种恍然若梦的感觉。

直到他让她上车，弯身给她系安全带，程知突然抬手环住了他的脖子。“冬序，”她开心到声音都在颤，“我们要有两个宝宝了！”

林冬序轻捧住她微微泛红的脸，目光缱绻又温柔，他的指腹很轻很轻地在她脸颊上摩挲着。

程知这才感受到他的手在微微发抖，因为过于激动而控制不住地轻轻颤抖。

林冬序吻住她的唇，格外怜爱地亲着她。

程知笑眼弯弯，眼角掉落了一颗泪珠，很快被他含进嘴里，是甜的。

程知怀了双胞胎的事情让两家人格外欣喜，长辈们都怕林冬序和程知单独住在锦苑庄园没有人照顾程知，让他们这几个月先回林宅住着。

程知和林冬序就暂时搬了回去，也因此，程知顿顿都能吃到叶姨做的饭菜。

林冬序每天都准时下班，早早地回家陪老婆，而程知，虽然怀着孕，但还闲不住，最近正在改出版的稿子，因为她那部《等春来》的剧本卖了图书版权。等电影上映时，图书也会预售上市。

时间一点一滴地流淌而过，程知的孕中期进入稳定状态。她每天能吃能喝，也很能睡，修出版稿的工作想做就做，没心情做就搁置，反正距离交稿日期还早，她并不着急。

五月份林冬序因为公事出差了一趟。

几天后的晚上，程知洗漱完正要睡觉，忽然听到了电梯开门的声音，她从卧室走出去，看到林冬序正拎着行李箱往这边走。

程知惊讶地停在原地：“你不是后天才能回来吗？”

“提前办完了事，就赶回来了。”林冬序说着，人已经来到她跟前。

他松开行李箱，伸手抱住她，低头在她耳畔温声问：“这几天还好吗？”

她回抱住他，浅笑轻言：“很好。”然后又很小声地咕哝，“就是很想你。”

林冬序亲了亲他的脸，又吻上她的唇，贴着她的唇瓣含混地低声呢喃："我也很想你。"

程知杏眼弯弯，闭上眼睛同他接吻。

好一会儿，他才食髓知味地放开她，压着不太稳的气息说："我去洗个澡，你先睡。"

程知没说别的，只点头应好。然而，等林冬序洗完澡披着浴袍出来，程知还在等他。

她捧着一杯温水坐在床边，隆起的小腹比普通孕妇看起来要稍微大些。

程知扭脸看向他，浅笑问："要喝点水吗？"

"好。"林冬序应着，人已经走过来。

他接过她手中的温水，仰头喝了几口，随后把杯子放到床头柜，问她："怎么不睡？"他说话时已经弯下腰来，打算把她抱上床。

程知抱住他的脖子，轻笑说："等你啊。"

林冬序低叹，小心翼翼地把她放到床上，随后也脱掉鞋滑入被子里。

和往常一样，程知枕着他的胳膊，窝在他怀里，安稳睡去。

十月六日，程知接近临盆，被林冬序陪着住进了医院的病房。

隔了一天后，程知被推进了产房，林冬序穿着无菌衣在产房全程陪同她。虽然是双胞胎，但两个宝宝胎位都很正，程知自己选的顺产。

生孩子的过程很艰难，从宫缩开始程知就痛得一直哭。林冬序心疼得要死，可又无法帮她承受。

他们的手一直紧紧握着，直到程知顺利生下两个宝宝。

林冬序捧住她的脸，格外心疼地在她布满汗水的前额上落下很轻很轻的一吻。

在两个宝宝哇哇响的哭声中，医生对林冬序和程知说："恭喜林先生、林太太，龙凤双全，是哥哥和妹妹。"

程知偏头看向林冬序，男人正眼眶微红地凝视着她，目光里满是怜惜。

程知唇角微微上扬起来，语气虚弱又言简意赅地道："倾听。"

林冬序完全懂她的意思，话语极其温柔缱绻地回应："是倾倾和听听。"

程知怀孕后，林冬序为她拉的第一首小提琴曲是电影《侧耳倾听》里的那首曲子。

他们便用“倾听”二字给孩子取了名字，哥哥叫林倾，妹妹叫林听，至于小名，哥哥被唤阿侧，妹妹则是小耳朵。

林倾和林听出生在二〇二〇年的十月八日——是程知和林冬序初遇两周年的日子，也是他们领证一周年的纪念日，而兄妹俩满月那天，刚好是他们的父亲林冬序二十九岁的生日，所以在哥哥和妹妹的满月酒席，大家也给林冬序过了个生日。

两个小朋友的满月酒没有请很多客人，除去两家的家人，就只邀请了一些亲近的朋友——秋程夫妻、秦封夫妻、陈周良一家、孟椿一家，外加一个随遇青。

江雯目前已经不在沈城了，只能在微信上恭喜程知。

当晚，程知在睡前给两个小宝宝喂好奶，然后和林冬序回房间休息。

程知这才拉开抽屉，拿出要送他的生日礼物，是一枚领带夹，上面刻着几个字母——“ZQTX”。

——他们一家四口名字的最后一个字的首字母缩写。

林冬序坐在床边，程知跪坐在他身旁。

在他垂眸望着这枚领带夹时，她倾身凑过去轻轻吻了下他的脸。

“生日快乐，老公。”程知微笑说。

林冬序转过头，抬手扣住她的后脑亲上来，直接加深了这个吻。

程知颤了颤眼睫，抬手攀上他的脖子。

到最后，她呼吸不稳地躺在床上，望向他的目光迷离涣散。

林冬序忍着情念，又俯身凑近她，很克制地在她眉心处烙印一记清浅的吻。

“知知，我很喜欢。”他压低声音缓声对她呢喃，“特别喜欢。”

程知生日那天是个周一，林冬序白天在公司照常上班，一家人早就定好了晚上给她过生日。

当晚，家人们齐聚在锦苑庄园。林冬序给程知订了双层蛋糕，蛋糕上有她喜欢吃的水果，也有她爱吃的巧克力。不仅祝她生日快乐，也祝他和她婚礼一周年快乐。

吃过晚饭，长辈们围着两个小家伙转来转去。

林冬序和程知手拉手，他歪头凑近她耳边，低声问她：“要出去玩吗？”

程知眨了眨眼，好奇地问：“去哪儿玩？”

“看场电影，”林冬序说，“短暂地享受一下独处时光。”怕她放心不下孩子，他补充，“不会太晚，零点之前我们就回来。”

程知笑着应允：“好啊。”

就这样，两个人在跟长辈打过招呼后就开车出了门，他带她去电影院看了一场电影。

程知已经很长时间没有来电影院观影了，这次让她非常享受。

从电影院的停车场开车出来，他们才发现，外面正在下雪，地上铺了一层薄薄的“白毯”。

程知落下车窗，把手伸出窗外，接了点雪花，掌心和指腹冰冰凉凉的，被融化的雪片洇湿。她偏头看向窗外正簌簌落下来的白雪，开心得笑出声。

几分钟后，林冬序替她关好车窗，又把空调的暖风调高了些。

他无奈地低叹：“别贪玩了，不然会冻得生病。”

程知搓了搓潮湿的掌心，脸上漾着明朗又灿烂的笑意。

回到家，林冬序把车开进车库，但并没有打开车门锁。

程知推不开车门，扭脸看他，林冬序靠在椅背上，偏头笑望她，低声诱哄：“过来。”

程知羞赧地嗔他：“别闹了，大家都在屋里呢。”

他们开车进来，家人肯定都听到车声了。

林冬序笑她，而后坦言：“就想抱抱你。”

她这才慢吞吞地挪位置，坐到他腿上，抬手钩住了他的脖子。

林冬序微扬下巴，一下一下地啄吻她的唇瓣，手箍着她纤细的腰肢，越拥越紧。两个人紧紧相贴。

程知感觉自己的理智在溃散的边缘，他却很有闲情逸致地勾引她，甚至话语如常地跟她聊天：“今晚许了什么愿望？”

程知不肯说，只娇喃：“说出来就不灵了。”

林冬序从胸腔里震出一声短促的低声笑。

他压低声线在她耳畔说：“那我来猜猜，猜出来的不算你说出口的。”

“三个愿望，”他顿了顿，往下说，“第一个，愿宝宝平安快乐地长大。”

“第二个，愿家人和朋友身体健康，万事顺遂。”

“第三个，要和我一起长命百岁，厮守终老。”

他全部猜中了，当然没有一字不差，但表达的意思完全一样。

程知抿嘴笑，问他：“你怎么能猜这么准？”

林冬序也笑，勾人的桃花眼中情念流转尽显：“你觉得呢？”

她低头在他的薄唇上印了一吻，是他太了解她，他知道她看重的就是这些人，她只想要她在乎的大家都平平安安、快快乐乐。

“冬序。”

“嗯？”

“我今天把出版稿交了。”她语调轻扬着告诉他，“编辑说等电影上映的时候这本书就会预售上市。”

“那里面有你和我的影子。”是她以他们当时相处的日常为基础，加以修饰改编写成的。

如果没有遇见他，如果没有和他一起经历那些难忘的点滴，就没有《等春来》。

他曾经说，她是他的灵感缪斯，其实他也是。他也是她的灵感源泉。

“恭喜，”林冬序真诚地祝贺她，然后又温声道，“我很期待见到它。”

当晚接近零点，程知和林冬序安顿好两个宝宝后，一起回卧室休息。

他才把他给程知准备的生日礼物拿出来，是一枚胸针。

林冬序找设计师帮她专门定做的，有雪花、弯月和铃兰三种图案，也有他们一家四口每个人名字的最后一个字的首字母缩写。

这个礼物附带了一张卡片，是他写给她的话。

我最最爱的知知：

生日快乐，老婆。

也祝我们结婚两周年快乐。

能与你携手踏入婚姻的殿堂，是我这辈子最大的殊荣。

倾倾和听听是你带给我的最好最好的礼物。

我很爱他们，更爱你。

你永远的爱人，林冬序

二〇二〇年十二月七日

《等春来》这部电影最终于二〇二一年二月四日在各大院线上映。因为这一天是世界抗癌日，而这部电影是和癌症相关的题材。

电影上映第一天就成了当日的票房第一，观众的反响很好，被大众评为年度最催泪的电影，各大社交平台都有很多人在推荐去看《等春来》。

一时间，几位主演的热度也迅速上升。隔天，电影的同名出版书籍预售，上架没多久就被抢空。

程知很快就接到了编辑的通知，图书公司要跟她谈这本书加印的事宜。

大年初一晚上，林冬序和程知才去电影院看《等春来》。至于两个孩子，他们交给了施慈和程永年暂时照看几个小时。

电影中，性格开朗阳光的女主角去癌症协会做志愿者，遇到了身患绝症的男主角，他们的交集就此开始。

女主角如太阳般的性格感染了消沉的男主，在女主角的坚持下，男主写了一份遗愿清单，然后他就由着女主角带他到各个地方去实现他的遗愿，而在这个过程中，男主角发现自己已经在不知不觉中喜欢上了女主角。

为了能多活些时日，他开始积极化疗，跟病魔作斗争，女主角每天都陪伴着他，在他面前一如既往地像个小太阳，给他带来无限的能量和乐观。可是每每转过身背对着他，她就止不住泪如雨下，在他不知道的角落里，她躲起来哭了一次又一次。

后来演到一个经典情节，电影里的女主角和男主角坐在一起聊天。

男主角为自己快要去世颓丧时，女主角对他说："我会记得你的。"

男主角问她："记得我会让你难过吗？"

女主角眸中含着晶莹的泪光，笑着回他："会让我觉得开心。"

他们望着彼此，对视着、沉默着。

须臾，男主角才又开口，他温柔地道："那就记住我。"

这段对话是程知和林冬序之间曾有过的，因为太让她触动，所以她私心地加进了剧本中。

程知在看到这段时，眼泪不听话地落下来。

把她拥在怀里的林冬序偏头看过来，抬手给她擦了擦眼泪，然后温柔地吻住她的唇，同她辗转厮磨。

好一会儿，他才把她安抚好。

两个人继续看电影。

身为女主角工作伙伴的男二一直暗恋着女主角，但怕打破了他们之间的平衡，之前从没表露过对她的喜欢，可当他终于鼓起勇气对女主角说那句"我喜欢你"时，女主角早就爱上了男主角，心里再也容不下其他人。

所以，电影的最后，女主角终生未嫁，一个人从容地过完了一生。

她每年都会在男主角忌日那天抱着他最爱的向日葵去墓地看他，跟他说说她这一年来的情况。

“我还记得你，”电影片尾出现了女主角的声音，“你依然在我心里，一刻都没离开。”

从电影院出来，林冬序和程知乘坐电梯下楼，到了一楼后不紧不慢地手牵着手往外走。

有家花店还开着门，林冬序拉着程知走进去。

他选了一束紫色的洋桔梗送给她，在电影院哭得眼睛通红的程知开心地接过他送的花，和他一起走出花店，开车回家。

到了父母那边，阿侧和小耳朵正在闹觉。

施慈和程永年一人哄一个小宝宝，却怎么都无法让两个小家伙止住哭。

程知脱掉大衣，往微凉的掌心哈了哈气，搓了搓手，然后才抱过哭得特别凶的小耳朵，回房间去喂奶、哄睡觉。

林冬序随后也从程永年怀里接过阿侧，搂在怀里轻轻地哄。

等他们把两个小家伙哄睡着，施慈过来对程知说：“知知，让阿侧和小耳朵跟我和你爸睡吧，晚上我们照顾，你和冬序好好休息。”

施慈知道女儿自从生了这对龙凤胎后就很难一觉睡到天亮，她想让女儿好好地睡个觉。

程知点头笑应：“好。”

她把给孩子带来的尿不湿和备好的奶都拿到父母的房间，临回卧室时又对父母说：“实在弄不了就叫我。”

程永年摆摆手：“我和你妈有经验，你尽管好好睡。”

“辛苦爸妈了。”程知笑道。

回到卧室上了床，林冬序也刚巧帮她把洋桔梗放在花瓶里拿进卧室。

他将花瓶放到桌上，这才转身上床，关了灯拥着她睡觉。

林冬序其实没什么困意，他还在想今晚看的电影。他心底清楚，电影中女主角在男主角离世后的选择，就是程知本心的选择。

如果当初他得胃癌不是乌龙，如果他和电影里的男主角一样去世了，她会选择电影里女主角走的那条路——每年去墓地看他一次，把这一年来想要对他说的话一次性说完。

终身不婚，从容寡淡地过完余生。

她会记得他一辈子，直到死亡降临在她身上。

林冬序无法不心疼，他心疼死了。他无比庆幸癌症事件只是一场乌龙，他还有几十年的时间慢慢陪着她度过，让她不至于那样孤独。

程知本来都要睡着了，结果被林冬序吻了一通，又清醒了些。

她环住他精瘦的腰身，在他怀里轻笑着呢喃："大半夜不睡觉，耍流氓啊。"

林冬序低"嗯"了声，又吻上她的唇。

程知被他拽入梦中，怕惊扰了父母和孩子，只能将到嘴边的轻哼压回喉咙。

她和他紧紧相拥，耳边只有彼此的呼吸和心跳，周围的一切仿佛都静止了。

程知渐渐发现林冬序今晚很反常，他抱着她挪了一个又一个地方。两次三番过后，程知坐在桌上推他，气息不稳地娇声嗔他："再不睡天就亮了。"

林冬序却说："白天补觉。"

程知隐约知道他为什么突然这样，搂着他的脖子，在他耳畔处轻喃："冬序，我好爱你。"

程知突如其来的情话让林冬序更受用，他偏头吻她，又欲又热切，在她耳边回应："我爱你。"

"我爱你，知知。"林冬序一字一句地低声道，语气虔诚。

被他放在桌上的洋桔梗在花瓶里轻轻摇晃着，像极了她左胸腔里不停跳动的心脏。

第十六章

最温柔的光

自他出现开始，她世界里的凛冬散尽，冰雪消融。

林倾和林听三岁那年的圣诞节清早，林冬序和程知把两个孩子送去幼儿园，之后林冬序去公司上班，程知则回家写剧本。

临近中午时，程知突然收到一通电话。她接起来，对方礼貌地道："您好，程女士，我是您之前联系的生了宝宝的萨摩耶的主人，想问一下您现在还要养萨摩耶吗？"

三个月前，林听小朋友在小区里看到有人牵着雪白雪白的萨摩耶遛弯，就特别想养一只"白团子"。程知当时找了一家，对方家里的萨摩耶确实生了一窝宝宝，但是都已经被预定了，现在听到对方这样问，她有点不解地问："您的意思是，还有小萨摩耶吗？"

对方解释："有个姑娘之前在我这儿预定了一只，但是现在说不养了，所以就多出来一只小家伙没人要，这会儿刚满三个月，您要是还想要的话，可以过来看看。"

程知沉吟了下，应允下来："好，那我一会儿去您那儿。"挂了电话后，程知给林冬序发微信消息，把这件事告诉了他。

林冬序很快回复过来：你过去瞧瞧，看上了就带去宠物医院做个全面检查，只要是健康的，我们就养，小耳朵挺喜欢萨摩耶的。

程知答应：好，希望我能给我们听听带一只活泼、可爱、健康的小萨摩耶回来。

林冬序说：Good Luck.（好运。）

程知梳洗打扮完，换好衣服就开车出了门。

她先去了萨摩耶主人的家里，看到了可爱的“雪团子”，然后在萨摩耶主人的陪同下，到宠物医院给小家伙做了全面的检查。

没有任何问题，小萨摩很健康。程知便把小狗接回了家，然后按照萨摩耶主人嘱咐的给小家伙买了狗粮和小狗喜欢玩的玩具。

当天傍晚，程知和林冬序一起去幼儿园接两个孩子回家。夫妻俩在回家的路上只字不提养了小狗的事，一直到家，哥哥和妹妹从车上下来，被父母牵着手进屋。

刚一推开门，一只雪白的团子就冲了过来，在他们脚边转着圈摇尾巴。林听惊讶地睁大眼睛，然后开心地蹲下来摸胖乎乎的小萨摩耶。她激动地抱着雪团子，仰脸笑望着父母，语调高高扬起：“谢谢爸爸妈妈！小耳朵从今以后就有狗狗啦！”

程知笑着说：“听听可以给它想个名字。”

林听很认真地思考起来，但是思考了半天都没有想出结果。

抱着小萨摩耶不肯撒手的小姑娘扯了扯坐在她旁边的男孩子，求助般地问：“哥哥，你觉得呢？”

林倾沉吟片刻，说：“叫‘雪团’好不好？”

林听的眼睛里霎时亮起光，她不住地点头：“好！”

“哥哥你真会起名！‘雪团’这个名字好适合它！”

小姑娘怀里的小萨摩耶雪白雪白的，就像一只雪团子。

从这天开始，家里就多了一个成员，而这个新成员有点调皮，不是弄坏妹妹的玩偶，就是弄坏哥哥的玩具，甚至还跑去花园里折腾了林冬序为程知种下的花。林冬序把调皮捣蛋的雪团关进屋，拉着被气哭的小姑娘教育可怜兮兮地冲她疯狂摇尾巴的小狗。

他对女儿说：“它不懂什么是对错，你要教给它，他很乖的话，就用好吃的奖励它，摸摸它的脑袋夸夸它，它要是和今天一样犯了错，你就训它，他能感知到你的情绪，你不高兴了、生气了，它都会慢慢明白。狗狗还小，要耐心地慢慢教，这样它长大了才会懂事温顺，知道吗？”

林听抹着眼泪，抽抽搭搭地道：“可是它把我的玩偶和哥哥的玩具都弄坏了，还有花园里的花花，那些都是爸爸种给妈妈的。”

林冬序笑道：“没关系啊，玩偶和玩具坏了，爸爸妈妈给你们买新的，至于花花，爸爸还可以再给妈妈重新栽种，这些都能够挽救。”

"好了，"他抬手用指腹帮女儿轻柔地擦掉眼泪，温声安慰，"小耳朵乖，不哭了啊。有爸爸在呢，爸爸给你摆平一切。"

林听吸了吸鼻子，委屈巴巴地问："那爸爸也能替我教育雪团吗？"

林冬序嘴角噙笑道："只要你需要。"

林听抬手环住林冬序的脖子，软声软气地说："爸爸最好了。"

林冬序顺势把小姑娘抱起来，他起身，单手箍着女儿的腿，让她坐在自己的臂弯上，带着女儿往外走。

小姑娘还在止不住地往回抽气："雪团要怎么办呀？"

林冬序说："让它在这里反思一下，过会儿再把它放出来。"

林听乖乖地点头，同意道："好。"

在林冬序的教导下，雪团逐渐温顺懂事，尽管依然活泼，但没有再拆过家，也没破坏过家里的东西。林听每天都会带着雪团在后院玩，有时一家四口也会牵着雪团出门遛弯。

兄妹俩五岁那年的初夏时节，某个周六，程知因为工作要出门，两个孩子就交给了林冬序照看。兄妹俩早上醒过来时，程知已经离开家了。

林冬序指挥着两个小家伙穿衣服、洗漱，然后拿起梳子给女儿把头发梳顺，还给林听小朋友编了特别可爱的麻花辫。做父亲五年，林冬序早就可以熟练地给女儿梳头发了。

吃过早饭，林冬序开车带两个小朋友去了游乐园。林听不出意料地又坐了一次旋转木马，只要来游乐园玩，她必定要坐旋转木马。哥哥林倾为了陪妹妹，每次也都会坐上去。

等在旁边的林冬序给他们拍了几张照片，然后三个人去玩了另一个项目。也是林听喜欢的、很梦幻的摩天轮。

小姑娘在摩天轮的舱内往远处眺望，目之所及高楼林立，巍然壮观。

林冬序对她和林倾说："今天没有机会带你们看夜景，以后爸爸妈妈再带你们来，沈城的夜景很美。"

"有多美？"林听扑闪着漂亮的眼睛，好奇地问父亲。

林冬序笑了笑，用小孩子能听懂的语言描述："万家灯火像天上的繁星，巍峨高楼犹如绵延山脉，路上排队的车辆仿佛一条条蜿蜒盘旋的长龙，波澜壮阔，赏心悦目。"

"那我们什么时候再来？"林听已经忍不住想看爸爸嘴里描述的沈城的夜晚了。

“明天晚上吧，明天晚上爸爸和妈妈一起带你们过来欣赏沈城的夜景。”

有想做的事就尽快去做，不给自己留遗憾，这是林冬序的习惯。

林听瞬间开心地拍了拍手：“好耶！”

林倾拿出他随身给妹妹带的棒棒糖，递给妹妹。

林听更高兴了，让哥哥帮她拆开糖袋，然后就把棒棒糖含进了嘴里。

从摩天轮上下来，林冬序又带儿子和女儿玩了海盗船和其他想玩的项目。

中午他带两个孩子在附近吃了顿小朋友最喜欢的肯德基，下午又玩了两三个项目。看女儿累了，林冬序就打算带他们回家，结果还没走出游乐园，儿子晃了晃他的手。

“爸爸，”林倾扭脸望着旁边那个拿着泡泡相机玩的小女孩，问林冬序，“能给妹妹买个泡泡相机吗？”

林听本来都犯困了，听到“泡泡相机”这几个字，她瞬间又来了精神。

林冬序欣然应允：“好，爸爸带你们去买。”他牵着儿子和女儿的手来到游乐园内的商店，让林听自己挑了一款泡泡相机。

小姑娘喜欢粉色的，最后拿了个少女粉泡泡相机。

林冬序看到旁边还有枪类泡泡机，便问儿子：“阿侧要不要？可以拿这种帅气的火箭筒。”

林倾点点头，抱了一个69孔的火箭筒泡泡机。在要带着儿子和女儿去付钱时，林冬序又从货架上拿了一个火箭筒泡泡机。

林听眨巴着眼提醒林冬序：“爸爸，我不要火箭筒，我要这个泡泡相机就行啦！”

林冬序笑了下，温声道：“这个是要给妈妈的。”

“哦……”林听了然，“爸爸你自己不要吗？”

“爸爸不要，”他嘴角轻扬着说，“爸爸看你们玩。”

三个人回到家时，程知刚回来不久，正在给雪团洗澡。

阳光明亮，穿着短袖和裙裤的女人将平日里披散的头发绑成低马尾，正在院子里给长大不少的萨摩耶搓泡泡。

林冬序让两个小家伙装好泡泡机，偷偷跑去袭击程知。

兄妹俩高兴地朝着程知跑过去，然后一起冲妈妈发射泡泡。

妹妹的泡泡相机太柔和，吐出来的泡泡只有一小串，而哥哥的69孔火箭筒火力十足，瞬间就让他们全都置身在了泡泡仙境中。

林听顿时喜欢上了火箭筒，她伸手要和哥哥换，林倾便把自己手里的泡泡机给了妹妹，他拿了属于妹妹的粉色泡泡相机。

程知猝不及防地被梦幻的泡泡包围，高兴地笑起来。

然后一不留神，雪团带着一身泡沫从她跟前跑走了，狗狗身上的泡沫也在空气中胡乱飞舞。林冬序拿着给程知的那个泡泡机走过来，把东西递给她。他已经贴心地提前帮她加好了泡泡机补充液。

程知反手就对着他吹了一串泡泡，她开心得“咯咯”笑，跟儿子还有女儿一边跑一边吹泡泡玩，林冬序就在旁边笑望着他们，看他们闹腾。

“雪团！”他喊了声。

狗狗听到林冬序的声音，乖乖地跑到他跟前。林冬序蹲下来，接替了程知的工作，继续给萨摩耶洗澡。

当晚，在两个孩子睡着后，程知和林冬序来到院子里。

皎洁的月色下，她拿着火力很猛的泡泡机冲他吹泡泡玩，他笑看着她，然后趁她不备，伸手把人拉过来，从后面拥住她。她转过身，抬手钩住他的脖子，仰头对他浅笑。

林冬序眉宇疏朗地垂眼凝视着她，目光比月色还要温柔。

他和她都没有说话，很默契地向对方靠近。他低头弯腰，她踮脚仰脸，直到唇瓣相贴。他们被梦幻的泡泡围裹着，在这方没有其他人的安静之处、在他曾经向她求婚的地方，热情地拥吻。相识七年，结婚六年，为人父母五年，他们依然深爱着彼此，并且很确定接下来的几十年亦将如此相爱。

“冬序，”程知笑着在他耳边轻喃，“也只有你把我当小孩子。”

林冬序低声笑：“是公主，我的公主。”

她眉眼弯弯地小声咕哝：“没有人比你更爱我了，也没有人比你更懂我。”

“对我来说，你也一样。”他回答。

自他出现开始，她世界里的凛冬散尽，冰雪消融。

林冬序是程知此生遇见的最温柔的光。而她，拥有了这束光。

（正文完）

番外一

同学聚会

她甘愿沉沦，落入他的掌控。

林冬序和程知订婚后没多久就临近年关。

过年之前，两个人手机里的群聊消息天天“99 +”，老同学们都在讨论聚会的事宜。

最终程知的高中同学聚会定在了除夕前一晚，地点在君悦的三〇一七包间。

看到这个通知的时候，程知刚关上电脑，而林冬序正坐在沙发上看书。

她走过来在他身边坐下，林冬序随后就把书合上放在了一旁。

他正要问她晚饭要吃什么，程知就先开口跟他说：“冬序，我除夕前一晚有一场同学聚会。”

林冬序听闻挑了挑眉：“除夕前一晚？”

程知点点头：“嗯，高中同学聚会，橙子和秋程也会去。”

林冬序淡笑说：“我那晚也有高中同学聚会，跟阿随和秦封他们一起，去君悦。”

程知惊讶地看向他，以为自己听错了，又问了一遍：“去哪儿？”

“君悦。”林冬序望着她，见她一脸诧异，不太确定地笑着问，“你们也去那儿？”

程知点头，很惊喜地弯唇道：“我刚看到的群里消息，定在了君悦三〇一七。”

林冬序温声笑说：“那是真的很巧，我们在三〇二四。”

程知笑倒在林冬序怀里：“这是什么巧合？本来我们是要各自参加同

学聚会的，结果不仅时间相同，地方相同，就连包间都在同一层。”

林冬序搂着她，眉宇疏朗地道：“到时候一起过去吧。”

“好。”程知欣然应允。

他将程知抱起来，让她坐在他的腿上。程知扭脸看了看他刚刚读的那本书，是朱生豪先生的《醒来觉得甚是爱你》。

程知拿起这本书，对林冬序说：“我很喜欢这本书，朱先生的情话太美了。”

林冬序同意：“是。”他凑过来亲了亲她，程知抿嘴笑，偏头躲开。

林冬序又拥紧了她些，继续在她的侧脸上轻轻地吻。他沿着她流畅精致的线条一路吻过来，最后程知扭过脸，微微扬起下巴，在他的唇角落下一吻。

而后，便不可收拾。林冬序辗转着厮磨，温柔又耐心，把程知撩拨得心悸。她抱紧了怀里的书，手指蜷紧，胸腔里的心跳几乎要震耳欲聋。

林冬序总是这样，用温柔蛊惑她，让她甘愿沉沦，落入他的掌控。

聚会那晚，程知和林冬序一同前往。

把车钥匙交给门童后，林冬序和程知手牵手走进君悦，由服务生领着上了三楼。

在和林冬序分开之前，程知不忘叮嘱他：“不要喝酒啊。”

林冬序温声笑着回应：“好，知道的。”

程知也知道他不会喝酒，但就是忍不住要提醒他。

程知推开包厢门时，里面已经有不少人了。

邱橙和秋程到了，陈周良也在。

刚好邱橙和陈周良中间还有个空位，程知把脱下来的大衣挂到衣架上后就走过来，在这个空位处坐下了。

邱橙问她：“怎么过来的？”

程知笑着说：“跟冬序一起来的。”

陈周良动作自然地给程知倒了杯热水，程知看到放在面前的水杯，抬眼望向陈周良，对他笑了笑，然后就捧住了热水杯，开始暖手。

邱橙说：“一会儿走的时候要不坐我们的车回？顺路带你回去，就不用让你家那位再跑一趟了。”

程知嘴角轻扬道：“不用，他也在这儿聚餐。”

邱橙诧异："林冬序也在这儿聚餐？"

程知点头："对，也在这层。"

"这么巧的吗？"邱橙不可置信，"不会是林冬序特意把他们的聚会安排在这儿的吧？"

程知说："不是，是他先告诉我他们在这儿聚的。起初我们只是以为聚会的时间相同，没想到地点也在一个地方。"

邱橙竖了个大拇指："你们俩这缘分，注定的。"

人到齐后，大家先一起干了一杯，随后就边吃边聊起来。

有人提起邱橙和秋程的婚礼，问他们俩都领证快半年了，打算什么时候举办婚礼。

邱橙笑道："婚礼定在了今年的重阳节，大家有空都来啊，不要忘了随份子钱。"她最后还打趣了一句。

有个女同学说："我记得橙子的生日是不是就在重阳节？"

邱橙眉眼弯弯地点头："对，婚礼就在我生日那天办。"

"好浪漫啊。"女同学羡慕完，又感慨，"咱们这群人基本都结婚了吧？"

有个男同学点名："陈周良，程知，这不还有俩没结吗？"

不等别人说话，他就开玩笑道："都这么多年了，你们又是青梅竹马，不然你们俩凑一对得了。"这位男同学和程知没有联系，并不知道程知在不久前就已经在朋友圈发了订婚的动态。

坐在他旁边的班长用手肘碰了他一下，压低声音提醒："程知已经订婚了，你别乱说话。"

男同学当即后悔自己嘴快，很是尴尬。桌上在他说出那句话后，也陷入了诡异的沉默。

就在邱橙想要替程知说话缓解气氛时，程知率先出了声。

她落落大方地浅笑着，用调侃的语气回应那位同学："我们俩凑一对是不可能了，我前段时间刚订了婚，陈周良是我的娘家人，我结婚的时候他要送亲的。"

坐在她旁边的陈周良扭脸看着她，他尽力遮住眼底的晦涩，嘴角扯出一丝淡笑。

程知这样一打趣，餐桌上顿时恢复了轻松的氛围。

大家让男同学罚酒，男同学立刻站起来给自己倒满酒，对程知和陈周良说："抱歉抱歉，我不知道具体情况，开玩笑过头了，你们别介意。这杯我干了，你们随意。”

程知举着酒杯笑着跟对方说：“光罚你喝酒怎么够？我结婚的时候你不得随个份子钱啊？”

男同学连连点头答应：“一定去一定去。”

程知调笑：“人不用一定来，钱可得必须到。”

男同学说：“那必须的，钱肯定到。”

本来就要凝滞的气氛瞬间被化解，尴尬消失得无影无踪。

插曲过后，大家继续吃吃喝喝。

程知中途收到了林冬序的微信消息，他问她：吃得怎么样？

已经喝了些酒脸色微红的程知给他回复：还不错。

然后又发：等会儿聊，我去趟卫生间。

说完，她就把手机放到包里，把包包放在了邱橙那边，起身出了包间。

程知从卫生间出来时，林冬序正在走廊里等她，她一看到他就笑弯了眼睛。

程知走到林冬序跟前，抬手钩住他的脖子，仰起脸来轻轻地嗅起来。

林冬序笑她：“闻我有没有喝酒吗？”

“嗯。”她应。

“闻到了吗？”他搂住她，低声笑。

程知摇脑袋，然后就回抱住他，在他的怀里闷闷笑起来，说：“我知道你不喝的，但就是想闻闻。你身上的味道很好闻。”

林冬序轻叹，话语无奈地道：“醉了？”

“没呢，”她咕哝说，“我很清醒，没醉。”

林冬序捏了捏她微微发热泛红的脸颊，又重新将她抱紧。

程知只穿了一件高领毛衣，没穿外套出来。

他低声问：“怎么不穿大衣？冷不冷？”

程知摇头，笑着回答：“不冷，你怀里暖和。”

林冬序还是怕她着凉，便把自己身上的西装外套脱下来，给她披好，而后再次将她揽进怀里。

两个人在走廊里相拥着温存了好一会儿，临分开前程知还主动踮脚吻了林冬序，结果被他抱着转身抵在墙上，又同她厮磨了几分钟才食髓知味地放开她。

把程知送到包厢门口时，林冬序低声对她说：“吃好了在微信上找我，我带你回家。”

程知眉眼带着笑点头：“嗯。”

“不要喝太多酒。”他有些无奈地嘱咐。

她笑，很乖地应允：“知道啦。”

两个人都忘了他披在她肩膀上的西装外套。于是，程知一推开包厢门，就被老同学们一顿调侃：“程知，你不是去卫生间吗？怎么回来还多了件外套？”

程知不得已只好解释：“是我未婚夫的。”

“你家那位在这儿啊？那还不快叫进来一起喝点，咱们不能让人家在外面干等吧？”

程知赶忙说：“他今晚在这儿有饭局，已经去他的饭局了。”

一群就爱起哄闹腾的人这才消停，放过了她。

虽然林冬序让程知少喝点，但程知最后还是醉了。

散场的时候，秋程让林冬序过来接人，林冬序很快就出现在了程知的老同学们面前。他跟程知的这些高中同学微微颔首，算是打过招呼，然后又和秋程还有陈周良简单说了几句，随即就把程知直接打横抱起来，离开了包厢。

从饭店出来时，外面在下雪。

本来程知因为眼皮发烫，正在闭着眼缓解，结果突然感觉到脸上一凉。她睁开眸子，看到夜空中的雪花簌簌地往下飘落。

程知眉眼轻弯起来，对林冬序说：“冬序，下雪了。”

与此同时，林冬序温柔带笑的声音响起，与她的话语几乎重合：“知知，下雪了。”

番外二

陈周良

他们深深地爱着彼此，而他能做的只有祝福。

二〇一九年一月十五日，程知和林冬序订婚了。陈周良作为女方的亲友，出席了他们的订婚宴。

今天的程知打扮得格外漂亮，他远远地望着她，某一瞬间，仿佛看到了上学时那个穿着蓝白色丑校服的女孩子，但很快又发现，她早就不是那个青涩的姑娘了。

现在的她知性优雅，落落大方，和他之间似乎也多了一道摸不到、看不见的屏障，明明他们原来那么要好。

陈周良在心里演练过很多次要怎么和她自然地聊天说话，要如何恭祝她觅得良人。

可是，当他站在她面前，所有准备好的词藻，那些他背得滚瓜烂熟的腹稿，他一句都想不起来。

最终，他只有点蹩脚地对她说了句："你今天很美。"

换作往常，她一定会反驳他说"我其他时候就不美了吗"，但是这次她只说："都是冬序帮我搭的。"

他从来没想过，他们之间的话题，在某天会是关于另外一个男人的。

陈周良实在不知道该说什么才得体，沉默了片刻才道："他眼光很好。"

程知笑着应："确实。"

和她又聊了几句，他得知了她今年十月份就会和林冬序领证，十二月举办婚礼。

程知还笑着说让他抓紧点，在成家这件事上别被大家落太远。

陈周良轻扯嘴角，只说尽量。

后来林冬序在亲朋好友面前发言，说他和程知的初见在去年国庆节假期结束后的第一天。

陈周良顿时有些恍惚，他没记错的话，程知问过他要不要在那天去合潭寺，而他拒绝了。

如果当时他没拒绝她的邀约，林冬序和她是不是就不会在那天见面，结局是不是就会有所不同？

但事实是，没有如果，他错过了她。

在程知说只想和林冬序一起长命百岁时，陈周良从他们对视的目光里看到了无穷无尽的爱意，他们真的深深地爱着彼此，而他能做的，似乎只有祝福。

陈周良提前离场，一个人默默地走出了宴会厅。

其实他前几天和林冬序一起吃了顿饭，就他们俩。

之前林冬序每次见他，几乎都会说一句“有时间一起吃饭”，陈周良只当林冬序是随口说说的客套话，并没放在心上，但林冬序一直记着。

那天陈周良在医院里接到林冬序的电话时还有些诧异，他是没想到林冬序真的要跟他吃饭。

他们约在了距离医院不远的一家小酒馆，不过林冬序不喝酒，而他下午还要回医院，也不能喝酒，两个人就坐在酒馆里吃了些东西。

林冬序跟他说：“知知跟我说了很多你们的事。”

陈周良笑了笑：“都是过去式了。”又补充说，“她也是，你放心。”

林冬序笑道：“我没有担心，叫你出来吃饭是想感谢你，谢谢你在我来之前，陪着她走过了二十多载。”

陈周良轻哼着笑：“你这顿饭是来挑衅的吧？我陪了她二十多年，还不如你跟她认识几天。”

林冬序说：“话不能这样说，每一段时光都是独一无二的。”

“你我都一样，我也会羡慕你，”林冬序很坦然地道，“羡慕你能陪知知那么久，你们一起经历过很多很多事，而我没能参与她二十七岁之前的生活。”

“但我也很感谢命运让我和她在她二十七岁这年相遇，不会过于任性幼稚，也没有太过成熟理性。”

那天那顿饭吃到最后，陈周良对林冬序说：“恭喜你们，订婚快乐。”

他大学的时候就和林冬序认识，他知道林冬序这个人很好，程知嫁给林冬序，一定会很幸福。

不管陈周良这句祝福有几分真心，又有几分来源于成年人的体面，林冬序都温和地笑着收下了。

他说：“也祝你早日觅得良缘。”

觅得良缘。

从订婚宴厅出来乘坐电梯下楼的陈周良倏而笑了笑，对觅得良缘这事，他已经不抱希望了。

到了一楼，电梯门一打开，陈周良就看到外面站着一位气质优雅的女人，大概是专业的舞者，脸上的妆容还没卸。

虽然穿着大衣，但里面的长裙的裙摆露了出来，看起来像登台演出时才会穿的演出服。

她正在打电话，尽管很急，语气也很平静从容：“别催了，我已经到楼下了。”

“这事本就是你做得不对，叔叔阿姨过来你该提前同我说一声的啊……”

陈周良从电梯里出来，和对方擦肩而过时被她举着手机的那只手的手肘拐了下。

“对不起。”对方微微欠身并道歉。

陈周良侧身对她摇了摇头，他并没有在意。

距离除夕还有两天时，陈周良接了一位急性阑尾炎患者。对方是位舞者，歌舞团里首席级别的人物。

陈周良对这位舞者感到面熟，但也仅仅是面熟，知道她跳舞很好，叫江妍，但他没想到，对方居然也认识他。

“嗨！”在他去查房的时候，江妍笑着和他打招呼，“原来你是医生啊。”

陈周良有点蒙，并不明白对方怎么会认识他，直到江妍提醒，说他们之前在酒店一楼的电梯处见过，她还不小心撞了他一下，陈周良这才想起来。

因为这次的交集，两个人互留了微信。再后来，陈周良和江妍时不时会聊聊天。

两个人起初只是把对方当成聊得来的朋友，互相说各种事。他知道了她那天去酒店是去见男朋友的父母，结果到了后就被逼婚，对方甚至要求她放弃舞蹈事业结婚生孩子，然后江妍就跟谈了五年的男朋友分了。

江妍自然也知道了，那天陈周良是去参加他暗恋的女孩子的订婚宴，和他青梅竹马长大的姑娘，要成为别人的新娘了。

而随着时间的流转，陈周良和江妍不知不觉间就在对方那里占据了重要的位置。她的演出他基本都会去现场看，每次他都会在她演出结束后为她送上一束花，恭贺她演出圆满成功。

少数几次他因为工作无法去现场，他也会为她订一束花送到她入住的酒店房间。

江妍只要一有时间就会约陈周良，大多时候都是吃饭、看电影，偶尔时间允许，他们会结伴短游两三天。

陈周良渐渐察觉到了自己对江妍的感情，他明白自己不仅仅把她当作朋友。这次他没有再犹豫不决，也没有任何试探。

那天下班后，他抱着给她买的玫瑰花，又取了前段时间给她预定的那条项链，开车去了她练舞的舞蹈室找她，然后直截了当地告了白。

“江妍，我喜欢你。”他紧张又忐忑地问，“你要不要跟我谈场恋爱试试？”

江妍惊喜之余笑着答应了他，点头说：“好。”

那天傍晚，江妍给陈周良跳了一支舞，用的曲子是《一生所爱》。

这支舞蹈她只为他一个人跳，其实是想告诉他——你是我的一生所爱。

（全文完）

去年这个时候，我还在晋江连载《知冬》，每天都在被冬序和知知治愈着，我很佩服于冬序的绅士和温柔，也一生向往知知的乐观向阳。

后来夏天来临，《知冬》完结，我开始期待能有出版公司签下这本书，然后，《知冬》和虎芽相遇了。我相信每一份相遇都是一场奇妙的缘分，就像冬序和知知，就像《知冬》和虎芽，就像，我和你们。

希望这本书能带给你们一些温暖治愈的力量。

♡♡♡ 艾鱼